Katie MacAlister

DRAGON HUNTER Diaries

DRACHENKÜSSEN LEICHT GEMACHT

Roman

Ins Deutsche übertragen von Theda Krohm-Linke

LYX

LYX in der Bastei Lübbe AG
Dieser Titel ist auch als E-Book erschienen.

Die Originalausgabe erschien 2018
unter dem Titel »Day of the Dragon« bei Forever,
einem Imprint von Grand Central Publishing, New York, USA.

This edition is published by arrangement with Grand Central Publishing,
New York, New York, USA. Dieses Werk wurde vermittelt durch die
Literarische Agentur Thomas Schlück GmbH, 30827 Garbsen.

Für die deutschsprachige Ausgabe:

Textredaktion: Angela Herrmann
Umschlaggestaltung: © Birgit Gitschier, Augsburg unter Verwendung von
Motiven von © MRBIG_PHOTOGRAPHY/istockphoto; artdock/shutterstock; Tetiana Shadrina/shutterstock; BestPix/shutterstock
Satz: Greiner & Reichel, Köln
Gesetzt aus der New Caledonia
Druck und Verarbeitung: CPI books GmbH, Leck – Germany
ISBN 978-3-7363-1113-8

1 3 5 7 6 4 2

Sie finden uns im Internet unter www.lyx-verlag.de
Bitte beachten Sie auch: www.luebbe.de und www.lesejury.de

Für meine liebe Michelle,
die beste Agentin der Welt,
weil sie mich davor bewahrt hat, durchzudrehen,
als ich am liebsten eine schreibende Eremitin
geworden wäre.

1. KAPITEL

Archer Andras' Tag wäre mit Sicherheit nicht mit fünf Sternen ausgezeichnet worden.

Er hatte schon schlecht angefangen und wurde langsam immer schlimmer.

»Wer ist das?«, fragte Miles an jenem Morgen, als Archer, der vor einem flachen Gezeitentümpel in der Hocke saß, eine Wasserleiche umdrehte und in ein Gesicht blickte, das er kannte.

»Davide.« Er presste die Lippen zusammen, als er das graue Pulver, das die Augen des Mannes, seine Nase, seine Ohren und seinen Mund umgab, berührte. Er brauchte nicht daran zu riechen, um zu wissen, was es war.

»Heiliger Christus«, sagte Miles leise. »Ist er …?«

»Ja.« Archer stand auf und winkte die anderen vier Sturmdrachen zu sich, die eine Segeltuchtrage dabeihatten. »Irgendjemand hat ihn mit dunkler Macht umgebracht.«

»Irgendjemand?« Ein Muskel von Miles' Kinn zuckte. Die vier Männer breiteten eine Decke über ihren toten Stammesgenossen und hoben ihn auf die Trage. »Ich glaube, wir wissen alle, wer hierfür und für die anderen Fälle verantwortlich ist. Die Frage ist nur, was willst du dagegen unternehmen?«

»Dasselbe wie sonst auch.« Die kalte Wut, die seine Seele erfasst hatte, ließ seine Stimme grimmig klingen. Noch nicht einmal sein Feuer wärmte ihn – er fühlte sich so eiskalt wie das graugrüne Wasser, das in dem Tümpel schwappte. »Versuchen, meinen Stamm zu beschützen. Die zu finden, die uns angreifen. Eine stärkere Abwehr aufzubauen.« Er wies auf das Haus, das auf einer kleinen Anhöhe über dem schmalen Strandstreifen stand. »Bringt ihn in den Keller«, sagte er zu den Männern. »Die Feuerbestattung findet statt, wenn wir seine Familie benachrichtigt haben.«

»Die Schattendrachen werden einiges erklären müssen.« Ioan, einer der Männer, die die Trage trugen, schaute Archer zornig an. »Für diesen Mord müssen sie bezahlen.«

»Sie müssen für alle Morde bezahlen«, antwortete Miles automatisch. Er wartete, bis Ioan den anderen Männern in den Keller gefolgt war, dann packte er Archer am Arm. »Wie viele weitere Mitglieder sollen wir noch verlieren, bevor du endlich etwas unternimmst?«

Archers Drachenfeuer flammte auf, aber er hielt es in Schach und blieb lediglich stehen, um den Mann neben sich mit einem langen Blick zu bedenken. »Du vergisst dich, Cousin.«

Erneut zuckte der Muskel an Miles' Kinn. Sie waren jetzt allein, die anderen Stammesangehörigen befanden sich außer Hörweite. »Du musst etwas tun«, sagte er schließlich mit gepresster Stimme. »Du musst ihm das Handwerk legen. Wir können nicht einfach nur zuschauen.«

»Glaubst du, mir ist nicht bewusst, dass mein eigenes Volk langsam aber sicher vernichtet wird?«, knurrte Archer und drückte seinen Cousin gegen die weiße Steinmauer des Hauses. »Es ist auch meine Familie, Miles. Meine Familie wird getötet, die Häuser meiner Familie werden zerstört, ihre Geschäfte ruiniert, ihre Schutzvorrichtungen durchbrochen. Ich bin genauso empört wie alle Mitglieder meines Stamms, angefangen bei dir, meinem ältesten Freund, bis hin zum neuesten Drachen, der Schutz in unserer Mitte sucht. Ich tue mein Bestes, damit alle sicher und glücklich leben können, aber ich kann keine Wunder bewirken.«

»Wenn du ihn nur herauslocken könntest …«

»Wie denn?« Archer ließ Miles los. Seine Frustration verstärkte noch das Gefühl der Ohnmacht, das solchen Angriffen folgte. »Ich versuche es seit über hundert Jahren, und mit welchem Ergebnis? Ich kann niemanden bekämpfen, der sich mir nicht offen zeigt.«

»Dann solltest du vielleicht nicht der Herr dieses Stammes sein.« Miles spuckte die Worte förmlich aus. Er versetzte Archer einen harten Stoß an die Schulter, so dass dieser ein paar Meter zurücktaumelte.

Hitze durchschoss Archer, und einen Moment lang überlegte er, ob er seinem Cousin eine Lektion erteilen sollte, aber dann schüttelte er den Kopf. Es hatte genug Tote gegeben. Miles war offensichtlich ebenso frustriert wie er.

»Du hast wenig genug getan, um das Massaker an unserem Stamm aufzuhalten. Wenn ich Herr der Sturmdrachen …«

»Aber du bist es nicht«, hielt Archer langsam und mit einer deutlichen Warnung in der Stimme dagegen. Er kniff die Augen zusammen. Die Eiseskälte seiner Trauer wurde noch nicht einmal von dem Drachenfeuer, das immer in ihm brannte, berührt. »Willst du wirklich ein förmliches Verfahren gegen mich einleiten?«

Er blickte Miles an, bis der Jüngere klein beigab und die Augen niederschlug. Archer wusste genau, wie schwer es Miles fiel, aber er hatte keine andere Wahl. Die Sturmdrachen waren erst seit relativ kurzer Zeit zusammen, erst seit knapp über hundert Jahren, und als ihr erster Herr musste Archer streng denen gegenüber sein, die ihm widersprachen. Die oft widerspenstigen Drachen mussten mit fester Hand geführt werden, weil sie sonst zu einer gesetzlosen Bande verkamen, die an den Rändern der sterblichen und der unsterblichen Welt ihr Dasein fristete.

Und er wollte verdammt sein, wenn er dorthin wieder zurückkehren würde.

»Nein, ich will kein Verfahren gegen dich einleiten«, sagte Miles. Er ließ einen angemessenen Zeitraum verstreichen, bevor er Archer wieder in die Augen blickte. »Ich spekuliere nicht auf deinen Posten.«

»Gut.« Archer lächelte und boxte Miles leicht auf den Arm. »Er ist nämlich auch ein Albtraum, den ich meinem schlimmsten Feind nicht wünschen würde – und ganz bestimmt nicht meinem leiblichen Cousin.«

Miles' Mundwinkel zuckten und verzogen sich nach oben, als er die Zuneigung in Archers Stimme hörte. »Aber es muss doch etwas geben, das wir tun können. Irgendwo muss es doch einen Weg geben, um ihn zu besiegen. Wollen wir vielleicht noch einmal eine Versammlung einberufen?«

Niedergeschlagen ging Archer auf das Haus zu. »Wir können noch einmal ein Treffen mit Hunter arrangieren, aber es wird nicht anders ausgehen als die anderen.«

»Vielleicht dieses Mal …«

Zwei Drachen-Patrouillen kamen näher.

»Es wird nicht anders sein als vorher auch«, sagte Archer und behielt die Drachen im Auge. »Die Schattendrachen werden erklären, sie seien unschuldig am Tod unserer Stammesangehörigen. Hunter wird jede Anschuldigung von uns zurückweisen. Wir werden die Versammlung unzufrieden, hoffnungslos und ohne eine Lösung verlassen.«

Die Patrouillen verneigten sich und gingen weiter, und die beiden Männer betraten Archers Haus. Ihre Schritte hallten auf den Steinfliesen, als sie sich ohne Umwege in sein Arbeitszimmer im ersten Stock begaben. Zum Meer hin war das gesamte Haus mit hohen gläsernen Schiebetüren versehen, die sowohl das Licht als auch den salzigen Geruch der Seeluft hineinließen. Er liebte dieses Haus, liebte die Aussicht, liebte es, wie das Licht alles in eine Helligkeit tauchte, die ihn mit Freude erfüllte. Das war seines Vaters Erbe, das Vermächtnis eines blauen Drachen, das die Sehnsucht nach Tagen voller strahlendem Sonnenschein in ihm lebendig erhielt, während das Erbe seiner Mutter, die ein grüner Drache gewesen war, ihn das ewig ruhelose Meer lieben ließ.

Miles Handy piepte, als Archer sich an seinen Laptop setzte und die Unterlagen des Stammes aufrief, um Davides Familie zu finden, damit er ihnen den tragischen Verlust mitteilen konnte. Dabei stellte er fest, dass Davide erst seit zwei Jahren zu ihrem Stamm gehört hatte. Das Herz tat ihm weh bei dem Gedanken, wie wenig er tun konnte, um den Tod zu rächen, wenn er seinem Stamm weiteres Leid ersparen wollte.

»Das ist interessant«, sagte Miles langsam und blickte auf das Display seines Handys. »Vielleicht ist es ja genau das, wonach wir suchen. Erinnerst du dich noch an dieses Manuskript, das letztes Jahr in Venedig aufgetaucht ist?«

»Nein.« Archer rief Davides Akte auf. Erleichtert stellte er fest, dass er keine Angehörigen angegeben hatte. Er glaubte zwar nicht, dass Davide wirklich keine Familie hatte, aber viele Ouroboros-Drachen hatten die Verbindung zu ihren Familien gekappt, als sie verstoßen und aus allen Stammbüchern gelöscht wurden.

Nur die Stämme waren dem nicht aus dem Weg gegangen. Archer betrachtete die große Anzahl der Dateien, und Stolz stieg in ihm auf, weil achtundsiebzig verlorene Drachen ihren Weg zu ihm gefunden hatten.

»Ich habe dir Weihnachten davon erzählt. Ein Pergamentbogen hatte im Umschlag eines alten Zauberbuches aus dem sechzehnten Jahrhundert gesteckt. Es ist so gut wie nicht entzifferbar, aber oben auf dem Manuskriptblatt steht eine Notiz auf Latein, die besagt, es handele sich um die wahre Geschichte des Raisa-Medaillons.« Miles warf Archer einen vielsagenden Blick zu.

»Es gibt kein Raisa-Medaillon«, sagte Archer und wandte sich wieder seinem Laptop zu. »Das Manuskript ist entweder eine neue oder eine alte Fälschung.«

»Das weißt du doch gar nicht«, erwiderte Miles.

»Natürlich würde ich es wissen, wenn meine Mutter einen Drachen-Gegenstand mit unvorstellbaren Kräften geschaffen und mich damit zum ersten Drachenjäger gemacht hätte«, sagte Archer. »Falls es deiner Aufmerksamkeit entgangen sein sollte, ich bin kein Drachenjäger. Ich bin ein Drache, weiter nichts.«

»Deine Mutter hat dir ja nur den halben Gegenstand gegeben«, sagte Miles, der immer noch den Text auf seinem Handy-Display las. »Der Legende nach …«

»Ich will deine Märchen nicht hören, danke«, sagte Archer, um das abzuwenden, was jetzt unweigerlich kommen würde, aber wenn Miles sich erst einmal in ein Thema verbissen hatte, dann ließ er so schnell nicht wieder los.

»Raisa, die Tochter des grünen Wyvern, wurde aus der Sippe ausgeschlossen, als sie erklärte, die Partnerin eines blauen Drachen zu sein. Das heißt, deines Vaters.«

Archer klickte auf das Browser-Fenster, um Angelegenheiten, die mit seinem Stamm zu tun hatten, zu überprüfen. »Ich weiß, wer meine Eltern sind. Du brauchst es mir nicht vorzulesen.«

»Du weißt vielleicht, wer sie sind, aber du bist nicht bei ihnen aufgewachsen, und du weigerst dich ja, dir auch nur eine der Angaben über das Raisa-Medaillon anzusehen, die ich gefunden habe.«

»Ich brauche mich nicht mit etwas zu befassen, das so weit in der Vergangenheit liegt. Nur die Gegenwart zählt.«

»Und doch wirkt sich die Vergangenheit auf die Gegenwart aus. Wenn dein Vater nicht auf Geheiß des grünen Wyvern verflucht worden wäre, wäre er nicht zur Hälfte Dämon geworden. Und du wärst natürlich ohne ihn auch nicht der, der du bist …«

Archer versuchte, nicht mehr zuzuhören. »Wie die Zeugung zustande gekommen ist, hat gar nichts damit zu tun.«

»Er war ein brillanter Alchimist«, erklärte Miles. »Wenn er das nicht gewesen wäre, hätte er das Raisa-Medaillon nicht erschaffen können, und darüber reden wir doch gerade. Ich streite mich doch nicht mit dir, nur um meine eigene Stimme zu hören, Archer – diese Geschichte ist für uns wichtig. Nicht nur für die Drachenjäger, die dein Vater erschuf, sondern auch für uns, die Sturmdrachen.«

Archer seufzte. Dann sagte er: »Der Unterschied zwischen uns ist, dass du die Geschichten über das Medaillon glaubst, wohingegen ich weiß, dass sie nichts als vage Hinweise auf Ereignisse sind, die niemals stattgefunden haben.«

»Du bist einfach nur stur«, antwortete Miles sichtlich verärgert darüber, dass Archer auf seine Worte nicht einging.

»Nein, ich bin realistisch. Das ist ein Märchen, Miles, nichts weiter als Fantasien eines gestörten Irren, der die Geschichte umschreiben will, um sein Ego zu befriedigen. Ich bin kein Drachenjäger!«

»Du kannst hervorragend mit dem Schwert umgehen«, sagte Miles lächelnd.

»Mein Vater war ein wahnsinniger, mordlustiger blauer Drache, der meine Mutter aus ihrer Familie geraubt und geschwängert hat. Und als sie schwor, sie würde sich eher umbringen, als sich ihm noch einmal hinzugeben, hat er sie ermordet. Das sind die einzig wichtigen Fakten über meine Eltern«, sagte Archer. Er drängte den Schmerz zurück, den er immer empfand, wenn er von seiner Herkunft sprach.

Es war doch viel besser, sich auf die Familie zu konzentrieren, die er selbst gegründet hatte.

Als hätte Archer gar nichts gesagt, fuhr Miles fort: »Nun, das und die Tatsache, dass deine Mutter dir und deinem Bruder Teile des Medaillons gegeben hat.«

»Und dann diese Söhne noch als Säuglinge prompt verlassen und ohne Schutz, Familie oder auch nur irgendeinen, der sich um sie kümmerte, zurückgelassen hat.« Archer schloss den Deckel des Laptops, stand auf und blickte nach draußen. Die Schiebetür stand offen, so dass der Raum nahtlos in den großen Balkon überging. Er rollte die Schultern, um sie zu lockern, und überlegte kurz, ob er eine Runde im Infinity Pool schwimmen sollte, bevor er zwei neuere Mitglieder, die einfach nicht verstanden, dass sein Wort jetzt für sie Gesetz war, der Stammesjustiz übergab. Seufzend fragte er sich, ob eines Tages wohl alle Stammesmitglieder friedlich zusammenleben würden. Er hatte eine schreckliche Ahnung, dass das zu seinen Lebzeiten nicht mehr passieren würde. »Es gab keine Teile des Medaillons, Miles. Das ist nur eine Geschichte, nichts weiter.«

Archer verbannte seine Familie aus seinen Gedanken. Er hatte über die Jahrhunderte hinweg hart daran gearbeitet, an seinen Zwillingsbruder denken zu können, ohne dass er vor Wut raste. Aber die Tatsache, dass Hunter einen Stamm von Schattendrachen gegründet hatte – und schnell der gefürchtetste aller Ouroboros-Drachen wurde –, gerade als Archer mit dem Sturmstamm begonnen hatte, nagte immer noch an ihm.

»Du solltest dich langsam der Wahrheit über deine Eltern stellen«, sagte Miles. Archer stand mit verschränkten Armen an die offene Tür gelehnt und schaute über das Meer. »Du glaubst vielleicht, dass nichts davon real ist, aber die Fakten sprechen für sich. Du und Hunter, ihr solltet die ersten Drachenjäger sein, aber ihr seid es nicht. Dafür gibt es einen Grund,

und dieses venezianische Manuskript könnte uns Aufschluss darüber geben, was vor all diesen Jahrhunderten passiert ist. Warum du und Hunter getrennt worden seid. Was mit euren Eltern passiert ist. Wir brauchen das Manuskript, damit wir es übersetzen lassen können. Es gibt uns vielleicht den Hinweis, den wir brauchen.«

»Selbst wenn die Geschichte einen Funken Wahrheit enthält, nutzt sie mir nichts. Das Medaillon hätte doch keine Macht über unsere Feinde«, sagte Archer und rieb sich den verspannten Nacken. Dann ging er durch die Diele in sein Schlafzimmer. Wenn er schon zu Gericht sitzen musste, dann in etwas anderem als in einer Jeans und einem T-Shirt, die beide schon bessere Tage gesehen hatten. »Das ist doch alles nur die Geschichte toter Drachen.«

»Na ja, aber das weißt du nicht mit Sicherheit. Und jetzt wird es interessant«, sagte Miles, der immer noch den Text auf seinem Display las. Er folgte seinem Cousin ins Schlafzimmer. »Das Manuskript ist hier. In Kalifornien, genauer gesagt in Santa Mar. Ein ortsansässiger Buchhändler hat es auf einer Auktion gekauft und letzte Woche aus Italien hinaus in die USA geschmuggelt.«

»Und was erwartest du jetzt von mir?«, fragte Archer. Er zog seine Kleider aus und ging nackt ins Badezimmer, um sich zu rasieren. »Soll ich das verdammte Ding etwa kaufen? Ich habe dir doch gesagt, dass es nur erfunden ist. Es hat mit der Realität nichts zu tun.«

»Du weißt doch gar nicht, was darin steht.« Miles lächelte. »Und ich finde wirklich, du könntest es kaufen. Dann würden wir es übersetzen lassen und könnten das Raisa-Medaillon finden.«

Normalerweise rollte Archer nicht mit den Augen, wenn ihm jemand etwas vorschlug, was er für unwichtig hielt, aber jetzt tat er es. Er reckte das Kinn vor, damit er um seinen Adamsapfel herumrasieren konnte. »Und was zum Teufel sollen wir mit dem Medaillon machen, wenn es real wäre?«

Miles schwieg einen Moment. Archer senkte das Kinn und warf seinem Cousin einen Blick im Spiegel zu. »Kannst du dir einen besseren Weg vorstellen, um ihn kirre zu machen? Er muss für die Morde bezahlen!«

Archer überlegte einen Moment, aber dann schüttelte er den Kopf. Er spülte den Schaum von seinem Rasiermesser. »Du vergisst einen wichtigen Punkt.«

Miles machte eine verärgerte Geste. »Ich weiß, ich weiß, es gibt keinen Beweis dafür, dass das Medaillon wirklich existiert, aber wenn wir das Blatt wenigstens in die Finger bekämen und übersetzen könnten …«

»Nein.« Archer rasierte sich zu Ende und wischte sich mit einem Handtuch die letzten Schaumreste vom Gesicht. »Wenn es tatsächlich existiert, und wenn es so viel Macht hast, wie du glaubst, dann wird jeder Drache in dieser oder der nächsten Welt versuchen, es in die Hände zu bekommen.«

»Es ist nur für Drachenjäger von Bedeutung«, erwiderte Miles. »Hunter wird natürlich scharf darauf sein, aber andere? Was soll es ihnen denn nützen?«

Archers Schultern zuckten, als er in frische Kleidung schlüpfte. »Glaubst du nicht auch, dass das Raisa-Medaillon, wenn es so etwas gäbe, nicht auch für dunkle Zwecke eingesetzt werden könnte?«

»Nur ein Dämonenjäger könnte damit umgehen«, widersprach Miles.

»Oder ein Dämon.«

Sie blickten sich an.

»Dann müssen wir diejenigen sein, die es erwerben«, sagte Miles düster.

Archer zögerte. Er überlegte, ob sich die Mühe lohnte, sich weiter gegen die Idee zu sträuben. Was war denn das Schlimmste, was passieren konnte, wenn er Miles' Vorschlag zustimmte, das Manuskript zu kaufen? Er würde es dem Zugriff derjenigen entziehen, die es missbrauchen wollten. Und es lag auch eine gewisse Befriedigung darin, Hunter etwas wegzuschnappen, das er sicher gern selbst haben wollte. »Na gut, ich kaufe das verdammte Ding.«

»Du hast es eigentlich schon gekauft«, erwiderte Miles grinsend. »Ich habe in deinem Namen vor ein paar Minuten einen Vertrag geschlossen, während du noch über der Idee gebrütet hast. Ich erwarte jeden Moment einen Anruf des Buchhändlers, wann wir das Manuskript abholen können. Hast du heute Abend Zeit? Dann könnten wir nach Santa Mar fahren und es abholen.«

»Ja, ich glaube schon, obwohl ich ja eigentlich eher daran arbeiten müsste, einige der Stammesangelegenheiten wieder auf Vordermann zu bringen …«

»Du kennst doch das Sprichwort: Arbeit allein macht Drachen auch nicht glücklich. Wir gehen essen, reißen ein paar Frauen auf und lassen sie unser wildes Tier spüren.«

Archer hätte beinahe wieder die Augen verdreht, aber er willigte ein, sich später mit seinem Cousin im Ort zu treffen. Schließlich, so dachte er, als er seinen Platz im Wohnzimmer einnahm, das jetzt für Stammessitzungen genutzt wurde, würde ja sowieso nichts bei Miles' großartigen Plänen herauskommen.

Das Raisa-Medaillon war Fiktion. So einfach war das.

Alles andere war undenkbar.

2. KAPITEL

»Mädchen, wir müssen einen Mann für dich finden, und zwar sofort.«

Die Worte tanzten um mich herum, durchdrangen aber zunächst nicht die dunkle Wand meiner Gedanken. Doch dann blickte ich meine Freundin Laura an. »Was? Für mich?«

»Ja.« Sie fächelte sich mit einer flachgedrückten Schachtel Minzdrops Luft zu, als wir das Kino nach der Spätvorstellung verließen und einen Moment lang auf dem Bürgersteig stehen blieben.

Es war unerträglich schwül, kein Lüftchen ging, und ich hatte das Gefühl, von einem unsichtbaren wilden Tier mit einer dicken klebrigen Zunge abgeleckt zu werden.

Schweiß sammelte sich zwischen meinen Schulterblättern und rann mir in kleinen Tropfen den Rücken hinunter. »Wovon redest du? Warum sollte ich einen Mann brauchen?«

Laura zog eine Augenbraue hoch. Bree, die Dritte in unserem Bunde, beobachtete sie genau. Dann zog auch sie eine Augenbraue hoch. »Mann«, sagte sie.

Ich kannte Bree noch nicht lange, im Gegensatz zu meiner besten und ältesten Freundin Laura, aber sie schien nett zu sein, wenn auch vielleicht ein bisschen … exzentrisch.

Zum Glück bin ich auch exzentrisch.

»Du brauchst ganz offensichtlich einen Mann, weil du im Film nicht eine einzige Regung gezeigt hast.« Laura fächelte sich weiterhin Luft zu und zog ihr Handy heraus. »Du bist also nicht mehr in Übung. Wann kommt denn der Fahrer? Er müsste längst hier sein!«

»Ich versuche, in der Öffentlichkeit so wenig Regungen wie möglich zu zeigen«, sagte ich ruhig, wich aber zurück, als eine Gruppe von Männern, die aus einer Bar neben dem Kino stolperten, mit unsicheren Schritten auf uns zukamen.

»Wir haben uns gerade anderthalb Stunden lang den prächtigsten lebenden Männerkörper angeguckt, und du hast nicht einmal geseufzt. Oder bist auf deinem Platz hin und her gerutscht. Du hast noch nicht einmal einen einzigen anzüglichen Kommentar abgegeben«, sagte Laura. Als einer der Männer gegen sie stieß, fuhr sie ihn an: »Verdammt noch mal, der Bürgersteig gehört nicht nur dir allein, du Arsch mit Ohren!«

»Arsch mit Ohren!«, wiederholte Bree und schüttelte die Faust. Der Mann zeigte ihr den Stinkefinger und taumelte hinter seinen Kumpanen her. »Ärsche mit Ohren! Das gefällt mir! Das merke ich mir.«

»Wenn es nach mir ginge, könnte Hollywood sich die ganzen spannenden Plots mit ihren Verwicklungen und Tiefgang sparen und neunzig Minuten lang nur Männer mit nacktem Oberkörper und Kettensäge zeigen. Verdammt, der Fahrer hatte einen kleinen Unfall. Zum Glück nur Blechschaden.« Sie blickte die Straße entlang. »Wir können versuchen, einen anderen zu finden, oder wir gehen zum Pemm Square und nehmen uns dort vor einem der schicken Hotels ein Taxi.«

»Ich habe nichts dagegen, ein bisschen zu laufen«, sagte ich, wobei ich hoffte, dass niemand die Lüge bemerkte. Da ich mir selbst gelobt hatte, meine Ängste zu bekämpfen, fügte ich mit falschem Selbstbewusstsein hinzu: »Zu Fuß ginge es wahrscheinlich auch schneller.«

»Clevere Idee«, sagte Bree und nickte. Sie hatte zwei runde Würstchen aus langen blonden Haaren oben auf dem Kopf zusammengedreht. Es sah aus wie die Ohren eines Anime-Tierchens. »Außerdem kommen wir, wenn wir laufen, bestimmt an einem Laden vorbei, der Alkohol hat. Ich mag Alkohol. Alkohol ist gut.«

»Alkohol ist sehr gut«, stimmte Laura ihr zu und marschierte entschlossen los.

»Äh … du weißt doch sicher, dass du erst mit einundzwanzig legal Alkohol trinken darfst, oder?«, fragte ich Bree. Sie sah aus wie achtzehn oder höchstens neunzehn.

»Ich bin älter, als ich aussehe«, antwortete sie und schenkte mir ein strahlendes Lächeln. Dann wirbelte sie herum und lief hinter Laura her.

Ich verdrängte das leise Unbehagen, dass wir uns den Kommentaren von aufdringlichen Leuten, die vielleicht abends in dieser Gegend unterwegs waren, aussetzten, aber ich hatte trotzdem einen Knoten im Magen.

Zwei Frauen, die sich gerade küssten, fuhren auseinander, als ich an ihnen vorbeilief, um meine Freundinnen einzuholen. Die eine sagte zur anderen: »Heilige Madonna, hast du das Mädchen gesehen?«

Die Antwort wartete ich erst gar nicht ab. Als ich meine Freundinnen erreicht hatte, sagte Laura gerade: »… du hattest schlechte Erfahrungen gemacht mit deinem Ex, der wirklich ein kompletter Arsch mit Ohren war …«

»Arsch mit Ohren«, unterbrach Bree sie grinsend. »Viele Ohren. Noch mehr Ärsche. Was hat er gemacht?«

»Er hat sie nach allen Regeln der Kunst betrogen«, antwortete Laura, bevor ich etwas sagen konnte.

»Beim Kartenspielen?«, fragte Bree und zog die Nase kraus. Sie hakte sich bei mir unter. »Oder sexuell?«

Ich seufzte. Heute war offenbar so ein Abend, an dem mir alles Unbehagen bereitete. »Er ist zweimal mit einer Arbeitskollegin fremdgegangen, aber das war lange her, und eigentlich waren wir da noch gar nicht richtig zusammen.«

»Die Ratte hat dir trotzdem das Herz gebrochen«, warf Laura über ihre Schulter hinweg ein.

Ich sagte nichts. Ich konnte es nicht leugnen.

»Wow. Was hast du mit ihm gemacht?«, fragte Bree mich.

»Mit ihm gemacht?« Ich warf ihr einen seltsamen Blick zu. »Du meinst, ob ich mich gerächt habe? Nein. Ich war ziemlich … na ja, am Boden zerstört, ehrlich gesagt, weil ich ihm vertraut hatte und er dieses Vertrauen zerstört hat.«

»Sie hat wochenlang geweint«, sagte Laura und blieb an einer roten Ampel stehen. »Es ist ihr wirklich unter die Haut gegangen. Ich hätte ihm am liebsten die Eier abgeschnitten, aber die kalifornische Rechtsanwaltskammer duldet es nicht, dass ihre Mitglieder Leute in der Öffentlichkeit entmannen. Ganz gleich, wie sehr sie es verdient haben.«

»Ich weiß einen Fluch, mit dem man Schamhaare richtig heftig wachsen lassen kann«, bot Bree an und drückte meinen Arm. »Ich bringe ihn dir bei, wenn du willst.«

Erneut warf ich ihr einen Blick zu. Ich war mir nicht sicher, ob sie Witze machte oder nicht, aber ihr Gesichtsausdruck wirkte besorgt. »Äh … danke, aber wie gesagt, das ist alles lange her. Acht Jahre schon.«

»Acht Jahre, in denen du kein einziges Date hattest«, sagte Laura.

»Mit sich alleine klarzukommen ist doch nicht falsch«, protestierte ich. Ich trottete über die Straße. Bree klebte noch immer an meinem Arm.

»Daran ist gar nichts falsch, wenn du wirklich glücklich damit bist, aber das bist du nicht, und erzähle mir bloß nicht das Gegenteil. Ich kenne dich seit mehr als zwanzig Jahren, und mir kannst du nichts vormachen.«

»Ich werde den richtigen Mann schon noch kennenlernen«, sagte ich würdevoll. »Ich habe mich immer schon auf den ersten Blick verliebt. Ich bin bisher nur noch nicht dem Richtigen begegnet.«

»Bei den vielen Männern in Nordkalifornien? Für meinen Geschmack bist du ein wenig zu abweisend.«

»Für meinen auch«, stimmte Bree ihr zu.

»Phh«, sagte ich abwehrend.

Bevor ich das Gespräch auf ein anderes Thema lenken konnte, fuhr Laura fort: »Du lieber Himmel, wir haben gerade die tollsten Männer in dünnen Superheld-Kostümen gesehen! Du kannst mir doch nicht erzählen, dass dein Blut nicht wenigstens ein bisschen in Wallung geraten ist. Bei dieser Szene mit Hemsworth im Wasser musste ich in den dritten Gang schalten! Mrrrau!«

»Mmrrrau!«, wiederholte Bree und stieß mich an. Anscheinend erwartete sie eine Reaktion von mir.

»Rrrau! Diese Männer sind doch nicht realistisch«, sagte ich. Als wir um die Ecke bogen, stieg uns der übel riechende Gestank von verrottendem Müll in die Nase. Da der Abend heiß und schwül war, saßen die Leute auf den Treppen vor ihren Häusern, rauchten, lachten, küssten sich, und vor einem Haus wurde sogar gegrillt. Wir stiegen den Hügel hinauf, in ein beliebtes Viertel, in dem zwei der besten Hotels von Santa Mar standen, einer stetig wachsenden Vorstadt an der nordkalifornischen Küste. Mit jedem Schritt wurde die Luft dicker und feuchter. Ich zog den feuchten Stoff meines Kleides von meiner verschwitzten Brust und wünschte mir, ich hätte Lauras Angebot, zusammen mit ihrer neuen Nachbarin ins Kino zu gehen, abgelehnt.

»Superhelden? Nein, natürlich sind sie nicht real«, sagte Laura.

Bree verzog nachdenklich das Gesicht. »Mir gefiel der in diesem Plastikanzug, der herumflog und die Leute erschoss. Wenn ich das könnte, bekäme ich am Tag viel mehr geschafft.«

Wir lachten, aber in ihrer Stimme war ein Unterton, der mich bewog, ihr einen fragenden Blick zuzuwerfen. Dann sagte ich: »Den Teil mit den Superhelden habe ich am wenigsten unwahrscheinlich gefunden. Ich kann mir bloß nicht vorstellen, dass Männer, die aussehen wie diese Schauspieler, mit ihren perfekten Frisuren, den Sixpacks und überhaupt unglaublich attraktiv, ihre Zeit mit ganz gewöhnlichen Leuten auf der Straße verbringen. Das passiert im realen Leben einfach nicht.«

Laura, die immer noch einen Schritt vor mir und Bree ging, warf mir einen Blick über die Schulter zu. Als wir um die Ecke bogen, lag das erste der exklusiven Hotels vor uns, das Merit, in all seiner Art-déco-Pracht. Auf der geschwungenen Auffahrt stand eine lange Reihe von Autos, von Stretchlimos bis hin zu ein paar schnittigen, teuren Sportwagen und sogar einige normalere Autos und Taxis. »Warum sollten sie nicht mit den Leuten reden? Das waren doch diejenigen, die sie gerettet haben, du Dummchen – die Leute in Metropolis. Oder wie auch immer die Stadt hieß, in der sie sein sollten. Ich habe von den Dialogen nicht so viel mitbekommen, weil ich die ganze Zeit auf die Zuckerstückchen fixiert war.«

Ich schüttelte den Kopf. »Männer, die so aussehen – wie Schauspieler, Models oder einfach nur Typen mit echt guten Genen –, sind nicht an Leuten wie uns interessiert.«

Bree betrachtete mich mit hellen Augen, sagte aber nichts. Da Laura und ich Anfang dreißig und Bree sichtlich jünger war als wir, hatte ich das Gefühl, dass es ihr an Erfahrung mit Männern und Dates mangelte.

»Sei nicht albern! Natürlich tun sie das! Gut aussehende

Männer schenken mir am laufenden Band ihre Aufmerksamkeit.«

Ich schwieg, weil ich mich auf einmal noch mehr als Außenseiterin fühlte. Laura war hübsch – natürlich würde sie Männern auffallen, die mir keinen zweiten Blick schenken würden.

»Oh. Die App sagt, der nächste freie Fahrer kommt erst in vierzig Minuten.« Laura steckte ihr Handy in die Tasche und wies auf das Hotel. »Lasst uns reingehen und etwas trinken, während wir warten. In der Bar gibt es bestimmt eine Klimaanlage.«

Bree klatschte fröhlich in die Hände und hüpfte hinter Laura her. Mein Magen zog sich immer mehr zusammen, während ich zögernd meinen Freundinnen folgte. Überall waren schöne Menschen – Frauen in glitzernden kurzen Kleidern, die viel Busen und Beine enthüllten, mit tollen Haaren, perfektem Make-up und unglaublich hohen Absätzen. Die Männer waren genauso elegant gekleidet, sie rochen nach Geld und teurem Eau de Toilette. Sie waren sich ihrer Erscheinung sehr wohl bewusst, und ihren selbstbewussten, zufriedenen Mienen war anzusehen, wie hingerissen sie von ihren Partnerinnen und von ihrem eigenen sicheren Auftreten waren.

Und dann gab es mich. Verschwitzt und merkwürdig stach ich in dieser Umgebung heraus wie ein Daumen unter lauter Zehen.

Hinter uns fuhr leise surrend ein Wagen vor, wahrscheinlich, um ein weiteres attraktives Paar aussteigen zu lassen. Ich machte einen Schritt vorwärts, nahm all meinen Mut zusammen und befahl mir, jetzt einfach in das Hotel zu gehen und mir über nichts Gedanken zu machen.

Plötzlich traf mich ein harter Schlag im Rücken. Ich stolperte ein paar Schritte vorwärts. Dabei verlor ich meine Tasche.

Ein Mann, der um einiges größer war als ich, mit schulterlangen, rötlich braunen Haaren, stand mit seinem Rücken zu mir und half einer eleganten Frau aus dem Auto. Sie hatte die langen Beine und die Haltung eines Models oder einer Schauspielerin, und ihr Kleid mit einem hüfthohen Schlitz floss wie Wasser um sie herum. Ein weiteres langes Bein tauchte aus dem Auto auf, und der Mann, der offensichtlich gegen mich geprallt war, half einem weiteren reizenden Exemplar aus dem Auto. Danach kam noch ein Mann zum Vorschein.

Die erste Frau warf mir einen verärgerten Blick zu, dann setzte sie ein Lächeln auf und schwebte am Arm des ersten Mannes an mir vorbei. Ich verkniff mir einen bissigen Kommentar über Leute, die sich noch nicht einmal entschuldigten, wenn sie einen anrempelten, und bückte mich, um meine Tasche aufzuheben, aber eine andere Hand war schneller.

»Oh, danke«, murmelte ich und empfing meine Tasche aus der Hand des zweiten Mannes. Er war noch größer als der erste, mit unglaublich breiten Schultern. Er sagte nichts, schaute mich nicht einmal an, sondern nickte nur und bot der zweiten Frau seinen Arm. Dann schwebten auch sie ins Hotel.

»Na, wenigstens der hatte Manieren«, murmelte ich, irritiert über meinen Moment der Schwäche.

Was bedeutete es schon, dass ich keinen Mann hatte, der mich behandelte, als wäre ich das Kostbarste auf der ganzen Welt? Ich brauchte keine Hingabe. Mir fehlte vielleicht das Äußere, um wie diese beiden Frauen, die ich gerade gesehen hatte, in teure Hotels zu schreiten, aber das hieß noch lange nicht, dass ich nicht mehr wert war als der Staub unter ihren Füßen.

Ich reckte mein Kinn und betrat die Hotellobby.

»Diese glamourösen Leute machen sowieso, was sie wollen, ganz egal, was ich davon halte. Ich muss allerdings sagen, dass ich ihre Reaktion auf mich nicht präziser hätte voraussagen können«, sagte ich zehn Minuten später zu Laura und Bree, als wir an einem kleinen Tisch in der am wenigsten besuchten der drei Hotelbars saßen. Helles neonblaues Licht hinter der Bar tauchte alles in einen seltsamen Schimmer, aber hier war es wenigstens nicht so laut, so dass wir uns unterhalten konnten, ohne schreien zu müssen. Ich trank einen Schluck von meinem Gin Tonic. »Das beweist genau, was ich vorhin gesagt habe.«

»Was, dass irgend so ein Typ, der dich angerempelt hat, sein Gespräch nicht unterbrochen hat?« Laura zuckte mit den Schultern. »Wahrscheinlich hat er es gar nicht gemerkt.«

Ich dachte daran, wie heftig der Schlag in meinen Rücken gewesen war. Er musste es gemerkt haben, daran hatte ich keinen Zweifel.

»Außerdem, ohne dass ich sein unhöfliches Benehmen entschuldigen will, passt du manchmal auch nicht auf, wohin du gehst.«

»Was?«, sagte ich. Ich nahm einen Eiswürfel aus meinem Glas und zerkaute ihn.

Sie machte eine vage Bewegung mit der Hand. »Du läufst ja am liebsten mit gesenktem Kopf durch die Gegend, als ob du ein grässliches Monster wärst, bei dessen Anblick der Verkehr zum Erliegen kommt.«

»Du bist kein grässliches Monster«, sagte Bree zu mir. Irgendwie war es ihr gelungen, sich in den Besitz von drei unterschiedlichen Getränken zu bringen, die alle drei süß und fruchtig waren. Sie trank sie gleichzeitig aus allen drei Strohhalmen. »Ich habe einmal gesehen, wie ein Behemoth von einem Laster überfahren worden ist und den Verkehr zum Erliegen gebracht hat, weil er so scheußlich war. Und auf seinen Gedärmen sind drei Autos ins Schleudern gekommen, und sie haben die Straße blockiert. Ihr könnt mir glauben, das war wirklich scheußlich. Du« – sie zog ein Stück Ananas von einem Plastikspieß in einem der Drinks – »hast nur weiße Flecken auf deinen Haaren und Wimpern und komische Augen.«

»Bree!«, sagte Laura streng. Sie studierte gerade die Karte mit den Snacks und blickte nicht einmal auf, als sie ihre Freundin tadelte. »Man sagt nicht komische Augen. Es heißt andere Augen. Und weiße Haarsträhnen liegen im Moment voll im Trend. Außerdem ist das bei Thaisa genetisch bedingt. Sie hat Polioni. Sie kann gar nichts dagegen tun.«

»Poliosis«, korrigierte ich sie und trank einen großen Schluck von meinem Drink. Der Gin brannte süßlich in meiner Kehle.

»Ja, genau. Sie hat ja schließlich keinen dritten Arm oder so etwas.« Laura wedelte mit der Hand in meine Richtung, während sie ihre Margarita austrank. Dadurch wurde eine Kellnerin auf sie aufmerksam, noch bevor das Glas leer war.

»Willst du denn einen dritten Arm?«, fragte Bree mich interessiert.

Ich riss die Augen auf. »Warum sollte ich das wollen?«

Sie zuckte mit den Schultern. »Es würde die Leute davon abhalten, deine Haare und deine Augen anzusehen.«

Ich blinzelte verwirrt und versuchte Laura mit den Augenbrauen zu signalisieren, dass Bree anscheinend schon zu viel getrunken hatte, aber Laura war immer noch in die Karte vertieft. »Danke, ich glaube, darauf verzichte ich lieber.«

»Wie du willst«, sagte Bree und verrenkte sich den Hals, um zu sehen, was die Leute am Nebentisch bestellt hatten. »Snacks! Mama braucht Snacks!«

»Ich bestelle was. Ich glaube, wir könnten alle eine Unterlage für den Alkohol brauchen.« Laura lächelte. Sie musterte mich einen Moment, dann ergriff sie meine Hand und drückte sie kurz. »Ich finde deine Augen sehr hübsch. Einzigartig, ja, aber das Braun, das Gold und die anderen Farben darin sehen gut aus.«

Ich erwiderte ihr Lächeln. »Danke«, sagte ich. Mir wurde ganz warm vor lauter Freude. Vielleicht lag es am Gin, dass ich hinzufügte: »Du bist eine gute und liebevolle Freundin.«

»Ich sage das nicht nur einfach so – Hi, können wir bitte noch eine Runde bekommen? Oh, und ein paar Chicken Wings, äh … und eine frittierte Zwiebelblüte. Danke. Ich esse das schrecklich gerne«, sagte sie in vertraulichem Ton zu Bree. »Es ist ja nicht gut für einen, aber verdammt, es schmeckt einfach großartig!«

»Ich weiß nicht, wovon du sprichst«, sagte Bree amüsiert. Ihre Augen funkelten vor Freude, und die zwei kleinen Haarbälle auf ihrem Kopf vibrierten förmlich vor Glück. »Aber ich sehe dir so gerne beim Reden zu.«

»Jahrelange Streitigkeiten mit dem inneren Schweinehund, meine Liebe«, sagte Laura. »Wovon hatten wir es gerade?«

»Von der Tatsache, dass gut aussehende Männer wie der, der mich angerempelt hat, durchschnittliche Personen keines Blickes würdigen«, sagte ich rasch, um das Thema von meinem Äußeren abzulenken. Ich wusste, wie ich aussah – ich hatte keine Lust, mir anzuhören, wie Laura und Bree meine komischen Gene zerpflückten.

»Genau. Betrachten wir das einmal Punkt für Punkt«, sagte Laura.

Ich lachte. »Man merkt, dass du Anwältin bist.«

»Du bist bloß neidisch, weil du nur den ganzen Tag über verstaubten Büchern brütest, während ich in schicken Business-Kostümen teuer auf Kosten des Oberstaatsanwalts essen gehe.« Sie wartete, bis die Kellnerin Getränke und Essen serviert hatte. Dann ergriff sie einen Hühnerflügel von einem der Teller und schüttelte ihn. »Deine Hypothese ist also, dass gut aussehende Schauspieler-Typen keinen Kontakt mit mehr durchschnittlich aussehenden Frauen suchen.«

»Das ist korrekt, Euer Ehren«, sagte ich und unterdrückte ein Kichern. Das lag jetzt aber definitiv am Gin.

»Noch mehr Alkohol! Hervorragend!«, sagte Bree. Mit lauten Schlürfgeräuschen leerte sie das letzte Glas ihrer drei Drinks, um auf dem Tisch Platz für die neuen Gläser zu machen. »Ich hatte letzte Woche einen Freund, aber dann fand ich heraus, dass er mich nur benutzte.«

»Oh, Bree«, sagte ich und tätschelte ihr die Hand. »Das tut mir leid! Männer sind Schweine!«

»Ja, das sind sie wirklich«, stimmte Laura zu und schob mir den Teller mit den Chicken Wings zu. »Iss was, Tha!«

Ich nahm ein Stück Sellerie von dem Teller, das nicht mit der klebrigen roten Sauce bedeckt war. »Hast du dich von ihm getrennt?«, fragte ich Bree. Eigentlich war ich froh darüber, das Gespräch von meinem Leben weglenken zu können.

»Ja, das musste ich.« Sie beugte sich dicht zu mir vor und hauchte: »Er war ein gefallener Engel.«

Ich blinzelte. »Wie bitte?«

»Er war ein gefallener Engel.« Sie zog die Nase kraus. »Nephilim, kennst du ihn?«

»Nein, ich kenne ihn nicht«, sagte ich langsam. Ich wartete, bis sie sich dem Essen zuwandte, dann schickte ich erneut ein Augenbrauen-Fragezeichen an Laura. Dieses Mal bemerkte sie es, interpretierte es jedoch völlig falsch.

»Was? Oh, Entschuldigung, das Essen hat mich abgelenkt. Mit welchem Beweis untermauerst du deine Hypothese?«

Leise seufzend trank ich noch einen Schluck Gin. Den zweiten Drink, der schon vor mir stand, ignorierte ich. Gerade als ich ihr antworten wollte, betrat eine kleine Gruppe von Leuten die Bar. Sie blieben am Eingang stehen und blickten sich um. Die Körpersprache der beiden Männer vermittelte Arroganz und Selbstbewusstsein, als ob ihnen die Bar gehörte. Ich nickte in ihre Richtung. »Euer Ehren, ich rufe in den Zeugenstand Minikleid, Funkelbrust, braunhaarigen Mann ohne Manieren und seinen Freund, groß, dunkelhaarig und möglicherweise gefährlich, aber er ist sich zumindest nicht zu schade, einer Frau die Tasche aufzuheben, auch wenn er sie keines Blickes würdigt, als er sie ihr zurückgibt.«

Laura drehte sich um und musterte die vier. Bree legte beide Hände auf den Tisch und richtete sich auf, um sie anzustarren. »Heilige Scheiße!«, sagte Laura. Hastig stand sie auf und setzte sich neben mich, damit sie sie besser beobachten konnte. »Dieses rote Kleid, das Funkelbusen da trägt, ist wunderschön. Das Minikleid ist auch nicht übel, aber hast du die Männer gesehen? Halleluja! Welcher hat dich angerempelt?«

»Der mit den braunen Haaren«, sagte ich und ergriff die Speisekarte, damit ich die Gruppe nicht so offensichtlich anstarrte. Die Frauen schienen von dieser Bar nicht besonders angetan zu sein, aber der braunhaarige Mann wies nach hinten, und die Damen setzten sich mit diesem Laufsteg-Gang in Bewegung, den ich immer mit Modenschauen assoziierte.

»Mann, der sieht aber gut aus, was? Und der Große ist auch nicht übel!«

»Ich mag groß, dunkelhaarig und gefährlich«, sagte Bree, die immer noch vorgebeugt dasaß. »Er ist hübsch. Wie er die Haare zurückgekämmt hat, das gefällt mir. Männer mit so einer Frisur sind für gewöhnlich echt gute Liebhaber.«

Ich blinzelte sie überrascht an, sagte aber nichts. Sie hatte recht, er hatte tatsächlich schöne Haare. Sie waren glatt und glänzend, und er hatte sie aus der leicht gewölbten Stirn zurückgekämmt. Es juckte mich plötzlich in den Fingern, ihn zu berühren.

»Mir gefallen sie beide«, sagte Laura und gab ein leises,

schnurrendes Geräusch von sich, als die vier auf uns zukamen. Anscheinend wollten sie zu den Nischen hinter uns.

»Bree«, flüsterte ich streng und versuchte sie auf ihren Stuhl zurückzuziehen, damit die Leute nicht sahen, wie sie sie anstarrte, aber sie blieb so sitzen und blickte ihnen fröhlich entgegen.

»Oh mein Gott!« Verlegen hielt ich mir die Hand halb vor die Augen.

Laura bekam plötzlich Schluckauf und hielt sich die Karte vor das Gesicht.

Die beiden Frauen gingen vorbei, und man sah ihren selbstzufriedenen Mienen an, wie sehr sie es genossen, im Zentrum der Aufmerksamkeit zu stehen. Braune Haare war ihnen dicht auf den Fersen. Über die Schulter sagte er in einer alten ostslawischen Sprache: »Genieße den heutigen Abend, das wird deinen Schmerz lindern.« Der große Mann schlenderte hinter ihnen her. Als er an Bree vorbeikam, warf er ihr einen seltsamen Blick aus den Augenwinkeln zu.

»Hi«, sagte sie und grinste wie eine Irre. »Hübscher Schwanz.«

Der Mann hielt kurz inne. Seine Augen weiteten sich überrascht, aber dann kniff er sie zusammen. Durch die Finger konnte ich sehen, dass er hellblaue Augen hatte. Sie waren sogar so hell, dass es sich eigentlich nur um einen blauen Ring um den äußeren Rand der Iris handelte, der fast sofort zu einem Eisgrau zerschmolz.

Als der Blick des Mannes über Laura und mich glitt, klappte ich sofort meine Finger zusammen, damit sie die Hälfte meiner Augenrauen und Wimpern verdeckten, denen die Pigmentierung fehlte. Zu meiner großen Erleichterung ging er wortlos weiter und setzte sich zu seinen Begleitern, die sich in der Nische niedergelassen hatten.

»Siehst du?«, sagte Bree und winkte den Vieren zu, bevor sie sich wieder zurücklehnte. »Er hat uns bemerkt. Also hast du dich geirrt, Thaisa.«

»Du lieber Himmel, Bree! Ich fasse es nicht, dass du das gemacht hast«, murmelte ich. Ich warf Laura, die wieder auf ihren ursprünglichen Stuhl zurückgekehrt war, vielsagende Blicke zu. »Und dann auch noch etwas über das Geschlechtsteil des Mannes zu sagen … das ist sexuelle Belästigung, weißt du das?«

Brees Augen weiteten sich, und mehr denn je sah sie aus wie ein Anime-Mädchen. »Ich habe doch gar nichts über sein Geschlechtsteil gesagt. Ich habe gesagt, er habe einen schönen Schwanz.«

»Du hast doch gar keinen Schwanz gesehen«, erwiderte ich bissig.

»Nein, so nicht, aber du weißt nie, was sich bei ihm abspielt, wenn keiner hinguckt«, sagte sie weise.

Wieder einmal fiel mir darauf keine Antwort ein. Hilfe suchend blickte ich Laura an.

Ihr Blick glitt an mir vorbei zu den Männern; dann trank sie einen Schluck und zuckte mit den Schultern. »Na ja, du musst zugeben, Bree hat es geschafft, dass die beiden sie angesehen haben. Das widerlegt offiziell deine Hypothese.«

»Bree sieht aus wie neunzehn, ist hinreißend süß und könnte sogar einen lebenslangen Misanthropen bezaubern«, erwiderte ich.

Laura überlegte einen Moment und aß einen weiteren Hühnerflügel. »Ja, aber diese Ausnahme hast du in deinem Eröffnungsplädoyer nicht berücksichtigt.«

»Wir weisen deine Beweisaufnahme zurück«, sagte Bree. Plötzlich hielt sie inne und wand sich auf ihrem Stuhl, als sie in der Tasche ihres schwarz-weiß gestreiften Jerseyrocks kramte.

Sie zog etwas heraus, das aussah wie ein paar Stoffstreifen. »Das hatte ich ganz vergessen, ich habe ja Geschenke dabei!«

»Oh …«, sagte ich. Sie legte die bunten Streifen nebeneinander und holte ein Objekt heraus, das ich noch aus meiner Kindheit kannte.

»Freundschaftsarmbänder!«, verkündete sie. Sie reichte Laura ein Stoffarmband in Regenbogenfarben. »Das hier ist für dich, Laura, weil du meine Nachbarin und Freundin bist, und weil du mit mir ins Kino gehst und Alkohol trinkst.«

»Wow, so etwas habe ich seit der fünften Klasse nicht mehr gesehen«, sagte Laura lachend, streifte es sich aber sofort über. »Kannst du dich noch an den Sommer erinnern, als wir uns ständig welche gemacht haben, Tha?«

Ich verzog das Gesicht. »Meine Oma hat heute noch Schachteln mit dem Spitzenband, das wir gekauft haben, im Keller stehen.«

»Und das hier habe ich für dich gemacht, weil du meine neue Freundin bist.« Ich betrachtete den kleinen blaugrünen Kreis, den sie mir hinhielt.

»Oh. Äh … danke.« Sie ließ das gedrehte Stoffarmband auf meine Handfläche fallen. In der Mitte hing ein kleiner, dunkel angelaufener Metallanhänger, etwa so groß wie ein Centstück, aber oval, mit einer grob eingeritzten Sonne auf einer Seite. »Es ist sehr hübsch, aber du musst mir nichts schenken. Ich freue mich auch so, dass du meine neue Freundin bist.«

Bree grinste. »Sasha meinte, ich solle es dir geben, weil man schließlich nie wissen könne.«

»Klar«, sagte ich langsam. Ich wusste nicht so genau, was oder wen sie meinte. »Muss ich Sasha kennen?«

»Nein, aber das ist schon in Ordnung. Du hast ja mich stattdessen. Ich hoffe, es gefällt dir.« Erwartungsvoll blickte sie auf das Armband.

»Es ist sehr hübsch«, sagte ich und legte es rasch an, um ihre Gefühle nicht zu verletzen. Sie war bestimmt schon ein bisschen angesäuselt, aber ich beschloss, ihre seltsame Art einfach zu akzeptieren und gar nicht erst zu versuchen, ihre Gedankensprünge zu verstehen.

»So«, sagte sie zu uns beiden, »jetzt ist unsere Freundschaft besiegelt und kann durch nichts mehr zerstört werden. Ach du lieber Himmel, stimmt die Uhrzeit?«

Ich blickte zu der großen Uhr, die in der Bar hing.

»Sieht so aus«, sagte Laura. Sie hatte ihr Handy herausgeholt und tippte anscheinend einen Text ein. »Viertel nach zwölf. Ja, das stimmt.«

»Ich muss los. Ich werde abgeholt«, sagte Bree und sprang auf. »Danke für den Film. Bis morgen!«

Bevor Laura und ich etwas sagen konnten, war sie weg. Wie eine Gazelle rannte sie auf ihren langen Beinen durch die Bar.

»Warte mal, sie wird abgeholt? Ich habe gar nicht gesehen, dass sie irgendjemandem getextet hat. Sie hat ganz schön viel getrunken … vielleicht sollten wir einmal nachsehen, wer sie da abholt«, sagte ich und erhob mich halb.

»Diese verdammte Staatsanwältin. Wenn sie glaubt, sie kann diese Scheiße mit mir … Hm?« Stirnrunzelnd blickte Laura von ihrem Handy auf.

»Bree.« Ich stieß sie an, ergriff meine Tasche und hängte sie mir quer über die Brust.

»Was ist mit ihr?«

»Wer holt sie ab? Sie ist noch so jung, und sie hat ziemlich viel getrunken. Ich möchte nicht, dass das jemand ausnutzt.« Ich zog mein Portemonnaie heraus und warf ein paar Geldscheine auf den Tisch. »Ich sehe nur nach, ob alles in Ordnung ist, und dann warte ich draußen auf dich, okay?«

»Klar. Gib mir noch fünf Minuten mit dieser Staatsanwältin; dann gucken wir mal, ob wir uns an der Fahrt beteiligen können.«

Ich lief hinaus, hielt jedoch an der Tür noch einmal kurz inne, um einen letzten Blick auf die schicke Vierergruppe zu werfen. Das Licht war in diesem Teil der Bar gedämpft, aber ich konnte sehen, dass Braunhaar die Hand nach Minikleid ausstreckte, weil er sie offensichtlich auf die kleine Tanzfläche führen wollte. Mein Blick glitt zu dem anderen Paar. Funkelbusen hatte sich dem großen Mann zugewandt und sich so vorgebeugt, dass ihre Brüste seinen Arm streiften. Er schenkte ihr seine ganze Aufmerksamkeit.

Im Geiste seufzte ich leise und fragte mich, wie es sich wohl anfühlen mochte, von einem solchen Mann so behandelt zu werden, als sei man das Wichtigste in seinem Leben. »Eines Tages vielleicht«, sagte ich laut, um mich ein wenig aufzumuntern. »Ich werde schon noch einen Mann finden, der mich glücklich macht. Schließlich ist das nicht jenseits aller Möglichkeiten.«

Das letzte Wort hatte noch nicht meine Lippen verlassen, als sich der große Mann umdrehte und mich direkt ansah. Seine Augen glühten im gedämpften Licht.

Blinzelnd wich ich zurück. Ich geriet in Panik, drehte mich um und rannte hinaus, um nach Bree Ausschau zu halten. Ich hatte auf einmal das Gefühl, diese Augen hätten mir bis auf den Grund meiner Seele gesehen.

Es war eine beunruhigende Erfahrung. Aber auch eine, die ich seltsamerweise gerne wiederholt hätte.

3. KAPITEL

Die Fahrt vom Hotel Merit nach Rosse, dem Vorort im Westen der Bucht, wo ich lebte, ging nur langsam voran, auch deshalb, weil jetzt, nach Mitternacht, die örtliche Brücke in dichten Nebel gehüllt war.

»… und ich sagte zu ihr, ich rufe ihn nicht als Zeugen auf, weil die Staatsanwältin ihn auseinandernimmt. Stell dir doch nur mal vor, sie bekommt ihn dazu, die Verurteilung von vor achtzehn Jahren zuzugeben! Das gäbe ein Blutbad, buchstäblich ein Blutbad! Mann, es dauert ja ewig, bis wir zu Hause sind. Was machst du da?« Laura, die mittlerweile ziemlich angetrunken war, wandte sich mir zu. Es war uns endlich gelungen, einen Wagen zu bekommen. Jetzt saßen wir auf dem Rücksitz, und das bläulich weiße Licht der Lampen entlang des Highways fiel in kurzen Abständen auf unsere Gesichter und Oberkörper. Im Gegensatz zu Laura war es mir egal, wie lange wir nach Hause brauchten. Bei dem langsamen Tempo konnte ich im Schein der Lampen die Seiten des Buches gut erkennen, das auf meinem Schoß lag. »Schreibst du etwa auf, was ich sage?«

»Natürlich nicht«, sagte ich und wartete das nächste Licht ab, damit ich aufschreiben konnte, wie Bree sich in der Bar verhalten hatte. Nach kurzem Nachdenken fügte ich hinzu, dass der Mann, der sie abgeholt hatte, tatsächlich nüchtern gewesen war und nicht wie ein weißer Sklavenhändler ausgesehen hatte. Ich hatte sogar noch ein paar Worte mit ihm gewechselt, bevor sie gefahren waren. »Ich weiß, dass Bree nur deine Nachbarin ist und keine enge Freundin, aber glaubst du, es ist in Ordnung, dass sie die Nacht mit Ramon verbringt? Er sah zwar nett aus, aber sie ist so jung …«

»Phh. Wenn sie tatsächlich so jung wäre, hätte sie doch gar nicht den Bungalow neben meinem kaufen können. Ich glaube, sie gehört einfach nur zu den Frauen, die ewig jung aussehen. Bist du ganz sicher, dass du nichts von dem aufgeschrieben hast, was ich gesagt habe? Wenn jemand herausfinden würde, dass ich über einen Mandanten spreche, dann wäre ich am Ende.«

»Ich habe alles, was du gesagt hast, so verändert, dass es ganz allgemein und nicht wiedererkennbar ist«, sagte ich lächelnd. »Das Letzte, was ich will, ist, dass man dir den Talar auszieht, oder was man sonst so mit Anwälten macht.«

»Sie werden aus dem Anwaltsstand ausgeschlossen. Lass mich mal sehen.«

Ich zögerte kurz, aber ich hatte eigentlich nichts über den heutigen Abend geschrieben, was sie nicht schon wusste, deshalb reichte ich ihr mein Tagebuch und deutete auf die entsprechenden Zeilen. Und da sie eine gute Freundin ist, las sie auch nur diesen Teil und gab es mir dann zurück, ohne einen Blick auf den Rest zu werfen. »Danke, ich will ja nicht misstrauisch sein, aber ich habe zu viel getrunken, und ich will nicht, dass mich das verfolgt.«

»Außer dir und Oma weiß keiner, dass ich jeden Tag Tagebuch schreibe, deshalb kann ich mir kaum vorstellen, dass die Staatsanwältin oder sonst jemand etwas lesen will, was ich über dich geschrieben habe«, erwiderte ich.

»Du kennst sie nicht. Sie ist manchmal die reinste Hellseherin. Worüber haben wir eben geredet?«

»Über Bree und ihren neuen Freund, Ramon.«

»Ach ja, das. Es ist bestimmt alles in Ordnung, aber du

kannst sie ja morgen früh anrufen, wenn du dir Sorgen machst. Macht es dir etwas aus, wenn ich mich zuerst absetzen lasse? Wie gesagt, ich habe ein bisschen zu viel getrunken, und wenn ich Edgar sehe, schlage ich ihm wahrscheinlich in sein selbstzufriedenes Gesicht, und ich habe keine Lust, am Ende mit einer Anzeige wegen tätlichen Angriffs dazusitzen. Das haben Richter gar nicht gerne.«

»Dein Ex-Mann ist zum Glück an der Ostküste auf einem großen Einkaufstrip. Wir erwarten ihn erst in zehn Tagen zurück.«

»Ach?« Ihr Gesicht hellte sich auf. »Dann ist die Katze also aus dem Haus? Vielleicht können wir morgen Mittag zusammen essen. Oder morgen Abend. Ich möchte gerne mit dir darüber reden, dass du dringend einen neuen Mann brauchst.«

»Laura, bitte ...«

»Ich bin fest entschlossen, dich glücklich zu machen, auch wenn es mir selbst schlecht geht. Mittagessen morgen?«

»Ich kann nicht, tut mir leid. Edgars Neuerwerbungen treffen fast täglich ein, und ich muss alles eintragen und katalogisieren, ganz zu schweigen von all den Übersetzungen, die ich anfertigen muss. Und dann muss ich auch noch Fotos machen und tausend andere Dinge. Und die Kunden muss ich nebenbei auch noch bedienen. Ich habe gerade heute erst einen von den Gegenständen für viel Geld verkauft, deshalb muss ich mich morgen erst einmal darum kümmern, dass es für den Käufer ordentlich eingepackt wird.«

»Dafür hast du doch Jamie«, sagte Laura. »Hat er immer noch so viele Pickel und steht am liebsten in den Ecken rum, um dich anzustarren und dabei seinen Adamsapfel rauf und runter hüpfen zu lassen, als ob er ein menschlicher Vogel Strauß wäre?«

Ich lachte über die Beschreibung des Neffen meines Chefs.

»Das mit dem Eckenstehen und Anstarren ist ein bisschen besser geworden, aber ansonsten ist er immer noch der Alte.«

»Dann also Abendessen. Zum Abendessen wirst du doch gehen können? Ich will wirklich mit dir darüber reden, wie du am besten einen Mann findest.«

Seufzend willigte ich ein. »Um fünf bin ich bei Oma, aber wenn du bis sechs warten kannst, habe ich Zeit.«

»Großartig.« Sie lehnte sich zurück und war innerhalb von fünf Minuten eingeschlafen. Ich schrieb weiter, weil mein Tag für mich erst vollendet war, wenn ich alle Gedanken und Ereignisse der letzten vierundzwanzig Stunden aufgeschrieben hatte.

Als ich endlich bei mir zu Hause angekommen war, war es schon fast halb zwei Uhr morgens. Ich gab dem Fahrer Trinkgeld, blickte mich kurz auf der Straße um und eilte dann durch die Seitengasse zu der Treppe, die in die Wohnung über dem Laden führte. So leise wie möglich huschte ich die Treppe hinauf, um die andere Bewohnerin der oberen Etage, eine alte Frau, die unter Schlaflosigkeit litt, nicht zu wecken. Erleichtert betrat ich meine Wohnung.

Ich schlüpfte in ein dünnes hellblaues Seidennegliǵé und ging ins Badezimmer zu meinen abendlichen Verrichtungen. Ein paar Minuten lang starrte ich in den Spiegel und versuchte mich mit Lauras Augen zu sehen, aber schließlich schüttelte ich den Kopf und schaltete das Licht aus, um direkt ins Bett zu gehen.

Ein schmaler Lichtstreifen fiel unter der Tür an der Treppe hindurch, die zum Laden führte. »Ach du lieber Himmel, wenn Jamie das Licht angelassen hat, wird Edgar wütend.« Rasch gab ich den Sicherheitscode oben an der Treppe ein und eilte barfuß durch das Treppenhaus. Das Seidenhemdchen bauschte sich im Lufthauch.

In einem der Hinterzimmer brannte Licht. Das hatte Jamie beim Abschließen offensichtlich übersehen. Kopfschüttelnd schaltete ich es aus und bahnte mir um die Tische mit den antiquarischen Büchern und den Kopien von Kunstwerken, vorbei an der hinteren Wand, die voller Plakate hing, einen Weg zum Büro. Als ich die Tür öffnete, wurden mir schlagartig zwei Dinge klar: erstens, dass es nicht besonders klug war, mitten in der Nacht, alleine und völlig unbewaffnet, sogar ohne meine übliche Dose Pfefferspray, in den Laden zu gehen, und zweitens, dass der Mann mit den hübschen hellblauen Augen von Nahem sogar noch besser aussah.

Allerdings erkannte ich ihn nicht sofort.

»Hey!«, schrie ich beim Anblick der beiden Männer in Edgars Büro. Der eine wühlte in der Kiste mit den Sachen, die anscheinend noch eingetroffen waren, nachdem ich mit Laura und Bree ausgegangen war. »Was zum Teufel machen Sie da … aua!«

Die beiden Männer, die mit dem Rücken zu mir gestanden hatten, fuhren herum, und ich erkannte den braunhaarigen Mann, der mich im Hotel angerempelt hatte. Doch noch bevor ich meinen Satz zu Ende bringen konnte, hatte mich der große Mann mit den seidigen schwarzen Haaren gegen die Wand gedrückt und mir einen Arm auf den Hals gedrückt.

»Das hier muss es sein«, sagte Braunhaar, der in Edgars Schreibtisch kramte. Er schob einen kleinen, wild gemusterten Teppich beiseite, bevor er ein schwarzes Portfolio herauszog und aufschlug.

»Das … gehört … Ihnen nicht«, ächzte ich und versuchte, mich an die Tipps in dem Selbstverteidigungsbuch zu erinnern, das ich mal gelesen hatte. »Es ist schon verkauft!«

»Ich weiß«, sagte er und blätterte durch das Archivalien-Portfolio.

Um die sehr alte Abschrift eines Manuskripts, das ich an diesem Morgen an einen Sammler verkauft hatte, zu retten, packte ich den Arm des Mannes, der mich festhielt, zog meine Knie hoch und zielte auf seine Eier, aber er stand zu dicht vor mir, und seine Oberschenkel bremsten meinen Angriff.

»Verdammt!«, knurrte ich und überlegte, ob ich es wohl über mich brachte, meine Finger in diese hellblauen, hinreißend schönen Augen zu drücken.

»Hör auf zu strampeln. Ich tue dir nichts«, sagte Schöne Augen. Er bedachte mich mit einem flüchtigen Blick, dann schaute er sich nach seinem Freund um. Obwohl er die alte slawische Sprache verstanden hatte, in der sein Freund mit ihm in der Bar gesprochen hatte, hatte er einen englischen Akzent, der nur einen ganz leichten Anklang ans Osteuropäische hatte. »Ich nehme mir nur, was mir gehört.«

Ich ballte die Faust und versuchte genug Schwung zu bekommen, um sie ihm ins Gesicht zu schlagen, aber mir war klar, dass eine solche Attacke im besten Fall ohne jede Wirkung sein würde, dazu drückte er mich viel zu fest an die Wand. »Ach, das nennst du nichts tun, wenn du dich hier so unpassend und äußerst widerwärtig an mich drückst, während dein Freund Sachen stiehlt? Warte mal … was? Was gehört dir? Was redest du da?«

»Das venezianische Manuskript. Das, was du mir über meinen Cousin verkauft hast.« Er sah mich wieder an. Seine hellblauen Augen funkelten vor Wut. »Tu nicht so, als wüsstest du nicht, wovon ich rede. Oder willst du etwa noch mehr Geld dafür haben? Mir ist gleichgültig, wie viele andere Angebote du dafür bekommen hast – wir haben uns auf einen Preis geeinigt, und ich lasse mich nicht um meinen Vertrag betrügen.«

»Dein Cousin?« Ich durchforstete mein Hirn nach dem Namen des Sammlers, der sich auf das Manuskript gestürzt hatte, kaum dass es auf der Website des Ladens aufgetaucht war. »Milo Irgendwer?«

»Miles. Du wirst dich an die Vereinbarung halten, die er in meinem Namen getroffen hat. Als du nicht auf meine Nachrichten geantwortet hast, haben wir beschlossen, das Manuskript persönlich abzuholen, bevor ihm noch irgendetwas passiert«, sagte der große, dunkle, gefährliche Mann. Die Linien in seinem Gesicht waren so hart und unnachgiebig wie sein Körper, den er immer noch fest an meinen drückte. Mir wurde plötzlich sehr bewusst, dass die Hitze seines Körpers durch den dünnen Seidenstoff drang, der meine nackte Haut von ihm trennte.

»Ich glaube, du bist ein bisschen durcheinander«, sagte ich. Das Atmen fiel mir schwer. Das merkte er anscheinend, denn er nahm seinen Arm von meinem Hals und drückte stattdessen meine Hände in Höhe meiner Ohren an die Wand. »Ich versuche gar nicht, deinen Cousin über den Tisch zu ziehen.«

»Hast du es?«, fragte er. Braunhaar prüfte den kleinen Pergamentbogen.

»Ja, hier ist es.« Braunhaar steckte das Pergament in einen ledernen Diplomatenkoffer und nickte seinem Freund zu.

»Ich habe die vereinbarte Summe auf deinem Schreibtisch hinterlassen«, sagte Schönauge, als er sich wieder an mich wandte. Seine Wut war beinahe mit Händen zu greifen. »Obwohl ich sie am liebsten zurückhalten würde, da du ja anscheinend höhere Gebote bekommen hast und für mehr verkaufen möchtest. Aber im Gegensatz zu dir stehe ich zu meinem Wort.«

»So etwas würde ich nie tun«, sagte ich, wütend über die Anschuldigung. Gleichzeitig lenkte mich aber auch die Nähe seines Körpers ab. Er war so hart und fremd und … männlich. Obwohl ich nur begrenzte Erfahrungen mit Männern hatte, war ich keine schüchterne Jungfrau, aber es war doch eine neue Erfahrung für mich, so fest an einen männlichen Körper gepresst zu sein und zu spüren, wie sich sein Brustkorb im Takt mit meinem hob und senkte. »Ich wusste nicht, dass du vorbeikommen und es abholen wolltest. Und ganz bestimmt habe ich keine Vereinbarung getroffen, es an jemand anderen zu verkaufen.«

»Ich gehe schon mal raus«, sagte Braunhaar. Der Blick, mit dem er mich bedachte, war unpersönlich und sichtlich unbeeindruckt. In altem Slawisch sagte er: »Brauchst du Hilfe beim … Aufräumen?«

»Nein«, antwortete der Mann, der mich festhielt, in derselben Sprache. Ich fragte mich, ob sie wohl auch Gelehrte waren. Dann würde alles einen Sinn ergeben, falls sie selbst das Pergament gekauft hatten. »Es dauert nicht lange.«

Ich riss die Augen auf, als mir die versteckte Bedeutung hinter den Worten klar wurde. Glaubte dieser attraktive, gefährliche Mann mir etwa nicht? Als er gesagt hatte, er habe das Manuskript, das sein Freund gerade stahl, gekauft, hatte ich mich entspannt und ihren unorthodoxen Besuch darauf zurückgeführt, dass sie übereifrige Sammler waren. Aber jetzt … sollte das heißen, er wollte mich umbringen?

»Ich schwöre dir, ich habe nicht versucht, dein Blatt zu verkaufen!« Ich begann heftig zu strampeln und versuchte, mich ihm mit allen Mitteln zu entwinden. Ich mochte ja ein nicht so gelungenes Mitglied der menschlichen Gesellschaft sein, aber ich weigerte mich, die Welt einfach so zu verlassen. »Ich habe nichts falsch gemacht!«

»Du wirst dich nur selbst verletzen, wenn du so weitermachst«, sagte er. Er hielt meine Arme wie mit Schraubstöcken umklammert. »Wenn du nicht vorhattest, das Manuskript zu verkaufen, warum hast du dann nicht auf meine Nachrichten geantwortet?«

»Ich war den ganzen Tag unterwegs«, keuchte ich. Verzweifelt versuchte ich, meine Hände frei zu bekommen. Meine Finger krümmten sich zu Krallen. »Es geht dich zwar nichts an, aber mein Chef ist auf Reisen, deshalb habe ich den Tag mit Freunden verbracht.«

»Hat dein Chef andere Angebote angenommen? Ist es so?« Seine Augen blitzten ein bisschen weniger wütend. Fragend sah er mich an.

»Du liebe Güte! Hörst du nicht gut? Ich habe kein anderes Angebot angenommen!« Edgar würde ich es zutrauen, Sammler gegeneinander auszuspielen, aber da er mir den Verkauf überlassen hatte, während er auf Einkaufsreise war, hatte er sicher keine Zeit gehabt, gerade über diesen speziellen Gegenstand Verkaufsgespräche zu führen. »Ich wollte dich morgen früh – heute – anrufen, um nachzuhören, ob ich dir das Blatt schicken soll oder ob du es abholen willst. Und jetzt lass mich los!« Erneut versuchte ich, mich aus seinem Griff zu winden, aber es war zwecklos, das wussten wir beide.

»Erst wenn du dich beruhigt hast«, sagte er. Die Wut in seinen Augen war einer Erheiterung gewichen, die ich beleidigend fand. »Du tust dir nur weh, wenn du versuchst, dich zu befreien.«

»Du Bastard! Du bist nicht besser als irgendein gewöhnlicher Krimineller, so wie du mich behandelst!« Erneut versuchte ich mein Knie hochzuziehen, aber er machte nur einen Schritt vorwärts und schob ein Bein zwischen meine Beine.

Ich erstarrte, als ich seinen harten Oberschenkel spürte, und einen Moment lang konnte ich keinen klaren Gedanken fassen. Eigentlich hätte ich schreckliche Angst haben müssen, da ich als Frau leicht Opfer eines sexuellen Angriffs werden konnte, und mit all meiner Kraft kämpfen müssen, aber ich empfand die Situation einfach nicht als gefährlich.

»Kriminell? Vielleicht«, sagte er mit einem leisen Zucken seines Mundwinkels, »aber gewöhnlich? Ich will ja nicht behaupten, dass ich ein solch seltenes Exemplar bin wie du …« Sein Blick glitt von meinen Augen über meine Wimpern und Augenbrauen zu meinen Haaren, die ich zu einem Pferdeschwanz zusammengebunden hatte. »Aber ich kann dir versichern, dass ich in keinerlei Hinsicht gewöhnlich bin.«

»Dein Bein«, zischte ich. Angestrengt versuchte ich das letzte Restchen an Würde zu bewahren. Wenn ich nur etwas Distanz zwischen mich und diesen schönen, kraftvollen Mann bringen könnte, könnte ich auch wieder klar denken.

»Mein Bein?«

»Es steckt zwischen meinen Beinen.«

Er blickte nach unten, wodurch er eine hervorragende Aussicht auf den Ansatz meiner Brüste bekam. Ich holte tief Luft, um Einspruch dagegen zu erheben, dass er mir praktisch bis auf den Bauch gucken konnte, aber dadurch wurden meine Brüste noch fester gegen seinen Brustkorb gepresst. »Tatsächlich? Ich kann nicht an deinen … äh …«

»Ja, tatsächlich.« Meinen Atem hatte ich jetzt nicht mehr unter Kontrolle. Am liebsten hätte ich mich laut schreiend in einem dunklen Raum versteckt, wo ich nachdenken konnte, aber er lenkte mich ab, weil sich sein Brustkorb stetig hob und senkte. Meine Brüste wurden ganz schwer, und sie schienen sehr interessiert an ihm zu sein. »Es ist … es ist ungezogen. Mir ist klar, dass du wütend bist, weil ich nicht da war, als du angerufen hast, um mir zu sagen, dass du das Manuskript abholen willst, aber mich anzugreifen, dein Bein zwischen meine zu schieben, deinen Brustkorb an meinem zu reiben und meine Hände festzuhalten … das ist unerträglich.«

»Da bin ich aber ganz anderer Meinung. Du riechst wie ein Feld voller sonnenwarmer Sonnenblumen. Duftender Blumen«, sagte er leise. Er senkte den Kopf, bis sein Mund fast mein Ohr berührte und sein Atem heiß über meine plötzlich sehr empfindliche Haut glitt. »Du hast einen schönen Hals.«

Mit einem kreischenden Geräusch kamen all meine Gedanken zum Stillstand. Schlagartig wurde mir klar, dass er mit mir flirtete. Er flirtete! Mit mir! Was lief eigentlich in meinem Leben falsch, dass ich nur einen Mann finden konnte, der nicht schreiend vor mir davonlief, wenn er zu der Sorte gehörte, die Frauen an die Wand drückte und an ihrem Hals roch? »Ich … äh … danke. Glaube ich. Und jetzt lass mich los.«

Er lachte leise, was bei mir Hitzewellen in Teilen meines Körpers auslöste, die ich seit Jahren nicht mehr gespürt hatte. »Du wirkst beleidigt. Das war ein Kompliment, kleine Blume.« Immer noch glitt sein Atem heiß über meinen Hals, und seine Lippen berührten einen Punkt hinter meinem Ohr, der sich plötzlich zu einer komplett erogenen Zone entwickelte. »So süß. So glatt und seidig.«

Mir lief ein Schauer über den Rücken. Meine Brüste wurden immer schwerer, und ein seltsames, rastloses Gefühl überkam mich. Am liebsten hätte ich mich an ihm gerieben und seinen Duft tief eingesogen, so wie er an mir schnupperte. Ich wollte mich in der Hitze baden, die er ausstrahlte … Schlagartig kam ich wieder in der Realität an. Zutiefst beschämt erkannte ich, dass ich offensichtlich so ausgehungert nach der Aufmerksamkeit eines Mannes war, dass mich sogar eine so gefährliche Situation anmachte. »Okay, jetzt reicht's. Ich werde mich bei der ersten Gelegenheit in Lauras Hände begeben.«

»Ich weiß zwar nicht, wer Laura ist, aber wenn du der Überzeugung bist …«

Er beendete den Satz nicht. Sein Blick war so heiß, dass ich reagierte, obwohl ich am liebsten schreiend weggelaufen wäre.

»Ich bin nicht lesbisch, wenn du das wissen willst«, hörte ich mich sagen.

»Ah. Das freut mich aber«, murmelte er. Sein Atem glitt über meinen Hals.

Schlagartig erkannte ich, dass das alles andere als ein Kompliment war. Es war eine Beleidigung. Ich zuckte zusammen, erleichtert, als er endlich meine Hände losließ. Ich wartete erst gar nicht ab, bis er reagierte – ich stieß ihn von mir weg, so fest ich konnte. »Hältst du mich wirklich für so dumm?«

Er bewegte sich keinen Zentimeter von der Stelle, aber er hob den Kopf und kniff die Augen zusammen.

»Oder vielleicht glaubst du, ich sei naiv.« Erneut versuchte ich ihn wegzuschieben, aber er blieb einfach stehen. Seine Hände lagen auf der Wand neben meinen Ohren, und mit seinem Körper hielt er mich an Ort und Stelle.

Verwirrt blickte er mich an. »Wieso?«

»Dein Kompliment«, fuhr ich ihn an und betonte das Wort so verächtlich, wie ich konnte. »Du meinst doch in Wirklichkeit, dass mein Gesicht so schrecklich ist, dass mein Hals im Vergleich dazu hübsch ist. Nun, es tut mir leid, dass ich nicht so außerordentlich attraktiv bin wie du, aber manche von uns müssen eben mit den genetischen Makeln leben, die ihnen der Zufall zugedacht hat.«

Er zog seine glänzenden schwarzen Augenbrauen zusammen, als er mein Gesicht erneut betrachtete. Ich schwöre, dass sich sein Blick verdüsterte, das Blau wurde von dem äußeren Rand zurückgedrängt. »Wann habe ich denn gesagt, dass dein Gesicht schrecklich ist?«

Ich konnte nicht anders. Ich wusste, es war dumm, mit nichts als einem dünnen Negligé bekleidet dazustehen und mit ihm über so unwichtige Dinge zu streiten, obwohl ich doch eigentlich zumindest hätte versuchen müssen, den Alarmknopf am Schreibtisch zu drücken. Aber irgendetwas an dem Mann machte mich wütend. Ärgerte mich. Irritierte und faszinierte mich. »Ach, komm. Mein Hals ist hübsch? Mein Hals? Das war doch offensichtlich ein Kompliment aus Mitleid, weil du nichts Nettes sagen konntest über meine Augen, meine Haare oder sonst etwas, was Männer sagen, wenn sie einer Frau schmeicheln wollen, und das, Mr Dein-Bein-ist-immer-noch-da, ist der Gipfel der Ungezogenheit.«

Zu meiner Überraschung verzog er die Mundwinkel zu einem kleinen Lächeln. Er beugte sich vor, bis sein Atem über meine Lippen strich. Sein Mund war ganz dicht vor meinem. Hitze stieg in meinem Körper auf, und meine Handflächen wurden ganz feucht. Als er sprach, berührten seine Lippen meine. »Ich habe meine Meinung geändert. Du bist nicht selten … du bist absolut einzigartig.«

»Willst du … vielleicht … du willst doch nicht …« Ich wollte ihn so gerne fragen, ob er mich nicht endlich loslassen könnte, aber ich bekam keine Luft mehr. Es war, als ob die Hitze seines Körpers alle Luft aus meinen Lungen saugte.

»Dich küssen?«, fragte er. Seine Lippen glitten über meine Mundwinkel. »Ach, Blume, du reizt mich, aber da du so einzigartig bist, möchte ich nicht, dass deine Blütenblätter unter meiner Hitze verwelken.«

Ich starrte in seine Augen, die jetzt vollständig blau waren, und wusste nicht, was ich sagen sollte. Ich müsste ihn irgendwie aufhalten, wieder die Kontrolle über meinen Körper zurückgewinnen, aber ihn zu spüren, überwältigte mich. Sein Bein zwischen meinen Beinen, sein Hemd, das über meine Brüste rieb, alles gab mir das Gefühl, in Flammen zu stehen, und ich konnte nicht mehr klar denken.

Und dann war er weg. Die Tür klickte leise – und mir war plötzlich kalt, weil er sich nicht mehr an mich presste. Ich bekam Gänsehaut, das einzige Zeichen dafür, dass er da gewesen war.

»Verdammt«, sagte ich und taumelte zu Edgars Schreibtischstuhl. »Der verdammte Kerl!«

Die Seide meines Nachthemds rieb über meine empfindlichen Brüste, als ich mich hinsetzte. Und ließ mich erschauern. »Verdammter Mangel an Kontrolle.«

Auf einem Stapel von Lieferscheinen, die ich auf Edgars Schreibtisch gelegt hatte, lag ein gelber, unterschriebener Scheck. Der Betrag war so hoch, dass ich gerne die Inhaberin des Geschäfts gewesen wäre, statt hier nur als Edgars Mädchen für alles zu arbeiten, aber ich hielt mich nicht bei der Summe auf. Mein Blick glitt rasch zu dem Namen des seltsamen, sexy Mannes, der einen so schwindelerregenden Betrag für ein Blatt aus einem mittelalterlichen Manuskript gezahlt hatte.

Archer Andras. Ich strich mit dem Finger über den Namen und ging im Geiste Edgars Kundenliste durch. Ich hatte ein ziemlich gutes Namensgedächtnis, aber einem solch ungewöhnlichen Namen war ich noch nie begegnet. Ohne darüber nachzudenken, ergriff ich den kleinen Gebetsteppich und legte ihn zusammen, bevor ich ihn auf den Schreibtisch legte, dann holte ich aus Edgars Eingangskorb den Lieferschein heraus, den ich heute früh dort hineingelegt hatte.

Lieferung 15A-Venedig. Verkauft an E. Wendell, Ross, California, USA. Inhalt: (1) Gebetsteppich, 0,76 m x 1,22 m, Wolle und Seide, c. 1811 (1) Blasrohr, 15 cm x 4 cm, Holz, c. 1788, (1) Manuskriptblatt, 188 mm x 137 mm, Pergament, handschriftlich datiert vom Schreiber auf Kolophonblatt 1474, murmelte ich und legte das kleine schwarze Blasrohr zurück in die Schachtel, aus der Braunhaar es bei seiner Suche herausgenommen hatte. »Was mag wohl auf dem Blatt gewesen sein, dass Mr Schöne-Augen-Archer bereit war, dreimal so viel dafür zu bezahlen, wie Edgar ausgegeben hat?«

Ich zog die Fotografien, die ich davon gemacht hatte, heraus, aber als Wissenschaftlerin fiel mir nichts auf. Der obere, mit der Hand geschriebene Teil war lateinisch, der übrige Text kodiert. Ich hatte eigentlich vorgehabt zu versuchen, den Code zu knacken, weil das mein Hobby war, aber dann war das Blatt verkauft gewesen, bevor ich es überhaupt richtig angeschaut hatte.

Was war so wichtig daran, dass zwei Männer nachts in den Laden einbrachen, statt bis zum nächsten Morgen zu warten?

Ich dachte immer noch darüber nach, als Edgar elf Stunden später anrief, um mich zu kontrollieren. Wie immer dominierte er das Gespräch und ließ mich kaum zu Wort kommen.

»Pack bitte das Set sorgfältig ein. Dr. Monroe hat sich über die letzten Bücher, die du ihm geschickt hast, beschwert und einen Nachlass verlangt. Natürlich habe ich seiner Forderung nicht nachgegeben, so geht es ja nun wirklich nicht, aber ich will nicht, dass du ihn dieses Mal wieder so verärgerst. Hast du die Sachen von den beiden letzten Auktionen bekommen?«

»Ich glaube schon. Am Mittwoch haben wir ein kleines Paket mit Figurinen aus Jade bekommen, und gestern früh kam auch eine Lieferung. Ach, und gestern Abend kam noch ein kleines Paket mit Büchern, während ich weg war.«

»Du warst weg? Warum das denn?«, fragte er misstrauisch. »Ich dulde nicht, dass du dir ohne Erlaubnis freinimmst! Ich bezahle dich schließlich, damit du im Laden die Lieferungen in Empfang nimmst und sie ordentlich einträgst! Du hast kein Recht, herumzuscharwenzeln und meine Zeit und mein Geld zu vergeuden! Du bist jederzeit ersetzbar! Es gibt Hunderte arbeitsloser Akademiker, die nur zu gerne so einen bequemen Job hätten wie du! Denk daran, wenn du das nächste Mal versuchst, mich zu betrügen!«

»Edgar, ich betrüge dich nicht!«, unterbrach ich ihn, obwohl ich wusste, dass es keinen Zweck hatte. Er würde erst aufhören, wenn er mit seiner Tirade fertig war. Also leider niemals! »Ich bin nicht früher gegangen. Ich wusste nicht, dass noch eine Lieferung kommt, sonst wäre ich bei Jamie geblieben.«

»Du wirst dafür bezahlt, diese Lieferungen entgegenzunehmen und sie auf die Website zu stellen!«, herrschte er mich an. Ich hielt den Hörer ein Stück von meinem Ohr weg und seufzte schwer. »Gleichgültig, wie lange du im Geschäft bleiben musst, ich dulde nicht, dass meine wertvolle Ware vor der Tür stehen bleibt, weil du ausgehst, um an irgendeinem Mann zu lutschen!«

»Edgar!«, sagte ich, schockiert über seine vulgäre Ausdrucksweise. »Ich war nicht mit einem Mann aus, aber das geht dich sowieso nichts an. Ich bin um die übliche Zeit gegangen, und wie gesagt, ich hatte keine Ahnung, dass noch eine Lieferung kommt …«

»Dann kümmere dich darum, dass du das nächste Mal informiert bist«, fuhr er mich an. Kurz dachte ich daran, ihn zu fragen, wie ich das machen sollte, wenn er es mir nicht mitteilte, aber ich musste etwas Wichtigeres mit ihm besprechen. Doch bevor ich ihm vom Manuskript erzählen konnte, fuhr er fort: »Da ist ein Gebetsteppich in der Lieferung, den du eintragen musst, aber sei bitte vorsichtig damit. Er hat angeblich dämonische Kräfte.«

»Was?« Keuchend starrte ich auf den harmlos aussehenden Teppich, der ordentlich zusammengerollt neben dem Stapel von Papieren lag, die ich gerade durchsah. Ich ergriff einen Hefter und schob damit den Teppich ein Stück weiter weg.

»Trag ihn einfach ganz normal ein, aber fass ihn nur an, wenn es unbedingt sein muss. Der Verkäufer sagte, seine Tochter habe einen Dämon herbeigerufen, als sie ihn benutzte, deshalb hat er ihn auch in die Auktion gegeben. Er musste ihn loswerden, damit das dumme Mädchen nicht noch mehr Blödsinn damit anstellte. Erstell eine Liste von Dämonologen und schick ihnen eine Info über den Teppich, aber schreib keinen Preis dazu. Wir warten erst einmal ab, welche Angebote dafür hereinkommen, bevor ich mich entscheide, was ich dafür verlangen will.«

Ich betrachtete den Gebetsteppich. »Jemand hat damit … einen Dämon gerufen?«

»Ich habe dir doch gesagt, du sollst dir über so etwas Merkwürdiges nicht den Kopf zerbrechen. Die Leute aus der Anderwelt sind an Freaks wie dir nicht interessiert; sie wollen nur Machtobjekte«, sagte er. Anscheinend war es ihm egal, dass er mich gerade beleidigt hatte.

Ich ignorierte, was er über seine Haustier-Verschwörungstheorie gesagt hatte – er behauptete nämlich, es gäbe eine Gruppe übernatürlicher Wesen, die sich unter normale Leute mischten –, und biss die Zähne zusammen, um mir die Beleidigung nicht anmerken zu lassen. »Wie du willst. Ach, ich habe übrigens das Manuskriptblatt verkauft, das gestern hereingekommen ist. Es war sofort weg. Der Käufer hat es gestern am Abend sogar schon abgeholt …«

»Was? Was hast du gesagt?« Edgars Stimme hob sich um eine Oktave. »Was zum Teufel hast du mit meinem Manuskriptblatt gemacht?«

»Ich habe es verkauft. Für den Höchstbetrag«, sagte ich. Es musste Edgar doch gefallen, dass ich seine Geschäftspolitik angewendet hatte, einen Preis anzusetzen, der wesentlich höher war als der Wert des Objekts. Dass die Männer mich überrascht hatten und meine seltsame Reaktion auf Archer beschloss ich auszulassen. »Der Käufer kam mit einem beglaubigten Scheck und hat das Blatt gestern Abend mitgenommen.«

»Was zum Teufel hast du getan?«, schrie er in den Hörer, so laut, dass mir fast das Trommelfell platzte. »Du blöde Schlampe! Heißt das, du hast das Manuskript verkauft? Für wie viel?«

Ich nannte ihm die Summe. Was ging hier vor? Ich bekam feuchte Hände. »Das liegt weit über dem, was du normalerweise …«

»Du blöde Schlampe!«, wiederholte er und schrie: »Wem hast du es verkauft?«

»Einem Mann namens Archer«, sagte ich ruhig. Mein Magen krampfte sich zusammen. »Der Preis war gut …«

Er wurde immer wütender und warf mir Schimpfwörter an den Kopf, die ich ignorierte. Ich biss die Zähne zusammen und wartete ab, bis sein schlimmster Zorn nachgelassen hatte.

Schließlich musste er Luft holen, und so ruhig ich konnte, ergriff ich das Wort, obwohl ich am ganzen Körper zitterte und mir übel war. Die Ironie, dass es mir nach Edgars verbaler Attacke hundertmal schlechter ging als nach Archers unerwartetem Besuch, entging mir nicht. »Du hast mir nicht gesagt, ich solle das Blatt nicht verkaufen, Edgar. Ich hatte keine Ahnung, dass du es behalten …«

»Hol es zurück!«, knurrte er. Seine Stimme war jetzt leise, und sein Atem kam rau und stoßweise, als habe er gerade einen Marathon hinter sich. Doch es war die unterschwellige Drohung in seiner Stimme, die mir Gänsehaut verursachte. »Du holst es zurück, sonst breche ich dir jeden einzelnen Knochen in deinem Körper, und wenn ich mit dir fertig bin, mache ich es mit deiner kostbaren Großmutter genauso. Hast du mich verstanden? Wenn du das Ding nicht zurückholst, wirst du dir wünschen, nie geboren zu sein.«

Der Schock machte mich sprachlos. Edgar mochte nicht der beste Arbeitgeber sein, den man sich vorstellen konnte, aber für jemanden mit Abschlüssen in Kunstgeschichte, Mittelalterlicher Geschichte und Kunstrestaurierung lagen die Jobs nicht gerade auf der Straße. Vor allem nicht für jemanden, der lieber nicht in Museen ging, in denen das Personal einen anstarrte und Kommentare über Leute abgab, die anders aussahen.

»Was war falsch daran, es zu verkaufen?«, fragte ich mit belegter Stimme. »Wenn du mir gesagt hättest, ich solle es nicht verkaufen …«

»Ich könnte zehnmal so viel dafür bekommen, das ist falsch daran, du blöde Schnepfe! Ich gebe dir bis morgen Zeit, es zurückzuholen. Wenn nicht … nun, du bist es selber schuld. Und deine Großmutter. Vergiss das nicht. Wenn sie leidet, ist es auch deine Schuld.« Entsetzen stieg in mir auf, und ich begann zu zittern.

Er legte auf, bevor ich noch etwas sagen konnte. Erstarrt vor Schock saß ich da. Hatte er tatsächlich meine Oma bedroht? Er wusste, wie verletzlich sie war, wie gebrechlich, und wie viel Mühe es mich gekostet hatte, sie in einer Pflegeeinrichtung unterzubringen, wo sie mit Mitgefühl behandelt wurde. Sofort rief ich in dem Heim an und bat darum, mit meiner Großmutter sprechen zu dürfen.

»Thaisa? Ist heute nicht Ihr Besuchstag?«, fragte eine der Pflegerinnen. »Ich halte ihr das Telefon ans Ohr, aber sie hat leider heute keinen klaren Tag.«

»Das ist schon okay. Sie soll nur meine Stimme hören, auch wenn sie nicht weiß, dass ich es bin«, sagte ich. In den nächsten zehn Minuten plapperte ich Oma dummes Zeug ins Ohr und bekam als Reaktion nur ein unverständliches Gemurmel.

»In ein paar Stunden komme ich zu dir, Oma«, sagte ich schließlich. »Ich bringe dir ein paar Rätselhefte mit, in Ordnung?«

»Rätselhefte?« Meine Großmutter hörte auf, vor sich hin zu murmeln. Ich konnte beinahe sehen, wie ihre Miene sich aufhellte. »Ich mag Rätselhefte.«

»Ja, ich weiß. Ich bringe dir heute Abend welche mit. Ich freue mich auf dich.«

»Was soll ich mit diesem Telefon machen?«, fragte sie die Pflegerin, die sich kurz bei mir verabschiedete, bevor sie auflegte.

Ich war noch nie besonders aggressiv, weil ich Vernunft jederzeit Leidenschaft vorzog, und ich habe mich auch noch nie aggressiv gegen jemanden zur Wehr gesetzt, aber als ich da auf Edgars Stuhl saß und blicklos auf seinen Schreibtisch starrte, fasste ich einen Entschluss. Ich würde alles tun, um diese liebe, reizende, sanfte Frau zu beschützen. Wenn ich dafür von dem attraktiven Archer verlangen musste, dass er das Manuskript zurückgab, dann würde ich es eben tun. Und wenn alles erledigt war, wenn ich Edgar sein verdammtes Manuskriptblatt zurückgegeben hatte, dann würde ich kündigen. Ich würde lieber auf der Straße leben und dem Pflegeheim jeden Cent, den ich durch irgendwelche Handlangerarbeiten verdiente, geben, als weiter für einen Mann zu arbeiten, der kaltblütig eine harmlose alte Frau bedrohen konnte.

Die Tür ging auf, und Jamie betrat das Büro. Er stocherte gerade in seinen Zähnen herum. »Hey, Thaisa, da ist ein Mann, der dieses Spinoza-Set kaufen will, und der Scheck ist auf über hundert Dollar ausgestellt. Kannst du kommen und ihn abzeichnen?«

Eine Welle heißer Wut stieg in mir auf, die meiner Natur normalerweise völlig fremd war. Sie war so stark, dass ich aufsprang. Ich schlug mit der Hand auf den Schreibtisch und knurrte: »Wenn dieser Mistkerl sich je wieder mit mir anlegt, dann wird er derjenige sein, der leidet. Eher bringe ich mich selber um, als dass ich zulasse, dass meiner Oma auch nur ein Haar gekrümmt wird!«

Jamie riss die Augen auf, und sein Adamsapfel hüpfte hektisch auf und ab, während er voller Panik vor mir zurückwich. »Heilige Scheiße! Okay, ich sage ihm, er soll mit Kreditkarte bezahlen!«

Bei seinen Worten ließ meine Wut nach. Ich blickte auf, sah aber nur noch Jamies Rücken, als er zur Kasse im Ladenlokal zurückrannte. »Was? Wolltest du etwas von mir? Jamie? Ach … zum Teufel!«

4. KAPITEL

Mein Telefon klingelte, während ich noch archaische Obszönitäten an eine Website richtete, die sich weigerte, mir zu geben, was ich wollte, wenn ich nicht bereit war, eine große Summe zu bezahlen.

»Was ist?«, bellte ich ins Telefon, ohne mich erst auf dem Display zu vergewissern, wer anrief. Sofort bekam ich ein schlechtes Gewissen. »Äh … Entschuldigung, hallo.«

»Wow. Wenn du für jemand anderen arbeiten würdest, würde ich dich jetzt fragen, welche Laus dir über die Leber gelaufen ist, aber da ich den Mann, der einmal mein Ehemann war, ja kenne, habe ich keinen Zweifel daran, dass er dir gerade gehörig auf die Nerven gegangen ist. Was ist los, Tha? Was hat der Mistkerl dir angetan?«

»Ach, Laura«, sagte ich. Plötzlich schwammen meine Augen in Tränen, und die Wut, die in den letzten Stunden mein ständiger Begleiter gewesen war, wurde in Selbstmitleid ertränkt. »Er ist wirklich ein Mistkerl.«

»Oh-oh.« Ihr scherzhafter Tonfall wurde schlagartig ernst. »Das ist er absolut, aber du gibst es sonst nie zu. Was ist los? Warte, kannst du es mir in … äh … zweieinhalb Minuten erzählen?«

»Nein, wahrscheinlich nicht«, sagte ich verwirrt. »Warum das Zeitlimit?«

»Ich sitze im Flugzeug, und wir wollen gerade starten. Ich muss für ein paar Tage in die Kanzlei in Portland. Wie hat

Edgar es geschafft, dich so aufzuregen? Du klingst so, als ob du weinst.«

»Noch nicht, aber ich stehe kurz davor.« Ich schluckte die Tränen, die mir im Hals brannten, hinunter. »Er hat mir angedroht, Oma etwas anzutun.«

Fluchend sagte Laura: »Ruf die Polizei.«

»Ich kann nicht. Ich meine, ich habe bei der Polizei angerufen und gefragt, ob eine verbale Drohung ausreicht, um ihn aufzufordern, sich von Oma fernzuhalten, aber sie haben Nein gesagt, zumal er sich auf der anderen Seite des Landes befindet. Wenn er das noch einmal sagt, kann ich ihn wegen Belästigung anzeigen. Aber mehr können sie auch nicht tun.«

Laura fluchte erneut. »Warum ist er bloß so ein Arschloch?«

»Kannst du dich noch an den gestrigen Abend in der Bar erinnern?«, fragte ich, um ihr von den Ereignissen in der Nacht zu erzählen. Aus irgendeinem Grund zögerte ich jedoch, ihr zu erklären, warum Archer mich an die Wand gedrückt hatte. Aber dann dachte ich, dass meine Verlegenheit über die Reaktion meines Körpers auf seinen, der sich an mich presste, nur ein Zeichen von Feigheit war, und sprudelte alles in einem einzigen Satz hervor. »Der Mann mit den schönen Augen, der große, nicht der braunhaarige, er war im Büro, als ich nach Hause kam, aber er war nicht alleine. Der andere Mann war auch dabei, und sie kramten in einer Kiste, die Edgar hierhergeschickt hatte, und als er mich sah, stieß er mich an die Wand und drückte sich mit seinem Körper gegen mich und sagte, ich hätte versucht, ihn hereinzulegen und ihm das Manuskript zu verweigern, das er gekauft hatte, aber das wollte ich ihm eigentlich heute schicken, deshalb habe ich zugelassen, dass er es mitgenommen hat, und heilige Teufelsbällchen, ich kann dir sagen, er war vielleicht heiß, nicht nur einfach sexy, sondern körperlich heiß, und ich glaube, du hattest recht, als du sagtest, ich brauche einen Mann, denn wenn ich so darauf reagiere, dass sich ein Mann an mich drückt, was sagt das wohl über mein Leben aus?«

»Wow, das war aber mal jetzt ein Satz! Verdammt, kann ich … Gut. Entschuldigung, Tha, ich muss jetzt mein Telefon ausschalten. Ich rufe dich an, sobald es wieder geht, ja? Ich wollte dir nur Bescheid sagen, dass ich heute Abend leider nicht mit dir essen gehen kann, aber Bree meinte, sie würde an meiner Stelle mitkommen. Hab dich lieb.«

Die Verbindung brach ab.

Ich blickte finster auf den Bildschirm meines Laptops. Meine Haut juckte vor Frustration. »Warum klappt heute bloß nichts?«

Die Tür zu Edgars Büro ging einen Spalt auf, und Jamie steckte die Nase hinein. »Äh, Thaisa? Ich habe jetzt Mittagspause. Ich wollte mir eigentlich einen Burger holen, aber wenn du nicht nach vorne kommen willst, um auf den Laden aufzupassen …«

»Doch, ist schon okay«, sagte ich. Ich blickte auf die Uhr und streckte mich, als ich aufstand. »Ich habe gar nicht gemerkt, dass es schon so spät ist. Geh du nur zum Mittagessen. Ich arbeite draußen an der Kasse weiter.«

Jamie war immer noch ein bisschen ängstlich wegen meines Ausbruchs am Morgen, obwohl ich mich für mein Betragen ausgiebig entschuldigt hatte. Er warf mir ein paar nervöse Blicke zu, als er sein Skateboard holte, um zu einem Burgerladen in der Nähe des Skate-Parks am Ort zu fahren. Ich ging nach vorne. Es waren nur zwei Personen im Laden, und ich sah mit einem Blick, dass sie nur stöberten und wahrscheinlich nichts kaufen würden. Ich hatte mich gerade hinter die Registrierkasse gesetzt und mein Handy herausgezogen, um weitere Nachforschungen im Internet zu *Archer Andras Kalifornien* anzustellen, als das Telefon im Laden klingelte.

»Das illustrierte Grimoire«, meldete ich mich und verzog das Gesicht über das Ergebnis meiner Recherche.

»Guten Tag«, sagte eine glatte Stimme. Sofort legte ich das Handy beiseite. Die Stimme klang ein wenig heiser, mit einem englisch-irischen Akzent. »Habe ich das Vergnügen, mit Thaisa Moore zu sprechen?«

»Ja«, sagte ich vorsichtig.

»Ausgezeichnet. Mein Name ist Vehar, und ich habe gehört, Sie seien die beste Expertin für das mittelalterliche Europa in Nordkalifornien. Ich möchte über ein kleines Projekt mit Ihnen sprechen.«

»Ich … ich bin geschmeichelt«, sagte ich. Aus einem Grund, den ich nicht benennen konnte, beschlich mich ein unbehagliches Gefühl. »Aber ich versichere Ihnen, dass ich bei Weitem nicht die größte Expertin auf diesem Gebiet bin. Es gibt zahlreiche gute Wissenschaftler an der Universität …«

»Ja, aber alle sind anscheinend auf einer Konferenz in Frankfurt. Und Sie sind zum Glück hier. Hätten Sie Zeit, sich mit mir zu treffen? Sagen wir heute Abend?«

»Warum geht es bei Ihrem Projekt?«, erkundigte ich mich.

»Um die Übersetzung eines obskuren französischen Werks aus dem späten fünfzehnten Jahrhundert. Ich halte es für eine Fabel, aber es ist leider kodiert geschrieben, was wohl Ihre Spezialität ist.«

»Ja, das stimmt.« Wenn ich Archer überreden konnte, Edgar das Manuskript zurückzugeben, dann wollte ich kündigen und brauchte daher das Geld, das ich mit einer freiberuflichen Tätigkeit verdienen konnte. »Es wäre mir eine Freude, einen Blick auf Ihr Manuskript zu werfen. Heute Abend habe ich Zeit. Äh, sind Sie in der Gegend von Santa Mar?«

»Ja, in der Tat. Mir ist natürlich klar, dass Frauen in Ihrer Position nicht das Privathaus eines Fremden betreten. Sollen wir uns an einem öffentlichen Ort treffen? Ich kenne einen Club mit einer angenehmen Atmosphäre, wo wir über die Einzelheiten des Projekts sprechen können.«

»Danke. Ich weiß es zu schätzen, dass Sie einen öffentlichen Ort vorschlagen.« Er gab mir die Adresse und schlug neun Uhr vor. Rasch sah ich mir den Club im Internet an, fand, dass die überwältigend guten Beurteilungen bedeuteten, dass ich dort sicher war, und willigte ein. »Ich komme gerne«, versprach ich, in Gedanken schon wieder bei dem Problem, wie ich Archer ausfindig machen sollte.

»Ich freue mich sehr darauf zu sehen, was Sie daraus machen«, sagte mein Gesprächspartner in dieser seidigen Stimme, die erneut Alarm in meinem Kopf auslöste. Ich war mir nicht ganz klar darüber, was mich an diesem Mann beunruhigte, aber solange wir uns in einem Club aufhielten, würde wohl alles in Ordnung sein.

Außerdem hatte ich viel wichtigere Probleme zu lösen, als mich um einen Mann zu kümmern, der mich mit vagem Unbehagen erfüllte. Eine halbe Stunde später war ich mit der Suche nach Archer immer noch nicht richtig weitergekommen. Lediglich in einem Ort an der Küste, eine halbe Stunde Fahrt von mir entfernt, war ich auf einen Mann mit diesem Namen gestoßen. Das musste der Richtige sein. Aber wie sollte ich seine Adresse herausbekommen, ohne für diese Information zu zahlen?

Plötzlich fiel mir der E-Mail-Ausdruck ein. Rasch lief ich ins Büro, um ihn zu holen.

»Jetzt hab' ich dich, Mr Sexy-Augen«, sagte ich und ging zurück in den Laden. Allerdings musste ich enttäuscht feststellen, dass die E-Mail gar keine Adresse enthielt.

»Wirklich? Das klingt gut, es sei denn, du hast nur die Augen.« Bree saß auf der Theke neben der Registrierkasse, ließ die Beine baumeln und blätterte in einem kleinen Buch, das etwa so groß war wie ein Handy. Meine Augen weiteten sich, nicht nur wegen ihrer Kleidung (pinke Samtcorsage und blutroter Tüllrock), sondern auch wegen des Buches, das sie in der Hand hielt.

»Bree!« Ich ließ den Ausdruck fallen und sprintete zu ihr. »Das ist das *Liber Salomonis!* Wie bist du denn daran gekommen? Es befand sich doch in dem verschlossenen Bücherschrank. Bitte, sei vorsichtig damit. Es ist sehr alt und sehr brüchig.«

»Es ist kein besonders gutes Grimoire«, sagte sie. Ich bekam fast einen Herzinfarkt, als sie ein paar Seiten umblätterte. Ihre Handcreme konnte großen Schaden anrichten. »Jede Menge Fehler. Hier zum Beispiel …« Sie zeigte auf eine der Seiten. Hastig rannte ich zurück ins Büro, um die Baumwollhandschuhe zu holen, die ich mir immer überstreifte, wenn ich eines dieser alten, brüchigen Objekte anfasste.

»Sie desinfizieren die Hermetis von hinten. Sie haben die Tage vertauscht, und die vier Nota Orationem sind komplett falsch. Ha! Komplett falsch!«

»Warte, ich nehme dir das mal ab«, sagte ich und löste vorsichtig ihre Hände von dem Buch. Offensichtlich war es unbeschädigt. Ich seufzte erleichtert auf und legte es zurück auf den kleinen Sockel in dem klimatisierten Schaukasten, der neben der Kasse stand. Neben dem Sockel lag ein diskretes Preisschild auf dem Futter des Schaukastens. Sorgfältig schloss ich ab, dann wandte ich mich zurück zu Bree. »Ich weiß nicht, wie du das Buch da herausbekommen hast, aber tu das bitte nicht noch einmal. Die Bücher in dem klimatisierten Schaukasten sind alle äußerst empfindlich und ungeheuer wertvoll. Dieses hat einen so hohen Preis, dass Edgar es gar nicht verkaufen will. Es sei denn, jemand bietet so viel, wie ein kleines Haus kostet; dafür würde er es wahrscheinlich weggeben.«

»Ich wüsste nicht, warum das jemand tun sollte, wenn es doch so viele Fehler hat«, sagte Bree und nahm ein anderes Buch in die Hand, das ein bisschen größer war. »Wollen wir doch mal sehen, wie schlimm die Fehler in diesem *Liber Iuratus Honorii* sind.«

»Nein!«, krächzte ich und riss ihr das Buch aus der Hand. Ich warf ihr einen bösen Blick zu, dann legte ich es in den zweiten klimatisierten Schaukasten, der eigentlich auch verschlossen war. »Das ist eine sehr seltene Kopie, mit deren Transkription ich gerade erst fertig geworden bin.«

»Wirklich?« Bree legte den Kopf schief, als ich die Bücher in den zwei Kästen zählte. Alle waren da. Ich weiß nicht, wie sie sie aus den verschlossenen Vitrinen herausbekommen hatte, aber solange sie unbeschädigt waren, wollte ich ihr keine Strafpredigt halten.

Jedenfalls keine allzu große.

»Ja, wirklich. Das ist mein Beruf – ich übersetze die Werke, die Edgar auftreibt. Viele davon sind nämlich Kopien von Schreibern, die absichtlich – oder unabsichtlich – den Originaltext leicht verändert haben, und es ist sehr interessant zu sehen, was verändert worden ist und warum. In diesem *Iuratus Honorii* zum Beispiel habe ich einen Abschnitt gefunden, in dem davon die Rede ist, eine Art von Amulett zu erschaffen, wie es nirgendwo anders erwähnt wird.«

»Ein Drachenamulett.« Bree nickte und rezitierte zu meinem großen Erstaunen: »*Danach werdet ihr wissen, dass der erste siebenzackige Stern azurblau ist, der zweite grün, der dritte rot, der vierte nachtschwarz und der Kreis aus Gold.* So sind damals die Drachen entstanden, obwohl ich von goldenen Drachen noch nie etwas gehört habe.«

Ich starrte sie an. »Wie … Wo hast du … Hast du studiert …«

»Laura sagt, ich soll dich zum Essen einladen«, sagte sie und sprang von der Theke. »Wolltest du über den Drachen von gestern Abend sprechen?«

Meine Gedanken überschlugen sich. Es machte mich fassungslos, dass sie die Passage mit den Amuletten kannte, die ich noch nie irgendwo gesehen hatte. »Den was?«

»Ich nehme an, du hast ihn wiedergesehen.« Sie streckte die Hand aus und berührte eines meiner Ohrläppchen mit der Fingerspitze. Dann hielt sie sie hoch, um sie mir zu zeigen. »Drachenschuppen.«

»Wovon redest du?«, fragte ich kopfschüttelnd. Ich fragte mich ernsthaft, ob Edgar mich vielleicht in den Wahnsinn getrieben hatte.

»Könnte ein Drachenjäger sein, aber ihre Schuppen glänzen normalerweise nicht so«, sagte sie und betrachtete ihre Fingerspitze. »Komm, lass uns chinesisch essen gehen.«

Verwirrt starrte ich sie an. Schließlich schüttelte ich noch einmal den Kopf. Davon wurde er allerdings auch nicht klarer. »Ich würde gerne mit dir essen gehen, aber ich muss zuerst zu meiner Großmutter. Und gerne chinesisch. Draußen, in der Nähe des Pflegeheims, in dem meine Oma wohnt, gibt es ein gutes Restaurant. Wir könnten uns da treffen.«

»Ich begleite dich«, sagte sie und strahlte mich an. »Alte Damen lieben mich! Um wie viel Uhr?«

»Äh …« Ich wusste nicht, wie ich ihr erklären sollte, dass meine Großmutter kaum Besuch hatte und ihn meistens gar nicht erkannte. »Im Heim hätten sie wahrscheinlich nichts dagegen, wenn du mitkämest, aber meine Oma gerät leicht durcheinander, und ich möchte nicht, dass sie sich aufregt.«

»Ich bringe einen kleinen Hund mit«, versprach sie, nachdem ich ihr die Adresse des Heims gegeben hatte. Sie lief zur Tür und drehte sich dort noch einmal um. »Alle lieben Welpen, nicht wahr?«, sagte sie mit großer Ernsthaftigkeit.

»Im Heim sind keine Tiere er…«, begann ich, aber da war sie schon verschwunden und lief die Straße entlang. »…laubt, außer Begleithunden«, beendete ich meinen Satz. Plötzlich fühlte ich mich erschöpft, als hätte ich fünf Runden geboxt.

Ich berührte mein Ohrläppchen und betrachtete dann meinen Finger. Ein ganz leichter Hauch von Glitzer war zu sehen, aber er kam bestimmt von dem Puder, das ich heute früh statt Make-up aufgelegt hatte. »Dieses Mädchen ist absolut durchgeknallt!«

Der Rest des Tages zog sich in die Länge. Ich schickte eine E-Mail an Archer, in der ich ihn bat, sofort mit mir Kontakt aufzunehmen, packte ein paar Bestellungen ein, die ich auf Edgars Geheiß verschicken sollte, war im Büro, als zwei Silberkelche und eine hässliche kleine Statuette, die einen Mann darstellte, der auf einem Frosch ritt, eintrafen, und verbrachte die restlichen Stunden mit dem Versuch, dem Internet ein paar Geheimnisse über Archer Andras zu entlocken.

Als ich endlich Feierabend hatte, war ich völlig frustriert und hatte zwei weitere E-Mails an Archer geschickt mit zunehmend erregten Aufforderungen, doch endlich Kontakt mit mir aufzunehmen oder mir eine Nummer mitzuteilen, unter der ich ihn erreichen konnte. Nachdem ich Jamie an seine Verantwortung erinnert und ihm strenge Anweisungen gegeben hatte, nur ja nicht zu vergessen abzuschließen, die Alarmanlage einzuschalten und das Licht auszumachen, fiel mir ein, dass ich den Scheck doch nur einzulösen brauchte, um Archers Kontaktadresse zu bekommen.

Bree wartete schon, als ich zu dem betreuten Wohnen kam, wo Oma lebte. Erleichtert stellte ich fest, dass sie einen Stofftierwelpen mitgebracht hatte, einen süßen Golden Retriever mit großen Augen, die mich an ihre erinnerten. Eine noch größere Überraschung war, dass Bree absolut recht gehabt hatte –

sie war der Hit im Heim, flitzte von einer alten Bewohnerin zur nächsten, lachte und plauderte mit allen. Oma umklammerte den Spielzeughund, den Bree ihr geschenkt hatte, redete mit ihm und streichelte ihn, als wäre er ein echter Hund. Ein paar Minuten lang schämte ich mich geradezu, dass ich nicht schon früher auf die Idee gekommen war, ihr so etwas zu schenken.

Als wir eine Stunde später gingen, winkten uns einige der mobileren Bewohnerinnen von der Tür aus nach und nahmen Bree das Versprechen ab, sie bald wieder zu besuchen.

»Das hat Spaß gemacht«, sagte sie und ergriff meinen Arm, als wir uns unseren Weg durch all die Leute bahnten, die ihre Abendeinkäufe machten. Ich hatte meine Sonnenbrille aufgesetzt, wie ich es tagsüber für gewöhnlich tat. Es tröstete mich, dass die Brille den größten Teil meiner seltsamen Merkmale verbarg. »Ich mag deine Oma. Sie ist sehr klug.«

»Ja, das war sie früher. Jetzt ist sie ein bisschen … zerstreut … aber als ich klein war, haben wir gemeinsam ganze Rätselhefte durchgearbeitet. Am liebsten waren uns die Zahlenrätsel. Gran war großartig darin. Bree …« Ich zögerte, weil ich den bisher so überraschend erfreulichen Abend nicht ruinieren wollte, aber meine Neugier gewann die Oberhand. »Woher kanntest du diese Passage aus dem *Liber Iuratus Honorii?* Ich habe es erst vor ein paar Monaten übersetzt und bisher noch an keine akademische Gruppe hinausgeschickt.«

»Ooh, hier gibt es Mandelhühnchen. Mama liebt Mandelhühnchen«, sagte sie und musterte die Speisekarte, die im Fenster aushing. »Wir können jede Menge davon nehmen, es sei denn, du magst es nicht.«

Ich folgte ihr lächelnd ins Restaurant. Eine gehetzte junge Frau wies uns einen Tisch am Fenster zu. »Ich versuche eigentlich, nicht allzu viel Fleisch zu essen, aber ein bisschen Hühnchen kann ja nicht schaden. Gibt es einen Grund, warum du das Thema gewechselt hast, oder willst du einfach meine Frage nicht beantworten?«

»Warum sollte ich so etwas tun?«, fragte sie. Laut schlürfend trank sie den Tee, den sie sich bestellt hatte. »Und, was unternehmen wir heute Abend?«

»Ich habe eigentlich etwas vor.« Ich beschloss, nicht weiter zu erwähnen, dass sie meine Frage schon zum zweiten Mal nicht beantwortet hatte. Ich musste mich auf wichtigere Dinge konzentrieren, zum Beispiel, wie ich einen gewissen Mann mit hellen Augen endlich in die Finger bekam. »Es tut mir leid, wenn du geglaubt hast, wir gingen wieder ins Kino oder würden etwas ähnlich Schönes unternehmen, aber ich muss mich um ein Projekt kümmern, und dann habe ich um neun noch einen Termin, um einen mittelalterlichen Code zu dechiffrieren. Ich werde also den Abend leider nicht mit dir verbringen können.«

»Macht dir dein Projekt denn Spaß? Ich kann dir doch helfen.« Sie klatschte in die Hände und schaute mich aus ihren hellen Augen interessiert an.

»Das bezweifle ich. Ich muss den Kontakt zu einem Mann herstellen …«

»Wow, das ging aber schnell«, unterbrach sie mich. Plötzlich winkte sie einer Frau, die draußen langsam den Hügel hinaufging, begeistert zu. Die Frau schaute uns verblüfft an und ging mit gesenktem Kopf rasch am Fenster vorbei. »Hat Laura jemanden gefunden oder hast du dir alleine einen gesucht?«

»Ich … äh … ich habe ihn selbst gefunden. Sozusagen. Es ist nichts Romantisches. Kannst du dich noch an gestern Abend erinnern?«

»Ja klar. Ich habe Ramon gevögelt, dann hat er mich gevögelt, und dann haben wir geschlafen.«

Ich schwieg, weil ich mir ebenfalls einen Tee einschenkte. Einen Moment lang starrte ich sie an, fand mich aber dann selbst zu unhöflich. »Ich meinte vorher, als wir noch zusammen waren.«

»Ach so, sagte sie und kniff die Augen zusammen. »Die Bar im Hotel.«

»Ja. Eigentlich vor allem die beiden Männer, über die wir, äh, Bemerkungen gemacht haben.«

»Die Drachen.« Sie nickte.

»Sie waren im Büro – Wie? Drachen? Was ist damit?«

»Die beiden Drachen, die euch so gut gefallen haben.« Sie schenkte sich noch eine Tasse Tee ein und widmete sich einer kleinen Schale, die Päckchen mit verschiedenen Arten von Zucker enthielt.

Ich holte tief Luft. Ob Bree wohl Drogen nahm? Sie wirkte nicht wie eine Süchtige, aber anders konnte ich mir das, was sie sagte, langsam nicht mehr erklären, außer sie war vielleicht geisteskrank, aber das glaubte ich nach unserem Besuch bei Oma nicht. Sie war so reizend und fürsorglich mit den alten, verwirrten Bewohnerinnen umgegangen. »Okay, ich sage jetzt etwas, das hart an der Grenze zur Beleidigung ist, und ich entschuldige mich schon im Voraus dafür, aber ist mit dir alles in Ordnung?«

»Ja klar. Warum fragst du?« Sie legte den Kopf schief und sah mich an.

»Drachen«, sagte ich knapp.

»Ja. Der, mit dem du gestern Abend geknutscht hast. Warte, man sagt doch geknutscht, oder?« Sie runzelte die Stirn. »Es bedeutet küssen, oder? Ich habe es mal in einem Film gehört, und neben Arsch mit Ohren ist es mein neues Lieblingswort.«

»Ja, genau das bedeutet es, aber ich habe gestern Abend keinen Drachen geküsst. Ich habe überhaupt niemanden geküsst, um das mal klarzustellen«, sagte ich. Ich verdrängte die Erinnerung an Archers heißen Atem an der empfindlichen Stelle hinter meinem Ohr. Allein bei dem Gedanken daran wurden mir die Knie weich. »Und selbst wenn, hätte ich einen Mann geküsst und kein mythisches Wesen mit Flügeln und einem Hang zu Jungfrauen.«

»Ja, das …«

Genau in diesem Moment kam die Kellnerin mit unserem Essen, was Bree – die fünf verschiedene Gerichte zum Ausprobieren bestellt hatte – zum Jubeln brachte.

Ich wartete, bis sie sich den Teller vollgeladen hatte (ich wünschte, ich hätte auch so einen Stoffwechsel, der mir erlaubte, alles zu essen, ohne auch nur ein Gramm zuzunehmen), dann stieß ich hervor: »Wie alt bist du eigentlich?«

Sie blickte auf, eine Nudel zwischen den Lippen, die Nase gekraust, während sie nachdachte. »Eintausend siebenhundert … Nein, das stimmt nicht.« Sie legte ihre Gabel hin und zählte ihr Alter an den Finger ab, wobei sie stumm die Lippen bewegte. »Eintausend achthundert zweiundvierzig.«

»Nicht in Tagen, du Dummchen, wie alt bist du in Jahren?« Ich rechnete es im Geiste aus. »Das würde auch gar nicht stimmen, wenn es Tage wären. Hast du in Wochen gezählt?«

»In Jahren«, sagte sie undeutlich, weil sie schon wieder einen Bissen in den Mund gesteckt hatte.

»Ich verstehe.« Ich sah sie traurig an. Wenn sie keine Drogen nahm, hatte sie offensichtlich eine Geisteskrankheit, die ihr den Blick auf die Realität verwehrte. Aber es ging mich ja nichts an. Im Stillen gelobte ich mir, ihr zu helfen, wenn sie mich darum bat, aber ich würde sie auf keinen Fall auffordern, sich Hilfe zu suchen.

»Wie alt bist du denn in Tagen?«, fragte sie.

Ich rief den Rechner auf meinem Handy auf. »Wenn ich

die Schaltjahre nicht mitrechne, dreizehntausend einhundert zweiundvierzig Tage.«

»Cool«, sagte sie. »Bist du heute Abend nach deinem Termin mit dem Geheimschrifttyp wieder zum Knutschen mit dem Drachen verabredet? Oder können wir zusammen abhängen, weil wir beste Freundinnen sind und Ramon Bandprobe hat?«

Gerade hatte ich geschworen, ihr zu helfen, und jetzt saß ich schon da und hätte am liebsten gesagt, dass ich später noch zu tun hatte. »Ich verbringe gerne Zeit mit dir, aber was ich zu tun habe, ist äußerst langweilig. Ich muss am Computer recherchieren, aber vielleicht willst du dir ja in der Zwischenzeit ein paar Bücher anschauen, die wir im Laden haben. Jedenfalls diejenigen, die nicht gerade ein Vermögen wert sind. Was später passiert, weiß ich noch nicht …« Erneut stieg Unbehagen in mir auf, als ich an die seidenglatte Stimme des Mannes dachte. Ich überlegte kurz und blickte sie prüfend an. Ich hätte gerne jemanden dabeigehabt, wusste aber nicht, ob sie nicht vielleicht einen potenziellen Kunden vergraulte.

Schließlich kam ich zu dem Schluss, dass ich auch ohne die Dekodierungsaufgabe genug Möglichkeit hatte, Geld zu verdienen. Wenn ich also den Job verlor, weil der Kunde Bree nicht mochte, würde es eigentlich keine Rolle spielen. »Na gut«, sagte ich zu ihr. »Du kannst mit mir in den Club zu dem Termin mit dem Dekodierungsmann kommen.«

»Großartig! Ich werde dich beschützen und dafür sorgen, dass dir nichts passiert«, sagte sie und winkelte einen Arm an.

»Mm-hm.«

»Was machen wir vorher? Dein Projekt, das du erledigen musst?«

Ich ignorierte die lauten, schlürfenden Geräusche, als sie ihre süßsaure Suppe zu sich nahm, und sagte vorsichtig: »Die beiden Männer, die wir gestern Abend in der Bar gesehen haben, sind später im Büro meines Chefs aufgetaucht. Der große, der Archer heißt, hat ein Manuskriptblatt von Edgar gekauft und wollte es abholen. Doch Edgar … na ja, Edgar ist eben ein Arsch mit Ohren und wollte es auf einmal nicht mehr Archer verkaufen. Und jetzt muss ich das Manuskriptblatt zurückholen. Ich versuche gerade, Archers Adresse oder seine Telefonnummer herauszufinden, ohne dafür ein Monatsgehalt auszugeben. Ich werde die ganze Zeit am Laptop sitzen, wenn du also etwas Aufregenderes vorhast …« Ich beendete den Satz nicht, in der Hoffnung, sie würde das Interesse verlieren.

»Du versuchst also, diesen Archer Drache zu finden?« Wieder zog sie die Nase kraus, während sie an einem großen Bissen Kung-Pao-Rindfleisch kaute. »Warum willst du denn für etwas Geld ausgeben, das du ganz leicht bekommen kannst?«

»Leicht?« Ich schüttelte den Kopf. »Ich versuche schon den ganzen Tag, an Archers Kontaktdaten heranzukommen. Es heißt doch immer, es sei so leicht, online etwas über jemanden in Erfahrung zu bringen. Bei Archer trifft das absolut nicht zu. Es gibt fast nichts über ihn. Nada.«

Bree rülpste, kicherte und entschuldigte sich, dann blickte sie sich im Restaurant um. Nachdem sie das ganze Essen verputzt hatte, war sie anscheinend gesättigt. »Es gibt mehr als einen Weg, ein Monster zu häuten.« Nachdenklich blickte sie mich an. »Vier, eigentlich. Komm, wenn du fertig bist, gucken wir uns mal in deinem Laden um, ob es nichts gibt, was dir helfen kann.«

»Im Laden? Warte mal, Bree … verdammt.« Hastig bezahlte ich die Rechnung, ziemlich sauer, weil ich auch alles bezahlen musste, was sie verzehrt hatte, dann rannte ich hinter ihr her.

Als wir am Laden ankamen, war ich außer Atem, weil es bei uns so hügelig war. Ich schloss die Eingangstür auf, schaltete die Alarmanlage ab und das Licht ein, bevor ich auf Edgars Schreibtischstuhl sank. »Kein Wunder, dass du solche Mengen essen kannst«, keuchte ich und fächelte mir mit einem Blatt Papier Luft zu. »Noch ein Block mehr und ich wäre tot umgefallen.«

Bree schaute sich bereits im Büro um und betrachtete eingehend die Dinge, die Edgar gekauft hatte und die ich noch eintragen musste. Sie stellte einen Elfenbeinkelch hin, den sie eben in der Hand gehabt hatte, und trat an den Schreibtisch. »Was ist das denn?«, fragte sie und zeigte auf die große Plastiktüte, in die ich den Gebetsteppich gesteckt hatte.

»Ein dämonischer Gebetsteppich.« Ich fuhr den Laptop hoch und machte mich wieder auf die Google-Suche nach Archer.

»Wirklich? Cool!«

»Nein, natürlich nicht wirklich. Ich meine, der Teppich schon, aber das mit dem Dämon ist nur eine Geschichte«, sagte ich kopfschüttelnd. »Edgar hat etwas davon gefaselt, dass man damit einen Dämon herbeirufen kann, aber das stimmt natürlich nicht. Das sagt er nur, um das Stück für die Kunden interessanter zu machen.«

Bree ergriff die Tüte und ließ den Teppich auf den Schreibtisch rutschen. Einen Moment lang hielt sie die Hand darüber, zog sie dann aber wieder weg und schüttelte sie, als ob sie sich gestochen hätte. »Warum glaubst du das?«

»Weil Dämonen genauso wenig real sind wie Drachen. Hm, ob vielleicht ein Privatdetektiv billiger wäre?« Ich tippte auf ein paar Tasten und verzog das Gesicht, als ich die aufgeführten Preise las.

Bree ergriff eine große Feuerzange, die in der Ecke stand. Damit packte sie den Teppich und schleifte ihn in die Mitte des Zimmers, wo sie ihn auf dem Boden ausrollte. »Du übersetzt Zauberbücher und andere magische Texte und glaubst nicht an Dämonen?« Sie schüttelte den Kopf. »Das ist doch unsinnig!«

Ich schaute sie einen Moment lang an und musste zugeben, dass sie nicht Unrecht hatte. »Vor ein paar hundert Jahren glaubten die Menschen an vieles, das nicht real war. Was tust du da?«

»Ich lege den Dämonenteppich aus. Normalerweise rufe ich keine Dämonen, weil der Ort, für den ich arbeite, so etwas nicht unterstützt, aber da du feststeckst und einen kleinen Schubs brauchst, um zu diesem Archer Drache zu kommen, riskieren wir es mal. Hast du etwas Salz?«

Ich blinzelte verwirrt, unsicher, ob ich sie zur Seite nehmen und ein bisschen über ihre geistige Gesundheit mit ihr reden sollte oder ob das zu aufdringlich war. »Ich … ja. Willst du einen Salzkreis darum herumlegen?«

Sie grinste. »Wer könnte besser einen Dämon rufen als eine Frau, die alle Anleitungen gelesen hat?«

»Bree …« Ich schwieg einen Moment lang. Eine Hälfte von mir hatte das Gefühl, dass meine Online-Suche Zeitverschwendung war, und die andere Hälfte machte sich ernsthaft Sorgen um ihren Geisteszustand. Andererseits hatte ich aber auch keine Lust mehr, mich frustriert und hilflos zu fühlen. Mit gesundem Menschenverstand und methodischem Vorgehen hatte ich nichts erreicht, vielleicht sollte ich es jetzt tatsächlich einmal mit dem Unorthodoxen und Unrealistischen versuchen. »Weißt du was? Dann machen wir es eben!«

»Das ist die richtige Einstellung! Du holst das Salz und das Gold und ich die Asche des toten Mannes.«

»Wir haben aber keine …« Ich brach ab, als sie hinter Edgars persönlicher Büchersammlung ein kleines Deckelglas hervorzog. »Oh, anscheinend doch.«

»Dein Chef macht es richtig«, sagte sie. Sie öffnete das Glas und schnupperte daran. »Dieses Zeug ist frisch. Du musst den Kreis legen. Wenn ich es täte, bekäme ich jede Menge Probleme.«

»Klar, warum nicht. Ich habe ja bis neun nichts Besseres zu tun. Gott sei Dank ist Jamie süchtig nach hartgekochten Eiern, die er am liebsten mit viel Salz mag.« Ich holte ein kleines Schraubglas mit Salz aus Jamies Schublade und ging damit zurück in Edgars Büro. Dort zog ich noch ein wenig an dem Teppich, bis er ganz glatt auf dem Boden lag, wobei mir auffiel, dass er an einigen Stellen von Motten bearbeitet worden war. Er war schlammrot, mit kleinen gelben Fäden, die durch ihn hindurchliefen, aber er war so verblichen und schmutzig, dass das Originalmuster nicht mehr zu erkennen war. »So, jetzt ziehe ich einen Kreis aus Salz.«

»Soll ich die Himmelsrichtungen anrufen oder tust du es?«, fragte Bree.

»Muss ich das denn nicht?«, fragte ich und legte eine dünne Salzlinie um den Teppich.

»Wenn du etwas Modernes benutzen würdest, nein, aber das hier ist ein alter Teppich, deshalb wird er erwarten, dass es auf die alte Weise geschieht«, sagte sie. Sie erhob sich, breitete die Arme weit aus und wandte sich nach Osten. »Die Himmelsrichtungen durften immer die Lehrlinge anrufen, während der Meister das eigentliche Ritual vollzog. Kommt zu uns, Luftgeister, um uns zu behüten und zu beschützen.«

Ich streute die Asche, die Bree gefunden hatte, in den Salzkreis, wobei ich sorgfältig darauf achtete, ihn so wenig wie möglich zu berühren. Ich glaubte nicht wirklich daran, dass der Teppich das Böse war. Trotzdem passte ich auf, während ich das Ritual vollzog, abergläubisch genug, um vorsichtig zu sein.

Bree wandte sich nach Norden, und als ich den Ruf der

Himmelsrichtungen erkannte, den sie benutzte, sprach ich ihn stumm mit. »Kommt zu uns, Steine und Felsen der Felder, um uns zu behüten und zu beschützen.

Sie drehte sich nach Westen. »Kommt zu uns, Najaden aus den Tiefen, um uns zu behüten und zu beschützen.«

Ich hockte mich auf die Fersen und betrachtete den Kreis. Im Geist ging ich die Anweisungen vieler alter Zauberbücher durch und vergewisserte mich, dass alles vollständig war. Bree sollte nicht behaupten können, der Kreis sei nicht richtig gezogen worden, wenn nichts passierte.

Ich erhob mich und wandte mich mit Bree zusammen nach Süden, wobei ich wieder mit ihr sagte: »Kommt zu uns, Drachen des Feuers, um uns zu behüten und zu beschützen.«

»Welchen Dämon willst du rufen?«, fragte Bree.

»Ich weiß nicht. Vielleicht sollte ich mir eine Liste in einem der *Libers* anschauen.«

»Es gibt einen, der sich in der letzten Zeit häufig in der Gegend um Santa Mar aufgehalten hat«, sagte sie und setzte sich im Schneidersitz neben den Teppich. »Naamah.«

»Klingt gut. Naamah. Ich glaube, den Namen kenne ich.« Ich grub in den Tiefen meines Gedächtnisses und stieß auf einen Namen, den ich in einem der Zauberbücher gelesen hatte. »Sie hatte eine Affäre mit Adam, nachdem er sich von Eva getrennt hat, und gebar ihm dämonische Kinder.«

»Die Plagen der Menschheit«, sagte Bree und nickte. »Sie war auch mal mit Heinrich VIII. zusammen.«

»Äh … klar«, sagte ich und holte die Fotokopie eines wertvollen Zauberbuchs, das im British Museum aufbewahrt wurde. Ich zeichnete die Symbole, die mit dem Dämon Naamah verbunden waren. »Als Letztes … Blut.«

Ich sprang nach oben in mein Badezimmer, ergriff die Sicherheitsnadel, mit der ich die Vorhänge geschlossen hielt, rieb sie mit Alkohol ab und stach mir dann in den Daumen. Sofort lief ich wieder in Edgars Büro und ließ einen Tropfen Blut auf den Salzkreis fallen.

»Okay, das war es. Bereit?«

Bree nickte und ergriff einen kleinen Feuerlöscher, der in der Ecke neben der Feuerzange gehangen hatte.

»Glaubst du, wir brauchen ihn?«, fragte ich sie und stellte mich so hin, dass ich meine Hände über den Kreis halten konnte.

»Nur für den Fall, dass Naamah gereizt darauf reagiert, dass sie gerufen wird. Sie konnte immer schon das beste fiese Gesicht machen, das ich je gesehen habe.«

Ich schürzte die Lippen, schluckte einen unnötigen Kommentar hinunter und sagte stattdessen: »Ich beschwöre dich, Naamah, durch die Macht des Herrn Oriens, vor mir ohne Lärm und Geschrei zu erscheinen. Ich befehle dir, Naamah, mir kraft meiner Macht zu Willen zu sein. Durch meine Hand sollst du gebunden sein, durch mein Blut sollst du gebunden sein, durch meine Stimme sollst du gebunden sein.«

Bree runzelte die Stirn. »Ich glaube nicht, dass das ganz …«

Gerade als ich mich zu ihr umdrehen wollte, geschah etwas Erstaunliches. Die Luft im Kreis schien dicker zu werden, als ob sie aus klarer Gelatine bestünde, die jetzt klumpte. Sie drehte sich um sich selbst und begann, Gestalt anzunehmen.

Die Gestalt eines gut aussehenden Mannes mit blondem zurückgekämmtem Haar, einem Hemd, das bis zum Bauchnabel offen stand, und schwarzer enger Lederhose. Fragend zog der Mann die Augenbrauen hoch.

»Heilige Scheiße«, sagte ich und starrte den Mann mit offenem Mund an. Dann blickte ich auf die Fotokopie der Seiten aus dem Zauberbuch, die ich immer noch in der Hand hielt. »Heilige Scheiße. Was … äh …«

»Hallo, Naamah«, sagte Bree. Sie schlenderte zu ihr, den Feuerlöscher immer noch im Arm. »Wie ich sehe, bist du jetzt ein Mann. Wie geht es den Kindern?«

»Wie immer sehr beschäftigt«, sagte Naamah. »Du weißt ja, wie das mit diesen Plagen ist … irgendetwas gibt es immer zu tun.«

Mein Blick glitt von dem Mann mit den dunklen, böse glitzernden Augen, der auf dem Gebetsteppich stand, zu Bree. »Du … äh … kennst diese Person?«

»Den Dämon. Ich habe dir doch erzählt, sie …, Entschuldigung, er … hat sich an Heinrichs Hof aufgehalten.«

Der Mann verzog höhnisch das Gesicht. »Das war eine schöne Zeit. Glückliche Tage.«

»Ich kann nicht …« Ich schüttelte den Kopf. »Ich kann nicht glauben, dass das wirklich passiert. Wie …«

Der Mann … nein, kein Mann, der Dämon … verdrehte die Augen und stieß einen gequälten Seufzer aus. »Na toll. Schon wieder hat mich so eine ahnungslose Person gerufen. Man sollte meinen, die Anderwelt erzieht ihre Bewohner besser. Soll ich dir die Hand halten. Na gut, obwohl ich das nur tue, weil Oriens einen Dozenten für personelle Vielfalt da hat, und die Teilnahme an den Kursen Pflicht ist. Was wünschst du von mir, oh Herrin?«

Ich starrte ihn an, mein Verstand bemühte sich immer noch zu begreifen, dass alles, was ich in den letzten zwölf Jahren studiert hatte, alles, was ich übersetzt, gelesen und zusammengefasst hatte, tatsächlich der Wahrheit entsprach.

Dämonen sind real.

»Wir wollen Informationen über den Archer Drache«, sagte Bree zu dem Dämon und stupste mich mit dem Ellbogen an.

»Ihr kennt die Regeln«, sagte Naamah und hielt sich die Hand vor den Mund, als er gähnte.

»Du musst die Fragen stellen«, sagte Bree zu mir. »Das ist eine Dämonenregel.«

»Was?« Langsam setzte sich mein Gehirn wieder in Bewegung. Wenn die Dinge so lagen, dann war es wohl besser, sich anzupassen und mitzumachen, statt hier herumzustehen und Zeit zu vergeuden.

Schließlich stand Omas Wohlergehen auf dem Spiel.

»Gut«, sagte ich. Bei der Erinnerung an Edgars Drohungen stieg Wut in mir auf. »Dämon Naamah, ich befehle dir … äh …« Leise flüsterte ich Bree ins Ohr: »Was kann denn ein Dämon, was ich nicht kann?«

»Den Archer Drache finden.«

»Sein Nachname ist Andras, nicht Drache.« Ich musterte den Dämon. »Ich befehle dir mit meiner Stimme, meiner Hand und meinem Blut, die Adresse und/oder die Telefonnummer von Archer Andras herauszufinden. Nach meinen Informationen ist er in einem Ort an der Küste, aber das könnte auch überholt sein. Kannst du das?«

Erneut verdrehte der Dämon die Augen, dann wies er auf den Kreis. »Lass mich frei, und ich werde deiner Forderung nachkommen, oh mächtige sterbliche Herrin.«

»Oh, klar.« Rasch löste ich die Himmelsrichtungen auf, dann rieb ich ein bisschen Salz aus dem Kreis heraus und durchbrach ihn, damit der Dämon ihn verlassen konnte. »Brauchst du sonst noch etwas für die Aufgabe?«

»Na, wenn du schon so fragst …« Der Dämon bückte sich, ergriff den Gebetsteppich, rollte ihn zusammen und steckte ihn sich unter den Arm, bevor er das Büro verließ. »… das hier reicht völlig aus.«

»Was?«, fragte ich und blickte Bree an.

»Lauf ihm hinterher«, sagte sie und wedelte mit den Händen.

»Geht er tatsächlich? Hey, Naamah! Wohin gehst du?«

Ich rannte hinter ihm her und holte ihn ein, als er gerade die Eingangstür öffnen wollte. »Du kannst doch nicht einfach so gehen!«

»Nein? Dann pass mal auf!«

»Du musst das tun, was ich dir befehle! Das steht in allen Büchern! Ich gebe dir einen Befehl, und du musst ihn ausführen«, sagte ich zu ihm und folgte ihm auf den Bürgersteig hinaus.

»Wer sagt das? Ich würde ja Lebewohl sagen, aber du weißt ja, wie es ist.« Er legte den Kopf schief und tippte sich an die Brust. »Ich bin ein Dämon. Wir sind nicht nett.«

»Du kannst doch nicht einfach so gehen!«, sagte ich erneut. Ich wusste nicht, was ich machen sollte. Sollte ich hinter ihm herrennen? Ihm befehlen, stehen zu bleiben? Ihn zurück in die Hölle schicken, wo er hingehörte?

»Dämonen, eben«, sagte Bree. Es hörte sich an wie »dagegen bist du machtlos«.

»Darf er das denn?« Ich versuchte mich zu erinnern, was in den Zauberbüchern darüber stand, was ein Dämon tun durfte, der sich in der Hand seines Herrn befand. »Müsste er nicht eigentlich alles tun, was ich sage?«

»Wenn du das zu deinem Spruch noch hinzugefügt hättest, ja«, sagte Bree. Sie drehte eine Pirouette und hob die Hände zum Abendhimmel. »Aber du hast den Satz weggelassen. Ich habe mich eben schon darüber gewundert, aber da du ihn nicht ausgesprochen hast, ist er nicht an dich gebunden.«

»Na, zur Hölle!«, sagte ich.

»Eigentlich heißt es Abaddon.«

Ich starrte sie an.

Sie grinste. »Es ist das, was sich die Sterblichen unter der Hölle vorstellen, aber das interessiert dich im Moment wahrscheinlich eher nicht.«

»Nein, tut es nicht. Der Mann … dieser Dämon hat Edgars Teppich mitgenommen.« Ich schloss die Augen, überwältigt von einer Mischung aus Kummer und Entsetzen. »Und ich habe ihn einfach so damit weggehen lassen.«

»Mach dir keine Sorgen«, sagte Bree und boxte mir leicht auf den Arm. »Wir sind nicht hilflos.«

»Nein? So fühle ich mich aber.« Ich spürte, wie ich Kopfschmerzen bekam. Ich rieb meinen Hinterkopf und fragte mich, ob ich wohl mit Gran zusammen so untertauchen könnte, dass Edgar uns nie finden würde. Ich blickte auf meine Uhr. »So ein Mist! Ich muss los, wenn ich bis neun in diesem Club sein will. Verdammt, das muss ausgerechnet alles mir passieren!«

»An dieser Küste wohnen einige Drachenjäger. Wir rufen sie nach deinem Rätseltermin an.«

»Du denkst auch nur an Drachen«, sagte ich zu ihr. Bei dem Gedanken daran, was ich getan hatte, wurde mir ganz übel. Die Informationen in den Zauberbüchern waren real, Dämonen waren real, und ich hatte gerade zugelassen, dass Edgars Teppich gestohlen wurde. Er würde mich umbringen, wenn er es erfuhr.

»Drachenjäger kümmern sich um Dämonen«, sagte Bree achselzuckend. »Du brauchst einen, der dir deinen Teppich wieder zurückholt. Wo will dich dein Rätselfreund treffen?«

Ich blickte auf die Notiz, die ich mir im Handy gemacht hatte. »Wir treffen uns in zwanzig Minuten in einem Club, der T und G heißt.«

Bree klatschte in die Hände und vollführte einen kleinen Freudentanz. »Das ist großartig!«

»Kennst du den Club?«

»Ja, natürlich.« Sie zog ihr Handy heraus und gab eine Textnachricht ein. »Es ist der Treffpunkt, um zu sehen und gesehen zu werden.«

»Ach ja?« Mir hob sich der Magen, wenn ich daran dachte, dass ich gerade die Bratpfanne mit dem Höllenfeuer vertauscht hatte. Ich hatte nicht nur einen Dämon gerufen – der nun frei herumlief und Gott weiß was anrichtete –, jetzt hatte ich auch noch einen Termin in dem wahrscheinlich schicksten Club, ohne mich vorher ein bisschen zurechtmachen zu können. Ich blickte an meinem schwarz-weißen Tupfenkleid hinunter und versuchte, wenigstens die Falten im Mieder zu glätten. »Das hat mir gerade noch gefehlt. Ich wünschte, der Kunde hätte mir gesagt, wie schick es da ist. Na gut, ich treffe ihn ja bloß da, schließlich muss ich dort nicht arbeiten.«

»Du passt perfekt dazu«, sagte Bree und steckte ihr Handy wieder in ihre Tasche. »Es ist der Westküsten-Ableger von einem berühmten Club in Paris, der Theurgie und Goetie heißt.«

»Schwarze und weiße Magie?«, fragte ich geistesabwesend. Meine Gedanken kreisten eher darum, was ich gegen die schreckliche Wendung unternehmen konnte, die mein Leben genommen hatte. Sollte ich mit Oma weglaufen? Dazu hatte ich gar nicht die Mittel. Sollte ich Edgar um Gnade anflehen? Mir lief es kalt über den Rücken. Er kannte keine Gnade. Sollte ich die Polizei einschalten? Wie um alles in der Welt sollte ich erklären, dass ein Dämon meinen bösen Gebetsteppich gestohlen hatte?

»Da ist bestimmt jemand, der sich um Naamah kümmern kann, wenn du mit dem Geheimschrift-Typ geredet hast, und wir kriegen auch dein Dings von Archer dem Drachen wieder.«

»Manuskriptblatt«, sagte ich traurig. »Wenigstens kann Edgar mich nicht zweimal umbringen, weil ich zwei Dinge verloren habe. Ach, du lieber Himmel. Was soll ich bloß tun!«

Bree, die immer noch herumtanzte, hielt inne. Sie steckte zwei Finger in den Mund und stieß einen ohrenbetäubenden Pfiff aus. Ein Auto, das auf der Querstraße fuhr, hielt mit kreischenden Bremsen an, wendete, um in unsere Richtung zu fahren, und hielt genau vor uns. »Das ist Ramons Bruder Sanmal. San, das ist Thaisa. Wir müssen schnellstens zum T und G. Thaisa hat eine Verabredung um neun.«

»Hey«, begrüßte mich der junge Mann mit dünnem braunem Schnurrbart und Ziegenbärtchen.

»Hi, San. Danke, dass du uns hinfährst. Ich wusste gar nicht, dass Bree dich bestellt hatte.« Ich folgte Bree auf den Rücksitz, und kaum hatte ich mich angeschnallt, raste er in besorgniserregendem Tempo los.

Ich schloss die Augen und betete zu irgendeiner Gottheit, die zuhörte, dass wir heil ankamen, obwohl ich kaum noch Hoffnung hatte. Die Ereignisse der letzten beiden Tage hatten nicht gerade dazu beigetragen, diese Hoffnung zu stärken.

5. KAPITEL

Archer hatte den Club noch nicht betreten, als er schon merkte, dass sein Bruder da war.

Zum einen verstummten bei seinem Eintreten alle Gespräche, alles Lachen und sogar die leise Hintergrundmusik, die immer im Theurgie und Goetie gespielt wurde.

Doch vor allem warnte ihn das Gefühl von schwarzer Macht, das bis in seine Seele ausstrahlte, vor Hunter. Er ging hinein, registrierte, wie viele Drachen anwesend waren, und setzte eine gleichmütige Miene auf. Einer der Männer am Ende der Bar drehte sich um, als er näher kam, und Archer blickte in sein eigenes Gesicht. Hunter hatte die gleichen hohen Wangenknochen von ihrem slawischen Vater geerbt, das gleiche Grübchen im energischen Kinn, die gleichen schwarzen Haare mit dem hohen Haaransatz. Allerdings trug Hunter sie lang, bis auf die Schultern, während Archer einen kürzeren Haarschnitt bevorzugte.

Nur Hunters Augen waren anders. Sie waren von einem hellen Grün, das aussah wie mit Eis überzogenes Moos. »Archer«, sagte Hunter und neigte grüßend den Kopf.

Es dauerte einen Moment, bis Archer das Drachenfeuer unter Kontrolle hatte, das beim Anblick seines Bruders aufgeflammt war. »Hunter«, stieß er hervor, und ein Feuerring zerplatzte vor Hunters Füßen.

Sein Bruder zog die Augenbrauen hoch und trat die Flammen aus.

Archer dachte an alles, worüber er gerne gesprochen hätte – die ohnmächtige Trauer über den Tod seiner Stammesmitglieder, die Verzweiflung, die ihn erfüllte, wenn er an seine Zukunft dachte, den brennenden Schmerz, der sein Herz versehrte –, aber da andere Drachen anwesend waren, drehte er sich nur auf dem Absatz um und ging ans andere Ende des Clubs zu einer Nische, die hastig von einer Gruppe von Trollen in Surfkleidung geräumt wurde.

Miles folgte ihm und murmelte leise: »Was macht der denn hier? Ich dachte, er sei in Ungarn. War er nicht in Ungarn? Warum ist er wieder da?«

»Das Manuskript«, sagte Archer, der sich der Tatsache, dass aller Augen auf ihm und seinem Bruder ruhten, wohl bewusst war. »Wenn du davon gehört hast, dann er ja sicher auch.«

»Glaubst du, er weiß, dass du es hast? Er wird versuchen, es dir zu stehlen, wenn er es herausfindet«, sagte Miles düster.

»Wenn er es jetzt noch nicht weiß, dann wird er es bald erfahren.« Archer hatte das Gefühl, Tausende von Ameisen krabbelten über seine Haut. Als er den Kopf drehte, stellte er fest, dass sein Bruder ihn beobachtete. Stumm hob dieser sein Glas und prostete ihm zu. Archer ignorierte die Geste und wandte sich wieder Miles zu. »Wo ist denn der Mann, den du hierher bestellt hast? Der Übersetzer?«

Miles erhob sich halb und blickte sich im Club um. Die meisten Gäste saßen an kleinen Tischen, aber es gab auch eine Tanzfläche im hinteren Bereich, wo weitere Mitglieder der Anderwelt sich im Takt der Musik bewegten.

Kleine Gruppen von Leuten plauderten, klatschten, flirteten, trafen Vereinbarungen und tauschten Informationen aus, während sie alle möglichen Getränke zu sich nahmen. Die Luft war schwer, nicht von Zigarettenqualm, sondern von Räucherstäbchen, die die Luft von den weniger guten Gerüchen befreien sollten, die Wesen mit dunkler Macht manchmal absonderten.

»Ich kann ihn nicht sehen«, sagte Miles. »Vielleicht verspätet er sich ja. Er sagte, er müsse noch Bücher aus der Universität ausleihen, da er nicht genau wisse, was er brauche.«

»Glaubst du, er ist das Geld wert, was er verlangt?«

Miles zuckte mit den Schultern. »Die Universität hat gesagt, die meisten Fachleute sind auf einer Konferenz über mittelalterliche Literatur, aber dieser Mann stehe zur Verfügung. Außer ihm gibt es nur noch ein oder zwei unabhängige Gelehrte, die die Fähigkeiten besitzen, sich mit etwas so Seltenem wie unserem Manuskript zu befassen. Ich dachte, du wolltest einfach den Besten haben.«

Archer schwieg. Er gab nicht gerne sein kostbares Geld dafür aus, das Blatt übersetzen zu lassen, aber da er ein kleines Vermögen bezahlt hatte, um das verdammte Ding zu kaufen, wollte er wenigstens wissen, was drinstand. Und wenn auch vielleicht nur, damit Miles endlich aufhörte, von diesem Raisa-Medaillon zu reden.

Eine Kellnerin brachte ihnen eine verstaubte Flasche und zwei Gläser. Mit aufgerissenen Augen blickte sie zu Hunter, dann sagte sie zu Archer: »Der Vandringsmand bestellt schöne Grüße. Er möchte dich daran erinnern, dass der Club mit Zauber- und Bannsprüchen gegen Gewalt und Magie gesichert ist, aber nicht gegen Drachenfeuer. Deshalb schlägt er vor, eventuelle Differenzen draußen vor der Tür des T und G beizulegen.«

»Du kannst Seiner Hochwohlgeborenen …« Archer brach ab, als zwei Frauen den Club betraten, ein hochgewachsenes Mädchen, das ihm irgendwie bekannt vorkam, und die köstliche Blume, die ihn gestern Abend so verlockt hatte.

»Ja?«, fragte die Kellnerin.

»Sag ihm, wenn es heute Abend Drachenfeuer gibt, kommt es nicht von den Sturmdrachen. Miles, hast du gesehen, wer gerade hereingekommen ist?«

Die Kellnerin eilte davon. Miles drehte sich um und zog die Augenbrauen hoch. »Interessant, aber entspricht nicht unserem Standard, oder?«

»In dieser Hinsicht unterscheiden sich unsere Standards ein wenig voneinander, wie du sehr wohl weißt«, entgegnete Archer milde. »Das ist die Frau von gestern Abend aus dem Buchladen.«

Miles blickte sich noch einmal um. »Ach, die, die so komisch aussieht.«

»Sie sieht nicht komisch aus«, sagte Archer mit leiser Verärgerung.

»Jedem das Seine, obwohl du zugeben musst, dass sie der hübschen Catriona, an der du dich heute Nacht erfreut hast, nicht das Wasser reichen kann. Zumindest schien sie heute früh, als sie ging, sehr zufrieden zu sein.«

Archer ignorierte den Kommentar seines Cousins. Er hatte tatsächlich vorgehabt, die Nacht mit der vollbusigen Catriona zu verbringen, die ihm ins Ohr geflüstert hatte, was sie alles mit ihm machen wollte, aber nachdem sie das Manuskript geholt hatten, war er alleine zu Bett gegangen.

Unwillkürlich richtete sich sein Blick wieder auf die Blume. Sie ging auf die andere Seite des Clubs hinüber und verschwand in der Menge. »Sie hat mir heute drei E-Mails geschickt.«

Miles grinste. »Es überrascht mich, dass sie lesen kann.«

»Nicht Catriona. Die Frau von gestern Abend.«

»Was wollte sie denn? Ah, ein guter Tropfen. 1902.« Miles öffnete die Flasche Drachenblut, den schweren, würzigen Rotwein, den Drachen am liebsten tranken. Er schenkte ihnen beiden ein Glas ein und leerte seines, bevor er auf sein Handy blickte.

»Anscheinend mit mir über das Manuskript sprechen.« Er runzelte die Stirn, als die anderen Gäste im T und G ihm den Blick auf sie versperrten. Was mochte sie hier tun? Ob sie wohl nur zum Spaß hier war, um die Mitglieder der Anderwelt zu begaffen, die sich jeden Abend hier trafen? Um einen Mann kennenzulernen?

Obwohl sie nur eine Sterbliche und ihr Verstand ebenso merkwürdig war wie ihre Erscheinung, hatte ihm gerade das an ihr gefallen. Wenn er gewusst hätte, dass sie gar nicht so zerbrechlich war, wie er zuerst vermutet hatte, dann hätte er sich vielleicht doch den Kuss gegönnt, den sie offensichtlich auch gewollt hatte. Er war kurz davor gewesen, seinem Verlangen nachzugeben, und nur die Tatsache, dass sie sterblich war, hatte ihn davon abgehalten, sie zu küssen.

Allein der Gedanke an ihren Mund, ihren seidig glatten Hals und den Duft von Wiesenblumen, der an ihr zu haften schien, ließ ihn hart werden. Er biss die Zähne zusammen und sagte seiner Erektion, dass jetzt weder der richtige Zeitpunkt noch der richtige Ort für solche Dinge war. Bevor er merkte, was er tat, ging er an der Bar vorbei. Er war sich seines Bruders bewusst, hielt aber den Blick geradeaus auf die vielen Leute gerichtet, die ihn durchließen, bis er an dem Tisch stand, wo die Blume und ihre Begleiterin saßen, und mit großen Augen der Kellnerin zuhörten, die ihnen die Regeln des T und G erklärte.

»… und Mitglieder dürfen weder dämonische Wesen noch Bannhunde oder alte Götter rufen. Kobolde müssen in den Eimern in den Waschräumen aufbewahrt werden, und der Vandringsmand, Altus Deye, verlangt, dass alle Gäste ihre Gehilfen, ob aus Abaddon oder von sonst woher, jederzeit unter

Kontrolle haben. Seid gesegnet und willkommen bei Theurgie und Goetie«, sagte die Kellnerin in einem Singsang.

»Äh … Vandringsmand?«, fragte die Blume verwirrt.

»Das bedeutet *Wanderer* auf Dänisch«, sagte Archer. Er zog sich einen Stuhl heran und nickte ihr zu. »Darf ich?«

Ihre Augen weiteten sich, als sie ihn sah. Eine Vielzahl von Emotionen huschte über ihr Gesicht, zuerst Überraschung, rasch gefolgt von Freude, die ihre Wangen entzückend rosig färbte, und schließlich ein Misstrauen, das ihm egal war. »Sicher«, sagte sie und warf der Frau neben ihr einen Blick zu. »Äh … ich glaube, wir haben uns noch nicht vorgestellt. Ich bin Thaisa, und das ist Bree.«

»Hi«, sagte die jüngere Frau und grinste ihn an. »Du bist genau die Person, nach der wir suchen.«

»Dann freut es mich, dass ich heute Abend hier bin.« Sein Blick glitt zu der Blume zurück, zu ihren seltsam gestreiften Wimpern, die über Augen lagen, die er zuerst für tückisch gehalten hatte, aber jetzt wusste er, dass sie so unergründlich waren wie der Ozean. Sie hatte offensichtlich eine genetische Eigentümlichkeit, die ihre Iris vielfarbig machte, das untere Drittel war ein tiefes Braun mit bernsteinfarbenen Lichtern, während der Rest grau war mit glitzernden schwarzen Flecken wie nasser Hematit. Diese scheckigen Augen sahen ungewöhnlich aus, aber ihm gefielen sie. Sie drückten ihren Charakter gut aus, dachte er. Er erinnerte sich daran, wie aufgebracht sie reagiert hatte, als sie geglaubt hatte, er habe sie beleidigt.

»Ja«, sagte Thaisa langsam. Ihr Blick war immer noch misstrauisch. Sie schüttelte leicht den Kopf, als wollte sie einen Gedanken abschütteln, und straffte die Schultern. Er hatte das Gefühl, sie wappne sich für einen Kampf. »Ich bin zwar auch froh, dich wiederzusehen, aber ich habe dir heute zahlreiche Male gemailt …«

»Dreimal«, korrigierte er sie. Zur Sicherheit blickte er noch einmal auf sein Handy. »Ja genau, dreimal.«

Sie presste die Lippen zusammen. Er mochte ihren Mund. Normalerweise war er voll und sinnlich, in der Farbe einer fast reifen Erdbeere, und Archer konnte sich nur zu gut vorstellen, welche Süße dahinter auf ihn wartete.

»Von denen du keine beantwortet hast«, erwiderte sie.

Er nickte. »Ich hatte zu tun. Ich wollte später antworten, wenn ich wieder Zeit hatte.«

»In der Tat.« Aus irgendeinem Grund schien sie böse auf ihn zu sein. Ihm war sie lieber weich und warm, in diesem seidigen Etwas, dass sie gestern Abend angehabt hatte. Die Erinnerung an ihre runden, weichen Brüste, die sich so verlockend an ihn geschmiegt hatten, war ihm in den letzten vierundzwanzig Stunden mehr als einmal in den Sinn gekommen. »Ich verstehe, dass du sehr beansprucht bist, obwohl ich heute Abend deine schöne Begleiterin nirgendwo sehe.«

Er genoss es, wie sie versuchte, ihn mit ihrem strengen Gesichtsausdruck einzuschüchtern. »Schöne Begleiterin? Meinst du Catriona?«

»Ach, ist das der Name von Funkelbusen?« Thaisa schniefte damenhaft und setzte eine so gleichgültige Miene auf, dass er am liebsten laut gelacht hätte. War sie eifersüchtig? Für gewöhnlich mochte er eifersüchtige Geliebte nicht, da sie dauernd Zeichen der Zuneigung von ihm erwarteten, aber Thaisa war anders. Sie war noch nicht einmal seine Geliebte und wirkte trotzdem schon wütend. Entzückend wütend. Ihre Persönlichkeit war so einzigartig wie ihre Erscheinung.

»Funkelbusen passt außerordentlich gut«, sagte er. Er dachte an das Glitzerpuder, das Catriona so verschwenderisch verwendet hatte. Es war einer der Gründe gewesen, warum er es nicht bedauerte, dass er die Nacht alleine verbracht hatte. Er zog Frauen vor, die natürlich rochen und nicht wie ein Chemiewerk.

Eine Frau wie Thaisa, die ihn an eine Wiese voller Nelken erinnerte, die sich sanft im Sommerwind wiegten und ihren süßen Duft verströmten.

Thaisa blickte ihn verwirrt an, dann sagte sie: »Sie ist also nicht hier?«

»Nein.« Seine Mundwinkel zuckten unwillkürlich, als er sah, wie sehr sie sich bemühte, nicht eifersüchtig zu sein. Archer war daran gewöhnt, dass sterbliche Frauen ihm nachstellten – ihnen gefiel, wie er aussah –, aber es lag ihm nicht viel daran. Er war so, wie er war, darauf hatte er keinen Einfluss. Er kümmerte sich lieber um wichtigere Themen, als sich ständig Gedanken darüber zu machen, wie er auf andere wirkte. »Wie du siehst, bin ich heute Abend ganz alleine. Abgesehen von meinem Cousin Miles.«

»Oh.« Ein wenig besänftigt blickte sie sich um. »Ich habe leider nicht viel Zeit, um mit dir zu reden …«

»Warum?«, unterbrach er sie.

Sie warf ihm einen argwöhnischen Blick zu. »Warum ich nicht viel Zeit habe?«

»Ja. Triffst du dich hier mit einem Mann?« Er musterte ihre Begleiterin. Sie hatte die Ellbogen auf dem Tisch aufgestützt, das Kinn in den Händen, und beobachtete ihn sichtlich amüsiert. »Bist du auf der Suche nach einem Dreier?«

»Oooh«, sagte Bree und verzog nachdenklich das Gesicht.

»Du liebe Güte, nein! Ich teile nicht!«, sagte Thaisa und riss die Augen auf. Dann wandte sie errötend den Blick ab. »Ich meine, ich mache keine Dreier. Mit niemandem. Wobei du mich das sicher nicht fragen würdest.«

»Spielverderberin!«, sagte Bree. Sie stand auf und winkte. »Ich bin gleich wieder da. Ich habe gerade einen alten Freund gesehen.« Sie stieß gegen Archer, als sie versuchte, der Kellnerin auszuweichen, und ging dann um ihn herum, um sich einen Weg durch die Menge zu bahnen. »Hoppla, Entschuldigung.«

»Warum sollte ich dich nicht danach fragen?« Archer überlegte, was Thaisa wohl als Nächstes sagen würde. Er war sich nicht ganz sicher, ob ihm die unerwarteten Wendungen, die ihr Gespräch nahm, gefielen. Im Gegensatz zu Catriona und all den anderen Frauen, die Miles für ihn anschleppte, folgte die Unterhaltung mit Thaisa keinem normalen Muster. Für gewöhnlich gurrten die Frauen ihn an, erwarteten, dass er ihnen Komplimente machte, und die Gesprächsthemen waren leicht (und meistens sowieso offen flirtend). Aber Thaisa … Er wusste nicht, was sie als Nächstes sagen würde. Es brachte ihn ein bisschen aus dem Gleichgewicht, kein ganz unangenehmes Gefühl.

»Weil du so attraktiv bist …«, sprudelte sie hervor. Sofort wurde ihr Gesicht dunkelrot. »Und ich bin …« Sie deutete mit einer Handbewegung auf ihr Gesicht.

»Hübsch?«

Ihre Verlegenheit wich Ärger. »Du brauchst mich gar nicht so von oben herab zu behandeln, Mr Dein-Hals-ist-schön.«

»Ich habe dich nicht von oben herab behandelt, und dein Hals ist tatsächlich schön«, sagte er und betrachtete ihn. Am liebsten hätte er ihn mit Küssen bedeckt. Er fragte sich, ob sie wohl wieder so auf diese Stelle hinter dem Ohr reagieren würde, die ihr am Abend zuvor solche Freude bereitet hatte.

Thaisa holte tief Luft und reckte ihr Kinn, als ob sie gegen ihn kämpfen wollte. Ihr Kinn gefiel ihm. Ihm gefiel, wie sie damit den Dingen, die sie sagte, Nachdruck verlieh.

»Ich glaube, je weniger wir von gestern Abend sprechen, desto besser.«

»Wenn du hier keinen Mann für einen Dreier treffen willst – und ich kann dir sagen, dass auch ich keinen großen Spaß daran habe –, warum hast du dann nur so wenig Zeit?«

»Ich bin mit jemandem verabredet, aber das geht dich gar nichts an.«

»Mit einem Mann?«, fragte er. Er ärgerte sich über sich selbst, dass es ihm so viel ausmachte. Was die Blume machte, ging ihn wirklich nichts an.

Abgesehen davon, dass er sie küssen wollte.

»Ja, zufällig ist es ein Mann«, sagte sie sichtlich empört. »Warum fragst du mich dauernd danach? Es hat doch gar nichts mit dir zu tun.«

»Du bist diejenige, die den gestrigen Abend erwähnt hat.« Sein Blick glitt zu ihrem Hals, dann zu ihren Brüsten. »Für mich ist es kein Problem, darüber zu sprechen, wie sehr dir meine Aufmerksamkeiten gefallen haben.«

»Pah!«, schrie sie und schlug mit der Faust auf den Tisch. »Verdammt, hör auf, so zu tun, als ob du mit mir flirten würdest!«

»Ich tue nicht nur so«, sagte er ruhig. Ihr Temperamentsausbruch ließ ihre Augen aufblitzen. Wäre er ein sterblicher Mann, dann wäre jetzt Vorsicht geboten.

»Ach, du hältst es wohl nicht für einen Flirt, dass du Bree und mir einen Dreier vorgeschlagen hast?« Sie holte tief Luft, wodurch ihre Brüste beinahe aus dem Mieder ihres Kleides herausgedrückt wurden. Er betrachtete sie spekulativ und setzte im Geiste die Tatsache, dass er diese Brüste schmecken wollte, ganz oben auf eine neu erstellte Liste von Dingen, die er mit Thaisa machen wollte. »Du widerlicher, klischeebehafteter, sexistischer …«

Mit großer Anstrengung, die er mit Vergnügen zur Kenntnis nahm, gelang es ihr, ihr Temperament wieder unter Kontrolle zu bringen. Erneut holte sie tief Luft. »Es tut mir leid. Das war unangebracht. Ich hätte dich nicht widerlich nennen sollen, obwohl Männer, die herumlaufen und Frauen anmachen … Na ja, lassen wir das jetzt.«

Es kostete sie zwar große Mühe, aber sie rang sich ein Lächeln ab. Ihre Augen schossen zwar immer noch Blitze, aber es war immerhin ein Lächeln, und er wusste das zu schätzen.

»Obwohl ich nur ganz wenig Zeit habe, muss ich mit dir über das Manuskript sprechen, das du gekauft hast. Du willst es vermutlich nicht an Edgar zurück verkaufen?«

»Nein«, erwiderte er ohne Zögern. »Wenn er glaubt, er kann mehr Geld aus mir herauspressen …«

»Darum geht es nicht«, sagte sie. Nervös biss sie sich auf die Unterlippe. Er betrachtete diese Lippe und hätte sie am liebsten auch gebissen.

»Es hat sich eine Situation ergeben, bei der du mir hoffentlich helfen kannst.« Sie spielte mit einem Untersetzer, den die Kellnerin beim Servieren mitgebracht hatte, und strich mit den Händen so darüber, dass Archer gerne mit dem Untersetzer getauscht hätte. »Anscheinend hat Edgar es sich anders überlegt und will es nicht mehr verkaufen, und jetzt ist er wütend, dass ich es dir verkauft habe.«

»Das ist sein Problem«, sagte Archer. Insgeheim überlegte er, welche Bereiche seines Körpers er jetzt gerade von Thaisa streicheln lassen wollte.

»Na ja, leider ist es auch mein Problem«. »Erneut zögerte sie, dann sagte sie rasch: »Ich nehme an, du willst nicht nur eine Kopie des Manuskripts? Vielleicht bist du ja nur an dem Text interessiert? Allerdings weiß ich nicht, ob er von großem historischem Wert ist. Nach dem Wenigen, was ich gesehen habe, sah es aus wie ein Ausschnitt aus einer Moralerzählung.

Aber ich würde natürlich gerne für die Fotografie und einen schönen Ausdruck aufkommen.«

»Das Blatt gehört mir«, sagte er, wobei er sich fragte, ob er wohl sein Feuer zurückhalten konnte, wenn er sie küsste. Er hatte nicht viel Erfahrung im Küssen von sterblichen Frauen – für gewöhnlich musste er diesen Aspekt des Sex übergehen. »Ich behalte das, was mir gehört.«

»Ich verstehe ja, dass du es offen und ehrlich von Edgar erworben hast, aber … nun ja, ich möchte nicht die Mitleidskarte ausspielen, aber ich wäre dir wirklich dankbar, wenn du es mir zurückgeben könntest. Natürlich würde ich dir auch deinen Scheck zurückgeben.«

Er schüttelte den Kopf.

Sie sah so aus, als ob sie wieder einen Wutanfall bekommen würde. Ihre Wangen wurden dunkelrot, ihre Augen glitzerten in ihrer Mischung aus dunkel und hell. »Ich würde dir auch … nun, für deine Bemühungen eine, sagen wir, Entschädigungsgebühr zahlen. Auf dem Geschäftskonto ist zwar nicht viel, und ich muss nächste Woche die Miete für meine Oma überweisen, aber wenn ich dir die Rückgabe versüßen könnte, sozusagen, dann wäre ich dazu nur zu gerne bereit.«

Er ließ seinen Blick über sie gleiten. »Ein Handel? Hm. Was hast du denn zu bieten?«

Sie machte eine abrupte Geste. »Ein bisschen Geld. Sagen wir … vielleicht zwölf?«

»Tausend oder Millionen?«

Ihr Mund öffnete sich. Unwillkürlich griff er über den Tisch und drückte ihr Kinn hoch. Dabei glitt sein Daumen über ihre Unterlippe, auf der sie ständig herumkaute.

Und die er so gerne einmal geschmeckt hätte.

»Hundert!«, sagte sie und schob seine Hand weg. Sie warf ihm einen bösen Blick zu. Er hätte ihr schrecklich gerne gesagt, wie reizend er sie fand, wenn sie so empört war, aber sie würde es vermutlich nicht als Kompliment auffassen. »Zwölfhundert kann ich gerade noch zusammenkratzen, wenn ich in Omas Pflegeheim sage, dass sie noch ein bisschen auf ihr Geld warten müssen … aber ich glaube, das tun sie.« Sie überlegte einen Moment. »Sie mögen Bree so gerne. Wenn sie vielleicht ein paar Mal dort zu Besuch wäre, würden sie sich nicht so aufregen.«

Er schüttelte den Kopf. »Geld ist immer gut, aber ich brauche viel mehr. Kannst du sonst noch etwas anbieten?«

Wenn sie eine Drachin gewesen wäre, wäre jetzt Rauch aus ihren Nasenlöchern aufgestiegen, dachte er, als er ihren inneren Kampf beobachtete. Zorn, Wut, Ärger und all ihre möglichen Varianten kämpften mit Stolz und etwas Flüchtigem, das ihm Unbehagen bereitete. Er hob das Kinn und schnüffelte, erwischte jedoch nur einen ganz schwachen Hauch.

»Ich habe …« Sie brach ab, presste die Lippen zusammen und ballte ihre Fäuste so fest, dass die Knöchel weiß hervortraten. »Ich habe mich.«

Sie hatte Angst. Er blickte ihr forschend ins Gesicht, sah aber kein Anzeichen der Angst, die er noch einen Moment vorher gerochen hatte, aber sie war da gewesen, und das bereitete ihm Kummer. Sosehr er es auch genoss, sie zu necken und zur Weißglut zu bringen, so wenig gefiel ihm die Vorstellung, dass jemand dieser entzückenden kleinen Blume Angst eingejagt hatte.

»Machst du mir jetzt einen Antrag?«, fragte er und dämpfte sein Feuer. Was für ein Mistkerl hatte ihr Angst eingejagt?

Sie sah so aus, als ob sie ihm am liebsten eine Ohrfeige verpassen wollte, so wie sie es gestern Abend mehrfach versucht hatte. »Ja.«

»Ich verstehe. Das ist ein wesentlich passenderes Angebot für so ein wertvolles Objekt.« Er hatte keine Zeit, sich um das Dilemma einer Sterblichen zu kümmern. Im Moment hatte er mehr Probleme, als ihm lieb waren, und schon allein der Gedanke daran, herausfinden zu wollen, wer ihr Angst machte, um diesen Mistkerl eines Besseren zu belehren, war Wahnsinn, der pure Wahnsinn!

»Und? Abgemacht?« Sie schluckte ihre Wut hinunter und versuchte, ein freundliches Gesicht zu machen. »Ich bekomme das Manuskript zurück, und du bekommst … äh …«

Er lächelte plötzlich, weil er einen Entschluss gefasst hatte. Er stand auf, umfing ihr Kinn und bog leicht ihren Kopf zurück. Dann sagte er: »Du wirst mein Bett zieren, Blume, und zwar bald, aber nicht im Austausch für das Manuskript. Ich gebe nicht her, was mir gehört.«

Seine Lippen streiften ihren Mund, während er sprach. Mehr wollte er erst einmal nicht riskieren, bevor er wusste, ob sie unsterblich war oder nicht, aber als sie auf einmal ihren Mund öffnete, küsste er sie doch. Seine Zunge glitt in ihren Mund. Er hielt sein Feuer eisern unter Kontrolle, weil er ihr keine Angst einjagen wollte, aber beinahe wäre es ihm entglitten, als ihre Zunge seine in raschen, flüchtigen kleinen Schlägen berührte. Sofort zog er sich zurück, denn wenn er jetzt weitergemacht hätte, hätte er sie sich über die Schulter geworfen und ins nächste Bett befördert.

»Du hörst von mir«, sagte er nur, bevor er sich umdrehte und zurück zur Bar ging, wo Miles mit drei Frauen saß. Er spürte deutlich, dass seine Erektion nicht allzu glücklich über ihn war.

6. KAPITEL

»Miss Moore?«

Eine Männerstimme drang durch den Nebel, der mein Gehirn mit Lust, Verlangen, Wut und markerschütternder Furcht gefangen hielt. »Hm? Oh ja, das bin ich.«

»Gestatten Sie?«

»Ja, bitte«, sagte ich und wies auf den freien Stuhl. Ich versuchte, meine Gedanken von Archers Lippen zu lösen, von seinen wunderschönen Augen und von der Art, wie seine Haare nach hinten fielen. Mir wurden die Knie weich, wenn ich daran dachte, wie sein Daumen über meine Lippe gefahren war, und, du lieber Himmel, wie sein Mund Besitz von meinem ergriffen hatte, als ob er ein Recht dazu hätte. Mir war heiß, und ich hatte das Gefühl, meine Kleider seien zwei Größen zu klein. Ich räusperte mich, schluckte die Angst und die anderen Gefühle, die mich zu überwältigen drohten, hinunter und setzte mein professionellstes Lächeln auf. »Sie müssen Mr Vehar sein. Sind Sie … äh … schon lange hier?«

Ob er wohl gesehen hatte, wie Archers Kuss mir den Verstand geraubt hatte? Meine Wangen brannten, weil bestimmt alle um mich herum gesehen hatten, dass Archer mich aus reinem Mitleid geküsst hatte.

Obwohl ich mir eigentlich nicht ganz sicher war, ob es tatsächlich Mitleid gewesen war.

»Ich bin gerade erst gekommen. Mein Name ist allerdings nicht Vehar. Ich heiße Poe, Damian Poe, nicht verwandt mit

Edgar Allan.« Der Mann, der mir gegenübersaß, lächelte und blickte mich aus seinen blauen Augen freundlich an. Er wirkte höflich und distanziert, wie vielleicht ein Zahnarzt oder ein Chiropraktiker. »Mr Vehar hat mich gebeten, über den Auftrag mit Ihnen zu sprechen, da ich mit dem Manuskript vertraut bin.«

»Ich verstehe. Erzählen Sie mir etwas über das Projekt.« So aufmerksam ich konnte, blickte ich ihn an.

Er legte seine Finger zusammen. »Haben Sie schon einmal etwas von dem Raisa-Medaillon gehört?«

Ich überlegte einen Moment lang. »Nicht dass ich wüsste.«

»Es würde mich ehrlich gesagt auch überraschen. Es ist ein Kunstgegenstand, dessen Existenz lange angezweifelt wurde.« Er erzählte mir von einem kostbaren Anhänger, der in zwei Hälften gebrochen worden war, und beide Hälften waren verschwunden. Es klang wie ein altes Märchen, aber ich ließ ihn reden und machte mir ein paar Notizen in meinem kleinen Notizbuch. »Die Existenz des Medaillons ist jetzt wieder zur Sprache gekommen, weil kürzlich ein Manuskript entdeckt wurde.«

Ich rutschte auf meinem Stuhl hin und her. In meinem Hinterkopf formte sich ein Gedanke, aber ich bekam ihn nicht zu fassen.

»In dem Manuskript sollen angeblich Details über das Medaillon stehen, deshalb sind natürlich zahlreiche Personen – sowohl Gelehrte wie Sie als auch private Sammler – sehr interessiert an den Informationen, die es enthält.«

»Ich glaube nicht, dass ich jemals so etwas gesehen habe«, sagte ich fasziniert.

»Es ist, wie mir gesagt wurde, ziemlich einzigartig. Wir glauben, dass das Manuskript Hinweise enthält, wo die beiden Hälften des Medaillons zu finden sind.«

Erneut tauchte der Gedanke in meinem Hinterkopf auf. Dieses Mal wusste ich, worauf er mich hinwies. Ob Edgars

Blatt wohl aus diesem Manuskript stammte? Es war unwahrscheinlich, dass zwei so uralte Blätter zur gleichen Zeit entdeckt wurden.

»Wir hoffen, dass Sie uns helfen können«, sagte Damian und lächelte mich freundlich an.

»Ich werde gewiss mein Bestes tun.«

»Ausgezeichnet.« Er stand auf und trat hinter mich, um mir mit meinem Stuhl behilflich zu sein. Langsam erhob ich mich, leicht verwirrt von seinem Vorgehen. »Möchten Sie vielleicht einen Blick auf ein Faksimile des Manuskripts werfen?«

»Ein Faksimile?«, fragte ich und runzelte die Stirn. Es kam zwar vor, dass mit Abschriften gearbeitet wurde, aber die meisten ernsthaften Wissenschaftler wollten das echte Manuskript sehen, da es schon auf dem Pergament selbst so viele winzige Hinweise gab, die auf Fotos nicht wiedergegeben werden konnten.

»Ja. Ich habe eine Kopie hier«, sagte er und zog ein Blatt aus seiner Tasche. »Sie werden sehen, dass es hauptsächlich in einem Zifferncode geschrieben ist, den wir nicht entschlüsseln können.«

Meine Augen weiteten sich, als ich das Blatt sah. »Das ist ... das ist das Dokument? Sind Sie sicher?«

»Ganz sicher«, sagte er, ergriff mich am Arm und führte mich zur Tür.

Ich wollte keine Szene machen, indem ich ihn aufforderte, mich loszulassen, aber ich wollte auch nicht einfach so mitgenommen werden. Zum einen hielt sich Bree irgendwo im Club auf, und zum anderen flammte die Angst, die mein ständiger Begleiter geworden war, plötzlich auf. Ich wich zurück, als wir an der Tür standen. »Es tut mir leid, ich kann jetzt nicht mit Ihnen kommen. Ich habe eine Freundin hier ...«

»Sie wartet im Auto auf Sie«, sagte Damian. In seinen

freundlichen Augen glitzerte plötzlich ein Licht, das mir absolut nicht gefiel.

Panik stieg in mir auf, und ich wand mich aus seinem Griff, aber in diesem Moment traten drei Männer, die an der Bar gestanden hatten, zu uns und bildeten eine Art Halbkreis hinter mir, wodurch die anderen Gäste mich nicht mehr sehen konnten.

»Hey, jetzt aber«, sagte ich. Als mir klar wurde, dass ich nicht an ihnen vorbeikam, machte ich Anstalten, über den Parkplatz wegzulaufen, aber Damian packte mich an einem Arm, während einer der Männer, der gebaut war wie ein Football-Spieler, meinen anderen Arm ergriff. »Was bilden Sie sich eigentlich ein?«, fragte ich und versuchte verzweifelt, mich aus ihrem Griff zu befreien.

Ein vierter Mann trat zu uns, als wir das Auto erreichten. »Astul! Damian! Meine liebe Miss Moore, ich entschuldige mich zutiefst für diese unfreundliche Behandlung.«

Die Stimme, die an mein Ohr drang, als ich in den hinteren Teil einer wartenden Limousine gestoßen wurde, war so glatt und so schwer wie geschmolzene Schokolade.

»Sie … uff …, du liebe Güte, runter von mir!«

»Entschuldigung«, hauchte eine Stimme in mein Ohr. Das Gewicht, das mich auf dem Boden festgehalten hatte, hob sich plötzlich, als Bree von mir herunterrollte. »Ich werde zum ersten Mal gekidnappt, und ich wusste nicht, dass sie mich hier hineinstoßen. Sie haben gesagt, sie hätten das ganze Auto voller Süßigkeiten!«

Ich strich mir die Haare aus dem Gesicht – sie hatten sich bei der gewalttätigen Behandlung während der Entführung gelöst – und kam auf die Knie hoch. Sofort wurde ich von hilfreichen Händen auf den Hintersitz hochgezogen, und das Auto fuhr an.

»Ich werde später mit Astul und Damian ein Wörtchen reden müssen, hinsichtlich ihrer Methoden, Damen zu behandeln. Sind Sie verletzt? Nein. Ausgezeichnet. Und Sie?« Der Mann mit der schönen Stimme half Bree auf den Platz neben mir. »Ich kann mich nur von ganzem Herzen für meine Leute entschuldigen. Sie sind mit wahrem Feuereifer meinem Wunsch nach Ihrer Gesellschaft nachgekommen.«

Ich wollte dem Mann, der mich engagiert hatte, etwas Scharfes erwidern, musste jedoch zweimal hingucken, als ich ihn sah. Alles an ihm war mir vertraut, die hohe Stirn, das Kinn, die Wangenknochen … im Grunde alles bis auf seine Haare und seine Augen. Während Archers Augen von einem schönen, klaren Blau waren, hatte dieser Mann hellgrüne Augen, wie mit Eis überzogenes Moos. »Was … äh … wer …«

»Hey, sieh mal, Drachen.« Bree musterte die beiden Männer, die uns gegenübersaßen, den hinterlistigen Damian, den ich mit einem wirklich bösen Blick bedachte, und einen zweiten Mann ohne sichtbare Anzeichen eines Halses und mit Armen, die so muskulös waren, dass er sie kaum vor seinem massiven Brustkorb verschränken konnte.

»Bree«, sagte ich warnend und zog sie wieder zurück auf den Platz neben mir, als sie Anstalten machte, sich zwischen die beiden zu setzen. Ich rutschte so dicht an sie heran, dass sie sich nicht mehr bewegen konnte. »Dafür ist jetzt keine Zeit.«

»Für Drachen ist immer Zeit«, sagte sie. »Außer für den da. Der sieht einfach nur gemein aus.«

Sie zeigte auf den Mann ohne Hals. Er knurrte sie an.

Ich warf Bree einen warnenden Blick zu, aber sie knurrte nur zurück.

Mr Schokoladenstimme lehnte sich zurück und legte einen Arm lässig über die Rückenlehne des Sitzes. »Die bedauerliche

Methode sollte dafür sorgen, dass wir ungestört sind, während wir uns mit Ihnen unterhalten. Es ist mir eine Freude, Sie persönlich kennenzulernen.«

»Wer sind Sie eigentlich?«, fragte ich, mehr als nur ein bisschen verärgert darüber, wie wir behandelt worden waren. Mir war klar, dass man mir Angst machen wollte, ich würde sexuell missbraucht, ermordet oder in die Sklaverei verkauft werden, aber seltsamerweise war ich eher wütend. »Sind Sie mit Archer verwandt?«

»In der Tat«, sagte er und nickte. »Ich bin sicher, Sie akzeptieren meine tief empfundene Entschuldigung für mein Bedürfnis, so dringend mit Ihnen sprechen zu müssen, aber dies ist eine heikle Angelegenheit, und Zartgefühl ist nicht gerade die Spezialität meines Bruders.«

Brüder also – jetzt ergab das Ganze einen Sinn. Etwas in mir, ein widerstreitendes inneres Feuer, das mich schon durch den gestrigen Tag getragen hatte, stieg plötzlich trotz der glatten Art des Mannes in mir auf. »Das ist Kidnapping, das ist Ihnen klar, oder?«

»Meine liebe Miss Moore!«, sagte er und zog die Augenbrauen hoch. »Ich würde Sie nie gegen Ihren Willen festhalten. Sie hatten eingewilligt, sich mit mir im T und G zu treffen, und mein Partner hat genau das getan. Ich nahm an, Sie wollten sofort mit dem kleinen Auftrag, den ich für Sie habe, beginnen. Ach, aber wie meine Männer habe ich natürlich vergessen, mich vorzustellen. Er legte eine Hand auf seine Brust und machte eine kleine Verbeugung. »Ich bin Hunter Vehar.«

»Was für eine anmutige Vorstellung. Ich hoffe, Sie verbeugen sich auch so vor Ihren Zellengenossen, wenn Sie erst einmal wegen Kidnapping in zwei Fällen verurteilt sind!«, fuhr ich ihn an. Ich war mir seines Charmes sehr wohl bewusst, aber er war eher eine Kopie von Archer, und diese Kopie war nicht so gut wie das Original.

»Meine liebe Thaisa – ich darf Sie doch so nennen? Ich versichere Ihnen, dass Sie und Ihre Freundin in meiner Obhut sicher sind. Da ich sehen konnte, dass mein Bruder versucht hat, Sie zu verführen, damit Sie ihm geben, was er wollte, habe ich so schnell wie möglich eingegriffen.«

»Archer hat nicht versucht, mich zu verführen«, sagte ich. Es machte mich verlegen, dass er gesehen hatte, wie Archer mich küsste. »Er … er hat nur gesagt … äh …«

»Meine Liebe, Sie brauchen mir nichts über die Methoden zu erzählen, die mein Bruder anwendet«, sagte er und legte seine Hand auf meine. Ich zog sie weg. »Er ist in unserer ganzen Gemeinschaft dafür bekannt, dass er Frauen an sich bindet, und wenn er hatte, was er wollte, dann überlässt er sie ihrem Schicksal.«

Ich hätte dieser Behauptung gerne widersprochen, aber mir fiel sofort ein, wie Funkel-Catriona am Abend zuvor an Archers Arm gehangen hatte. Und doch … wenn sie zusammen waren, warum war sie jetzt nicht bei ihm?

»Wenn es um Frauen geht, kennt Archer leider nur wenig Zartgefühl. Seine Manieren dem zarten Geschlecht gegenüber sind wenig erfreulich, und wenn ich Ihnen einen Rat geben darf, dann halten Sie sich besser von ihm fern.«

Mein Kopfschütteln galt eher mir als Hunter. So höflich ich konnte, erwiderte ich: »Er hat auf mich nicht ungehobelt gewirkt. Allerdings fehlt ihm mit Sicherheit die Art von moralischem Kompass, die ihn zum Beispiel Leute entführen lässt.«

»Touché«, sagte Hunter mit schiefem Lächeln.

»Ich muss jetzt wirklich darauf bestehen, dass Sie den Wagen anhalten und Bree und mich aussteigen lassen.«

»Sie kennen Archer nicht so gut wie ich«, sagte Hunter, und

sein Blick verdüsterte sich. Er ignorierte meine Forderung, aber das hatte ich mir beinahe schon gedacht.

Sorge erfüllte mich. Hunter mochte ja behaupten, er wolle uns nichts tun, aber er hatte etwas an sich, was meinen Fluchtinstinkt weckte. Ich blickte mich um, um abschätzen zu können, wie schwer es sein würde zu entkommen. Die Trennwand zwischen dem Fahrer und der übrigen Limousine war heruntergelassen, aber wir waren nur zu zweit, und selbst ohne den Fahrer waren sie zu dritt.

»Mein Bruder hat meinen Stamm angegriffen, seit ich ihn gegründet habe«, sagte Hunter. Er blickte aus dem Fenster auf die Lichter, die an uns vorbeiflogen. Offensichtlich befanden wir uns auf der Küstenstraße Richtung Norden. »Die Schattendrachen wollten immer nur in Frieden leben, aber sein Stamm weigert sich, unsere Existenz zu tolerieren, und will uns alle vernichten.«

Wenn wir irgendwo anhielten, überlegte ich, und ich Hunter mit der Seidenstimme einen Faustschlag versetzte, würden Bree und ich es dann schaffen, aus dem Auto zu entkommen, bevor der vierschrötige Mann versuchte, uns aufzuhalten?

»Lange haben wir diese Angriffe gegen uns erduldet.«

Ich musterte Damian, der irgendetwas auf seinem Handy anschaute. Wenn ich vielleicht ihn zuerst ansprang und ihn gegen den Fleischklops drückte, während Bree Hunter angriff … nein, ich wollte sie nicht in Gefahr bringen. Ganz zu schweigen von der Tatsache, dass sie wahrscheinlich gar nicht tun würde, was ich ihr sagte. Am Ende saß sie noch auf seinem Schoß und berührte sein Kinn, das beinahe, aber nicht ganz, so hübsch war wie Archers.

»Als mein Bruder sich Ihnen im Club näherte, wusste ich, dass ich Sie rasch aus seinen Klauen befreien musste, bevor er Sie in eine bedauernswerte Situation bringen würde.«

Ich würde einfach mein Pfefferspray benutzen. Das Problem war nur, wie ich sie alle drei so schnell wie möglich erledigen konnte.

»Die Sturmdrachen führen keine fairen Verhandlungen, weder mit Drachen noch mit Sterblichen.«

Zuerst Hunter, beschloss ich. Dann Fleischklops, dann den hinterhältigen Damian. Obwohl Fleischklops vielleicht der Erste sein sollte, weil von ihm die größte Bedrohung ausging. Etwas, das Hunter gerade gesagt hatte, drang in mein Bewusstsein. Ich wandte mich ihm zu und blickte ihn an. »Die Sturm was?«

»Drachen.« Er bedachte mich mit einem langen Blick. »Überrascht es Sie, dass ich schlecht von einem anderen Stamm spreche? Die Ouroboros-Drachen sind nicht wie andere Drachen, die sicher in ihrer Sippe verankert sind. Unsere Stämme sind aus gesetzlosen, ausgestoßenen Drachen entstanden, die ihre Familien verlassen haben, um ein anderes Leben zu führen. Sie stehen zwar weiter treu zu ihrem Stamm, dulden aber niemanden, der uns angreift.«

»Drachen«, wiederholte ich. Ich hatte das Gefühl, mir hätte jemand in den Magen geboxt. Ganz langsam, Synapse für Synapse, wies mein Gehirn mich darauf hin, dass es auch Drachen geben könnte, wenn Dämonen real waren. »Archer ist ein Drache?«

Mitgefühl trat in Hunters blasse Augen, und er legte einen Moment lang seine Hand auf meinen Arm, als wollte er mich trösten. »Hat er Ihnen das nicht erzählt? Das überrascht mich. Nach allem, was ich weiß, erzählt er nur zu gerne jedem, der ihm zuhört, die traurige Geschichte seines Lebens, wie schlecht er behandelt wurde, geächtet von Drachen und Sterblichen, dass ihm der Status aberkannt wurde, der erste Drachenjäger zu sein. Ich hatte angenommen, er hätte bei Ihnen die Mitleidsnummer abgezogen, um sich Ihren Beistand zu sichern.«

Fleischklops schnaubte und murmelte »Beistand«, als ob es ein schmutziges Wort sei.

Ich blickte ihn an, dann Damian und schließlich wieder Hunter, während mein Gehirn versuchte, die Information zu verarbeiten.

»Warten Sie, bitte«, sagte ich zu Hunter und hob den Finger. Dann wandte ich mich Bree zu und flüsterte: »Er ist ein Drache?«

»Das sind sie alle«, antwortete sie. Ihre Augen waren hell, aber ihr Lächeln war schon längst erloschen. »Es freut mich, dass du endlich beschlossen hast, es zu glauben.«

»Es kam mir einfach unmöglich vor … sie sehen gar nicht wie Drachen aus.«

»Ph. Wer will denn schon als Drache herumstapfen, wenn es als menschliches Wesen viel einfacher ist?«

»Da hast du recht.« Ich drehte mich wieder zu Hunter um, der geduldig wartete. »Okay. Sie sind ein Drache.«

Er zog die Augenbrauen hoch, und sein Mund verzog sich zu einem kleinen Lächeln. »Mir war nicht bewusst, dass das zweifelhaft war.«

»Das bedeutet, Archer ist auch ein Drache.«

»Eine sehr niedere Art, ja. Ich bin der Herr des Schattenstammes. Wie gerade erwähnt, führt mein Bruder die Sturmdrachen an.«

Fleischklops sagte etwas Ungezogenes in einem tschechischen Dialekt. Ich musterte Hunter und überlegte, ob diese neue Weltsicht meine Pläne veränderte. »Sie haben eine Kopie von Archers Blatt.«

Hunter zog leicht die Augenbrauen hoch. »Sie wissen davon?«

»Ja. Ich habe ihm das Blatt verkauft.« Ich kam mir vor, als sei ich in einem Netz der Verwirrung gefangen, eingehüllt in klebrige Fäden, die sich um alles legten, was ich kannte und wusste … aber in einem Muster, das ich nicht erkennen konnte. »Und ich soll den Text für Sie dechiffrieren?«

»Ja«, sagte Hunter. Als er lächelte, wurden die harten Linien in seinem Gesicht weich. »Wenn Sie so freundlich wären.«

Meine innere Stimme rang mit meiner Vernunft. Einerseits klang es so, als hätten Archers Leute Hunters Stamm nicht gerade nett behandelt. Aber was hatte ich damit zu tun? Ich gehörte nicht zu ihrer Welt. Ich war nur eine einfache Mittelalter-Wissenschaftlerin mit einer teuren Großmutter und einem beschissenen Chef.

Ich schwieg und ließ Hunter reden, während ich versuchte, meine wirren Gedanken zu ordnen.

»Es ist doch kein Problem, mit einer Fotokopie zu arbeiten, oder?«, fragte Hunter.

Mir reichte es. Ich wusste nicht, wer die Wahrheit über wen sagte, aber ich wusste, was richtig war. »Ich würde gerne über diese Angelegenheit mit Ihnen sprechen, aber nur, wenn Sie umdrehen und uns zum T und G bringen. Mir ist nicht wohl dabei, an einen unbekannten Ort gebracht zu werden, vor allem nicht, da ich dieser Fahrt nicht zugestimmt habe.«

»Ja. Und ihr habt uns nicht einmal Süßigkeiten angeboten«, warf Bree ein.

Hunter seufzte. »Ich dachte, ich hätte Ihnen die Umstände klargemacht. Ich versichere Ihnen, ich denke nur an Ihre eigene Sicherheit.«

Die Art und Weise, wie er meine Forderung ignorierte, brachte das Fass zum Überlaufen. Archer mochte ja forsch vorgehen, wenn es darum ging, mich zu küssen, aber diese Linie übertrat er nicht.

»Lassen Sie uns über angenehmere Dinge plaudern«, sagte Hunter lächelnd. Er hatte durchaus auch Charme, aber ich spürte eher Kälte. »Ich versichere Ihnen, die Fotokopie ist gut lesbar. Ich habe sie selbst in Augenschein genommen. Wenn es keinen anderen Grund für Sie gibt abzulehnen, dann sollten Sie sofort mit der Dechiffrierung anfangen können.«

Bree und ich mussten unbedingt aus dem Auto und Hunters Kontrolle entkommen. Von dieser Drachengeschichte einmal abgesehen – und ich war ziemlich stolz auf mich, dass ich die Vorstellung sogar akzeptierte –, wäre ich unter diesen Umständen auch nicht bei einem anderen Mann im Auto geblieben.

Außer vielleicht bei Archer.

Das Auto fuhr weiter Richtung Norden. Wir ließen die Vororte hinter uns und kamen in eine bewaldete Gegend.

»Manchmal sind Originaldokumente zu fragil oder können aus anderen Gründen nicht in die Hand genommen werden, und daher sind handschriftliche Kopien, Fotokopien und Fotografien als Quelle für die Übersetzung in Ordnung«, sagte ich vorsichtig und versuchte, meine Möglichkeiten einzuschätzen. Bree und ich hatten keine große Wahl, aber ich wollte nicht still sitzen bleiben und mich von diesem Typ Gott weiß wohin bringen lassen. »Aber Ihre Bitte ist ethisch eigentlich nicht vertretbar. Soweit ich weiß, ist dieses Blatt noch nie dechiffriert und übersetzt worden. Es ist erst vor einem Monat auktioniert worden, und aus den Notizen meines Chefs schließe ich, dass es unbekannt war. Ich habe jedenfalls noch nirgendwo einen Hinweis auf eine Moralerzählung aus dieser Zeit gefunden, und mittelalterliche Fiktion ist eines meiner Spezialgebiete.«

»Beziehen Sie sich auf die lateinische Notiz oben auf dem Blatt?«, fragte Hunter mit einer Handbewegung, die Damian sofort veranlasste, uns die Fotokopie zu reichen. »Mein Latein ist ein bisschen eingerostet, aber steht hier nicht, dass dies die wahre und genaue Geschichte des Raisa-Medaillons ist?«

Ich ergriff die Kopie und studierte sie, während er das Licht im Fond einschaltete. Bree beugte sich über meine Schulter, um mitzulesen. »Mehr oder weniger ja. Hier steht etwas darüber, dass ein Wanderer, der dem Tode nahe war, die Geschichte einem Schreiber erzählt hat, und dann ist hier noch etwas teilweise Unleserliches, das sich meines Erachtens auf eine Beichte auf dem Totenbett bezieht.«

Für einen Moment von meinem Plan zur Flucht abgelenkt, wanderte mein Blick auf dem Blatt tiefer, zu den seltsamen Symbolen, die die Seite mit nur wenigen Unterbrechungen füllten. Sie wiesen auf einzelne Wörter oder Sätze hin. Es waren keine Buchstaben aus einem bekannten Alphabet, sondern seltsame kleine Schlängel und Haken, bestimmt die Stenoschrift des schon seit langer Zeit toten Schreibers. Mein Blick glitt an den Zeilen entlang, wobei ich nicht so sehr auf die einzelnen Symbole achtete, sondern vielmehr zu erkennen versuchte, wie häufig sie vorkamen. Es kribbelte mich in den Fingern, nach meinem Notizblock zu greifen, den ich beim Dechiffrieren oder Übersetzen immer dabeihatte. Vor allem ein Symbol stach mir ins Auge und dann ein zweites, und ich verankerte das Muster ihres Auftauchens in meinem Kopf. Wenn ich noch ein paar weitere finden konnte, konnte ich mit den kürzeren Worten schon einmal anfangen …

»Wie Sie sehen, ist es faszinierend«, sagte Hunter. Er nahm mir die Kopie aus der Hand und steckte sie in seine Jackentasche. »Sie haben jetzt schon mehr herauslesen können als ich. Ich freue mich darauf, zu sehen, wie Sie den Text entschlüsseln.«

Ich erwiderte seinen Blick, der, soweit ich es beurteilen konnte, nicht boshaft war. Das brachte meinen Entschluss allerdings nicht ins Wanken. »Warum entführen Sie uns wegen so etwas Unwichtigem wie diesem kleinen Blatt?«

Er verzog das Gesicht. »Schon wieder dieses Wort. Ich versichere Ihnen, dass ich nicht die Absicht habe, Sie gegen Ihren Willen festzuhalten.«

»Gut«, sagte ich und nickte zum Fenster. »Dann lassen Sie den Wagen rechts ranfahren und uns aussteigen.«

»Hier?« Er ließ das Fenster herunter und steckte den Kopf heraus, zog ihn aber gleich wieder zurück. »Wir sind hier mitten im Wald, meilenweit entfernt von Häusern. Mir wäre es ja egal, ganz allein eine dunkle Straße entlangzulaufen, aber ich bin der Anführer des Schattenstammes. Sie sind eine Frau. Eine besonders entzückende Frau, aber eben auch ein leichtes Opfer für einen Angriff. Außerdem sind wir in einer halben Stunde in meinem Haus, und dort werden Sie es wesentlich komfortabler haben als auf einem Fußmarsch zurück zum T und G.«

Noch bevor ich den Mund aufgemacht hatte, hatte ich gewusst, dass er uns nicht gehen lassen würde.

Ein kühner Plan zuckte mir durch den Kopf. Unter normalen Umständen hätte ich so etwas nicht einmal im Entferntesten in Erwägung gezogen, aber ich hatte wirklich keine andere Wahl.

Ich zog mein Handy aus der Tasche und legte es zwischen Bree und mir auf den Sitz. Dann schlug ich die Beine übereinander, um die Bewegung meines linken Arms zu verbergen, als ich eine Nachricht eintippte.

HALT DICH BEREIT

»Ich enttäusche Sie ungern, Mr Vehar ...«

»Hunter bitte. Nur mein Banker nennt mich bei meinem Nachnamen.« Sein Lächeln strahlte Wärme aus.

»Hunter also. Ich enttäusche Sie ungern, aber ich werde

dieses Blatt nicht dechiffrieren können. Es gehört Archer, obwohl ich hoffe, ihn zu überreden … Nun, das gehört nicht hierher. Die Tatsache bleibt bestehen, dass dieses Blatt, soweit ich weiß, noch nie übersetzt wurde, und es gehört Ihnen nicht. Es wäre absolut unethisch, es ohne Einwilligung des Besitzers zu übersetzen.«

Bree, die zum Glück nicht auf meine Finger gestarrt hatte, die blind einen Text eingaben, zog ihr Handy heraus, obwohl ich ihr gerade eine Nachricht schickte.

Hunter runzelte die Stirn. »Mein Bruder hat Ihnen sicherlich ein Märchen aufgetischt …«

Mein Handy piepste. Ich seufzte. »Entschuldigen Sie mich einen Moment.« Umständlich ergriff ich mein Handy, als ob meine Finger nicht die ganze Zeit darauf herumgetippt hätten.

WARUM???, textete Bree.

»Es ist nichts Wichtiges«, sagte ich lächelnd zu Hunter. Ich legte das Handy zurück auf den Sitz und tippte rasch: DAS IST FALSCH.

»Thaisa, ich kann Ihnen garantieren, dass ich Sie nie um etwas Illegales bitten würde. Ich merke zwar, dass Ihnen der Gedanke nicht behagt, das Blatt für mich zu dechiffrieren, aber Ihr Ruf – und auch Sie selbst – werden nicht im Geringsten zu leiden haben. Ganz im Gegenteil, zusätzlich zu der Bezahlung, über die wir am Telefon gesprochen haben, werde ich Ihnen nur zu gerne eine ausgezeichnete berufliche Referenz ausstellen.«

Erneut piepste mein Handy. Ich blickte darauf. OKAY. IN WELCHE RICHTUNG SOLLEN WIR LAUFEN? ICH BIN FÜR IN DEN WALD HINEIN. TIERGERÜCHE LENKEN SIE AB.

Ich legte mein Handy wieder auf den Sitz und sagte laut, während ich mit dem Riemen meiner Tasche spielte und unauffällig die Hand hineingleiten ließ, um das Pfefferspray zu ergreifen, den ich für einsame Heimfahrten im Bus immer dabeihatte: »Noch einmal Entschuldigung. Jetzt ist alles in Ordnung.« Ich warf Bree einen Blick zu, um zu sehen, ob sie mich verstanden hatte. Sie wackelte mit den Augenbrauen.

»Gibt es ein Problem?«, fragte Hunter und warf seinen Männern einen Blick zu. »Ich versichere Ihnen, dass ich niemandem erlauben werde, schlecht von Ihnen zu sprechen, weil Sie meinem Stamm geholfen haben.«

Es lag mir auf der Zunge, ihn zu fragen, was um alles in der Welt eine mittelalterliche Moralerzählung mit Drachen zu tun hatte, aber da ich gerade erst angefangen hatte zu glauben, dass es Drachen wirklich gab und sie sogar in Anzügen herumliefen, ließ ich es lieber. »Nein, kein Problem. Äh … wo sind wir?« Ich spähte an ihm vorbei, als ob ich versuchte, mich zu orientieren. Er blickte ebenfalls aus dem Fenster, und wie ich gehofft hatte, folgten die beiden anderen Männer seinem Beispiel.

Ich warf mich nach vorne, schlug Damian meine Tasche gegen den Kopf und sprühte seinem stämmigen Kollegen Pfefferspray ins Gesicht, bevor ich die Spraydose gegen Damian richtete.

Er schrie auf und fiel zu Boden, die Fäuste gegen die Augen gedrückt, während Fleischklops zu einem Schwinger ausholte, der mich am Kinn traf und nach hinten schleuderte. Hunter riss mich wieder nach vorne, das Gesicht dunkel vor Wut, aber da war Bree schon über ihm und schlug ihm ein bauchiges Objekt über den Kopf. Er fiel auf Damian, der schluchzend auf dem Boden der Limousine lag und wilde Flüche ausstieß.

Fleischklops packte mich an der Kehle. Sein Gesicht war hellrot, seine Augen nur noch Schlitze, aber ein weiterer Schwall Pfefferspray ließ ihn guttural aufschreien und fluchend nach uns greifen.

Das Auto schlingerte gefährlich, als der Fahrer merkte, was los war, und es geriet ins Schleudern, als er sich halb zu uns umdrehte und auf die Bremse trat.

»Lauf!«, schrie ich Bree zu und sprühte auch dem Fahrer Pfefferspray ins Gesicht, wobei ich besonders fest auf die Hand von Fleischklops trat, als ich über die beiden liegenden Männer stieg. Bree sprang aus dem Auto und rannte weg. Ich stolperte und fiel fast auf die Straße, rappelte mich aber sofort wieder auf und rannte Bree hinterher.

»Juhu!«, schrie sie und machte einen kleinen Freudensprung, während sie darauf wartete, dass ich sie einholte. Ich packte sie am Arm und rannte ein paar Meter die Straße entlang. Mein Adrenalinspiegel war so hoch, dass ich das Blut in meinen Ohren rauschen hörte. An diesem Teil der Straße gab es keine Häuser. Links war ein spärlich bewaldeter Hügel, auf dem nach oben hin mehr Bäume standen. Rechts von uns ging es steil hinunter zu einem kleinen Ort an der Küste. Das Licht der Straßenlaternen und der beleuchteten Häuser flirrte leicht in der Wärme des Sommerabends. Vor uns sah ich in der Ferne die Scheinwerfer eines Wagens, der auf uns zukam.

»In den Wald!«, schrie ich Bree zu. Mein Instinkt trieb mich zur Flucht vor jedem, der eine Bedrohung sein konnte. Wir sprangen über die Leitplanke und rannten zwischen die Bäume, Zweige schlugen uns ins Gesicht, als wir tiefer in den Wald hineinliefen. Bree war vor mir, mit ihren langen Beinen kam sie schnell voran, und ich folgte ihr, obwohl mir immer wieder Zweige ins Gesicht schlugen, die sie zur Seite bog.

»Womit hast du Hunter geschlagen?«, keuchte ich schmerzerfüllt, als mich wieder einmal ein Ast ins Gesicht traf.

»Mit einem Art-déco-Aschenbecher«, sagte sie. Sie blieb stehen und schwenkte einen großen Brocken aus bernsteinfarbenem Glas. »Ich wollte ihn Ramon schenken, aber als du diese

Drachen angegriffen hast, dachte ich, ich könnte ja mal ausprobieren, wie viel er aushält. Er hält sehr viel aus! Du läufst nach Süden.« Sie zeigte nach rechts. »Ich laufe nach Osten.«

»Ich glaube, es ist besser, wenn wir zusammenbleiben …«, begann ich, aber ein Wutschrei von der Straße ließ mich verstummen. Statt Bree den steilen, rutschigen Hang hinaufzufolgen, wandte ich mich nach rechts. Ich konzentrierte mich darauf, so leise wie möglich um die meisten Hindernisse herumzulaufen. In diesem Bereich des Waldes war es dunkler, es roch stark nach Tannen und feuchter Erde, und die Schatten der Bäume waren so undurchdringlich, dass man nichts sehen konnte. Immerhin konnte ich im Mondlicht meinen Weg einigermaßen sicher fortsetzen, obwohl ich mir ständig die Schienbeine an Felsen und umgestürzten Baumstämmen anstieß. Ich zog mir zahllose schmerzhafte Kratzer zu, als ich versuchte, so leise wie möglich um die Baumstämme herumzulaufen, obwohl mir klar war, dass mein keuchender Atem für jeden, der nach mir suchte, hörbar sein musste.

Langsam bekam ich Seitenstiche, und ich wurde langsamer. Ich blieb neben einer großen Zeder stehen. Solange ich konnte, hielt ich den Atem an, um mögliche Verfolger zu hören. Kurz glaubte ich, Stimmen in der Ferne zu hören, aber das Geräusch verflüchtigte sich schnell und wiederholte sich nicht.

Mein Herz klopfte so laut, dass ich kaum etwas hören konnte. Offensichtlich hatte ich genug Abstand zwischen Hunter und mich gelegt, dachte ich. Ich kniete mich hinter einen zerklüfteten Felsen, um zu Atem zu kommen und mir den Schweiß aus dem Gesicht zu wischen.

Gerade als ich wieder normal atmen konnte, hörte ich ein lautes Knacken. Jemand war auf einen trockenen Ast getreten. Angst packte mich, und mein Adrenalinspiegel stieg zum zweiten Mal. Ich wusste genau, wie sich ein Tier in der Falle fühlte.

Voller Panik versuchte ich, vor dem zu entfliehen, was in der Dunkelheit war.

»Thaisa.«

Mein Magen zog sich zusammen, als der Wind meinen Namen zu mir trug. Ich starrte in die Dunkelheit und versuchte herauszufinden, woher das Geräusch gekommen war. Verdammt! Offenbar hatte sich Hunter schneller von dem Pfefferspray erholt, als ich gedacht hatte.

»Ich weiß, dass du hier bist. Lauf nicht vor mir weg.«

Ich richtete mich auf und spähte über meinen Felsen, sah aber nichts. Vorsichtig erhob ich mich. Hoffentlich war Bree in Sicherheit. Wenn sie es bis in den Ort geschafft hatte, würde sie es bestimmt auch bis nach Hause schaffen, und so flink, wie sie war, hatte sie eine wesentlich bessere Chance zu entkommen als ich. Ich blickte mich um. Etwa fünfzig Meter entfernt standen drei Mammutbäume eng beieinander. Vorsichtig bewegte ich mich in ihre Richtung.

»Ich will dir nichts tun.«

Das war ja wohl eine Lüge! Ich schnaubte, schlug mir aber sofort die Hand vor den Mund. Hoffentlich hatte Hunter mich nicht gehört.

Noch drei vorsichtige Schritte und ich war an den Mammutbäumen angelangt. Ich umfasste ihre raue Rinde mit einem stummen Schluchzer der Erleichterung. Ihr massiver Schatten gab mir Trost.

»Weißt du, wie sehr Drachen die Jagd lieben?« Hunters Stimme klang beiläufig.

Meine Augen weiteten sich. Er schien näher zu kommen, aber ich konnte nicht genau erkennen, aus welcher Richtung die Stimme kam. Ich glaubte allerdings, von rechts. Ich kroch um die Stämme der Mammutbäume herum und versuchte, einen möglichst sicheren Ort zu finden.

»Es weckt den Urinstinkt in uns. Gefährtinnen rennen weg, Drachen jagen – es wird als eine Art Vorspiel betrachtet.«

Überrascht starrte ich in die Dunkelheit. Worauf zum Teufel wollte Hunter hinaus?

Vor mir ragte eine Zeder in einem Fünfundvierzig-Grad-Winkel über einen Erdhügel. Ich hielt den Atem an und lief darauf zu.

»Das Ende einer Jagd ist immer höchst lustvoll.«

Die Stimme schien jetzt von weiter weg, aus südlicher Richtung, zu kommen.

»Ich erzähle dir das, obwohl wir kein Paar sind. Ich weiß, dass du Angst hast. Von mir hast du nichts zu befürchten. Ich tue Sterblichen nichts.«

Das klang jetzt definitiv weiter weg. Ich stieß einen erleichterten Seufzer aus und wollte unter dem Stamm der Zeder durchschlüpfen, aber in diesem Moment stand auf einmal ein Mann vor mir.

Ich holte tief Luft, um zu schreien, aber er schlug mir sofort die Hand vor den Mund und stieß mich zurück an den Mammutbaum. Ich biss in seine Hand und begann zu strampeln.

»Pax!«, sagte er. Sein Atem drang schwer an mein Ohr, als er sich an mich drückte. Ich erstarrte einen Moment lang; dann drang mir sein Duft in die Nase, ein vertrauter Duft nach einer holzigen Zitronenseife, an die ich mich noch vom vorigen Abend her gut erinnern konnte.

Ich zog seine Hand von meinem Mund und betrachtete blinzelnd den Schatten, der über mir aufragte. »Archer?«

»Ja. Hat er dir etwas getan?« Sein Atem fuhr heiß über mich, und er tastete mich ab, als suche er nach Verletzungen. Die sanften, kleinen Berührungen brachten meine Libido auf Hochtouren.

»Nein, mir ist nichts passiert.« Erleichtert sank ich gegen ihn. Ich verstand nicht, warum ich mich bei Archer sicher fühlte, obwohl er doch anscheinend Hunters Volk so viele schreckliche Dinge antat. »Was machst du denn hier?«, fragte ich und trat ein paar Schritte zur Seite.

»Als ich sah, dass mein Bruder dich mitnahm, musste ich einfach versuchen, dich zu retten. Er hätte dich skrupellos benutzt, nur um mich zu verletzen.«

»Das war nett von dir«, sagte ich atemlos. Ich nahm ihn sehr bewusst als Mann wahr, und meine Gedanken überschlugen sich. Er war so groß, groß und männlich, und doch hätte ich mich ihm am liebsten an den Hals geworfen, statt vor ihm wegzulaufen. Ich wollte in seiner Kraft, in seiner Hitze schwelgen. Und in der Unterschiedlichkeit unserer Körper.

Wie um alles in der Welt war das denn passiert? Gerade eben hatte ich noch Todesangst gehabt, und jetzt war ich unglaublich erregt.

»Du darfst nie wieder mit meinem Bruder irgendwo hingehen, es ist zu gefährlich«, sagte er mit Nachdruck und machte einen Schritt auf mich zu.

Mein Körper jubelte, meine Mädchenteile freuten sich, dass er wieder bei uns war.

»Du bist ganz nah«, sagte ich, so überwältigt von seiner Nähe, dass ich einfach aussprach, was mir durch den Kopf ging. »Immer wenn ich atme, spüre ich dich.«

Verwirrt blickte er an sich hinunter. »Wie bitte?«

»Mein Atem«, sagte ich und versuchte hektisch, mein Gehirn in Gang zu setzen. Es gelang mir nicht. Es freute sich viel zu sehr darüber, wie dicht er vor mir stand, dass ich ihn unbedingt berühren und vor allem wieder küssen wollte. Bei dem Kuss im T und G war ich beinahe dahingeschmolzen, und ich hatte das Gefühl, dass Archer sich da noch zurückgehalten hatte. Mein Mund wurde trocken bei dem Gedanken daran, diesen Kuss ohne Publikum oder Zurückhaltung zu wiederholen. »Immer wenn ich einatme, spüre ich deinen Brustkorb.«

Der Mond schien hell genug, dass ich sehen konnte, wie seine Augen dunkel wurden. Eben waren sie noch blass eisblau gewesen, und jetzt schimmerten sie wie blauer Topas im Mondlicht. »Wer bist du?«, fragte er mit einem leisen Grollen, das ich tief in mir spürte.

»Ich bin nur eine Wissenschaftlerin«, sagte ich. Irgendetwas beschäftigte mich, etwas, das ich mit Archer besprechen wollte. Aber es fiel mir in diesem Moment einfach nicht ein.

Er trat so dicht an mich heran, dass sich sein Brustkorb an meiner Brust rieb, als er tief einatmete. Es kostete mich große Mühe, nicht laut zu stöhnen. »Das ist Wahnsinn.«

»Ja«, stimmte ich zu. Ich musste meine Hände einfach auf seine Arme legen. Seine Muskeln fühlten sich an wie Stahl. »Aber ein schöner Wahnsinn, wie du zugeben musst.«

Sein Atem streifte mein Ohr, dann mein Kinn, die Hände hatte er zu Fäusten geballt. »Das dürfte eigentlich nicht passieren. Du bist keine Drachin. Und doch reagiere ich auf dich, als wärst du eine.«

Ich wimmerte leise, als sein Mund über mein Kinn glitt. Dann knabberte er an meiner Unterlippe.

Vielleicht lag es an meiner aufregenden Flucht, dass mein ganzer Körper sich auf einmal nach Archer, seinen Berührungen und Küssen sehnte, doch was auch immer der Grund war, ich wusste, dass ich ihn berühren und schmecken musste. Mein Gemütszustand hatte nichts mehr mit gesundem Menschenverstand und der Realität zu tun, aber das schien mir auch nicht wichtig zu sein.

Das passiert mir jetzt doch nicht wirklich, sagte der analytische Teil meines Verstandes, während ich meine Hände über seine Brust wandern ließ und ihm das Hemd aus der Hose zog. *Nicht mir. Nicht mit jemandem, der so attraktiv ist. Das muss eine geistige Verwirrung sein. Wenn ich diese Fantasie weiterspinne, komme ich bestimmt ins Irrenhaus …* Meine Gedanken kreisten nur noch um die reinste Lust, als ich seine harten Bauchmuskeln ertastete. Seine Hitze ließ mir Schauer der Erwartung über den Rücken laufen.

»Wenn du mich berührst, Frau, dann kann ich nicht mehr aufhören«, grollte er. Sein Mund lag heiß auf meinem Hals, während seine Hände von meinen Hüften zu meinen Brüsten glitten.

»Du sollst auch nicht aufhören!«, stöhnte ich. Meine Brüste waren zu fordernden kleinen Huren geworden, die sich schamlos in Archers Hände drückten. Mir war es egal, ob ich mich unpassend benahm; ich begehrte ihn einfach, obwohl dort draußen wahrscheinlich ein wütender Drachenmann mit Pfefferspray in den Augen nach mir suchte.

Als ob Archer meine Gedanken gelesen hätte, presste er seine Lippen auf meine. Er umfing meine Hüften und zog mich eng an sich.

Als er an meiner Unterlippe knabberte und um Einlass bat, zögerte ich nicht. Ich ließ ihn ein und genoss es, wie sein harter Körper sich an meine weichen Kurven drückte. Mit jeder Berührung weckten seine Hände kleine Feuer auf meinem Rücken. Die Nachtluft glitt kühl über meine Haut, als er den Reißverschluss meines Kleides herunterzog und mich erneut zum Erschauern brachte.

»Du bist so weich, so weich«, murmelte er und löste seine Zunge von meiner, mit der er gespielt hatte. Ich hatte Zungen noch nie so besonders romantisch gefunden, aber mit Archer war es eine ganz andere Erfahrung. Seine Zunge war genau wie er, drängend, arrogant und sehr, sehr heiß. Ich zog ihm das

Hemd vollständig aus der Hose und zerrte es ihm hastig über den Kopf, während er sich seiner Hose entledigte.

»Brust«, sagte ich aufatmend und legte meine Hände mit gespreizten Fingern auf seine Brustmuskeln. Er strahlte Hitze aus, und die Härchen seiner Brustbehaarung kitzelten meine Finger. Ich brauchte nicht erst hinzusehen, um zu erkennen, dass er ein richtiges Sixpack hatte – mir wurden die Knie weich, als ich das Zucken seiner Muskeln spürte.

»Ja«, sagte er und schob mit den Trägern meines Kleids auch gleich meinen trägerlosen BH herunter. Es war schon ein großartiges Gefühl gewesen, seine Hände durch den Stoff auf den Brüsten zu spüren, aber als er jetzt meine nackte Haut berührte, ging ich beinahe in Flammen auf. Und dann senkte er den Kopf und nahm einen Nippel in den Mund. Ich bog mich zurück, den Mund zu einem stummen Keuchen geöffnet, während ich versuchte, die Empfindung zu erforschen. Es fühlte sich an, als würde meine Brust in Feuer gebadet, die Hitze war fast nicht zu ertragen.

»Ach, Blume, du hast keine Ahnung, was du mit mir anstellst«, murmelte er und zog eine heiße Linie von Küssen hinüber zu meiner anderen Brust. Sein Atem fuhr so heiß über meine Haut, dass ich mich ruhelos in seinen Armen wand. Ich sehnte mich nach mehr, nach viel mehr.

»Du bist … noch ein kleines bisschen nach links, bitte … oh Gott, ja, genau da … Mir ist fast das Herz stehen geblieben. Ich dachte, du wärst Hunter. Würdest du das auch mit der anderen Brust machen? Sie ist plötzlich so eifersüchtig.«

Er wandte seine Aufmerksamkeit meiner anderen Brust zu und widmete sich auch ihr ausführlich, bevor er sich wieder aufrichtete, an meiner Schulter knabberte und einen Punkt hinter meinem Ohr küsste. Es raubte mir fast den Atem. Meine Beine gaben nach, und leise lachend hob er mich hoch. Er drückte mich gegen den Baum und begann mich leidenschaftlich zu küssen. Die Rinde war rau an meinem nackten Rücken, aber in diesem Moment war mir alles egal. Es war mir auch gleichgültig, ob Hunter uns finden würde, ich wollte nur Archer. Ich wollte ihn ganz.

»Die Jagd … das macht uns wild … Christus Rex, sag mir, dass du nicht sterblich bist … Ich glaube, ich kann mich nicht mehr länger beherrschen.«

»Ich … ich …« Ich konnte keinen klaren Gedanken fassen, ich dachte nur an Archers Mund und seine Hände. Ich wollte mit ihm zusammen sein.

Erneut senkte sich sein Mund über meinen. Er hob meine Beine höher um seine Taille und ließ seine Hand in mein Höschen gleiten.

Unsere Zungen tanzten einen wilden Tanz, als seine Finger in mich eindrangen. Ich stöhnte in seinen Mund. Das, was passieren würde, war falsch, ich müsste eigentlich vor diesem sinnlichen, verführerischen Mann fliehen, aber als er die Satinbänder meines Höschens zerriss, konnte ich mich nur noch fester an ihn pressen.

Und als er mit tiefem Grollen in mich eindrang, hieß ich ihn mit tausend kleinen Muskeln, die sich glücklich um ihn schlossen, willkommen.

»Du bist heißer als mein Feuer«, keuchte er. Seine Hände lagen auf meinen Hüften und hielten mich, als er über meinen Hals leckte. Dann küsste er mich wieder. »Ich glaube, ich kann es nicht mehr zurückhalten – Himmel, sag mir, dass du damit umgehen kannst – ich sterbe, wenn ich jetzt aufhören muss.«

»Gib es mir«, murmelte ich. Ich wusste gar nicht, um was ich bat, aber als ich ihn so in mir spürte, wollte ich mehr. Ich wollte ihn ganz. »Mehr«, bat ich und drängte mich ihm entgegen, als seine Stöße immer wilder wurden. Ich wühlte in seinen Haaren, und mein Körper verlangte alles, was er zu geben hatte.

Mit einem Urlaut tief in seiner Brust fuhr Feuer durch mich hindurch, brüllte in meinen Adern und brachte mich zu einem Punkt, an dem ich glaubte, ich würde in tausend winzige Teile zerspringen. Flammen rasten durch meinen Körper, und schreiend vor Ekstase nahm ich sie auf, hieß die Flammen willkommen und schwelgte in dem Feuer, das uns beide einhüllte. Mein Höhepunkt war so überwältigend wie noch nie ein Orgasmus zuvor.

Er biss mir in die Schulter, und sein Schrei der Erlösung wurde von meiner Haut gedämpft. Er drückte sich fest an mich, und seine Hüften bäumten sich noch ein paarmal auf, als er ebenfalls zum Höhepunkt kam.

Sein Atem drang rau an mein Ohr, und mein Herz schlug fast ebenso laut. Bewegungslos blieben wir ein paar Minuten lang stehen, und ich rang nach Luft, während ich versuchte zu begreifen, was gerade geschehen war.

Dann löste ich mich langsam von Archer und ließ mich an ihm herunter, bis ich wieder festen Boden unter den Füßen hatte.

»Wow«, sagte ich immer noch keuchend und blickte ihn an. In der Dunkelheit schimmerten seine Augen wie strahlende Saphire. »Das war … das war wundervoll. Ich verstehe, warum ihr Jungs unsterblich seid. Bei so gutem Sex könnte ich auch lange leben.«

Archer blickte mich an. In seinen Augen wechselten sich Ungläubigkeit und Erstaunen ab.

»Nein«, sagte er schließlich kopfschüttelnd. »Du bist nicht … du kannst keine Sterbliche sein.«

»Doch. Äh. Würdest du bitte – danke.« Er ließ mich los, damit ich meinen Büstenhalter und das Mieder meines Kleides hochziehen konnte. Dann drehte ich mich mit dem Rücken zu ihm und nahm mein Haar zur Seite. »Mach bitte den Reißverschluss zu.«

»Du hast mein Feuer angenommen«, sagte er und zog den Reißverschluss meines Kleides hoch. Dann stieg er wieder in seine Hose und hob sein Hemd auf. »Das kann kein Sterblicher. Nur ein …«

»Wo ist mein Höschen?«, fragte ich und spähte in die Dunkelheit.

Archer fand es auf einem hüfthohen Farn. Ich verzog das Gesicht, als ich das zerrissene Seitenband sah. Das Höschen konnte ich vergessen, deshalb stopfte ich es in die Tasche.

Er kniff die Augen zusammen, und seine Pupillen verlängerten sich wie bei einer Katze. Plötzlich nahm er mich erneut in den Arm. Er vergrub sein Gesicht zwischen meinen Brüsten und atmete tief ein.

»Was machst du da?«, fragte ich. Ich wollte ihn wegstoßen, damit ich an einem ruhigen Ort für mich allein über das Geschehene nachdenken konnte, aber zugleich hätte ich ihn am liebsten gepackt und von ihm verlangt, das Ganze noch einmal zu wiederholen.

»Ich lerne deinen Duft«, murmelte er und hob den Kopf ein wenig. »Du riechst … richtig.«

»Das ist mein Deodorant«, sagte ich zittrig lachend. »Es soll auch in Stresszeiten supergut wirken, und dazu gehört ja wahrscheinlich, zuerst um sein Leben zu rennen und dann mit einem sexy Drachen zusammen zu sein.«

»Komm«, sagte er und ergriff meine Hand. Er drehte sich um und ging einfach los, als ob er erwartete, dass ich stumm hinter ihm hertrotten würde.

7. KAPITEL

»Hey!«, sagte ich und versuchte, meine Hand aus Archers stählernem Griff zu befreien.

Mein Körper summte immer noch von den Nachwirkungen unserer sexuellen Begegnung, und ich verspürte das überwältigende Bedürfnis, mich zusammenzurollen und zu schnurren.

Archer hielt meine Hand noch fester und zog mich schweigend vorwärts.

»Hör mal, es hat mir schon nicht gefallen, als dein Bruder mich in seinen Wagen gezerrt hat, ohne mich zu fragen, ob ich überhaupt mitfahren wollte, und ich mag es gar nicht, wenn du dich genauso arrogant verhältst. Auch wenn das, was wir gerade am Baum getan … hu! Ja, das war sehr in Ordnung!«

Er ging wesentlich erfolgreicher als ich um Bäume und Felsen herum, sagte jedoch immer noch nichts.

»Wie hast du mich eigentlich hier draußen gefunden? Und wie hast du das gemacht, dass deine Stimme sich so angehört hat, als stündest du vor mir, während du eigentlich hinter mir gestanden hast?«

»Ich bin ein Drache«, sagte er schließlich und zog mich stetig weiter. »Als ich sah, dass die Schattendrachen am Straßenrand nach etwas suchten, wusste ich, dass du entkommen warst.« Er blieb stehen und zog mich in seine Arme, um mich leidenschaftlich zu küssen. Mein Widerstand schmolz dahin. »Du bist cleverer, als ich gedacht habe. Es freut mich, dass meine Gefährtin geeignete Schritte unternommen hat, um sich aus den Händen der Schattendrachen zu befreien.«

»Ohne mein Pfefferspray gehe ich nirgendwohin«, sagte ich. Ich gab auf und ließ mich von ihm durch den Wald führen. Der Albtraum voll zerschundener Schienbeine und angsteinflößender Schatten war verblasst, als er mich gefunden hatte, und war jetzt nur noch eine ferne Erinnerung. Ich konnte Archer immer noch schmecken, und meine Brüste waren schwer vor Verlangen, als ich an seinen Mund auf meiner Haut dachte. Meine verborgenen Körperteile lehnten sich erschöpft zurück und keuchten dramatisch, machten zugleich aber schon Pläne für eine Wiederholungsvorstellung.

Archer weckte in mir mehr als nur sexuelles Verlangen, dachte ich, während ich ihm durch den Wald folgte. Hunter machte mich nervös, aber Archer gab mir ein Gefühl der Sicherheit. Ich schüttelte den Kopf, als mir das Wort in den Sinn kam. Wie konnte ich mich bei einem Mann, den ich gerade erst kennengelernt hatte, sicher fühlen? Einem Mann, der nicht einmal ein menschliches Wesen war?

Es ergab keinen Sinn. Vielleicht hatte er mich mit einem Zauber belegt? Konnten Drachen zaubern? Im Geiste machte ich mir eine Notiz, später darüber zu recherchieren. Wahrscheinlich litt ich an einer zeitweiligen geistigen Verwirrung. Ich war in Wirklichkeit nicht sicher bei Archer. Die einzige Person, bei der ich mich jemals sicher gefühlt hatte, war meine Oma gewesen, und daran würde auch ein sexy, großer, wirklich gut aussehender Mann nichts ändern.

Während ich mit mir selbst diskutierte, machten mich meine Gehirnsynapsen auf einmal auf etwas aufmerksam. »Warte mal, hast du gerade ›Gefährtin‹ gesagt?«

»Du hast mein Feuer aufgenommen. Es hat mich auch überrascht. Ouroboros-Drachen finden nicht häufig Gefährtinnen, da unsere genetischen Bande zerbrochen sind. Das macht es schwierig, jemanden zu finden, der zu uns passt.«

»Du gebrauchst viel zu viele Wörter, die eigentlich einen Sinn ergeben müssten, es aber nicht tun. Lass uns mit der großen Sache, mit der Gefährtin, anfangen. Wenn du glaubst, ich sei eine Art Drache …«

»Noch nicht«, sagte er und drehte sich nach mir um. Seine Augen hatten wieder ihr normales helles Eisblau. »Aber bald.«

»Aber ich bin ein Mensch!«, protestierte ich.

»Ja. Deshalb ist es ja auch so unerwartet.«

»Das ist wie … gekreuzte Spezies. Ist das nicht eigentlich unmöglich?«

»Es ist unwahrscheinlich, aber nicht unmöglich. Ursprünglich haben Drachen sich nicht außerhalb ihrer Sippen gepaart.«

»Was sind in diesem Zusammenhang Sippen?«

»Erweiterte Familiengruppen. Ouroboros-Drachen haben solche Bindungen nicht, und das bedeutet, dass es nur sehr wenige Gefährtinnen gibt, die genetisch zu uns passen.«

»Kann ich noch einmal darauf hinweisen, dass ich ein Mensch bin?«

»Ich weiß, was du bist«, sagte er mit grimmiger Stimme. Er ging voraus, seine Hand hielt meine fest umschlossen.

Ich wollte ihm gerade weiter Fragen stellen, als plötzlich ein Gedanke in dem postkoitalen Nebel auftauchte, der sich um mein Gehirn gelegt hatte. »Bree!«, schrie ich. Ich hatte ein schrecklich schlechtes Gewissen, dass ich sie so leicht vergessen konnte.

»Wer? Ach, der Luftgeist?«

»Nein, Bree. Das Mädchen, das heute Abend bei mir war. Die, die dich so angestarrt hat und ungehörige Dinge zu dir gesagt hat – dein Schwanz! Ach, das hat sie gemeint! Sie wusste sofort, dass du ein Drache bist, als wir dich in der Hotelbar gesehen haben. Diese kleine … Ich werde ein ernstes Wörtchen mit ihr reden müssen, aber wir müssen sie zuerst einmal finden, Archer. Sie ist irgendwo hier im Wald. Wir teilten uns auf, damit es für Hunter schwieriger wird, uns aufzuspüren.«

Archer fluchte leise, aber er ließ meine Hand los und blieb stehen. »In welche Richtung ist sie gegangen?«

»Nach Osten.«

Er zog sein Handy heraus und sprach rasch ein paar Worte hinein. Er sprach Proto-Balto-Slawisch, eine weitere alte Sprache, die als Ursprung der heute gebräuchlichen Sprachen in Osteuropa gilt. Ich hatte für meine Masterarbeit Quellen in dieser Sprache gelesen, aber es erstaunte mich, dass Archer und sein Freund sie ebenso gut beherrschten wie Ostslawisch. »Der Luftgeist ist im Wald und läuft wahrscheinlich nach Osten. Nein, sie sind weg, aber so wie ich die Schattendrachen kenne, wird Hunter mit Sicherheit zurückkommen. Und zwar bald. Du musst sie schnell finden.«

Ich wollte ihn gerade fragen, ob er wissenschaftlich über das mittelalterliche Zentraleuropa gearbeitet habe, vergaß die Frage aber wieder, als er erneut meine Hand ergriff, mir über einen umgestürzten Baumstamm half und sagte: »Miles wird deine Freundin finden, bevor es jemand anders tut.«

»Das ist nett von dir, aber ich bin für sie verantwortlich.« Ich blickte mich um, um festzustellen, wo wir waren. »Es ist ja lieb von dir, dass du deinen Freund schickst – ich nehme an, Miles ist der Mann mit den braunen Haaren, der gestern Abend mit dir zusammen in der Bar war –, aber sie ist meine Freundin, und ich kann sie nicht allein im Wald herumlaufen lassen, vor allem nicht, wenn Hunter und dieser dicke Mann ohne Hals nach ihr suchen.«

»Das tun sie nicht«, sagte er. Er gab einen entnervten Laut von sich und zog mich wieder weiter.

»Woher willst du das wissen?« Ich sah mich immer noch um, obwohl ich Archer widerstrebend folgte. Vor uns, kaum sichtbar am Fuß eines steilen Abhangs, sah ich einen Lichtschein.

»Sie sind Feiglinge. Als sie uns sahen, sind sie abgehauen.« Seine Stimme klang neutral, nicht schadenfroh oder wütend, eher so, als ob sein Bruder ihm völlig egal sei.

Für einen Augenblick hörte ich auf, mir Sorgen um Bree zu machen, und musterte den Mann, der sorgsam Äste zur Seite bog, damit sie mir nicht ins Gesicht schlugen. »Er sagt keine besonders netten Dinge über dich. Ich nehme an, ihr beide seid schlecht aufeinander zu sprechen?«

»Bis zum heutigen Tag sind einundvierzig Mitglieder meines Stammes ermordet worden«, sagte er, und dieses Mal lagen Gefühle in seiner Stimme, ein tiefer Schmerz, den ich mehr spürte, als dass ich ihn hörte. »Das erklärt wohl alles.«

Zum dritten Mal blieb ich stehen. Er drehte sich um und blickte mich fragend an. »Dein Bruder hat deine ... äh ... Ich bin mit den Drachenbegriffen nicht so vertraut. Bis vor etwa einer halben Stunde habe ich ja noch nicht einmal gewusst, dass es euch überhaupt gibt, und ehrlich gesagt finde ich, ich komme großartig damit klar, aber das kommt daher, weil ich heute einen Dämon gerufen habe, und das war sozusagen meine Initiation in Bezug auf übernatürliche Wesen, wenn du so willst. Rede ich Blödsinn?«

»Ja«, sagte er und zog mich ein Stück weiter. Vor einem langen, steilen Abhang mit fünfundvierzig Grad Neigung, der mit kleinen Sträuchern und Farnen bewachsen war, blieb er stehen. Da er zu beiden Seiten von Felsen eingerahmt war, schien es der einzige Weg zur Straße zu sein.

Archer sagte nichts; er drehte sich nur um zu mir, nahm mich auf die Arme und begann, den Abhang hinabzusteigen.

»Was zum Teufel!«, schrie ich und drehte mich so zu ihm hin, dass ich die Beine wieder um seine Taille schlingen konnte. Dadurch wurde sein Kopf gegen meine Brüste gedrückt, und ich packte ihn an den Haaren. »Nein! Bleib stehen! Du brichst dir den Hals! Oder mir! Nein!«

Er ruderte mit den Armen, und ich spürte an den Vibrationen, dass er etwas in meine Brüste sagte, aber ich konnte es nicht verstehen. Dabei ging er weiter, rutschte mehr oder weniger den Abhang hinunter, während Erde, kleine Steine und Pflanzenteile vor uns herunterkullerten. Erstaunlicherweise gelang es ihm jedoch, das Gleichgewicht zu wahren, bis er auf den letzten Metern des Abhangs über ein Felsstück stolperte und nach vorne fiel. Im Bruchteil einer Sekunde wurde mir klar, dass er auf mich fallen würde, mit Sicherheit eine äußerst schmerzhafte Erfahrung, aber Archer drehte sich rechtzeitig, so dass ich auf ihm landete und er ein ganzes Stück über die Straße schlitterte.

»Oh mein Gott, oh mein Gott, oh mein Gott«, rief ich. Mit klopfendem Herzen erhob ich mich von ihm und tastete ihn am ganzen Körper ab, um mich zu vergewissern, dass er nicht ernsthaft verletzt war. »Tu das nie mehr! Bist du verletzt? Hast du dir den Kopf gestoßen? Heilige Scheiße, Archer! Wir hätten beide tot sein können! Oder zumindest ernsthaft verletzt. Blutest du? Ich sehe kein Blut, nur … Oh Mann, ich habe dir ein Büschel Haare ausgerissen.« Ich zeigte ihm das kleine Haarbüschel, das ich mit zitternden Fingern umklammert hielt.

»Ja, das habe ich gemerkt«, sagte er und rieb sich den Kopf. Als er sich aufsetzte, zuckte er zusammen und versuchte, über seine Schulter zu blicken.

»Hast du dir am Rücken wehgetan? Wie hast du es nur gemacht, dich so zu drehen? Das war beeindruckend, obwohl ich nicht weiß, wie du … Ach, du lieber Himmel!« Ich war um ihn herumgekrochen, um mir seinen Rücken anzusehen. Auf den blutigen, grässlichen Anblick war ich nicht gefasst gewesen. Sein Hemd hing in Fetzen über seinen blutigen Rücken, der von der Schlitterpartie über den Asphalt aufgerieben worden war. »Oh mein Gott! Okay, beweg dich nicht.« Mit zitternden Händen holte ich mein Handy heraus. »Ich rufe den Krankenwagen.«

»Das brauchst du nicht«, sagte er und stand auf. Er zuckte zwar wieder zusammen, reichte mir aber die Hand. »Es heilt schnell wieder, aber ich möchte zu meiner Verteidigung gerne erwähnen, dass ich mehr hätte sehen können, wenn du nicht wie auf einer Leiter auf mich hinaufgestiegen wärst und versucht hättest, mich mit deinen Brüsten zu ersticken. Komm. Mein Auto steht in dieser Richtung.«

Ich starrte ihn verblüfft und erstaunt an. Die Tatsache, dass er nach einem solchen Sturz, bei dem sein Rücken gehäutet worden war, einfach weitergehen konnte, machte mich fassungslos.

Er blickte mich fragend an, als ich mich erhob.

»Archer, du kannst doch nicht einfach so tun, als wenn dein Rücken nicht rohes, blutiges Fleisch wäre!«

»Ich tue ja gar nicht so. Es ist nur in diesem Moment nicht von Bedeutung. Kommst du jetzt mit mir oder muss ich dich wieder tragen? Das wird meinem Rücken bestimmt nicht guttun, aber wenn du darauf bestehst …«

Ich boxte ihm auf die Brust. Nicht fest natürlich, weil der arme Mann sowieso schon schreckliche Schmerzen erleiden musste, aber doch fest genug, um ihm klarzumachen, dass ich sein überlegenes Getue nicht schätzte. »Hör mal, es tut mir wirklich leid, dass ich wie auf einer Leiter an dir hochgeklettert bin, aber ich … Es schien so … Ach zum Teufel, ich wollte von dir festgehalten werden, falls ich sterben musste.« Leichte

Röte stieg mir in die Wangen. »Aber abgesehen davon lasse ich mich nicht gerne bevormunden, und dazu gehört auch, dass ich nicht wie ein Sack Kartoffeln herumgeschleppt werden will.«

Sein Grinsen überflutete meinen Bauch mit Hitze und Lust. Ich rief mir ins Gedächtnis, dass ich doch gerade erst beschlossen hatte, bei ihm nicht sicher zu sein, trotz des großartigen Sex, aber es nützte nichts. Heiß war mir trotzdem.

»Vertrau mir, Blume. Ich sehe dich nicht als Sack Kartoffeln. Komm mit. Ich möchte nicht, dass du hier zurückbleibst. Am Ende kommt noch mein Bruder und erhebt Ansprüche auf dich.«

»Erhebt Ansprüche auf mich?« Was sollte das denn heißen? Ich trabte neben ihm her, weil er auf seinen langen Beinen schneller war als ich, aber da ich ständig zum Waldrand hinüberschaute, um nach Anzeichen von Bree Ausschau zu halten, widersprach ich nicht.

Seine Finger schlangen sich um meine, und mein Magen flatterte glücklich. Verdammt! Da hatte ich mir doch gerade eine Strafpredigt gehalten, und jetzt war ich glücklich, weil er meine Hand hielt.

Streng erklärte ich mir, dass das Gerede darüber, dass ich eine Drachengefährtin sei, überhaupt nichts zu bedeuten hatte, trotz der Nummer im Wald. Es war nicht wichtig.

Auch nicht erwünscht.

Das Entsetzen darüber, gekidnappt worden zu sein, gefolgt von meiner Erleichterung, weil Archer mich gefunden hatte, hatte einfach nur unsere Libido in Gang gesetzt, das war alles.

Meine innere Stimme sagte, wie traurig es doch sei, wenn jemand sich selbst belog. Ich dachte gemeine Sachen über die Stimme.

»Was machst du?«, fragte Archer mich.

»Was meinst du damit?«

»Du knurrst.«

Erneut wurde ich rot, und ich war froh darüber, dass wir uns gerade auf einem Abschnitt der Straße befanden, auf dem es keine Straßenlaternen gab. »Äh … ich habe meiner inneren Stimme nur gesagt, sie solle zur Hölle fahren.«

Er warf mir einen Blick zu, den ich in der Dunkelheit nicht deuten konnte. »Du bist eine überaus einzigartige Frau.«

»Ja.« Ich seufzte. »Ich war immer schon komisch. Apropos einzigartig, Mr Mythisches-Tier, ich habe einen Haufen Fragen.«

»Schau«, sagte er und wies mit einem Nicken auf eine schwarze Limousine, die am Straßenrand parkte. Vor uns sah ich die Bremsspuren, wo Hunters Wagen abrupt zum Stehen gekommen war, aber von seiner Limousine – oder von Bree – war nichts zu sehen. »Hier sind die Schlüssel. Warte im Auto. Verriegle die Türen. Wenn mein Bruder zurückkommt, bevor Miles und ich wieder da sind, fährst du los.«

Er drückte mir einen Schlüsselbund in die Hand und wandte sich zum Waldrand.

»Oh nein, das tust du nicht«, sagte ich und lief hinter ihm her. »Ich helfe dir gerne bei der Suche nach Bree, schließlich ist sie meine Freundin, und ich fühle mich verantwortlich für sie.«

Er murmelte leise etwas vor sich hin, aber ich verstand nicht, was er sagte.

»Leute, die absichtlich unhöfliche Sachen so leise sagen, dass andere sie nicht hören können, sind Feiglinge«, sagte ich und folgte ihm über einen umgestürzten Baumstamm, der über einem Graben voller dunkler Farne lag.

»Ich sagte, dass ich es sicher noch einmal bedauern würde, einen solch scharfen Geruchssinn zu haben.«

Stirnrunzelnd folgte ich ihm tiefer in den Wald hinein. Oben auf einem Hügel blieb er stehen und ging erst weiter, als ich in die Richtung zeigte, in die ich Bree hatte laufen sehen. »Wenn das eine Anspielung auf mein Deodorant sein soll, möchte ich dich gerne darauf hinweisen, dass mein Ritt auf dir den Abhang hinunter auch das wirkungsvollste Produkt an seine Grenzen bringt.«

»Ich meinte deinen Duft.«

Ich schnupperte an meinen Achselhöhlen. »Nun, es tut mir leid, wenn ich …«

»Christus Rex, Frau, das ist doch keine Beleidigung«, knurrte er. Er zog mich an sich und vergrub seine Nase an meinem Hals. Ein leiser, grollender Laut drang aus seiner Brust, und tief in mir kam die Antwort. »Dein Duft macht mich wahnsinnig. Du riechst nicht nur wie eine Blumenwiese, sondern …« Er holte noch einmal tief Luft, und ich musste mich sehr beherrschen, ihn nicht zu berühren. Ich mochte ja so schamlos sein, es mit ihm in der nächtlichen Verschwiegenheit des Waldes zu treiben, aber Sex auf der Straße ging gar nicht. »Es ist, als wärst du in Sonnenlicht getaucht. Goldene, warme Blumen, in denen ich mich am liebsten wieder vergraben würde …«

Ich kämpfte dagegen an, ich kämpfte wirklich, aber in seinen Armen schmolz ich dahin. Meine immer noch sehr glücklichen Mädchenteile beschlossen, dass sie mitmachen würden, wenn er noch einmal loslegen wollte. Als er begann, an meinem Ohrläppchen zu knabbern, gab zum Glück sein Handy einen kleinen Hickser von sich.

Das Gespräch war kurz. »Miles hat deine Freundin.« Er drehte sich auf dem Absatz um, und wir liefen zurück zur Straße. »Sie haben sich an der Straße versteckt, aber sie haben die Schattendrachen gesehen. Wahrscheinlich wollen sie Anspruch auf dich erheben.«

»Schon wieder dieses Wort.«

Er sagte nichts, aber ich sah, wie er vor Schmerzen zusammenzuckte, als er mir half, einen Felsen hinabzuklettern. Ich beschloss, ihn mit einer der Tausenden von Fragen, die mir in den letzten Stunden in den Sinn gekommen waren, von seinen Schmerzen abzulenken. »Wegen dieser Sache mit der Gefährtin – was wir im Wald gemacht haben, war großartig. Besser noch als großartig, wirklich, aber ich bin eigentlich nicht auf der Suche nach einem Liebespartner. Ich bin auch alleine völlig glücklich. Wenn das mit der Gefährtin also bedeutet, dass wir miteinander gehen …«

»Wir gehen nicht miteinander«, sagte er. Seine Worte schnitten mir tief in die Seele. Einen Moment war ich fassungslos über seine unverblümte Antwort, obwohl ich ihm ja eigentlich gerade gesagt hatte, dass ich keinen Mann wollte.

Wie konnte ich mich so verletzt fühlen, obwohl ich doch gerade gesagt hatte, ich sei nicht auf der Suche nach einer Beziehung? Aber ich war wirklich verletzt, und das machte mich nur noch wütender auf mich, weil ich es hasse, wenn ich widersprüchlich reagiere.

»Du machst schon wieder ein finsteres Gesicht, Blume.«

»Entschuldigung.« Ich biss die Zähne zusammen. »Ich habe eine wirklich sarkastische innere Stimme, und sie macht mir heute Abend schwer zu schaffen. Natürlich bin ich nicht davon ausgegangen, dass du daran interessiert bist, mit mir zu gehen – abgesehen von dem Intermezzo im Wald, stehst du ja, wenn man sich Funkelbusen so anguckt, auf einen ganz anderen Typ Frau als mich –, aber da wir uns darauf geeinigt haben, dass der heiße Drachensex im Wald sehr nett war, jedoch nichts weiter daraus entsteht, verstehe ich das mit der Gefährtin nicht ganz.

Er warf mir einen Blick von der Seite zu. »Warum tust du das?«

»Was? Fragen stellen? Ich möchte einfach alles in meinem Kopf geordnet haben.« Ich seufzte.

»Neugier, ich verstehe. Ich befriedige meine Neugier auch gerne. Aber du machst dich ständig herunter, und ich verstehe nicht, warum. Ist es wegen deiner genetischen Besonderheit?«

Automatisch fuhr ich mit dem Finger über meine betroffene Augenbraue. »Ich mache mich nicht herunter. Ich verfüge über ein gesundes Selbstbewusstsein. Ich mache mir nur keine Illusionen darüber, wie ich aussehe. Es gibt diese merkwürdige Dichotomie in unserer Kultur – entweder fühlen sich die Leute berechtigt, unerwünschte Kommentare über mich abzugeben, oder sie tun so, als sei ich ungeheuer attraktiv, was ich nicht im Entferntesten bin. Ja, ich bin mir stärker der Tatsache bewusst, dass die Leute meine Erscheinung komisch finden, als jemand, der nicht mit so etwas leben muss.«

»Ich habe auch andere Gene, aber ich benutze sie nicht so wie du als Krücke.«

»Hey«, sagte ich und runzelte die Stirn, »solange du die Beleidigungen, denen ich ständig ausgesetzt bin, noch nicht am eigenen Leib erfahren hast, solltest du mich nicht verurteilen.«

Wir hatten die Straße erreicht. Er blieb stehen und legte die Hand unter mein Kinn. »Und doch versteckst du dich tagsüber hinter einer dunklen Sonnenbrille und erzählst mir, ich könnte dich nicht sexuell erregend finden, weil du eine andere Farbgebung hast, die mir unwichtig ist. Und das trotz unseres leidenschaftlichen Drachensex im Wald.«

Ich schlug seine Hand von meinem Kinn, verärgert, weil er mich mehr oder weniger als Feigling bezeichnet hatte. »Und das sagt der Mann, der Covermodel auf der *GQ* sein könnte! Was weißt du schon darüber, wie es ist, wenn Leute einen anstarren, Kommentare abgeben und lachen, weil du anders bist?«

Er presste die Zähne so fest zusammen, dass es ein Wunder war, dass überhaupt Worte aus seinem Mund kamen. »Meine Eltern haben mich verlassen, als ich noch ein Säugling war, weil ich nicht so war, wie sie es wollten. Ich bin ohne Familie, ohne einen Clan aufgewachsen, außerhalb der sterblichen und der unsterblichen Welt. Ich hatte niemanden, niemanden, der sich um mich kümmerte, niemanden, der mich haben wollte. Ich habe noch nicht einmal einen eigenen Namen. Du glaubst, ich weiß nicht, wie es ist, anders zu sein? Ich war es jede einzelne Stunde an jedem Tag in den siebenhundert Jahren meiner Existenz.«

Seine Stimme klang rau und gequält, und sein Schmerz trieb mir die Tränen in die Augen. »Es tut mir leid. Es tut mir so leid. Das ist ja ganz furchtbar tragisch. Aber … aber du hast doch einen Namen … Warte mal, hast du siebenhundert Jahre gesagt?«

»Archer war mein Job, nicht mein Name. Ich war Bogenschütze.« Seine Stimme klang erstickt. Er ging an mir vorbei, und ich konnte sein Leid förmlich spüren.

Einen Moment lang blieb ich stehen und versuchte mir vorzustellen, was für eine Hölle er durchlebt hatte. Meine Eltern waren gestorben, als ich noch sehr klein war, aber ich hatte zumindest meine Großmutter und einen eigenen Namen. Ich lief hinter ihm her. Ich berührte ihn nicht, aber ich kam mir vor wie ein selbstsüchtiger Riesenidiot. »Ich will es gar nicht mit dem vergleichen, was du durchgemacht hast, aber ich verstecke mich nicht hinter meiner Sonnenbrille. Ich … ich setze sie nur auf, weil ich mal Ruhe vor den Blicken der Leute haben will. Und können wir noch einmal über die siebenhundert Jahre reden? Das beschäftigt mich nämlich wirklich.«

»Wenn du einen wirklich unglückseligen Makel hättest, wie sechs Brüste oder zwei Arme, die aus deinem Kopf wachsen, dann könnte ich deine Haltung ja noch verstehen, aber so – ich habe mehr von dir erwartet.« Er ging einfach weiter, als ob er nicht gerade so unerhörte Dinge gesagt hätte.

Und plötzlich war ich wieder aufgebracht. »Hör mal, ich verstehe ja, dass du ein schweres Leben hattest, und das tut mir auch leid. Ich kann nichts daran ändern, außer höchstens … na ja, ich kann dir dabei helfen, einen neuen Namen für dich auszusuchen, wenn du gerne einen hättest. Einen, der wirklich zu dir passt, der widerspiegelt, wie du wirklich bist. Aber abgesehen davon brauchst du keine gemeinen Dinge zu mir zu sagen, nur weil du es in deiner Jugend schwerer gehabt hast als ich. Und nur, weil wir heißen Sex miteinander hatten.«

Er schwieg.

»Schließlich«, fuhr ich fort, immer noch leicht angesäuert wegen seines Benehmens, »hast du vielleicht früher kein leichtes Leben gehabt, aber jetzt muss es dir ja wirklich gut gehen, wenn du so viel Geld für ein Manuskriptblatt ausgeben kannst. Du hast für ein Stück Pergament und ein kleines Goldblatt fünfmal so viel ausgegeben, wie ich im Jahr verdiene.«

Er schnaubte.

»Schnaub mich nicht so herablassend an, Drachenjunge.«

»Master. Ich bin ein Drachenmaster, kein Junge.«

»Manche von uns haben gelernt, das Schlimme, das ihnen im Leben widerfährt, zu überwinden.«

»Ach, und du findest, das habe ich nicht?« Seine Augen waren so blass wie der Mond, der dick und rund am Himmel hing.

»Ich glaube schon, dass dir das gelungen ist, aber dabei hast du irgendwann vergessen, wie es ist, nicht perfekt zu sein. Vielleicht haben die Leute Dinge für dich getan, weil du ein hübsches Gesicht hast, und bald schon fandest du das normal, weil du eben ein gut aussehender Mann bist. Ich arbeite für einen von deiner Sorte. Edgar ist ein Mistkerl, aber er ist ein attraktiver Mistkerl, und das nutzt er schamlos aus, um zu bekommen, was er will. Du siehst hundertmal besser aus als er, deshalb kann ich mir schon vorstellen, was in deinem Kopf so vor sich geht. Dein Start ins Leben mag ja rau gewesen sein, aber ich wette, es hat nicht lange gedauert, und du brauchtest nur mit den Fingern zu schnipsen, und schon hast du bekommen, was du wolltest. Zu uns Übrigen ist die Welt nicht so nett, Archer. Manche von uns kämpfen von Geburt an mit dem, was das Leben ihnen zugedacht hat, und kämpfen ihr ganzes Leben lang.«

»Ist es etwa meine Schuld, dass andere nicht gearbeitet haben und genauso viel Erfolg hatten wie ich?« Seine Stimme klang immer noch rau, aber nicht mehr so gequält, als ob er über das, was ich sagte, nachdenken würde.

Ein warmes Leuchten breitete sich in mir aus. Nur meine Großmutter hatte mir jemals wirklich zugehört. »Natürlich nicht. Es ist beachtlich, was du aus deinem Leben gemacht hast. Auch wenn es über mein Fassungsvermögen geht, dass es tatsächlich schon siebenhundert Jahre lang dauert. Und damit du es weißt, wir werden uns eines Tages mit einem Aufnahmegerät hinsetzen, und ich werde dir Löcher in den Bauch fragen über alles, was du erlebt hast. Du bist der feuchte Traum jedes Historikers.«

Er verzog das Gesicht, ging aber weiter. Trotz meiner Irritation hätte ich gerne seine Hand ergriffen, aber seine Bemerkung, dass wir nicht miteinander gingen, ließ mich zögern, weil mir die Geste zu vertraut erschien. Ich wusste, dass für manche Männer Sex – die persönlichste aller Interaktionen – rein funktional war und nicht allzu viel bedeutete. Vielleicht war Archer solch ein Mann. Vielleicht mochte er es ja nicht, dass ich einfach seine Hand ergriff, nur weil wir im Wald eine äußerst schöne Zeit miteinander verbracht hatten. Oder dass ich ihm eine Haarsträhne aus der Stirn strich. Oder einfach dicht neben ihm stand, um seine Hitze zu spüren.

Ich rückte ein bisschen näher, damit meine Hand beim Gehen seine wie zufällig streifte, nur für den Fall, dass er meine Hand halten wollte.

»Ich verstehe nicht, was du damit sagen willst«, sagte er. Seine Stimme klang wieder ganz normal, tief und voll. Die Stimme seines Bruders mochte seidiger sein, aber Archers Stimme brachte eine Saite tief in mir zum Klingen.

»Ich finde, du solltest die Not der anderen mit ein bisschen mehr Mitgefühl betrachten. Nicht alle können aus ihrem Leben das machen, was du aus deinem gemacht hast.« Jetzt stieß meine Hand an seine. Verdammt, warum kapierte er den Hinweis denn nicht?

Er schwieg.

»Ich will nicht in dich dringen, deshalb kannst du mir ruhig sagen, wenn meine Frage zu persönlich ist, aber du weißt ja, dass ich neugierig bin. Ich verstehe nicht, wie deine Eltern dich schon als Säugling verlassen konnten. Was wollten sie denn haben, das du ihnen nicht geben konntest?«

»Einen Drachenjäger.« Er wirkte niedergeschlagen, seine Gesichtszüge wurden hart. »Wir sollten die ersten sein, aber wir waren nicht … richtig.«

»Du solltest deine eigene Familie jagen?«, fragte ich entsetzt.

»Nein. Drachenjäger sind Drachen, die dämonische Wesen jagen. Sie haben mehr Macht über Dämonen als andere. Meine Eltern träumten einst von einer Rasse, die der sterblichen wie der unsterblichen Welt dienen würde, weil jeder Drachenjäger ein perfektes Gleichgewicht zwischen Drachen und Dämonen darstellt. Der Drache hat Kraft und Entschlossenheit, und der Dämon in ihm verleiht ihm die Fähigkeit, andere seiner Art zu besiegen. Aber wir wurden nicht mit diesem Gleichgewicht geboren.«

Beinahe fürchtete ich mich vor der Frage. »Was ist passiert?«

»Ich bin ein Drache«, sagte er.

Die Bedeutung seiner Antwort traf mich wie ein Schlag ins Gesicht. »Dann ist dein Bruder …«

»Ja.« Er warf mir einen strengen Blick zu. »Deshalb darfst du auch dem, was er zu dir sagt, keine Aufmerksamkeit schenken. In ihm ist kein Drache, sondern nur Dunkelheit.«

»Wie tragisch.« Auf eine seltsame Weise empfand ich Mitgefühl für Hunter, aber dann fiel mir ein, dass er sich geweigert hatte, Bree und mich gehen zu lassen. »Dass Eltern so etwas tun … ich kann es mir einfach nicht vorstellen. Wie ist es mit Devon?«

Er warf mir einen verwirrten Blick zu. »Was soll damit sein?«

»Als Name. Es ist ein schöner Name. Mir hat er immer gefallen. Du könntest Devon sein.«

»Nein.«

»Okay, Charles.«

»Nein.«

»Du hast recht, das ist zu durchschnittlich für dich. Äh …« Ich spreizte meine Finger, damit sie zwischen seine schlüpfen konnten, als meine Hand wieder an seine stieß. »Phoenix?«

»Das ist eine Stadt, kein Name.«

»Es könnte beides sein. Tristan?«

»Nein.«

»Gérard, Martin, Fahrvergnügen.«

Der Blick, den er mir zuwarf, war unbezahlbar.

»Na gut, lassen wir das erst mal«, sagte ich. Mein kleiner

Finger stach in seine Hand. War der Mann schwer von Begriff? Taub an den Händen? »Erzähl mir lieber etwas über deine Sturmdrachen.«

»Was willst du über sie wissen?«

»Wie viele Leute sind denn in deiner Gruppe?«

»In meinem Stamm. Mehr als siebzig.«

Ich ballte die Hand zur Faust und schwang sie in seine Hand. »Ich muss sagen, unter wissenschaftlichen Gesichtspunkten ist das alles äußerst faszinierend. Ich erinnere mich an Erwähnungen von Drachen in ein paar älteren Texten, aber ich hatte keine Ahnung, dass sie sich tatsächlich auf eine lebende Art bezogen.«

»Uns gibt es beinahe schon so lange wie die Menschheit.«

»Verdammt, Archer!« Ich blieb stehen und warf ihm einen bösen Blick zu.

Er ging ein paar Schritte weiter, dann drehte er sich nach mir um und blickte mich fragend an.

»Hältst du jetzt meine Hand oder nicht?«, sprudelte ich hervor.

Er blickte auf meine Hand, dann wieder in mein Gesicht. »Du hast mir eben erst erzählt, du bist nicht auf der Suche nach einem Liebespartner.«

»Ph!«, schrie ich und stapfte an ihm vorbei. Dass er mir seine Hand entgegenstreckte, ignorierte ich. Der Mann machte mich wütend und reizte mich …, aber ich schluckte alle Bezeichnungen, mit denen ich ihn am liebsten belegt hätte, hinunter. Ich war selbst schuld daran.

»Ich bin eine starke, unabhängige Frau. Ich brauche keinen Mann. Ich bin vollkommen glücklich mit meinem Leben. Heißer Waldsex mit einem Drachen ist für mein Glück nicht lebenswichtig. Ich habe meine Oma, und sie ist die einzige Person, die ich in meinem Leben brauche.«

»Du bist überhaupt nicht so, wie ich erwartet habe«, sagte Archer, der längst schon wieder neben mir herging (seine langen Beine). Seine Stimme klang halb belustigt, halb ärgerlich. »Allerdings habe ich auch nie angenommen, dass ich jemals eine Gefährtin finden würde.«

»Das hast du auch nicht. Ich bin ein Mensch.«

»Ich habe schon andere Drachengefährtinnen aus den Sippen gesehen. Sie widersprechen ihren Drachen nicht.«

Jetzt schnaubte ich verächtlich.

»Sie unterstützen sie. Sie stellen keine Forderungen.« Er überlegte einen Moment lang. »Sie befolgen die Wünsche ihres Drachen.«

»Dann ist es ja gut, dass ich nicht deine Gefährtin bin, weil ich überhaupt nicht so bin.«

»Ich glaube, es wird ein gutes Ende nehmen«, fuhr Archer wie zu sich selbst fort. Ich schaute ihn nicht an, merkte jedoch, dass er nicht noch einmal versuchte, meine Hand zu ergreifen. Aus irgendeinem Grund brachte das ein hysterisches Kichern aus den Tiefen meines Bauchs hervor. »Es hält uns davon ab, uns über die Jahrhunderte miteinander zu langweilen.«

»Du bist ziemlich wahnsinnig.«

»Nein, aber du könntest mich vermutlich wahnsinnig machen.«

Jetzt warf ich ihm doch einen Blick zu. Seine Mundwinkel zuckten. Ich schlug ihm auf den Arm. »Ich kann mir nichts Schlimmeres vorstellen, als den Rest meines Lebens mit dir zu verbringen.«

Ich bedauerte meine Worte, kaum hatte ich sie ausgesprochen. Ich spürte, wie Archer sich von mir zurückzog, obwohl er körperlich bei mir blieb. Ich versuchte, ihn zum Stehenbleiben zu bewegen, damit ich ihm erklären konnte, was ich meinte, aber er ging weiter.

»Es tut mir so leid, Archer, jetzt bleib stehen.« Ich lief vor, verstellte ihm den Weg und legte meine Hände auf seine Brust. »Es tut mir leid, das ist ganz falsch herausgekommen.«

»Du brauchst dich nicht zu entschuldigen«, sagte er steif und verletzt.

»Doch, das muss ich, weil ich nur einen Teil von dem gesagt habe, was ich gedacht habe. Der ganze Gedanke war nämlich, dass ich mir nichts Schlimmeres vorstellen kann, als mein Leben mit einem Mann zu verbringen, der so gut aussieht und so interessant ist wie du, weil sich ihm ständig Frauen an den Hals werfen werden. Also dir. Ich bin nicht …« Ich suchte nach den richtigen Worten, beschämt, weil ich etwas gesagt hatte, das ihn verletzt hatte. Aber meine schmutzigen Geheimnisse wollte ich ihm lieber nicht offenbaren.

»Was bist du nicht?«, fragte er.

»Ich bin … ach, du liebe Güte! Ich bin eifersüchtig, okay? Ich bin eine schrecklich eifersüchtige Person. Mein Ex-Freund hat gesagt, er habe sich nur mit anderen Frauen eingelassen, weil ich so besitzergreifend sei. Und du bist so sexy, dass du Socken aus fünfzig Metern Entfernung zum Dampfen bringen könntest, und außerdem vollgestopft mit historischem Wissen. Ich wäre doch irre, wenn ich versuchen würde, mit all den Frauen zu konkurrieren, die du anziehst, als wärst du ein Magnet und sie ein kleines Stück Eisen. Verstehst du denn nicht? Was wir im Wald getan haben, war die beste sexuelle Erfahrung meines Lebens, und ehrlich gesagt auch der Platz fünf meiner gesamten Erfahrungen im Leben. Okay, Platz zwei. Aber wir können es nicht wiederholen, weil ich mich dann an dich binde, und danach … na ja, es ist nicht schön.«

Er starrte mich an, dann griff er in mein Haar und bog meinen Kopf zurück, bis mein Mund sich im richtigen Winkel zu seinem befand. »Du bist meine Gefährtin. Ich bin dein

Gefährte. Ich werde dir niemals einen Anlass zur Eifersucht geben, so wie du mir niemals einen Grund geben wirst, an deiner Treue zu zweifeln.« Er küsste mich, heiß und hart und kein bisschen sanft. Aber als ich mit meiner Hand über seine Brust fuhr, gab er wieder diesen Laut von sich und hüllte uns in Feuer ein.

»Siehst du die Dinge jetzt klarer?«

Ich blinzelte und berührte meine Lippen mit den Fingerspitzen, als er sich von mir löste. »Was?« Mein Verstand war eine wirre Mischung aus Gedanken an ihn, sein Feuer und seinen Körper und wie gerne ich die Waldszene wiederholt hätte. Da erst bemerkte ich, dass meine Finger in Brand standen. Meine Finger bren… nen«, sagte ich. Ich war so schockiert, ich wusste nicht, ob ich schreien oder weinen sollte. Seltsamerweise taten die Flammen nicht weh. Ich empfand nur eine sanfte Wärme, die beinahe kitzelte.

»Drachenfeuer verletzt dich nicht«, sagte er, als er die Panik in meinen Augen sah. »Dass du mein Feuer beherrschen kannst, ist ein weiteres Zeichen dafür, dass du meine Gefährtin bist.«

»Es ist so … hu. Ich weiß nicht, ob ich mich daran gewöhnen kann«, sagte ich und blickte auf die flackernden Flammen.

»Komm. Das Auto steht da vorne hinter der Kurve.«

Ich blieb stehen und betrachtete das Feuer. Es war faszinierend.

Seufzend kam er zurück, klopfte es aus, dann ergriff er meine Hand und zog mich weiter.

»Das war wirklich großartig. Aber, oh Mann, ich bin völlig durchgedreht.«

»Ja, aber mit der Zeit wirst du alles verstehen.«

Das Auto war schon zu sehen und erinnerte mich daran,

dass es in meinem Leben wichtigere Dinge gab. Ich warf Archer einen Blick zu und wies auf seinen Rücken. »Soll ich fahren? Du bist verletzt. Es tut dem Rücken bestimmt nicht gut, sich angeschnallt fest anzulehnen.«

»Ich habe schlimmere Verletzungen«, sagte er nur und öffnete mir die Tür. Hastig stieg ich ein und schnallte mich an. Ich sah ihm an, dass es ihm wehtat, als er sich ebenfalls den Gurt anlegte. Er mochte ja behaupten, es sei keine große Sache, dass er sich das halbe Fleisch vom Rücken gerissen hatte, aber die Schmerzen mussten unerträglich sein.

Ich wählte ein anderes Thema, um ihn von den Schmerzen abzulenken. »Dann ist Hunter also der Böse, aber warum sagst du ständig, dass er Anspruch auf mich erheben will?«

»Er hat dich doch entführt.« Stirnrunzelnd und mit wachsamem Blick saß er hinter dem Steuer. »Er muss einen schändlichen Plan mit dir verfolgen. Er kann ja nicht wissen, dass du meine Gefährtin bist.« Er hielt inne, dann sah er mich an. »Es sei denn, du hast es ihm gesagt.«

»Natürlich habe ich das.« Ich starrte aus dem Fenster und beobachtete, wie die Schatten an uns vorbeiflogen. »Ich erzähle es jedem, dem ich begegne. Hast du nicht die Anschlagtafel vor der Stadt gesehen, die unsere Paarung verkündet?«

Er sagte nichts.

»Dein Bruder hatte mich für einen Auftrag engagiert.« Ich warf ihm einen nachdenklichen Blick zu. »Er besitzt eine Fotokopie des Blattes, das du von Edgar gekauft hast.«

Das Auto schlingerte kurz.

Er fluchte auf Magyar, der Sprache Ungarns. »Hat er sie dir gezeigt?«

»Ja.« Ich vergewisserte mich, dass er das Auto unter Kontrolle hatte, bevor ich fortfuhr: »Er hat mich engagiert, damit ich es dechiffriere, aber ich habe ihm gesagt, dass ich das nicht tun würde. Das bringt mich wieder zu dem Thema zurück, das ich bereits vorhin angesprochen …«

»Er hat dich engagiert?« Im Schein des Armaturenbretts sah ich, dass er verwirrt sein attraktives Gesicht verzog. Einen Moment lang bewunderte ich seine Kinnlinie und wünschte, ich könnte mit den Fingern daran entlangfahren und seine bläulichen Bartstoppeln küssen. »Warum?«

»Weil das Dechiffrieren mittelalterlicher Codes eines meiner Hobbys ist.« Wieder blickte ich aus dem Fenster und stritt mich im Geist mit meiner Libido.

Ein paar Sekunden lang sagte er nichts, doch er warf mir neugierige Blicke zu. Schließlich sagte er: »Miles hat Übersetzer recherchiert, aber dich hat er nicht erwähnt. Dechiffrierst du Manuskripte professionell?«

»Manchmal. Es gibt nicht mehr viele unübersetzte Texte, aber ab und zu bekomme ich einen in die Finger.« Ich lächelte leise. »Hast du von dem Voynich-Manuskript gehört?«

»Ja. Es ist nicht zu entziffern, höchstwahrscheinlich nichts als eine Ansammlung bedeutungsloser Symbole.«

Mein Lächeln wurde ein bisschen selbstgefälliger. »Nicht ganz unentzifferbar.«

Er sah mich fragend an. »Hast du den Code geknackt?«

»Einen Teil davon, ja. Ein anderer Mann ist bei einem anderen Abschnitt weitergekommen, und wir hatten gerade vereinbart, uns zusammenzutun, als Edgar mir sagte, ich solle aufhören. Er sagte, es sei Zeitverschwendung, an Projekten zu arbeiten, die dem Laden kein Geld einbringen.« Wut stieg in mir auf, als ich an die Auseinandersetzung dachte, die wir deswegen gehabt hatten, aber seit ich mich entschieden hatte, nicht mehr bei ihm zu bleiben, bis ich ihm Archers Blatt zurückgegeben hatte, ließ ich die negativen Emotionen nicht mehr aufkommen. »Und apropos, dein Blatt …«

»Ich muss einen Anruf machen.« Er drückte einen Knopf auf dem Armaturenbrett, wodurch sein Handy auf Lautsprecher ging und eine Nummer wählte. »Die Frau, die er gestohlen hat, ist Wissenschaftlerin«, sagte er auf Proto-Balto-Slawisch. »Sie kann das Blatt übersetzen.«

Sein Kumpel stieß einen Pfiff aus und antwortete in derselben Sprache: »Das ist ja wirklich Glück, denn der Mann, den ich gefragt habe, hatte einen Notfall in der Familie. Da war es ja wohl gut, dass du ihr gestern Abend das Höschen feucht gemacht hast, oder?«

Meine Augen weiteten sich. Archer warf mir einen raschen Blick von der Seite zu und sagte: »Er hat eine Kopie des Manuskripts.«

»Wie ist er denn daran gekommen?« Miles fluchte. »Dann wird er hinter ihr her sein.«

»Ja. Wir müssen sie vor ihm in Sicherheit bringen.«

»Das sehe ich auch so. Hol sie dir ins Bett. Wenn du sie ein paarmal gevögelt hast, folgt sie dir wie ein Hündchen.«

Ich biss mir auf die Unterlippe und blickte erneut aus dem Fenster. Tränen traten mir in die Augen. Dieser Mistkerl! Beide waren Mistkerle! Deshalb war Archer so glücklich über den Sex im Wald gewesen. Ich sollte mich in ihn verlieben, damit ich alles tun würde, was er wollte.

An diesem Punkt wies mich mein inneres Ich darauf hin, dass er ja erst vor einer halben Minute erfahren hatte, was ich tat. Sofort stoppte ich den Versuch, Archer durch die Kraft meiner Gedanken in Brand zu setzen.

»Solche Grobheit hat sie nicht verdient«, sagte Archer mit belegter Stimme zu seinem Freund. Ich warf ihm einen Blick zu. Verteidigte er mich etwa gerade? »Kümmere du dich um deine Pflichten und misch dich nicht in meine Angelegenheiten ein.«

»Ich schlage vor, du machst es mit der Zunge«, sagte Miles lachend. »Untenrum ist sie vielleicht nicht die hübscheste, aber dann brauchst du ihr wenigstens nicht ins Gesicht zu schauen.«

Ich stellte mir ein Dartboard vor, auf dem Miles' Gesicht aufgemalt war, aber das befriedigte mich nicht. Also nahm ich sein Gesicht einfach als Dartboard. Ich lächelte.

Archer stieß ein Schimpfwort aus und legte auf. »Sie müssten ganz in der Nähe sein«, sagte er nach sekundenlangem Schweigen.

Ich schwankte zwischen dem Wunsch, mir ein Eckchen zu suchen, in dem ich mich ausheulen konnte, und dem Verlangen, Miles eine runterzuhauen. Archer sprach ich von jedem Verdacht frei. Es war deutlich zu spüren gewesen, dass er nicht der gleichen Meinung war wie sein schmutzig sprechender und noch schmutziger denkender Cousin, doch trotzdem fragte ich mich, ob es nicht doch einen anderen Grund gab, warum Archer unbedingt wollte, dass ich verrückt nach ihm war.

An einer Parkbucht hielten wir an. Neben dem Schild, auf dem die Aussicht beschrieben wurde, warteten zwei Schatten, die rasch auf das Auto zugelaufen kamen.

Archer öffnete die Verriegelung der Türen, damit Bree und Miles einsteigen konnten, aber statt hinten einzusteigen, wie ich erwartet hatte, öffnete Miles die Tür auf der Beifahrerseite und bedeutete mir auszusteigen.

Archer runzelte die Stirn. »Steig hinten ein«, sagte er zu ihm. »Sie könnten in dieser Gegend direkt hinter uns sein.«

»Du weißt doch, ich hasse es, hinten zu sitzen.« Er griff nach meinem Anschnallgurt. Archer fluchte unterdrückt. Ich schlug Miles' Hand weg, löste meinen Gurt selbst und ergriff meine Tasche, die im Fußraum gelegen hatte, als ich ausstieg.

Er lächelte und hielt mir die hintere Tür auf. Bree war gerade dabei einzusteigen, als ich die Faust ballte und Miles so fest ich konnte auf die Nase schlug. Sein Kopf fuhr zurück, und er taumelte ein paar Schritte rückwärts, bis er schließlich über einen Stein stolperte und hinfiel.

»Komm, Bree.« Ich packte sie am Handgelenk und begann, die Straße entlangzulaufen.

»Oh, der war gut, Thaisa!« Kichernd blickte sie sich um. »Er steht schon wieder auf. Aua, ich glaube, du hast ihm die Nase gebrochen.«

»Gut. Ich will mit den beiden nichts mehr zu tun haben. Wir gehen zu Fuß nach Hause.« Die Tatsache, dass es nicht gerade die klügste Entscheidung war zu laufen, ließ ich außer Acht.

Irgendwie würden wir es schon schaffen. Und wenn Hunter versuchte, uns noch einmal zu entführen, hatte ich immer noch mein Pfefferspray.

»Uh«, sagte sie und blickte sich noch einmal um, »damit habe ich nicht gerechnet.«

Ich auch nicht, aber es war ein gutes Gefühl. Ein durch und durch gutes Gefühl.

Abgesehen von der Tatsache, dass es mich von Archer wegführte.

8. KAPITEL

Archer glaubte seinen Augen nicht zu trauen, aber als er aus dem Auto sprang, hätte er trotzdem am liebsten laut gelacht, obwohl sein Rücken bei jeder Bewegung schmerzte. Natürlich hatte Thaisa Miles ohne Grund einen Boxhieb auf die Nase verpasst. Mittlerweile rechnete er bei ihr immer mit dem Unerwarteten.

Sie mochte zwar nicht die ideale Drachengefährtin sein, aber eine ideale Gefährtin wäre vielleicht auch unerträglich langweilig.

Er stand vor Thaisa, noch bevor sie mit ihrer Freundin mehr als ein paar Schritte weitergekommen war. »Was machst du denn nur?«

»Ich folge dir nicht wie ein Hündchen, nachdem du mich ein paarmal gevögelt hast, so viel ist klar«, knurrte sie in der alten Sprache, die nur die frühen Drachen benutzten.

Überrascht packte er sie am Arm und drehte sie zu sich um. Ihre Augen blitzten wütend, aber sie schwammen auch in Tränen, was noch viel schlimmer war. »Du hast es verstanden?«

»Jedes Wort«, antwortete sie auf Magyar. Miles hatte sich aufgerappelt, seine Hand, die er an die Nase hielt, war blutig. Sie wechselte ins Ostslawische und fügte hinzu: »Ich spreche acht verschiedene Variationen von archaischen Sprachen aus West-, Mittel- und Osteuropa, ebenso wie die vier noch erhaltenen Sprachen.«

Archer kam aus dem Kopfschütteln nicht mehr heraus. Er lachte. »Ich hätte wissen müssen, dass du diese Sprachen verstehst. Komm, meine zornige Blume, du hast deinen Standpunkt klargemacht. Nein, versuch jetzt nicht, mich mit deinen verbalen Dornen zu stechen. Hier ist es nicht sicher. Ich kann förmlich spüren, wie dicht mir der Stamm meines Bruders auf den Fersen ist.«

»Was zum Teufel?«, fragte Miles mit verstopfter Nase. Er warf Thaisa einen bösen Blick zu. »Das habe ich nicht verdient.«

Feuer peitschte durch Archer, als er den Blick sah, mit dem sein Cousin Thaisa bedachte, und ihn überkam das unvernünftige Verlangen, Miles' Nase noch eine Verletzung zuzufügen. »Entschuldige dich bei ihr«, befahl er. Er ergriff Thaisas Hand und verschränkte seine Finger mit ihren, so dass er mit dem Daumen über ihre Finger reiben konnte.

Miles ließ seine Nase los, aus der das Blut lief. »Den Teufel werde ich tun! Ich habe nichts Falsches getan!«

»Sie spricht die alten Sprachen«, sagte Archer in Proto-Balto-Slawisch. »Mein Telefon war auf Lautsprecher eingestellt, als ich mit dir gesprochen habe.«

Miles' Blick glitt zu Thaisa. »Scheiße.«

»Ja, genau das ist mein Eindruck von dir«, sagte Thaisa mit honigsüßer Stimme. Archer nahm ihr nicht übel, dass sie wütend war, aber dies war nicht der Ort, um die Wogen zu glätten.

Miles murmelte eine Entschuldigung, und dann führte Archer Thaisa zum Beifahrersitz, ohne auf die finsteren Blicke seines Cousins zu achten.

Frostiges Schweigen herrschte im Auto, als er nach Süden zu seinem Haus fuhr. Ab und zu warf er Thaisa einen Blick zu, aber sie saß mit verschränkten Armen da und starrte betont aus dem Seitenfenster. Sie sagte kein Wort und schaute ihn nicht an. Er wollte sich für das, was sein Cousin gesagt hatte, entschuldigen, hielt es aber für besser, auf einen Moment zu warten, in dem er mit ihr alleine war.

Sein Rücken schmerzte immer noch, als ob ein Löwe ihn mit seiner Pranke zerfetzt hätte, aber der Schmerz ließ langsam nach, und der Heilungsprozess, der allen Drachen angeboren war, hatte bereits eingesetzt. Er überlegte, ob nicht ein kleines Zucken oder ein Schmerzenslaut Thaisas Mitgefühl wecken würde, war sich aber dann doch für ein solches Theater zu schade.

Wenn sie nur aufhören würde, ihn zu ignorieren. Er mochte das überhaupt nicht, zumal er ja gar nichts getan hatte, wenigstens nichts, was mit Miles' ungezogenen Bemerkungen zusammenhing. Also schwelgte er in Erinnerungen daran, wie sie im Wald auf ihn reagiert hatte, wie sie ihn mit ihrer Jagd gequält und dafür gesorgt hatte, dass er die Beherrschung über sich verloren hatte.

Er wollte ihr sagen, wie sehr er ihre Hitze genossen hatte, wie wunderbar sich ihre Brüste anfühlten, wie verlockend ihr Mund war und wie der Moment, in dem sie sein Feuer aufnahm, ihn zu einem nie da gewesenen Höhepunkt getrieben hatte.

Nein, er würde auf den richtigen Moment warten, um ihr auch diese Dinge zu sagen.

Verdammt. Warum bestrafte sie ihn, indem sie so tat, als ob er gar nicht da sei, obwohl er direkt neben ihr saß und ganz offensichtlich darauf wartete, dass sie ihm die unglaublichsten Dinge erzählte, die ihr so einfielen? Er wollte hören, wie sie sich selbst anknurrte. Er wollte ihre zahllosen Fragen beantworten, aber vor allem wollte er den Widerschein seines Drachenfeuers in ihrem befriedigten, leidenschaftlichen Blick sehen.

»Ich verstehe nicht, warum du die Frau als Gast mitnimmst«, sagte Miles eine halbe Stunde später von hinten. Er sprach Zilant, eine Sprache, die vor Jahrhunderten ausschließlich von Drachen gesprochen worden war, bis Englisch die Standardsprache aller Kommunikation wurde. »Nur weil sie ein paar Dinge mitbekommen hat. Wenigstens kann sie das hier nicht verstehen.«

Archer begriff langsam, warum so wenige Ouroboros-Drachen Paare waren. Es lag nicht daran, dass es wegen ihres gemischten genetischen Hintergrunds einfach nicht genügend in Frage kommende Männchen oder Weibchen gab; es lag vor allem daran, dass Gefährtinnen wahrscheinlich die verwirrendsten und irrationalsten Wesen auf dem gesamten Planeten waren.

Thaisa ignorierte Archer immer weiter, obwohl er ihr ständig ermunternde Blicke zuwarf.

»Hey, das ist Zilant, nicht wahr?«, fragte Bree und stupste Miles an. »Ich habe davon gehört, aber gesprochen habe ich es eigentlich nie gehört.«

Miles warf ihr einen aufgebrachten Blick zu, dann sagte er – immer noch auf Zilant – zu Archer: »Ist vor diesen Frauen eigentlich keine Sprache sicher?«

Erneut warf Archer Thaisa einen Blick zu. Sie wirkte immer noch wütend. Er konnte es ihr nicht verdenken, dass sie beleidigt war, aber sie war seine Gefährtin. Sie musste wissen, dass er Miles später zurechtweisen würde.

Er griff nach ihrer Hand, aber sie warf ihm nur einen bösen Blick zu und drehte sich so, dass er nur noch ihren Rücken sah.

»Ich weiß nicht«, sagte Bree grinsend zu Miles. »Gibt es eine?«

Miles sah sie finster an. »Ich wusste es, Archer. Hast du das gehört?«

Warum hatte Thaisa ihm nicht gleich gesagt, dass sie Wissenschaftlerin war? Er spielte mit der Idee, dass sie ihn absichtlich in die Irre geführt und mit ihm gespielt hatte, bis er ihrem Hals und ihren Hüften nicht mehr widerstehen konnte und der Art und Weise, wie sich ihre Brüste an ihn drückten, und dieser seidigen Haut, die ihn lockte – all das ließ ihn schon bei dem Gedanken wieder hart werden, sie beide mit seinem Drachenfeuer zur Erfüllung zu bringen. Aber nachdem er ein paar Minuten darüber nachgedacht hatte, verwarf er die Idee wieder. Thaisa war nicht hinterhältig. Sie mochte irrational und sprunghaft sein, aber ihr Blick und ihr Gesichtsausdruck waren immer offen und so sonnig wie ihre Persönlichkeit.

Sie würde ihm das Leben zur wahren Hölle machen.

»Wo hast du denn gelernt, Zilant zu sprechen?«, fragte Miles Bree in dieser Sprache. »Du bist keine Drachin. Nur Drachen dürfen es sprechen. Ich bestehe darauf, dass du sofort damit aufhörst.«

In Archers Zukunftsvisionen war eine Gefährtin nie vorgekommen. Er hatte sein Leben alleine verbracht, am Rand der Gesellschaft, hatte nirgendwo hingehört, sich nie an jemanden angeschlossen, bis er schließlich auf Miles traf und beschloss, einen Stamm zu gründen. Und jetzt war da diese Frau, die ihn mit ihren wundervoll unterschiedlichen Augen und der Wärme, die sie zu umgeben schien, von allen Problemen ablenkte.

»Mann, ich weiß nicht, wovon du redest«, sagte Bree zu Miles. »Entspann dich!«

»Du hast mich nicht verstanden?«, fragte Miles misstrauisch.

»Natürlich nicht«, sagte Bree und lächelte ihn verschmitzt an. Dann zog sie ihr Handy heraus.

Miles lehnte sich selbstzufrieden zurück.

Christus Rex, er würde jedenfalls seiner Gefährtin auf keinen Fall erlauben, ihn um den kleinen Finger zu wickeln! Wenn sie schmollen wollte, sollte sie doch. Er war der Herr des Stammes, ihr Herr, und wenn sie glaubte, ihren Kopf mit ein paar Tränen und verletzten Gefühlen durchsetzen zu können, hatte sie sich geschnitten.

»Warum hast du dich eigentlich gerade für mittelalterliche Geschichte entschieden?«, fragte jemand. Überrascht stellte Archer fest, dass die Worte aus seinem Mund gekommen waren.

Sie drehte sich um, um ihn anzusehen, schniefte, als ob sie ihm eigentlich nicht antworten wollte, änderte jedoch plötzlich ihre Meinung. Seufzend setzte sie sich wieder richtig auf ihren Sitz. »Ich fand es interessant. Du doch sicher auch, sonst hättest du doch das Blatt nicht gekauft.«

»Warte mal«, sagte Miles auf Englisch. Seine Stimme klang sehr misstrauisch. Stirnrunzelnd blickte er Bree an. »Warte mal. Als ich dich gefragt habe, ob du mich verstanden hast, sagtest du nein.«

»Das ist richtig«, sagte Bree.

»Oh ja, es gibt einen Grund, warum ich das Blatt gekauft habe. Hauptsächlich, weil Miles eine Theorie dazu hatte.« Er ließ sie spüren, wie sehr es ihn freute, dass sie ihn nicht mehr ignorierte, und versuchte erneut, ihre Hand zu ergreifen. Sie entzog sie ihm wieder. »Es hat etwas mit einer alten Fabel zu tun.«

»Das Raisa-Medaillon? Dein Bruder hat mir davon erzählt, aber nicht, warum ihr so daran interessiert seid. Es ist nur eine Geschichte, oder?«

Wärme durchflutete seine Lenden, als Thaisa besitzergreifend ihre Hand auf seinen Oberschenkel legte. Sofort stieg das

Blut in seinen Penis, was dafür sorgte, dass er für den Rest der Heimfahrt das Gefühl haben würde, seine Hose sei zwei Nummern zu klein.

»Angeblich haben meine Eltern das Medaillon zwischen mir und meinem Bruder geteilt.«

»Ach, du liebe Güte! Dann geht es in der Geschichte, die mir dein Bruder erzählt hat, um dich?«

»Es ist nur eine Fabel. Es gibt keine andere Wahrheit als die, dass unsere Eltern uns verlassen haben.«

»Kein Wunder, dass du das Blatt nicht zurückgeben willst.« Ihre Hand lag warm auf seinem Oberschenkel. Sehr warm. Sein Feuer, das normalerweise ruhig vor sich hin glühte, erwachte bei der Berührung brüllend zum Leben. Er drehte die Klimaanlage ein wenig höher.

Ihre Fingernägel standen schon wieder in Flammen.

»Was hast du damit gemeint?«, fragte Miles Bree.

Thaisa blickte auf ihre Fingernägel und runzelte die Stirn. Archers Körper interpretierte den Blick, den Thaisa ihrer Hand schenkte – die so nahe an seinen Genitalien lag –, als sinnliches Necken und wurde noch härter.

Verdammt, jetzt war seine Hose drei Nummern zu klein! Wenn sie ihn weiter so berührte, würde er nicht mehr laufen können.

»Was ich damit gemeint habe?«, murmelte Bree geistesabwesend. Von ihrem Handy kamen blecherne Spielgeräusche.

Archer ergriff Thaisas Hand und zog ihren Zeigefinger zwischen seine Lippen, um den kleinen Feuertropfen zu löschen.

Sie keuchte. Hitze schimmerte in ihren Augen. Seine Hitze.

Er wiederholte den Vorgang mit einem anderen Finger und ließ seine Zunge darum kreisen.

Sie stöhnte leise.

»Was hast du gemeint, als du gesagt hast, du hättest mich

nicht verstanden, dabei hattest du mich doch verstanden, weil du die Frage ja beantwortet hast.«

»Bist du auf Crack, oder was?«, sagte Bree. Sie warf Miles einen verweisenden Blick zu. »Oder hast du irgendwelche komischen Pilze gegessen? Haschisch-Kekse?«

Archer wiederholte den Vorgang mit den anderen Fingern, wobei er ernsthaft überlegte, ob er nicht den Reißverschluss seiner Hose aufmachen sollte, damit er sich nicht verletzte, weil seine Hose immer mehr schrumpfte.

Thaisa bebte.

»Ich bin nicht der Verrückte hier!«, sagte Miles. Seine Haare standen hoch, als ob er mit den Händen hindurchgefahren wäre.

Archer bedachte Thaisa mit einem langen Blick und nahm ihren letzten Finger in den Mund. Sanft biss er auf die Fingerbeere. Sie umklammerte den Türgriff, und ihre Augen waren groß und verhangen vor Verlangen.

Verlangen nach ihm. Er ließ ihren Finger los und lächelte.

Sie zog ihre Hand zurück und lehnte sich leise zuckend in ihrem Sitz zurück.

Sein Penis war hart wie Marmor. Oder wie Titanium. Wahrscheinlich konnte er damit Felsen zertrümmern.

»Das reicht. Ich rede nicht mehr mit dir«, sagte Miles. Er wandte Bree den Rücken zu, lehnte sich an die Tür und schloss die Augen, als offensichtliches Zeichen dafür, dass er schlafen wollte.

»Feigling«, sagte sie auf Zilant.

Miles zischte etwas Ungezogenes.

»Worüber …« Thaisa räusperte sich. »Worüber haben wir gerade geredet?«

Archer musste kurz überlegen. »Über deinen Wunsch, uralte mittelalterliche Texte zu übersetzen.«

»Ach ja.« Ihr Atem kam leicht stoßweise.

Archer lächelte. Sie mochte sich ja einreden, dass sie nicht seine Gefährtin war, aber es war offensichtlich, dass sie gerade dabei war, sich in ihn zu verlieben. Als seine Gefährtin war es auch nur richtig, dass sie ihn liebte, wohingegen er, als Herr des Stammes, ihr Respekt und ein vernünftiges Maß an Zuneigung erweisen würde, allerdings keine alles verzehrende Liebe. Er liebte alle Mitglieder seines Stammes, also würde es nicht wirklich Mühe bereiten, dafür zu sorgen, dass sie glücklich und sorglos leben konnte, und dafür würde sie ihn mit all der Leidenschaft lieben, die er in ihren schönen, geheimnisvollen Augen sah.

Erneut rutschte er auf seinem Sitz hin und her. Im Geist machte er sich eine Notiz, mit seinem Schneider über den Mangel an Platz in seiner Hose zu reden.

»Warte, ich dachte, du fährst mich nach Hause?«, sagte Thaisa, als er vom Highway abbog und die Abzweigung nahm, die an die Küste, zu seinem Haus, führte. »Ross ist zehn Kilometer weiter südlich.«

»Wir fahren zu mir nach Hause, nicht zu dir.«

»Wirklich? Zuerst kidnappt dein Bruder Bree und mich, und jetzt machst du genau dasselbe?« Sie boxte ihm aufs Bein, genau dort, wo vorhin ihre Hand gelegen hatte.

Seine Erektion drückte gegen den Reißverschluss.

»Was ist mit euch Drachen los?«, wetterte sie weiter. Ihr Gesicht war hochrot. »Verdammt, zwing mich nicht, Pfefferspray in deine schönen Augen zu sprühen!«

»Ich kidnappe dich nicht. Ich bringe dich nur zu mir nach Hause, weil ich nicht glaube, dass du in deiner Wohnung über dem Laden alleine sein möchtest. Ich brauche dich wohl nicht darauf hinzuweisen, dass mein Bruder die Adresse bestimmt kennt, wenn er Kontakt zu dir aufgenommen hat.«

»Oh.« Sie dachte einen Moment lang nach. »Daran habe ich gar nicht gedacht, das ist ein gutes Argument. Aber du hättest mich vorher wenigstens fragen können. Ich könnte ja auch in ein Hotel gehen. Oder bei einer Freundin wohnen. Was ist mit Bree?«

»Alleine wärst du in großer Gefahr«, sagte er nur. »Es mag dir nicht gefallen, dass ich dich nicht nach deiner Meinung frage, aber ich denke ausschließlich an deine Sicherheit und die der anderen. Dazu gehört auch Bree. Mein Bruder weiß, dass ihr euch kennt, und er könnte sie benutzen, um dich zu zwingen, zu ihm zu kommen. Wer ist Oma?«

»Dein Bruder hat fast genau dasselbe über meine Sicherheit gesagt, allerdings muss ich zugeben, dass ich dir mehr glaube als ihm … Hm? Oma ist meine Großmutter. Warum?«

»Du sagtest, sie sei die einzige Person, die du im Leben brauchst. Lebt sie bei dir? Dann machen wir einen Umweg und holen sie ab.«

Sie blickte ihn erstaunt an. »Du … du würdest Oma abholen, um sie in Sicherheit zu bringen?«

»Natürlich. Du bist meine Gefährtin. Sie ist deine Verwandte. Mein Schutz erstreckt sich auch auf sie.«

»Ich …« Ein paar Sekunden lang schien ihr das Sprechen schwerzufallen. »Ich bin … Archer, ich glaube, das ist so ungefähr das Netteste, was jemals jemand zu mir gesagt hat. Aber du musst nicht wieder auf die Autobahn fahren – Oma lebt in einem Heim für Alzheimerpatienten. Sie haben Schlösser an allen Türen und lassen nur die Leute herein, die Verwandte dort haben. Ich glaube, sie ist relativ sicher.« Plötzlich hielt sie inne, und ihre Miene verdüsterte sich. »Größtenteils. Archer, wir müssen wirklich miteinander reden.«

»Da stimme ich dir zu«, sagte er. Er hielt an dem Tor, das sein Haus vor Eindringlingen schützte, und gab den Zugangscode ein. Eine Palmengruppe verbarg das Haus am Strand vor neugierigen Blicken, aber als er sich ihm über die geschwungene Einfahrt näherte, hörte er, wie Thaisa scharf die Luft einzog.

Er parkte vor der Garage, damit sie die volle Wirkung des Hauses erlebte. Es freute ihn, dass es ihr gefiel.

»Heilige Handgranaten«, sagte sie, als sie aus dem Auto stieg. Sie riss die Augen auf, während sie das weiße zweistöckige Steinhaus betrachtete, das von Scheinwerfern angestrahlt wurde. Die Luft war immer noch warm nach der Hitze des Tages, aber die leichte Brise vom Wasser brachte den salzigen Duft mit sich, den Archer so liebte. »Hier lebst du? Das ist … unglaublich. Einfach unglaublich!«

»Ich habe es selbst entworfen«, sagte er. Die Freude, die sich auf ihrem Gesicht malte, machte ihn glücklich. »Diese Seite ist nicht so schön wie die zum Meer hin. Ich zeige dir alles morgen früh. Es wird dir gefallen.«

»Ja, ganz bestimmt. Ich habe noch nie jemanden gekannt, der ein Haus am Strand hatte«, sagte sie und ergriff geistesabwesend seine Hand, die er nach ihr ausgestreckt hatte.

Es ging ihm durch den Kopf, dass er Frauen bisher immer nur beim Sexualakt gerne berührt hatte, aber an Thaisa war etwas, das diese Einstellung änderte. Er mochte es, wie sie ihre Finger um seine schlang, wie sie seine Hand anstieß, wenn sie von ihm angefasst werden wollte, aber zu scheu war, um den Kontakt selbst herzustellen. Es gab ihm ein Gefühl … Er schüttelte den Gedanken ab. Er empfand Respekt für sie, wie es sich bei einer Gefährtin schickte, und das war genug. »Miles, tu nicht so, als ob du schläfst. Ich will in zehn Minuten einen Sicherheitscheck um das Haus herum haben. Schick eine Warnung an alle Stammesangehörigen, dass die Schattendrachen sie möglicherweise angreifen, um mir zu schaden. Das Grundstück und das Haus werden sofort abgeriegelt.«

»Hübsch!«, sagte Bree, als sie aus dem Auto stieg, und machte ein Foto mit ihrem Handy. Sie streckte sich und gähnte. »Ich muss los. Abdul muss morgen früh arbeiten, deshalb kann ich zur Hausbesichtigung nicht mehr hierbleiben.«

»Abdul?« Thaisa, die von Archer gerade zur Eingangstür geführt wurde, drehte sich zu ihr um. »Ich dachte, dein Freund hieße Ramon? Und was ist mit San?«

»Ich habe viele Freunde.« Bree kicherte.

»Draußen ist es nicht sicher für dich. Du bleibst hier, damit sie dich nicht gegen Thaisa austauschen können«, sagte Archer zu Bree.

»Wirklich?« Sie legte den Kopf schräg und sah ihn an. In ihren Augen blitzte ein Licht, das er zuerst für Spott hielt, aber dann er kannte er, dass es Heiterkeit war. »Du glaubst wirklich, dass sie mir etwas tun?«

Er öffnete den Mund, um ihr zu sagen, dass er sich ungern selbst wiederholte, überlegte es sich aber dann anders. »Selbst Luftgeister können verletzt werden«, sagte er schließlich.

»Das ist wahr, aber ich bin kein Luftgeist«, antwortete sie. Sie blickte zur Straße, wo ein Minivan vorgefahren war und jetzt hupte. »Jedenfalls nicht mehr. Bis später dann!«

»Warte, Bree!« Thaisa lief hinter ihr her. Trajan, einer der Stammesangehörigen, der für Archer arbeitete und sich um alle mechanischen Dinge kümmerte, kam aus dem Gästehaus neben dem Tor und warf Archer einen fragenden Blick zu. »Es ist wirklich keine gute Idee, wenn du in der Öffentlichkeit herumläufst! Hunter ist ein Dämon in Männerklamotten! Du solltest lieber hier bei uns bleiben!«

Archer nickte Trajan zu, der das Tor per Knopfdruck öffnete. Bree trat hinaus. Am Ende der Einfahrt blieb sie stehen, drehte sich um und winkte ihnen zu. »Mir passiert schon nichts. Ruf mich an, wenn ich dir helfen soll, deinen Dämon unter Kontrolle zu bringen«, rief sie Thaisa zu. Dann schwenkte sie ihr Handy und stieg in den Van.

»Was zum … meinen Dämon? Du meinst Naamah?« Thaisa runzelte die Stirn. Sie wäre sicher hinter Bree hergelaufen, wenn Archer nicht seinen Arm um sie gelegt und sie ins Haus geführt hätte. »Manchmal glaube ich, sie sagt die ungeheuerlichsten Dinge einfach nur, um mich in Rage zu bringen.«

»Das ist gut möglich«, sagte er. Er teilte seine Aufmerksamkeit zwischen ihr und den Maßnahmen, die er in die Wege leiten musste. Wenn an die Öffentlichkeit drang, dass das Manuskript in seinem Besitz war, musste er dafür sorgen, dass sein Stamm vor einem Angriff, der mit Sicherheit kommen würde, geschützt war. »Die meisten Mitglieder am Hof des Göttlichen Bluts sind ein bisschen mutwillig. Das ist das Wohnzimmer. Das ist das Esszimmer. Normalerweise stehen die Türen offen, aber aus Sicherheitsgründen halten wir sie geschlossen.«

»Was um alles in der Welt ist der Hof des Göttlichen – Oh!« Thaisa blieb an einem Tisch aus einem einzigen massiven Holzstück stehen, dessen eine Hälfte die offene Terrasse dominierte, während die andere im Wohnraum stand. »Diese Fenster – sind das Fenster? – sind wundervoll! Das ist wie eine Glaswand!«

Zufrieden blickte Archer auf die Schiebetüren aus Glas, die auf dieser Seite des Hauses die Wände ersetzten und einen ungehinderten Blick auf das Meer erlaubten. Nur ab und zu unterbrachen ummauerte Stahlträger, die die Konstruktion stützten, das Bild. »Ja, es ist tatsächlich eine Wand. Sie kann jedoch geöffnet oder geschlossen werden, ganz nach Wunsch.«

»Man kann die Wände bewegen … das ist wundervoll.« Sie ließ seine Hand los und trat durch die Öffnung auf eine großzügig angelegte Terrasse, die zwischen dem Haus und dem

Infinity Pool lag. Dahinter erstreckte sich der Garten bis zu dem Zaun, der das Grundstück vom Strand trennte. Archer musterte den Zaun und nickte befriedigt, als er die beiden Männer sah, die im Schatten wachten. Später würde er hinausgehen und mit den Wachposten reden, nachdem er Thaisa sicher untergebracht hatte.

»Das ist wie aus einer Wohnzeitschrift«, sagte sie. Ihr Gesicht strahlte vor Entzücken. »Ich fasse es nicht, dass du hier wohnst.«

»Es wird dich weniger beeindrucken, wenn du erst einmal eine Zeitlang hier gelebt hast«, antwortete er. Er ging mit ihr zurück ins Haus und führte sie eine breite weiße Steintreppe hinauf. »Obwohl ich natürlich hoffe, dass du genau wie ich nie die Freude daran verlierst.«

»Es ist einfach prachtvoll!« Sie blickte sich ein wenig benommen um, aber dann blieb sie plötzlich mitten auf der Treppe stehen. »Wenn ich erst einmal eine Zeitlang hier gelebt habe? Archer, du willst mich doch wohl nicht etwa bitten, hier einzuziehen?«

»Du bist meine Gefährtin.« Er fragte sich, warum sie sich so sehr gegen diese Vorstellung wehrte. Er war zwar überrascht gewesen, als sie das erste Mal sein Feuer aufgenommen und erwidert hatte, aber er hatte sich rasch an ihre neue Rolle in seinem Leben gewöhnt und sofort angefangen zu planen, wie er sie am besten beschützen konnte. »Natürlich ziehst du hier ein. Gefährten leben nun einmal zusammen.«

»Ich bin nicht deine Gefährtin. Wir sind nur Freunde zu gegenseitigem Nutzen. Echt heißem Nutzen«, sagte sie. Sie entzog ihm ihre Hand und marschierte entschlossen die Treppe hinauf. Einen Moment lang blieb er stehen, um ihr Hinterteil zu bewundern. Wie lange mochte es wohl dauern, bis sie sich in das Unvermeidliche fügte?

Wenn sie glaubte, er würde sie gehen lassen, dann irrte sie sich.

»Das Thema steht nicht zur Debatte«, sagte er, obwohl er genau wusste, dass sie widersprechen würde.

»Und ob es zur Debatte steht! Du kannst doch nicht einfach so über mich verfügen!«

Der finstere Blick, den sie ihm über die Schulter zuwarf, war wirklich einer der besten, die er je gesehen hatte.

Er betrachtete noch ein bisschen ihren Hintern, weil er den Blick nicht von ihrem Hüftschwung lösen konnte. Diese Hüften, dachte er, konnten ihn zu allem Möglichen überreden.

»Ich meine, ich gebe ja zu, dass da etwas zwischen uns ist …« Sie blieb oben an der Treppe stehen und drehte sich mit ausgebreiteten Armen zu ihm um. »Wir hatten heißen Sex im Wald, klar, und es macht irgendwie Spaß, mit deinem Feuer zu spielen, aber das bedeutet noch lange nicht, dass wir eine gemeinsame Zukunft haben.«

»Wenn du jetzt wieder auf mein Aussehen anspielst …«, begann er, weil er das Gefühl hatte, dass es wieder darauf hinauslaufen würde.

»Nein, natürlich nicht, so oberflächlich bin ich nun auch nicht!«, unterbrach sie ihn. Sie überlegte einen Moment, dann räumte sie ein: »Na gut, das wollte ich tatsächlich gerade sagen, aber das ist nur ein Teil der Wahrheit.«

»Ich habe dir doch schon versichert, dass wir beide einander treu sein werden«, sagte er und wies nach links. Sie ging in diese Richtung, aber sie hatte nachdenklich die Augenbrauen zusammengezogen. Er mochte ihre Augenbrauen. Es waren gerade Balken in einem sonst runden Gesicht, und die Färbung ihrer linken Augenbraue und der Wimpern verlieh ihr eine faszinierende Ausstrahlung. Sie war anders als alle anderen Frauen, aber sie schien diese Tatsache nicht gerade zu feiern. »Ich kann nichts an meinem Aussehen ändern.«

»Der Unterschied ist eben, dass du äußerst attraktiv bist«, grummelte sie. Dann blieb sie stehen und schaute ihn an. »Ich weiß, du kannst es nicht mehr hören, und ich weiß auch, dass ich nicht ständig davon reden sollte, aber ich kann nicht anders. Du siehst einfach so gut aus und … ach! Es ist so, als tätest du das absichtlich! Sieh dich doch nur an!« Sie wies auf seinen Oberkörper. Er blickte an sich herunter, wusste aber nicht, was sie damit sagen wollte. »Du stehst hier in diesem schönen blauen Hemd, das zu deinen Augen passt, wenn sie saphirblau werden, dein Oberkörper quält mich, und dein Kinn ist trotz der Bartstoppeln so weich und wundervoll, ganz zu schweigen von deinem Mund!«

»Na gut!«, sagte er. Wie sollte er sie bloß glücklich machen, ohne sein Gesicht zu verändern? »Ich tue es nicht.«

Sie starrte auf seinen Mund, leckte sich über die Lippen und blinzelte ein paarmal, bevor sie fortfuhr: »Und dann deine Haare!«

»Muss ich zum Friseur?«, fragte er, trotz allem amüsiert.

»Nein! Ganz im Gegenteil! Sie sind viel zu perfekt! Sie sind seidig und glänzen, und dann dieser hohe Haaransatz. Sie sind vielleicht nur ein bisschen zu lang, so dass dir manchmal Strähnen in die Stirn fallen, aber ich liebe Männer mit glänzenden schwarzen, ein wenig zu langen Haaren, und da stehst du und passt perfekt ins Bild, als ob du ein Recht dazu hättest!« Sie keuchte ein wenig, und ihre Brüste hoben sich. »Es ist zu viel, Archer! Es ist einfach zu viel!«

Er hätte mit Vergnügen ihre Brüste betrachtet, aber er hatte das Gefühl, dass es wichtiger war, ihr seine volle Aufmerksamkeit zu schenken. Er verstand nicht, warum sie so aufgebracht war, aber wenn sie ihren seltsamen Anfall erst einmal überstanden hatte, dann würde es ihr bestimmt besser gehen. Er strich sich eine Haarsträhne zurück, die ihm in die Stirn gefallen war.

Ihre Finger krampften sich zusammen, und sie holte tief Luft. Ihre Brüste quollen beinahe aus dem Mieder ihres Kleides, aber er blickte ihr nur in die Augen. Es brachte ihn zwar fast um, aber er tat es. »Nun, ich dulde das nicht, hörst du? Ich werde das mit deinen Haaren nicht dulden!«

Ohne Vorwarnung streckte sie beide Hände aus und zerzauste ihm kräftig die Haare, bis sie nach allen Seiten abstanden. »Ich werde sie durcheinanderbringen, denn dann fordern sie mich nicht mehr auf, sie anzufassen und dich anzufassen und mich zu fragen, wie es sich wohl anfühlt, wenn sie über meinen Bauch gleiten und über meine Oberschenkel und nass unter der Dusche. So!«

Er wartete.

Sie kniff die Augen zusammen. »Verdammt! Jetzt siehst du aus, als wärst du gerade aus dem Bett gestiegen, nachdem du die ganze Nacht über Liebe gemacht hast, zerzaust und heiß und sexy!«

Bevor er antworten konnte, drehte sie sich auf dem Absatz um und stapfte den Flur entlang. »Welches Zimmer ist deins?«, fragte sie.

Er zeigte auf eine Doppeltür.

»Gut«, knurrte sie. Sie riss die gegenüberliegende Tür auf, die zu einem der drei freien Schlafzimmer führte, über die sein Haus verfügte. »Wird das hier benutzt?«

»Nein.«

»Dann nehme ich es.« Sie warf ihm einen finsteren Blick zu. Ihre Augen spuckten förmlich Feuer. Sein Feuer, stellte er fest. »Und glaube bloß nicht, ich komme mitten in der Nacht zu dir gekrochen, lecke deine Brust und berühre deine Oberschenkel und knabbere an deinem Kinn, dass du für alle sichtbar offen zur Schau trägst. Ich lasse auch nicht zu, dass meine Brüste mit dir machen, was sie wollen, weil das dann in unglaublich heißem, feurigem Sex endet. Dieser Gedanke kommt mir nicht einmal in den Sinn!«

Sie knallte die Tür zu, bevor er antworten konnte.

Er rieb sich das Kinn, überlegte, ob er sich rasieren sollte, änderte dann jedoch nach einem langen Blick auf die Tür seine Meinung. Zuerst ging er in sein Büro, vergewisserte sich, dass alle Stammesmitglieder sich gemeldet und Vorsichtsmaßnahmen ergriffen hatten, dann ging er hinaus, um zu überprüfen, ob sein eigenes Haus geschützt war.

Da sich jetzt das Wissen um das Manuskript wahrscheinlich verbreitete, würde es einen Angriff geben, dachte Archer grimmig. Sein kostbarster Besitz war in Gefahr, und er würde ihn verteidigen.

Thaisa gehörte ihm. So einfach war das.

Er hoffte nur, dass sie es eines Tages auch merken würde.

9. KAPITEL

Ich schlief fest, als der Geruch mich weckte.

»Wa…?« Ich strich mir die Haare aus dem Gesicht und rollte mich vom Bauch auf die Seite, um in das dunkle Zimmer zu blinzeln. Ein schwacher Lichtschimmer von den Scheinwerfern außen an Archers prachtvollem Haus drang durch die Jalousien, die ich nicht ganz heruntergelassen hatte. Irgendetwas bewegte sich durch das Zimmer. Ich wollte gerade den Mund öffnen, um Archer zu fragen, warum er einfach so in mein Zimmer eingedrungen war, während ich schlief, als ich feststellte, dass es keineswegs sein Geruch war. Das hier roch modrig und rauchig, wie feuchte Blätter in einem erkalteten Feuer.

»Oh, bist du wach? Hervorragend! Ich bin gekommen, um dich zu warnen.«

Ich schaltete das Licht an und blickte überrascht auf die Person, mit der ich am wenigsten gerechnet hätte. »Naamah?«

Der blonde Mann lächelte und setzte sich an das Fußende meines Bettes. Im Plauderton sagte er: »Wie du siehst, bin ich es. Und ich muss dir etwas Wichtiges mitteilen.«

»Das Wichtigste, das du mir mitteilen könntest, wäre, dass du den dämonischen Teppich meines Chefs dabeihast.«

Er blickte mich nur an.

Ich seufzte. »Du hast dir also gedacht, du kommst einfach so herein und weckst mich?« Ich stopfte mir ein Kissen in den Rücken und zog mir die Decke über die bloßen Brüste. »Um zwei Uhr morgens?«

»Die tiefe Nacht«, sagte er und neigte seinen Kopf, »ist für Dämonen die beste Zeit. Ich bin hier, um dich wegen des Drachen zu warnen.«

»Wegen Archer?«

»Er manipuliert dich.«

Ich blinzelte. Hoffentlich hatte ich mich verhört. »Hunter? Ja, den sehe ich absolut als Meister der Manipulation an, aber Archer? Nein.«

»Sie führen einen internen Krieg, und du steckst jetzt mittendrin.«

»Das glaube ich einfach nicht.«

»Und doch ist es wahr.«

Ich überlegte. »Okay, nehmen wir einmal an, du hast recht, und Archer versucht mich zu benutzen. Wie? Was will er? Und warum?«

»Er ist ein Drache. Schätze sind ihm wichtiger als alles andere, auch wichtiger als Menschen.«

»Das ist möglich, aber nicht wahrscheinlich. Fahre fort.«

»Er wird dich verführen, damit du ihm zu Willen bist, weil er das Medaillon sucht, damit er die anderen Stämme zerstören kann.«

Das klang überhaupt nicht nach Archer.

»Das Medaillon ist nur eine Geschichte«, widersprach ich. »Es ist nicht real.«

Der Dämon lächelte, und ein Stückchen meiner Seele zerbrach und fiel zu Boden. »Tatsächlich? Wenn das so ist, warum wollen es dann die beiden Drachenmaster so dringend besitzen?«

»Ja«, sagte ich langsam. Was war wirklich los mit diesem Manuskript? Insgeheim nahm ich mir vor, mir das Original anzusehen, so schnell ich konnte … bevor ich es Edgar zurückgab. »Ich verstehe trotzdem nicht, was du hier machst.«

Er zuckte mit den Schultern. »Du hast mich gerufen. Bis du mich freigibst, muss ich dich beschützen.«

Mir lief ein Schauer über den Rücken bei dem Gedanken, von einem Dämon beschützt zu werden, einem Wesen aus der Hölle. »Das ist … ja nett.«

Er lächelte.

Rasch wandte ich den Blick ab. »Ich mache dir einen Vorschlag – wenn du mir diesen Gebetsteppich zurückbringst, lasse ich dich frei, und du kannst dorthin gehen, wo ihr Dämonen so hingeht.«

»Wenn ich dich doch beschützen muss?«, antwortete er. »Vergiss den Gedanken. Ich habe nur gedacht, ich mache dich darauf aufmerksam, dass er dich für seine Zwecke missbraucht, und wenn er erst einmal erledigt ist … puff! Dann verschwindest du.«

»Du bist wahnsinnig«, sagte ich, aber die Sorge, die plötzlich in mir aufstieg, ließ mich das Gespräch weiterführen, obwohl ich es eigentlich hätte beenden sollen. »Zu welchem Zweck sollte er mich denn missbrauchen wollen?«

Naamah verzog das Gesicht. »Ich kann es dir nicht auf den Kopf zusagen. Wir reden nur in Andeutungen. Den Rest musst du dir schon selbst denken.«

»Ich habe nichts, was Archer will«, sagte ich. Der Dämon versuchte nur, Besitz von meinen Gedanken zu ergreifen.

Aber warum sollte er das tun?

»Ich löse mich jetzt auf, einverstanden? Es sei denn, du hättest Lust auf einen kleinen nächtlichen Ringkampf?«

»Was?« Es dauerte ein paar Sekunden, bis ich die dunkle Vision von Archer, der mich zu einem unbekannten Zweck manipulierte, aus dem Kopf bekam.

Naamah blickte mich lüstern an und starrte auf meine Brüste, die nur von einer dünnen Decke bedeckt waren. »Ich bin in meiner jetzigen Gestalt voll ausgestattet – auch um Frauen Lust zu bereiten.«

Ich trat nach ihm. »Iiih! Nein! Ich weiß nicht, wie du an Archers Sicherheitsdienst vorbeigekommen bist, aber ich will dich nicht hierhaben. Du kannst dir deine Warnung sonst wohin stecken. Oh, warte – gib mir zuerst den Gebetsteppich zurück.«

»Warum sollte ich?«, fragte er. Er stand auf und verzog beleidigt das Gesicht. »Du hast mich zwar gerufen, aber jetzt willst du mich anscheinend nicht in deinem Leben haben.«

»Ach, reg dich ab! Wo ist der Teppich?«

Er zuckte mit den Schultern. »Ich habe ihn nicht dabei.«

Ich war wütend, richtig wütend. Der Dämon hatte mich aus einem schönen Traum geweckt, in dem ich gerade Sahne von der Brust eines sexy Drachen geleckt hatte, und weswegen? Um mich mit einer Lügengeschichte über Archers Manipulationen zu nerven. Ich hatte auf einmal das Gefühl, er sei aus einem ganz anderen Grund hier, aber ich kam einfach nicht darauf. »Nun, dann hole ihn. Ich will ihn zurück. Er gehört dir nicht.«

Er schlenderte zur Tür und öffnete sie. Dann drehte er sich noch einmal zu mir um. »Ich glaube, Besitz ist relativ.«

Bei seinen Worten wurde mir kalt. Ich hatte wirklich keine Lust, Edgar zu erzählen, dass ich gleich zwei seiner Fundstücke verloren hatte. »Aber ich habe dich gerufen, und nach den Büchern, die ich studiert habe, bedeutet das, dass du tun musst, was ich sage.«

»Ist das nicht süß – du glaubst wirklich, was du liest«, sagte er lächelnd.

»Es hat zumindest gereicht, um dich zu rufen.«

»Ich habe mich von dir rufen lassen, weil … na ja, es hat mir eben in den Kram gepasst.« Er lächelte erneut, und mir lief ein

Schauer über den Rücken. »Wenn du einen anderen Zauberspruch benutzt hättest, einen richtigen, der nicht so weit vom Original entfernt gewesen wäre, weil er unzählige Male weitererzählt wurde, bevor er schließlich aufgeschrieben wurde, dann sähe die Situation möglicherweise anders aus. Aber so …«

Der leichte Luftzug, mit dem er die Tür hinter sich schloss, jagte mir noch einen Schauer über den Rücken. Oder lag das daran, dass Naamahs Stimme so drohend geklungen hatte?

»Ich muss das Manuskript wiederhaben«, sagte ich in mein endlich wieder leeres Zimmer hinein. »Und das bedeutet, dass Archer es mir zurückgeben muss.« Das schien er jedoch nicht zu wollen. Konnte es wirklich sein, dass er mich benutzte, wie Naamah behauptete? Vielleicht wollte er mich rauswerfen, sobald ich das Blatt übersetzt hatte …

»Nein«, sagte ich zu mir und drängte alle Sorgen und Zweifel zurück. »So ist er nicht.«

Er ist ein Mann, sagte eine innere Stimme.

»Ein Drache«, korrigierte ich sie, aber das machte es auch nicht besser. Einen Mann konnte ich ja noch verstehen, aber einen Drachen in Männergestalt?

Ich schüttelte den Kopf über meine verworrenen Gedanken. Ich würde mich noch selbst in den Wahnsinn treiben, wenn ich anfing, mein eigenes Urteilsvermögen in Frage zu stellen. Ich klammerte mich fest an den Gedanken, dass man mich nicht so leicht täuschen konnte, und legte mich wieder hin, um weiterzuschlafen.

Ich schwelgte gerade in der Erinnerung daran, wie ich Archers Haare zerwühlt hatte, an seinen überraschten Blick, als ich ihn zerzauste, um ihn ein bisschen weniger attraktiv zu machen (was nichts nützte – der Mann war immer so attraktiv, dass meine Zehennägel dampften), als auf einmal das gesamte Haus erbebte.

»Ein Erdbeben«, murmelte ich, zu vertraut mit kleinen Erdstößen, um wirklich beunruhigt zu sein. Als jedoch sofort darauf eine Explosion erfolgte, sprang ich auf und rannte zur Tür. Ich schrie: »Archer!«, noch bevor mir überhaupt klar war, dass ich nicht mehr im Bett lag.

Das Herz schlug mir bis zum Hals, Furcht und Panik schnürten mir den Magen zu, und ich rannte los, um mich zu vergewissern, dass Archer nichts passiert war. Ich war schon an der Tür, als ich merkte, dass ich nur mein Höschen anhatte. Rasch stürzte ich zu dem Stuhl, auf den ich meine Sachen gelegt hatte, und zog mir hastig mein Kleid über den Kopf, bevor ich aus dem Zimmer rannte.

Von draußen ertönten Stimmen. Archers Schlafzimmertür stand offen, aber als ich mitten im Zimmer stehen blieb, stellte ich fest, dass sein Bett leer war. Rasch rannte ich den Flur entlang. Ich flog förmlich die Treppe hinunter, das Herz sprang mir fast aus der Brust, und ich betete zu allen, die mir zuhörten, dass es Archer gut ging.

Als meine nackten Füße den Marmorboden zwischen Wohnzimmer und Esszimmer betraten, blieb ich abrupt stehen. Mein Mund verzog sich zu einem O des Entsetzens, als ich sah, was von den Schiebeglaswänden, die den Wohnraum von der Terrasse trennten, übrig geblieben war. Archer, nur mit einer Jeans bekleidet, hatte die Hände in die Hüften gestemmt und betrachtete die Überreste der dicken Glasscheiben. Ein Teil meines Gehirns freute sich zu sehen, dass sein Rücken wieder verheilt war, aber der andere Teil schrie auf. Überall lag zersplittertes Glas, und die drei beige-blauen Couches im Wohnbereich waren über und über mit ihnen bedeckt. Draußen auf der Terrasse standen zwei Männer und redeten auf Magyar auf Archer ein.

»Es muss ein Raketenwerfer gewesen sein«, sagte einer der

Männer kopfschüttelnd. Der andere, ein großer, hagerer Mann mit kupferfarbenem Haar, rang die Hände und sagte in derselben Sprache: »Wir haben sie nicht kommen hören. Sie müssen mit der Flut hereingekommen sein, so dass wir den Motor des Boots nicht hören konnten.«

»Setzt vor der Küste auch Patrouillen ein«, befahl Archer den Männern, dann wandte er sich an Miles, der ebenfalls gerade das Esszimmer betreten hatte. »Wenn sie zurückkommen, jagt sie in die Luft. Sonst noch was?«

»Nicht die leiseste Spur«, berichtete Miles. »Sie müssen ein schnelles Boot gehabt haben … entweder das, oder sie hatten sich irgendwo in der Nähe versteckt.«

»War das dein Bruder?«, fragte ich. Es erstaunte mich, dass jemand seinen Zwillingsbruder so hassen konnte, dass er ihn mit einem Raketengeschoss angriff.

»Komm nicht näher, Thaisa.« Archer blickte stirnrunzelnd auf meine nackten Füße. »Hier ist überall Glas, du schneidest dich nur.«

»Dasselbe könnte ich zu dir auch sagen«, antwortete ich und bahnte mir vorsichtig einen Weg durch die winzigen Glasstücke. Die Wand hatte wohl aus Sicherheitsglas bestanden, ähnlich wie Windschutzscheiben, da sie nicht auf normale Art zersplittert war. »Du hast auch keine Schuhe an. Was ist hier los, Archer?«

Er schnalzte mit der Zunge und trat zu mir. Ich schob gerade ein mit Glassplittern übersätes Kissen beiseite, das durch die Explosion von der Couch geflogen war. »Warum hörst du nicht auf mich? Ich rede, und du hörst mir nicht zu. Nein, mach jetzt keinen Schritt mehr. Ich habe keine Zeit, die Glassplitter aus deinen Füßen herauszuziehen.«

Ich konnte ihm gerade noch einen angesäuerten Blick zuwerfen, als er mich auch schon hochhob und sich der Treppe zuwandte. Ich will nicht behaupten, dass mein inneres Ich nicht entzückt aufkreischte, weil er mich hochheben konnte, als sei ich leicht wie eine Feder – was ich definitiv nicht war –, aber es gelang mir wenigstens, so zu tun, als merkte ich nicht, dass mein Arm an seinem nackten Brustkorb lag, und mich auf Wichtigeres zu konzentrieren. »Warum hat dein Bruder dein Haus bombardiert? Liegt es an dem Manuskript? Oder ist er einfach nur wütend, weil ich weggelaufen bin? Es ist meinetwegen, oder? Oh, Archer, es tut mir so leid!«

»Es ist nicht deine Schuld«, sagte er. Er setzte mich an der Treppe ab. Seine Augen waren so blass wie der Mond, als er auf mich herunterblickte.

Die Hitze seines Körpers hüllte mich ein. Ich legte meine Hände auf seine Brust. Das Wissen, dass sein schönes Haus angegriffen worden war, weil ich Hunter entkommen war, machte mich ganz krank. »Ist es doch. Wenn ich nicht vor ihm weggelaufen wäre …«

»Dann wärst du jetzt in seiner Gewalt, und er würde dich missbrauchen«, sagte er mit der angeborenen Arroganz, die allem anhaftete, was er sagte. »Mach nicht so ein schuldbewusstes Gesicht. Du hast diesen Angriff nicht ausgelöst.«

Ich konnte nicht anders. Ich versuchte es, ich versuchte es wirklich, aber er war so voller Wut, einer heißen, brennenden Wut, die sich gegen seinen Bruder richtete. Ich wollte seinen Zorn mildern, wusste aber nicht wie, deshalb strich ich einfach mit den Fingern über seine Kinnlinie. Meine inneren Teile wurden aufmerksam und nahmen seine Bartstoppeln wahr, die meine Fingerspitzen kitzelten. »Vielleicht nicht ganz, aber teilweise bin ich bestimmt dafür verantwortlich. Ich habe ihm Pfefferspray in die Augen gesprüht, Archer, und Bree hat ihm einen schweren gläsernen Aschenbecher über den Kopf gezogen, den sie aus irgendeinem Grund mit sich herumschleppt, wobei ich das nicht verstehe, denn sie raucht doch gar nicht, aber auf jeden Fall hatte sie ihn dabei und hat damit Hunter auf den Kopf geschlagen. Ich glaube, deshalb greift er dich an, weil er wütend auf mich ist.«

»Ich glaube zwar daran, dass alle, die dich sehen, dich begehren, aber die Wahrheit ist leider weniger simpel.« Archer strich mir beruhigend über meine bloßen Oberarme. »Geh wieder ins Bett, Blume. Heute Nacht wird es keine weiteren Angriffe mehr geben.«

»Woher willst du das wissen?« Ich schüttelte den Kopf. Meine Finger glitten zu seinem Schlüsselbein, und alleine schon die Berührung seiner glatten, seidigen Haut ließ die Glut in mir zu einem Feuer anwachsen, das mich zu verzehren drohte.

»Ich kenne meinen Gegner. Wir bekämpfen uns seit Jahrhunderten«, sagte Archer mit grimmigem Lächeln. Dann ergriff er meine Hände und küsste die Flammen, die an den Fingerspitzen tanzten. »Geh wieder ins Bett. Ich möchte, dass du ausgeruht bist, bevor du dich an die Dechiffrierung des Manuskriptes machst.«

»Apropos Manuskript«, hob ich an, aber er ließ meine Hände los.

»Wir reden später darüber. Geh jetzt ins Bett.«

Ich wollte ihm widersprechen, ihm sagen, wie sexy er mit seinen zerzausten Haaren, seiner nackten Brust und den Falten vom Kopfkissen auf seiner Wange aussah, aber mir war klar, dass er sich verpflichtet fühlte, alles, was Gefahren barg, aus dem Weg zu räumen, und dabei konnte ich ihm nicht helfen.

Langsam stieg ich die Treppe hinauf und versuchte, mir über die Gefühle klar zu werden, die in mir herumwirbelten. Naamah hatte bestimmt Unrecht. Ja klar, Archer wollte, dass ich das Blatt übersetzte, aber wenn es nur das war, was er von mir wollte, dann hätte er nicht so viel Aufhebens darum machen müssen, dass ich seine Gefährtin war.

Nein, Naamah irrte sich, und mein Bauchgefühl war richtig. Als ich oben an der Treppe angekommen war, hatte ich eine Offenbarung, ähnlich der, in der mir klar geworden war, dass es Drachen wirklich gab.

Dieses Mal akzeptierte ich die Tatsache, dass ich Archer nicht einfach abschütteln konnte. Wir waren uns zwar gerade erst begegnet, aber ich hatte bereits das Gefühl, ihn schon ewig zu kennen. Dieses Gefühl der Vertrautheit half mir, die Zweifel zu überwinden, die Naamah in mir gesät hatte. Archer mochte mich mit seinen Versuchen, mich zu dominieren, manchmal zur Weißglut bringen, aber tief im Inneren wusste ich, dass ich bei ihm sicher war. Außer Gran war er der Einzige, der mich so fühlen ließ, und das war ein weiterer Beweis dafür, dass Naamah einfach nur versuchte, Zwietracht zwischen uns zu säen. Für meinen Seelenfrieden sah Archer einfach zu gut aus, aber selbst das änderte nichts an dem Gefühl, dass Archer jetzt lebenswichtig für mich war.

Ich blieb an der Tür zu meinem Zimmer stehen und dachte nach. Ich wusste, ich stand vor einer großen Veränderung. Ein Schritt in mein Zimmer und mein Leben würde in eine bestimmte Richtung gehen. Ein Schritt in die andere Richtung, durch die Tür gegenüber, und ich würde ein Wagnis eingehen, von dem ich nicht wusste, ob es mich emotional vernichten würde.

»Ich mag ja Probleme haben, aber ich bin bestimmt kein Feigling«, sagte ich laut. Entschlossen drehte ich mich um und betrat Archers Schlafzimmer.

Sein Bett stand auf einer großen Plattform, die mit hellgrauem Leinen bezogen war. Auch die Bettwäsche war in verschiedenen Grautönen gehalten. Das Zimmer war spärlich eingerichtet – mit einem großen weißen Kleiderschrank, zwei Sesseln mit grau-weiß gestreiften Bezügen neben einem Gaskamin, einem kleinen Schreibtisch und einem Stuhl. Die Wand auf das Meer hinaus bestand aus dickem Glas. Der Balkon dahinter reizte mich, aber da ich im Geiste immer noch die Bilder des Schadens von unten vor mir sah, widerstand ich dem Drang, mich nach draußen zu setzen.

Ich blickte zurück zum Bett und stellte fest, dass Archer es vorzog, auf der linken Seite, in der Nähe der Tür, zu schlafen.

»Das ist gut«, sagte ich und trat auf die andere Seite des Bettes. »Ich schlafe immer rechts. Dann brauchen wir uns auch nicht darum zu zanken, wer auf welcher Seite schläft.«

Mein inneres Ich quietschte entzückt bei dem Gedanken an Archers Arme, an seine langen Finger (ich habe Männerhände schon immer sexy gefunden), seinen Bizeps und das Gefühl seiner warmen, seidigen Haut unter meinen Fingern.

Und unter meinem Mund.

Und meinen Brüsten.

Nachdem ich einen Moment lang unentschlossen auf das Bett gestarrt hatte, examinierte ich die Schränke an einer Seite des Zimmers. In einem Schrank hingen Anzüge, sehr teure Anzüge. Ich schnupperte an ihnen. Sie strömten einen schwachen Duft aus, von dem mir ganz warm wurde. In einem anderen Schrankabschnitt befand sich sportlichere Kleidung, während in den unteren Fächern T-Shirts lagen. Ich zog ein blaues heraus, das zu seinen Augen passte, wenn sie voller Verlangen waren, und vergrub mein Gesicht darin. Meine Zehen krümmten sich, als Archers zitroniger, holziger Duft mir ins Blut drang. Ich zog mein Kleid aus und schlüpfte in das blaue T-Shirt. Rasch stattete ich seinem Badezimmer einen Besuch ab – es war ebenfalls in Weiß und Grau ausgeführt –, dann dämpfte ich das Licht im Schlafzimmer und legte mich in sein Bett.

Ich lag auf dem Rücken, betrachtete die Schattenspiele an der Decke und überlegte, was ich Archer zu dem Manuskript sagen würde. Ein bisschen wunderte ich mich über die Entscheidung, die ich getroffen hatte. War es tatsächlich erst etwas über vierundzwanzig Stunden her, seit ich Archer zum ersten Mal gesehen hatte? Mir kam es so vor, als würde ich ihn schon mein ganzes Leben lang kennen, ein Leben voller Höhen und Tiefen und jeder Menge leidenschaftlichem Drachensex.

Meine innere Skepsis war ein wenig überrascht, dass ich die Entscheidung getroffen hatte, ohne lange darüber nachzudenken oder Archer ein bisschen besser zu kennen, aber ich kannte schließlich mich gut genug. Ich verliebte mich immer Hals über Kopf in Männer, und das schien dieses Mal nicht anders zu sein.

Doch Archer war anders.

Archer … Wenn er verletzt worden wäre … Ich bekam einen Kloß im Hals.

Obwohl ich eigentlich wach bleiben wollte, um Archer zu verführen, muss ich wohl schließlich doch eingeschlafen sein, denn auf einmal wurde mir bewusst, dass ich wieder träumte. Ich lag auf dem Bauch auf einer Wiese voller Schmetterlinge, die über mich hinwegflatterten und mich mit ganz leichten Flügelschlägen berührten.

Sonnenschein wärmte mich, das Gras unter mir kitzelte meine nackte Haut, und ich wand mich unruhig und seltsam bedürftig hin und her. Ich versuchte mich umzudrehen, damit die Sonne auch meinen Bauch wärmen konnte, aber das Gewicht der Sonne lastete schwer auf mir, ein Gewicht, das mich mit Fingern aus Feuer streichelte.

Die Finger zogen komplizierte Muster über meine Beine,

wirbelten herum und neckten mich, glitten höher zu meinen Knien und noch höher zu meinen Oberschenkeln. Der Druck in mir ließ meine intimen Teile Tränen der Lust weinen, und eine vertraute Spannung breitete sich in meinem Bauch aus und verteilte sich in kleinen Wellen. Die Finger drückten meine Beine auseinander, und die Feuerlinien brannten sich einen Weg dorthin, wo ich sie am meisten wollte. Als einer der Finger in mich eindrang und sich nach unten krümmte, schrie ich vor Lust beinahe auf.

Jemand streichelte mir warm über den Rücken, gefolgt von einem sanften Knabbern.

Ein zweiter Finger gesellte sich zu dem ersten, und ich grub meine Finger in das Gras unter mir. Mir stockte der Atem, und ich bekam keine Luft mehr.

»Noch einen mehr?« Eine tiefe Stimme schien mich einzuhüllen und trieb mich aus meinem Traum heraus und wieder hinein. Ich stöhnte und bäumte mich auf, als ein dritter Finger in mich hineingeschoben wurde. Der Daumen rieb über meine Klitoris, und trotz der Hitze des Tages sah ich Sterne.

»Ich finde es schön, dass du so reagierst«, sagte die Stimme. Mein Körper zog sich zusammen wie eine Feder, die losschnellen wollte, und da erwachte ich aus meinem Traum. Archers Körper lag heiß und hart auf meinem Rücken. Er drang in mich ein, und vor Schock und Ekstase hätte ich beinahe laut aufgeschrien. »Wenn du wüsstest, was du mit mir machst, Blume … Dein Duft hüllt mich so ein, dass ich nie wieder davon frei sein will. Sag mir, dass ich nicht aufhören soll. Sag mir, dass du bereit bist. Ein anderes Mal werde ich versuchen, dir länger Lust zu bereiten, aber jetzt muss ich dich nehmen … das muss ich jetzt …«

»Ich war schon bereit, als der Traum anfing«, sagte ich. Keuchend krallte ich die Finger ins Laken, als er hart in mich hineinstieß. »Tu es jetzt, Archer! Erfüll mich. Füll mich mit deinem Feuer, füll mich mit … Ja! Füll mich noch einmal mit dieser Drehbewegung!«

Er legte einen Arm unter meinen Bauch und zerrte ein Kissen darunter, damit er in einem anderen Winkel zustoßen konnte. Ich stöhnte, bis ich zitternd kurz vor dem Höhepunkt stand.

»Dich zu erfüllen ist meine … Christus, Gefährtin, spann diese Muskeln nicht mehr an, ich kann es sonst nicht mehr aufhalten … ist meine Absicht.«

Unwillkürlich schlossen sich alle meine inneren Muskeln um ihn, als er fest in mich hineinstieß. Durch den veränderten Winkel berührte er noch mehr empfindliche Stellen, von denen ich noch gar nichts gewusst hatte. Und ich wurde in eine Klimax hineingetrieben, die mich buchstäblich durchrüttelte.

Feuer erfüllte mich, als er ebenfalls kam. Es fuhr durch meinen Körper und leuchtete nicht nur durch meine Haut, sondern versetzte auch meine Seele in ein Inferno der Leidenschaft und der Lust … und etwas, das ich lieber nicht so genau wissen wollte.

Es dauerte sehr lange, bis ich mich von diesem Orgasmus erholt hatte, doch schließlich lag ich quer über Archers Körper, sein Brustkorb, feucht vor Schweiß, hob und senkte sich. Er war so heiß wie das Feuer, das immer noch in mir glühte.

»Das Bett steht in Flammen«, sagte ich und versuchte, ruhig zu atmen.

Seine Augen waren geschlossen. Er hob eine Hand, ließ sie aber gleich wieder sinken, als habe er nicht die Kraft, sie hoch zu halten. »Es hört auch wieder auf. Alle Möbel im Haus sind feuerfest.«

»Wie praktisch«, sagte ich. Ich stemmte mich hoch und blickte auf ihn hinunter. »Das war … Oh Mann, Archer, wo hast du das mit dem Kissen gelernt? Das war der großartigste Sex, den ich jemals hatte, und ich dachte schon, das Wald-Intermezzo könnte nicht getoppt werden.«

Er verzog die Lippen zu einem Lächeln. »Bittest du mich darum, von meinen sexuellen Erfahrungen zu berichten?«

»Was?« Ich klopfte das Feuer aus, das sich an seiner Hüfte ausbreitete.

Er öffnete die Augen. Sie waren mitternachtsblau. »Du hast doch gefragt, wo ich das mit dem Kissen gelernt habe.«

»Oh. Entschuldigung, aber das war eher rhetorisch gemeint.« Ich überlegte einen Moment lang. »Hast du … äh … diese besondere Technik oft angewandt?«

Er zog eine seiner glänzenden schwarzen Augenbrauen hoch. »Bist du eifersüchtig bei dem Gedanken an meine früheren Liebhaberinnen?«

»Nein. Natürlich nicht.« Ich machte eine abwehrende Geste. »Warum soll ich eifersüchtig sein? Es ist ja vergangen. Ich erwarte ja auch nicht, dass du eifersüchtig bist, weil ich einen Liebhaber vor dir hatte. Liebhaber, Plural. Viele Liebhaber.«

Er zog die Augenbraue noch ein Stück höher.

»Das hat jetzt gerade so geklungen, als ob ich reichlich promisk wäre, oder?«

»Ja, aber ich verstehe dich. Du bist doch eifersüchtig. Das ist richtig und natürlich. Ich möchte gar nicht an den Mann denken, dem du dich hingegeben hast, aber ich bin in der Lage zu akzeptieren, dass du einem anderen Mann erlaubt hast, deinen Körper zu berühren, deine Brüste, Hüften und Oberschenkel zu streicheln, deinen Hals an den Stellen zu küssen, die dich zum Zittern bringen, deinen Mund in Besitz zu nehmen, deine Süße, deine heiße, brennende Süße zu schmecken …« Seine Stimme wurde rau.

»Du stehst in Flammen«, sagte ich und blickte betont auf seine Hände, die, zu Fäusten geballt, munter vor sich hin brannten.

Er räusperte sich, und die Flammen erloschen. »Ich möchte dich nicht eifersüchtiger machen, als du schon bist, deshalb werden wir nicht darüber sprechen, wo ich gelernt habe, das Kissen zu benutzen.«

»Oh, oh. Woher wusstest du eigentlich, dass ich nur einen Freund hatte? Die Einzige, die das weiß, ist meine Freundin Laura. Oh, und Bree. Verdammt, hat sie es dir erzählt?«

»Ich habe mit dem Luftgeist nicht gesprochen, nein.«

»Oh.« Misstrauisch sah ich ihn an. »Du hast mich doch nicht etwa überprüft, oder? Oh! Hast du doch! Ich sehe es deinem schuldbewussten Gesichtsausdruck an!«

Sekundenlang weiteten sich seine Augen; dann lag ich auf dem Rücken, und seine Hände strichen von meinem Bauch zu meinen Brüsten hinauf. »Wir machen es jetzt noch einmal richtig, ohne große Hast. Dieses Mal wirst du mich nicht überrumpeln wie eben, als ich dich in meinem Bett gefunden habe.«

Ich erstarrte mitten in der Bewegung. Seine Worte trafen mich wie ein Faustschlag in den Magen. »Hast du nicht … Ich dachte … oh Gott, du wolltest nicht …« Ich konnte den Satz nicht zu Ende bringen. Es war alles zu peinlich. Am liebsten hätte ich mir die Decke über den Kopf gezogen und Archer nie wieder ins Gesicht gesehen. Ich rollte mich unter ihm weg und griff nach dem T-Shirt und meinem Höschen, das ich während meines Traums wohl ausgezogen hatte. »Es tut mir so leid. Ich hätte nie – oh Gott. Wie kann ich nur so dumm sein?«

»Was ist denn los?« Archer stand vor mir, so großartig in seiner Männlichkeit, dass es mir schier den Atem raubte. »Warum weinst du? Was habe ich denn gesagt?«

»Ich schäme mich so«, murmelte ich wütend und wischte mir die Tränen ab. »Ich dachte, du wolltest … ich dachte, du hättest mich aufgefordert, zu …«

Verwirrt runzelte er die Stirn, dann zog er mir das T-Shirt wieder aus, hob mich hoch und legte mich wieder ins Bett. »Ich freue mich schon auf den Tag, an dem du endlich aufhörst, deinen Wert zu unterschätzen.« Er kroch über mich hinweg auf die andere Seite, dann schlang er einen Arm um mich und zog mich an sich. »Du bist meine Gefährtin, kleine Blume. Wir sind aneinander gebunden. Mein Haus ist dein. Mein Bett ist dein. Dein Körper ist mein.«

Ich lachte unsicher unter Tränen, die mir immer noch in die Augen traten, und mein Herz wurde leicht, als ich erkannte, dass ich mich gerade nicht blamiert hatte. »Das ist eine nette Wendung.«

Archer grinste, und meine Zehen krümmten sich vor Glück, und dass er ein bisschen über mich recherchiert hatte, war eigentlich kein so schlimmes Verbrechen. Zumindest war ich bereit, es ihm zu vergeben, da ich ja genau dasselbe bei ihm versucht hatte.

»So machen Drachen das. Du hast noch viel zu lernen, aber ich bringe es dir schon bei. Würdest du es falsch auffassen, wenn ich dich fragte, warum du dich in mein Bett gelegt hast?«

»Es kommt ganz darauf an«, sagte ich und legte die Hand auf seine Brust. Sofort fingen meine Finger Feuer. Ich legte den Kopf zurück, damit ich seine Kinnlinie und sein Kinn bewundern konnte. Ich hatte das dringende Verlangen, in dieses Kinn mit dem Grübchen hineinzubeißen. »Fragst du aus Neugier oder weil ich die letzte in einer langen Reihe von Frauen bin, die du unerwarteterweise in deinem Bett vorgefunden hast?«

»Ersteres.«

Ich schwieg ein paar Minuten, während ich versuchte, meinen Entschluss in Worte zu fassen. »Es war die Explosion. Als ich dachte, du wärst vielleicht verletzt, wurde mir klar, wie wichtig du mir bist, obwohl ich dich erst seit einem Tag kenne. Und wenn du mir so wichtig bist, was hätte es dann für einen Sinn, so zu tun, als wärst du es nicht?«

Er gab einen zufriedenen Laut von sich, rollte sich auf die Seite, so dass ich an seine prachtvolle Brust gepresst wurde, und legte ein Bein über meine Beine. »Es freut mich, dass du verstehst, was Paarung bedeutet. Nachher wirst du an den Stamm gebunden, damit alle wissen, dass du mir gehörst.«

»Weißt du, ein bisschen besitzergreifend ist ja ganz schön«, sagte ich und kniff ihn in die Seite. »Aber zu viel macht wütend.«

»Dann ist es ja gut, dass ich dir genau die richtige Menge gebe«, sagte er und strich mir durch die Haare. Sein Körper entspannte sich, und ich war eingehüllt in Wärme, Sicherheit und ein Gefühl der Zusammengehörigkeit, von dem ich bis zu diesem Moment nicht gewusst hatte, wie sehr ich mich danach sehnte.

»Han.«

»Was ist?«, fragte er schläfrig.

»Han ist doch ein cooler Name, oder? Vielleicht heißt du Han?«

Er sagte nichts, sondern zog mich nur fester an sich. »Ich erwarte nicht von dir, dass du mir einen Namen gibst, Blume. Ich hatte niemals einen eigenen, und ich habe mich schon lange mit der Vergangenheit ausgesöhnt.«

»Ich weiß, aber mir tut es weh, wenn ich daran denke. Wie konnten deine Eltern dich so einfach verlassen? Wie können Eltern überhaupt Säuglinge verlassen?«

»Meine Mutter starb kurz nach unserer Geburt, so wurde es mir jedenfalls erzählt.«

»Und dein Vater?«

Er schwieg einen Moment lang. »Es heißt, dass er ihren Tod nicht überlebt hat.«

»Es tut mir so leid. Das muss so schrecklich für alle gewesen sein.« Ich küsste ihn auf den Adamsapfel. Ich hätte ihm so gerne den Schmerz genommen, aber er reichte so tief, dass mir das wohl nie ganz gelingen würde. »Aber ihr wart doch noch Säuglinge – es müssen sich doch andere um euch gekümmert haben?«

»Ich bin bei einem Sterblichen aufgewachsen, als eines von mehreren ungewollten Kindern, die sich mit den Hunden ums Essen balgen mussten. Später wurde ich zur Arbeit geschickt. Wenn ich sterblich gewesen wäre, hätte ich wahrscheinlich nicht überlebt.«

Tränen brannten mir in den Augen, als ich mir Archer als kleines Kind vorstellte, wie er wild und ungeliebt aufwuchs, ohne dass sich jemand darum kümmerte, ob er lebte oder starb. Ich schlang meine Arme um ihn. »Ich kann an deiner schrecklichen Kindheit nichts ändern, aber du sollst wissen, dass du nie wieder allein sein wirst. Ich werde immer für dich da sein, ganz gleich, was passiert.«

Er richtete sich auf und runzelte verwirrt die Stirn. Dann wischte er mir die Tränen aus dem Gesicht. »Du weinst um mich?«

»Natürlich«, sagte ich und unterdrückte ein Schluchzen, als ich seinen Kopf an meine Brust zog. »Du armer Mann. Wenn ich daran denke, dass sich niemand um dich gekümmert hat … dass niemand auch nur einen Gedanken daran verschwendet hat, dir einen eigenen Namen zu geben … ach, Archer, ich könnte diese mittelalterlichen Leute zu Brei schlagen!«

Er entzog sich meinem Griff, küsste meine Brüste, dann legte er sich wieder hin und zog mich wieder an sich und hüllte mich in seine Wärme ein. »Deine Heftigkeit gefällt mir. Niemand wollte meinetwegen jemals Leute verprügeln!«

»Das wäre mir aber ein Vergnügen!«, sagte ich zu seinem Brustkorb. Dann schmiegte ich mich an ihn. »Gib mir eine Zeitmaschine, und du kannst mir dabei zusehen!«

Er lachte leise; ein Lachen, das mir Frieden schenkte.

Vielleicht, sagte ich mir, begann jetzt auch für mich endlich das Leben.

10. KAPITEL

»Archer, wir müssen etwas besprechen.«

Er blickte von seinem Laptop auf und sah, dass Thaisa ihren entschlossenen Gesichtsausdruck aufgesetzt hatte. Vielleicht lag es an der Art, wie sie ihre geraden Brauen zusammenzog, oder auch daran, wie sie ihr Kinn hob, als ob sie erwartete, mit ihm streiten zu müssen.

Beim Anblick ihres gereckten Kinns kamen ihm die ungeheuerlichsten Dinge in den Sinn.

»Ich bin beschäftigt. Der Hersteller meiner Türen weigert sich, sie sofort auszutauschen, und ich muss ihm begreifbar machen, dass er meine Forderung vor allen anderen Aufträgen zu erledigen hat. Wir unterhalten uns später, nach der Bindezeremonie.«

Sie blickte auf den Laptop und stieß ihn an die Schulter. »Ich bin sicher, dass du mit deiner tyrannischen Art bei ihm schon erreichst, was du willst.«

»Ja, aber es dauert vielleicht eine Weile, bis er Vernunft annimmt.« Er nahm ihre Hand von seiner Schulter, küsste ihre Fingerknöchel und ließ sie dann los.

»Es ist aber wichtig, Archer«, sagte sie und zupfte erneut an seinem Ärmel. »Und es dauert auch nicht lange, vorausgesetzt, du …« Sie hustete und murmelte etwas so leise, dass er es nicht richtig hören konnte.

»Vorausgesetzt – was?«, fragte er abwesend und tippte eine Antwort auf die jüngste Weigerung des Herstellers. Seine Finger flogen über die Tasten. Wenn er weiter so widerspenstig war, würde er eben einfach nach Arizona fliegen und die Angelegenheit mit ihm persönlich regeln.

»Vorausgesetzt, du … äh … reagierst verständnisvoll auf die Situation.«

»Ich bin immer verständnisvoll. Ich bin ein Drache.«

»Ich weiß nicht genau, warum du denkst, dass diese zwei Dinge zusammengehören«, sagte sie mit leisem Spott. »Meiner Erfahrung nach trifft eher das Gegenteil zu … aber ich will nicht mit dir streiten. Ich will dir nur erklären, warum es so wichtig ist, dass du Edgar das Manuskript zurückverkaufst.«

»Schon wieder dieses Thema?« Er runzelte die Stirn, als eine schnippische E-Mail von der Geschäftsführung des Herstellers eintraf. »Ich habe dir doch gesagt, ich gebe nicht her, was mir gehört.« Er sah hoch zu ihr, wobei er es nicht lassen konnte, seine Hand unter ihren Rock zu schieben und an der seidigen Haut ihres Oberschenkels entlangzufahren. »Ich dachte, du wolltest anfangen, an dem Blatt zu arbeiten?«

Sie trat einen Schritt zurück, so dass er sie nicht mehr erreichen konnte. Er runzelte die Stirn. »Das habe ich auch, aber dann hat Edgar mir geschrieben, er werde heute zurückfliegen, und das Manuskript sollte sich wieder an seinem ursprünglichen Platz befinden. Du verstehst nicht, wie wichtig das für mich ist, Archer …«

»Nein, das verstehe ich nicht. Möchtest du nicht mehr von mir berührt werden? Liegt es daran, dass ich dir heute Morgen nicht genug Ehre erwiesen habe, als ich dich von deinen Beinen bis hinauf zu deinen weiblichen Teilen mit der Zuge liebkost habe, um deine wahre Essenz zu schmecken? Du hast dich vor Verlangen gewunden, bis ich in deine Hitze eingetaucht bin und die kleinen Laute willkommen geheißen habe, die du von dir gibst, wenn ich tief in dir bin und sehe, wie die Leidenschaft deine Augen mit meinem Drachenfeuer erfüllt.«

Sie blinzelte ihn verwirrt an und packte die Rückenlehne seines Stuhls. »Wow … das war es also – du hast mich geleckt. Das klingt wirklich gut. Mir hat zwar früher nie viel an oralem Sex gelegen, aber ich probiere es gerne weiter mit dir aus.«

»Blume«, sagte er streng, klappte den Laptop zu und stand auf, wobei er feststellte, dass seine Hose schon wieder um sein Geschlecht herum zu eng geworden war. »Du bist noch nicht lange Gefährtin, deshalb will ich geduldig mit dir sein, aber du musst verstehen, dass ich auch andere Pflichten habe, als dich zum Stöhnen zu bringen. Ich bin der Herrscher des Stammes, und ich muss den anderen ebenfalls Zeit widmen.«

Thaisa kicherte. »Dieser Vortrag würde um einiges imposanter klingen, wenn du dabei nicht die Hände auf mein Hinterteil legen würdest.«

Er drückte die warmen, runden Backen und dachte ernsthaft daran, seine Finger in das dünne Höschen zu schieben, dass alle ihre geheimen Freuden verbarg, aber er konnte seine Pflichten nicht einfach so vernachlässigen, nur um ihr Lust zu bereiten. »Später«, versprach er und küsste sie auf ihre köstlichen Lippen. Sie stöhnte und fuhr mit den Fingern durch sein Haar. »Später werde ich den Forderungen deiner Hüften, deiner Oberschenkel und deiner weiblichen Teile nachgeben. Vor allem denen der weiblichen Teile.«

»Vergiss meine Brüste nicht«, sagte sie und rieb sich an ihm in einer Weise, die dafür sorgte, dass seine Jeans enger denn je wurden. »Sie wollen auch ein bisschen Spaß haben.«

»Ich würde sie nie außer Acht lassen«, stimmte er zu und umfasste sie. Er liebte das Gewicht und das Gefühl ihrer Brüste in seinen Händen, liebte ihren Geschmack und ihre seidige Haut.

»Feuer?«, murmelte sie und zog an seinen Haaren.

»Gefährtin, du kannst mich nicht unterbrechen, wenn ich mit Stammesangelegenheiten beschäftigt bin …« Er brachte den Satz nicht zu Ende, als er ihrer Forderung nachgab und sie mit seinem Drachenfeuer einhüllte, sie damit erfüllte, bevor sie es ihm zurückgab. Er fühlte die Wärme seines Feuers in seinen Haaren und wusste, dass ihre Fingerspitzen wieder in Flammen standen, und aus irgendeinem Grund ließ ihn die einfache Tatsache, dass sie so angetan war von ihm, alle Vorsätze vergessen.

Mit einem Grollen, das tief in seiner Brust begann, gab er dem natürlichen Drang aller Drachen zur Paarung mit der Gefährtin nach. Mit einer Armbewegung räumte er den Schreibtisch frei, wobei er ein paar Bücher und einen Stapel Papiere zu Boden warf. Dann setzte er Thaisa darauf und küsste sie leidenschaftlich. Sie wimmerte zustimmend, ihre Finger zerrten an seinem Hemd, bis sie die meisten Knöpfe geöffnet hatte. Er ließ seine Hände über die Innenseiten ihrer Schenkel gleiten, drängte ihre Beine auseinander und zog sie nach vorne, so dass sie auf der Kante saß.

»Sollten wir … das Fenster …«, keuchte Thaisa und streichelte seine Brust. Er wollte ihr sagen, sie solle aufhören, damit er seine ganze Aufmerksamkeit auf sie richten könne, aber ihre Berührungen schenkten ihm zu viel Lust, um sie davon abhalten zu wollen.

»Was ist mit dem Fenster?«, murmelte er. Sie erschauerte, als er das Tal zwischen ihren Brüsten leckte. Er zog ihren Reißverschluss herunter, seine Hände entfernten den Büstenhalter, den sie unbedingt tragen wollte, um ihre Brüste vor ihm zu verbergen, und ihr Körper zitterte, als seine Daumen über ihre harten Nippel glitten. Es war so leicht, ihr Lust zu bereiten, sie war empfänglich für jede seiner Berührungen. Es gefiel ihm, dass er sie mit einer einzigen Berührung seiner Finger überwältigen konnte.

»Jemand könnte uns sehen.« Sanft biss sie in seinen Nippel, dann fuhr sie mit der Zunge darüber. Er erstarrte, die Lust breitete sich von seiner Brust aus wie eine Flutwelle von Drachenfeuer, sexueller Ekstase und Verlangen.

»Man kann von außen nicht hereinsehen«, keuchte er. Er wollte ihr unbedingt das langsame Brennen der Lust schenken, wie es nur im Vorspiel entsteht, konnte aber seine Leidenschaft nicht im Zaum halten. Es war einfach zu viel. Sie war zu viel. Mit einem wilden Fluch riss er ihr das Höschen herunter, befreites sich selbst von seiner Hose und küsste die Stelle hinter ihrem Ohr, die so empfindlich auf ihn reagierte. »Ich kann nicht warten, Blume.«

»Gut!«, sagte sie, halb keuchend, halb lachend. Sie streichelte seinen Schaft, bis er glaubte, vor Lust vergehen zu müssen, dann führte sie ihn exakt dorthin, wo sie ihn haben wollte. »Ich war immer schon schnell angetörnt, deshalb … uff!«

Hastig drang er in sie ein. Er biss die Zähne zusammen, um langsamer zu werden, versuchte verzweifelt, an etwas zu denken, das ihn ablenkte und ihm Zeit gab, auch ihr Lust zu schenken, aber er sah und spürte nur sie. Wie seidig sich ihre Haut unter seinem Mund anfühlte, wie sanft ihre Fingernägel über seinen Rücken glitten, wie sich ihre inneren Muskeln um ihn schlossen und ihn wie mit hundert Fingern packten. Dann gab sie diesen Laut von sich, dieses kleine Summen, das ihm sagte, dass sie kurz vor dem Höhepunkt stand, und es war um ihn geschehen. Er stöhnte ihren Namen in ihre Schulter, schoss seinen Samen in sie hinein, und sein Drachenfeuer hüllte sie ein und setzte den Papierstapel auf dem Fußboden in Brand.

Ihre Muskeln schlossen sich eng um ihn, sie grub ihre Fingernägel in seinen Hintern und zog ihn näher an sich heran, als die Wellen ihres Orgasmus über ihr zusammenschlugen. Ihr Atem drang stoßweise und heiß in sein Ohr, und in diesem Moment wusste er, was es wirklich bedeutete, sich zu paaren. Er hatte immer gedacht, eine Gefährtin sei wie eine kompetente Stellvertreterin, eine Freude, jemand, mit dem er Zeit verbringen wollte, aber nicht lebenswichtig für ihn, nicht so tief in seiner Seele verankert, dass er nie in der Lage sein würde, sich von ihr zu trennen.

Er hatte sich geirrt.

»Gefährtin«, sagte er mit belegter Stimme und legte alles in das Wort hinein, was sie ihm bedeutete.

»Ja«, sagte sie zittrig. »Das war irre, oder?«

»Jetzt siehst du, warum es wichtig ist, dass du mich nicht während der Arbeit störst«, sagte er und zog sich voll Bedauern von ihr zurück.

»Oh, oh.« Sie stützte sich auf einen Arm und wedelte ihm matt und abgekämpft mit der Hand zu, während er das Feuer auf dem Boden austrat und die angekohlten Ecken von den Blättern abschüttelte. »Du hast nicht zufällig einen Rollstuhl, oder? Wenn du mich freundlicherweise damit herumschieben könntest, damit ich mich erholen kann, wäre ich dir sehr dankbar.«

Er empfand männlichen Stolz, weil sein Liebesspiel eine so tief greifende Wirkung auf sie hatte. Als er sich bückte, um die zerrissenen Überreste ihres Höschens vom Boden aufzuheben, stolperte er und setzte sich auf seinen Hintern.

»Mein armes Höschen«, kicherte sie und ließ sich vom Schreibtisch herunter. Doch als sie auf den Füßen stand, wurden ihr die Knie weich, und sie fiel auf ihn. »Ich habe es gerade gestern Abend erst geflickt, und jetzt sieh es dir an!«

»Wir kaufen dir neue Unterwäsche«, sagte er und ergriff ihre Brüste, als sie versuchte, das Mieder ihres Kleides hochzuziehen.

»Das brauchst du nicht. Ich habe reichlich Unterwäsche zu Hause. Apropos, ich sollte bald nach Hause fahren. Jamie kann den Laden zwar aufmachen, aber Edgar kommt heute zurück, und ich muss auf jeden Fall da sein. Mach bitte den Reißverschluss zu, Archer. Ich brauche das Manuskript wirklich.«

Zögernd ließ er ihre Brüste los und erlaubte ihr, sich anzuziehen. Als sie sich umdrehte und ihm den Rücken zuwandte, zog er ihr den Reißverschluss zu. Er konnte nicht widerstehen und drückte ihr einen kleinen Kuss auf den Nacken, genau auf die Stelle, wo sie das Stammeszeichen bei der Bindungszeremonie erhalten würde. »Du scheinst zu denken, ich wiederhole mich gerne. Das tue ich nicht. Das Manuskript gehört mir.«

Er half ihr aufzustehen, aber ihre Beine waren immer noch schwach, und sie musste sich an ihn lehnen.

Auch das machte ihn sehr zufrieden.

»Gut«, sagte sie und holte tief Luft. »Ich wollte es dir eigentlich nicht sagen, weil ich mir deine Reaktion vorstellen kann, und es ist ja auch mein Problem, deshalb will ich es auch selbst lösen, aber da du offensichtlich im Drachenbesitzmodus bist, muss ich es dir ja wohl sagen. Edgar hat mir klargemacht, dass er, wenn er heute das Manuskript nicht bekommt, dass er dann, na ja, meiner Oma etwas antut.«

»Das lasse ich nicht zu«, sagte er und hielt sie an den Hüften fest, bis er sicher sein konnte, dass sie wieder fest auf den Beinen stand. Er knöpfte den Teil seines Hemdes zu, an dem noch Knöpfe waren, und setzte sich wieder an den Laptop. »Um diese Angelegenheit habe ich mich bereits gekümmert.«

»Und wie?« Sie runzelte die Stirn.

Er widerstand dem Verlangen, die kleine Falte zwischen ihren Augenbrauen zu küssen. »Ich habe überprüft, dass das Heim, in dem deine Großmutter wohnt, wirklich über einen hohen Pflegestandard verfügt. Hinzu kommt, dass die wirtschaftliche Situation des Heims ausreichend solide ist, so dass ich mir keine Sorgen zu machen brauche, dass es vielleicht aus finanziellen Gründen nicht mehr funktionieren wird. Die Überprüfung der Angestellten enthüllte nichts Besorgniserregendes, und schließlich habe ich das Unternehmen, das für das Sicherheitssystem zuständig ist, bewogen, dieses ohne Kosten für die Einrichtung zu verstärken. Solange sie gebraucht werden, werden zwei zusätzliche Wachmänner auf deine Großmutter aufpassen.«

Schon bei seinen ersten Sätzen blieb Thaisa der Mund offen stehen, und überwältigt sagte sie: »Das hast du alles für Oma gemacht? Über Nacht?«

»Nicht alleine. Ich habe einen Teil der Arbeit delegiert. Miles hat die Überprüfungen und die finanziellen Checks gemacht.«

Sie starrte ihn ein paar Sekunden lang an, und zu seiner Überraschung sah er Tränen in ihren Augen schimmern. »Du hast all dies gemacht, nur damit es Oma gut geht. Ich bin sprachlos. Niemand hat jemals auch nur etwas annähernd so Nettes für mich getan wie du in diesen paar Stunden.«

»Du bist meine Gefährtin«, sagte er nur. Er hatte zwar die Schutzmaßnahmen für ihre Großmutter nicht vorgenommen, damit Thaisa ihn anschaute, als ob er das wundervollste Geschöpf wäre, das jemals auf Erden gewandelt war, aber er würde lügen, wenn er behauptete, dass er den warmen Schimmer der Dankbarkeit in ihren Augen nicht genoss. »Was deinen früheren Arbeitgeber angeht, so spielt er keine Rolle mehr in deinem Leben. Wenn du in deine Wohnung zurückkehren möchtest, um deine Sachen zu holen, gebe ich dir Miles mit.«

»Ich wusste genau, dass du das jetzt sagen würdest. Ich bin zwar … na ja, ich finde es okay, hier bei dir einzuziehen, da das Haus wirklich wundervoll ist und ich ein Idiot wäre, wenn ich meine winzig kleine Wohnung vorziehen würde, aber du kannst nicht einfach sagen, dass Edgar keine Rolle mehr spielt. Er bedeutet mir sehr wohl etwas.«

Archer bedachte sie mit einem aufgebrachten Blick.

»Nicht in dieser Hinsicht«, sagte sie rasch und gab ihm einen Klaps auf den Arm. »Es geht um meinen Job. Er ist interessant, und ich mache ihn gerne. Und bevor du mir jetzt von oben herab erklärst, dass ich nicht dort arbeiten muss, weil du genug Geld hast – ich hatte sowieso vor zu kündigen, sobald ich das Manuskript zurückgegeben habe. Edgar hat dieses Mal eine Grenze überschritten, und ich werde meine Oma nicht dieser Gefahr aussetzen, nur weil er ein egoistischer, gemeiner Mistkerl ist.«

Er blickte sie an, ihr Gesicht mit den Augen, in denen so viel Leben war, ihren entzückenden Mund, ihr kleines Kinn, das sie reckte. Er überlegte, was es für ihn bedeuten würde, wenn er das Manuskript zurückgäbe, und jedes Atom seines Seins protestierte. Und weil sie seine Gefährtin war, aber noch unerfahren, erklärte er ihr, wie es war. »Drachen geben die Schätze, die sie besitzen, nicht mehr her. Es ist gegen ihre Natur. Verstehst du mich jetzt?«

»Ja«, sagte sie und blickte ihn empört an. »Du hast das Manuskript ehrlich erworben, und es gibt keinen Grund für dich, es Edgar zurückzugeben, außer dass er – in Worten, die mir klargemacht haben, dass ich den Job kündigen muss – gesagt hat, wenn er es nicht bekommt, gibt es Ärger. Viel Ärger. Und dass manche Leute leiden werden.«

»Du verstehst mich immer noch nicht«, sagte er. Er schüttelte den Kopf und wandte seinen Blick wieder seinem Laptop zu. »Aber eines Tages wirst du mich verstehen.«

Er war sich bewusst, dass sie neben ihm stand, vor Wut kochte und kleine Laute der Frustration von sich gab. Da er es nicht mochte, wenn sie unglücklich war, fragte er: »Möchtest du an der Dechiffrierung des Manuskripts arbeiten, bevor du in deine Wohnung gehst? Wenn du mir sagst, du willst deine Sachen holen, werde ich Miles Bescheid sagen, damit er dich begleitet. Ich würde ja selbst mitkommen, aber es sieht so aus, als ob ich nach Phoenix fliegen muss, um dem Hersteller die Dringlichkeit der Lage verständlich zu machen.«

»Pah!«, sagte sie ohnmächtig, und er hatte das Gefühl, dass sie am liebsten mit dem Fuß aufgestampft hätte.

Er blickte sie an und wartete.

»Na gut!«, stieß sie hervor und wirbelte herum. »Ich mache ein paar Fotos und setze mich für drei Stunden daran, um es zu dechiffrieren, aber nicht länger. Danach musst du mir erlauben, es Edgar zurückzubringen.«

»Ich muss gar nichts«, sagte er milde und ein wenig amüsiert, als sie die Tür seines Arbeitszimmers hinter sich zuknallte. Solch ein widerspenstiges Verhalten würde er von niemandem in seinem Stamm dulden, aber Thaisas Missachtung seiner vernünftigen Erklärungen bereitete ihm Vergnügen. Sie würde ein bisschen Zeit brauchen, um sich an ihr neues Leben zu gewöhnen, aber er vertraute darauf, dass sie letztendlich zur Vernunft kommen würde.

11. KAPITEL

Als ich schließlich an dem Schreibtisch saß, den Archer mir überlassen hatte, damit ich an der Manuskriptseite arbeiten konnte, murmelte ich leise vor mich hin und wünschte, ich hätte eines der Zauberbücher zur Hand, damit ich einen gewissen Drachen mit Flüchen belegen konnte.

Doch dann fiel mir ein, wie nett er sich in Sachen Oma verhalten hatte, und mein Zorn schmolz dahin. »Edgar ist nicht Archers Problem, er ist meines, und es ist nicht fair von mir zu erwarten, dass Archer sich darum kümmert«, sagte ich ins Telefon. »Vor allem nicht, da er so großzügig war und noch zusätzliche Leute zu Omas Bewachung geschickt hat. Das ist mein Problem, und ich muss damit fertigwerden, oder?«

»Genau!«, stimmte Bree mir zu. »Was soll ich also tun?«

»Du sagtest, ich solle dich anrufen, wenn ich Dämonenhilfe bräuchte, und das ist jetzt der Fall. Wie könnten wir Edgar besser klarmachen, dass er Oma nicht bedrohen und sich nicht in meine Geschäfte einmischen soll, als wenn wir ihm mit meinem Hausdämon einen gewaltigen Schrecken einjagen?«

»Das gefällt mir!«, sagte sie. »Wir erteilen ihm eine Lektion, weil er so hässlich über Gran geredet hat. Dieser Arsch mit Ohren wird jedenfalls etwas lernen, wenn Naamah ihn besucht, was?«

»Genau. Vielleicht kannst du mir helfen, einen Zauberspruch zu finden oder sonst etwas, damit Naamah den Gebetsteppich aufgibt. Kannst du um« – ich blickte auf die Uhr über dem Schreibtisch – »sagen wir zwölf Uhr in meine Wohnung kommen? Ich möchte gerne drei Stunden an diesem Manuskript arbeiten, damit ich einen Eindruck bekomme, warum darum so viel Wind gemacht wird.«

»Roger wilco, over and out, darauf kannst du wetten, Charlie«, sagte sie.

»Du solltest langsam mal diese Weltkriegsfilme aus deinem Netflix-Programm streichen«, sagte ich zu ihr und legte auf.

Ich machte mich daran, das kleine Pergamentblatt zu studieren. Ich berührte es mit einer Metallpinzette, da Archer nicht daran gedacht hatte, mir Schutzhandschuhe zu besorgen. Aber eine Lupe hatte ich, mit der ich das Blatt genauestens von beiden Seiten betrachtete, um nach Anzeichen von Geheimschrift Ausschau zu halten. Bei den meisten mittelalterlichen Manuskripten wurde keine »Geheimtinte« verwendet, wie man es umgangssprachlich nennt, aber ich hatte schon einmal ein Manuskript gesehen, das mit einer Mischung aus Alaun und Zitronensaft buchstäblich zwischen den Zeilen eines ansonsten unauffälligen religiösen Textes beschrieben worden war.

Bei diesem Pergament fand sich jedoch nichts davon, was bedeutete, dass ich einfach nur den Code zu mir sprechen lassen musste. Erneut ließ ich meinen Blick über die sorgfältig gezogenen Linien gleiten. Die Symbole waren offensichtlich von einem Meister geschrieben worden, schienen aber bedeutungslos zu sein.

Noch.

Langsam ließ ich meinen Blick weiter werden, so dass die Symbole an mir vorbeizogen und die häufigen mir ins Auge fielen. Muster tauchten auf, verschoben sich und bewegten sich, bis sie anfingen, einen Sinn zu ergeben. Ich notierte diejenigen, die wahrscheinlich für die am häufigsten vorkommenden

Vokale standen, suchte zuerst nach kleinen Wörtern, da ich mit ihnen die längeren zusammensetzen konnte.

Meine Finger tanzten über den Papierblock, den ich mir ausgeliehen hatte, und die Zeit rauschte an mir vorbei, ohne meine Konzentration zu vermindern.

»Wie läuft es?«

Ich zuckte zusammen, als eine Stimme hinter mir ertönte. Es war Miles.

»Entschuldigung«, sagte er lächelnd. »Ich wollte dich nicht erschrecken, aber Archer sagte, du wolltest gegen Mittag deine Kleider abholen, und es ist schon kurz vor zwölf.«

Ich wollte auf keinen Fall, dass Miles dabei war, wenn ich mich mit Bree darüber beriet, wie wir Naamah am besten einsetzen sollten. Er würde Archer sagen, was ich tat, und ich hatte keine Lust, mir von Archer Vorschriften machen zu lassen. Nicht schon wieder.

Außerdem war etwas an Miles, das mich ein bisschen … das Wort misstrauisch kam mir in den Sinn, aber so weit wollte ich nicht gehen. Ich hatte einfach nur so ein Gefühl, als ob mit ihm etwas nicht stimmte.

Trotzdem lächelte ich ihn an und wies auf das Manuskript. »Eigentlich würde ich lieber hierbleiben und noch ein bisschen daran arbeiten. Bree kann ja zusammenpacken, was ich brauche.« Das war eine Lüge, aber ich verpackte sie einfach in ein gewinnendes Lächeln.

»Na ja«, sagte er und trat neben mich. »Wie du möchtest. Wie läuft die Dechiffrierung? Kommst du weiter?«

Ich legte meine Hand über die Notizen, die ich mir gemacht hatte, weil ich fand, dass Archer als Erster erfahren sollte, was das Blatt enthüllte. »Ach, weißt du, weiterkommen ist relativ. Ich habe ein paar Vokale und Konsonanten identifiziert.«

»Das ist großartig!« Er wirkte erfreut und betrachtete das Blatt, als ob die Übersetzung ihm ins Gesicht springen müsste. »Wenn du erst einmal ein paar Buchstaben hast, kannst du die fehlenden Buchstaben in den Wörtern ergänzen, nicht wahr?«

»Wenn man weiß, welche Sprache ursprünglich verwendet worden ist für den Code, ja«, sagte ich vorsichtig. Ich log aus Prinzip nicht gerne und wusste, dass ich nicht gut darin war. »Wenn man das nicht weißt, ist es schwieriger.«

»Ich verstehe. Dann dauert es also einige Zeit.«

»Ja, diese Dinge nehmen Zeit in Anspruch«, stimmte ich ihm zu. Neugierig fragte ich: »Warum bist du so interessiert daran, Miles?«

»Warum nicht?«, entgegnete er. Aber der Ausdruck der Überraschung in seinen Augen wich rasch der Spekulation. »Es ist ein bedeutendes Relikt der Drachen, und es hat sehr große Macht.«

»Nach der Legende, wie sie Archer mir erzählt hat, wurde dieses Medaillon ihm und seinem Zwillingsbruder geschenkt, und die Macht läge allein bei Archer, wenn er es hätte. Oder hast du vor, sie für dich zu nutzen?«

Ich sagte den letzten Satz leichthin, aber sein Gesicht wurde rot vor Wut. »Du scheinst zu vergessen, dass Archer mein Cousin ist«, sagte er mit gepresster Stimme.

»Du wärst nicht der Erste in einer Familie, der einen Verwandten stürzen würde«, sagte ich. Ich ergriff meinen Bleistift und tippte damit auf den Papierstapel.

»Das ist lächerlich«, fuhr er mich an. »Ich suche das Medaillon nur aus dem einzigen Grund, um seine Prophezeiung zu erfüllen.«

»Die Prophezeiung, nach der du letztendlich Archers Drachenstamm übernimmst?«, fragte ich. Ich hatte bei Miles das Gefühl, dass er eine Maske trug, die sein wahres Ich verbarg.

Einen Moment lang dachte ich, er würde mich schlagen, aber er hielt seine Wut im Zaum. »Ich liebe meine Familie. Ich will niemanden stürzen«, sagte er schließlich. »Verwandtschaft bedeutet Ouroboros-Drachen alles, und ich habe Archer nie einen Grund gegeben, daran zu zweifeln, dass ich ihm und den Sturmdrachen treu ergeben bin. Wenn du mir irgendetwas vorzuwerfen hast, dann tu das bitte in Archers Gegenwart. Er wird für meinen Charakter einstehen.«

»Die Linie zwischen Liebe und Hass ist dünn«, sagte ich leise.

Miles' finsterer Blick war beinahe so furchterregend wie der von Archer. »Dessen bin ich mir bewusst. Wenn du mit deinen ungerechten Anschuldigungen fertig bist, muss ich mich um die Wachen an den Grundstücksgrenzen kümmern. Archer wird bald aufbrechen. Ich sage Trajan Bescheid, dass deine Freundin mit deinen Sachen vorbeikommt.«

Kaum hatte sich die Tür hinter ihm geschlossen, bestellte ich mir ein Taxi, dann blieb ich einen Moment mit meinen Notizen in der Hand stehen und fragte mich, was ich damit tun sollte. Archer konnte ich nicht fragen, ob er einen Safe hatte. Er war draußen mit seinen Männern, um sich zu vergewissern, dass alles gut lief, bevor er zum Flughafen fuhr, um sich mit dem Fensterhersteller auseinanderzusetzen – es dauerte einen Moment, bis ich mich mit der Vorstellung angefreundet hatte, dass er seinen eigenen Jet besaß, den er benutzte, wenn er irgendwo hinfliegen musste. Ich fragte mich, ob ich mich wohl jemals an diesen Lebensstil gewöhnen würde.

Ich wollte wirklich nicht riskieren, die Notizen herumliegen zu lassen, wo sie jeder lesen konnte, bevor ich mit Archer darüber gesprochen hatte.

»Hallo, Ioan?« Während ich unten auf der Suche nach einem Ort war, an dem ich die Notizen verstecken konnte, begegnete ich einem der Drachen, denen Archer mich heute Morgen vorgestellt hatte. Ioan befand sich in der Ausbildung zu einer der Elite-Wachen, die Archers persönliche Bodyguards waren.

»Thaisa«, sagte Ioan lächelnd und steckte sein Handy in die Tasche. Er hatte einen leicht osteuropäischen Akzent und war noch relativ neu in Archers Stamm. »Archer ist gerade auf dem Weg zum Flughafen. Brauchst du etwas?«

»Ja, du weißt nicht zufällig, ob Archer einen Safe hat, oder?«

»Einen Safe?« Er runzelte die Stirn. »Drachen benutzen für gewöhnlich keine Safes. Wir haben Schatzhöhlen, und ich weiß, dass auch Archer eine hat, aber die kann er dir nur selbst zeigen.«

»Oh, okay. Hm.«

»Ich kann ihn fragen …«

»Nein, danke. Ich weiß ja, dass er so schnell wie möglich weg will, um die Fensterleute zu beschimpfen.«

»Ich sage ihm gerne, dass du seinen Lair sehen möchtest, wenn du ein wenig warten kannst«, sagte er. Er erinnerte mich an einen Welpen, der unbedingt gefallen will und sich ein freundliches Wort und ein Tätscheln des Kopfes erhofft.

»So wichtig ist es nicht. Danke auf jeden Fall.« Ich ging in die Küche, um mit dem anderen Drachen zu sprechen, den ich heute früh kennengelernt hatte. »Genn, ich nehme nicht an, dass ihr irgendwelche Vorräte habt?«

Archers Haushälterin war groß und schlank mit blonden Haaren, die ihr bis zum unteren Rücken reichten. Sie sah eigentlich nicht so aus, wie ich mir eine Haushälterin vorstellte. Eigentlich hatte ein einziger Blick auf sie meine Eifersucht aufflammen lassen, aber Archer hatte mir zugeflüstert, sie sei mit einem anderen Drachen zusammen, und ich könne aufhören zu grollen.

»Vorräte?«, fragte sie. »Was für welche?«

»Für Frauen. Äh … Binden.«

»Ach so.« Sie nickte. »Ich glaube, ich habe etwas, das du benutzen kannst.«

Zehn Minuten später betrat ich das Zimmer gegenüber Archers Raum, das ich zu meinem erklärt hatte. Ich wollte nicht zu genau erforschen, warum ich ein eigenes Zimmer für nötig hielt – mein Kopf war einfach glücklicher damit. Ich steckte die Kopie meiner Notizen in einen Kopfkissenbezug, während ich die Originale so flach wie möglich faltete. Mit einer kleinen Schere schnitt ich eine Hygienebinde auf, in der ich die Notizen versteckte. Dann schob ich die Binde wieder in ihre Hülle, legte sie ganz unten in die Schachtel und schaffte sie in das angrenzende Badezimmer.

»Da müssten sie sicher sein«, sagte ich zu mir. Die meisten Männer trauten sich an diese Dinge nicht so richtig heran.

Während ich auf das Taxi wartete, blickte ich aus dem Fenster auf die prachtvolle Aussicht und fragte mich, wie ich bloß hierhergekommen war, obwohl doch erst vor ein paar Tagen mein Leben ganz normal und unbedeutend gewesen war.

»Alles okay?«, fragte ich Jamie, als ich durch die Eingangstür den Laden betrat. Es waren nur wenige Kunden im Geschäft, einen davon kannte ich als Sammler seltener Bücher.

Jamie saß zusammengesunken auf einem Hocker hinter der Kasse, richtete sich aber auf, als ich hereinkam, wobei er fast vom Stuhl gefallen wäre. »Oh, Thaisa! Ich dachte, du kommst erst später?«

»Ich habe meine Meinung geändert.« Ich blickte mich um, aber alles schien in Ordnung zu sein. »Hat es neue Lieferungen von Edgar gegeben?«

»Nein, aber er hat gesagt, er kommt früh zurück, um sich um ein Problem zu kümmern.« Jamies blickte mir aus seinen wässrig braunen Augen nach, als ich zum Büro eilte. »Er sagte, dass er Wert darauf legt, dass du da bist.«

»Oh, ich werde hier sein«, sagte ich. Die Tage, an denen Edgar mich einschüchtern konnte, waren vorbei. Ich war die Gefährtin eines großen, bösen Drachen, und ein Dämon stand unter meinem Kommando.

Ich lief nach oben, packte rasch die wichtigsten Dinge zusammen und schleppte die Koffer hinunter ins Büro.

»So. Laut *Explicatio Triginti Sigillorum Demonitica* kann man jemanden mit haarigen Muttermalen bestrafen. Wie wäre es, wenn wir das Gesicht deines Chefs mit Muttermalen verunzierten?«

Zu meiner Überraschung saß Bree auf der Kante von Edgars Schreibtisch, als ich zurückkam. Sie hielt schon wieder einen der Bände aus der Vitrine in der Hand. Dieses Mal jedoch bekam ich keinen Anfall, sondern nahm einfach ein paar weiße Handschuhe und reichte sie ihr.

»Es mag zwar verlockend sein, ihm ein großes haariges Muttermal zu verpassen. Aber ich glaube, wir müssen schon zu etwas Beängstigenderem greifen. Er müsste innerhalb der nächsten vier Stunden eintreffen. Und da wir schon über Flüche sprechen, du scheinst mir sehr vertraut mit diesen Dingen zu sein.« Ich musterte sie nachdenklich. »Vielleicht möchtest du mir ja erzählen, warum du eine uralte Drachensprache verstehst, warum Archer mir gesagt hat, du seiest ein Luftgeist, und warum du zu wissen scheinst, was ich tun werde, noch bevor ich es selbst weiß?«

Sie grinste und legte das Buch weg. Heute trug sie einen kurzen karierten Faltenrock, schwarze Spitzenstrümpfe und eine rosa Bluse unter einem schwarzen Lederbustier. Die langen blonden Haare hatte sie in einem Zopf um den Kopf gelegt. »Ich habe mich schon gefragt, wann du die Fragen stellst. Ich war einmal ein Luftgeist, deshalb hat Archer Drache recht damit.«

Ich trommelte mit den Fingern auf der Schreibtischplatte. »Und ein Luftgeist ist …?«

»Wir helfen Leuten. Sterblichen hauptsächlich, obwohl wir uns auch um Unsterbliche kümmern, die ein wenig Unterstützung brauchen.«

»Das klingt nach einem guten Job. Aber jetzt bist du keiner mehr?«

»Nein.« Ihr Grinsen wurde breiter. »Aber du kannst mich trotzdem als jemanden betrachten, der für kurze Zeit zum Helfen geschickt wurde.«

»Mm-hm. Und wie hilfst du?«

Sie zuckte mit den Schultern. »Wie du willst.«

»Kannst du das Blatt herbeizaubern, damit ich es Edgar geben kann?«

»Nein, aber ich kann dir helfen, ihm Beulen zu verpassen.«

»Wirklich verlockend, aber das möchte ich eher nicht.« Ich überlegte einen Moment. »Was ist mit Oma? Kannst du eine Schutzblase um sie legen, damit niemand, der ihr etwas antun will, an sie herankommt?«

»Mann, wenn ich das könnte, würden alle Tiere auf der Welt glücklich leben«, sagte Bree. »Luftgeister können nicht zaubern, wir können höchstens die wundervollsten Glitzerbomben machen, die den Empfänger noch auf Jahre hinaus mit Glitzerteilchen bestücken.«

»Ich glaube nicht, dass eine Glitzerbombe bei Edgar etwas bringt. Was dein Angebot zur Hilfe angeht …« Ich dachte ein paar Sekunden darüber nach, beschloss jedoch, dass ich es mir nicht leisten konnte, Hilfe abzulehnen, ganz gleich, wie geheimnisvoll die Person war, die sie anbot. »Da ich mich in dieser neuen Welt, von der ich noch nicht einmal wusste, dass sie existiert, nicht auskenne, nehme ich dein Angebot zur Hilfe gerne an.«

»Gut. Ich möchte nicht, dass Archer Drache etwas passiert. Er ist nett. Er mag dich sehr.«

»Warum nennst du ihn immer so?«, fragte ich, plötzlich misstrauisch.

»Archer Drache?«

»Drache ist nicht sein Nachname. Er heißt Andras.«

Erneut zuckte sie mit den Schultern und hüpfte vom Schreibtisch, wirbelte herum und machte einen kleinen Tanzschritt. »Aber er ist doch ein Drache, oder?«

Ich musterte sie und fragte mich, was sie wohl wusste. »Wenn wir alle beschreibende Nachnamen hätten, müsstest du Bree Treibt-Thaisa-in-den-Wahnsinn heißen«, sagte ich langsam und zog mir die Handschuhe über, die sie gerade abgestreift hatte, damit ich die *Demonitica* anfassen konnte.

Bree kicherte. »Woher willst du wissen, dass ich nicht tatsächlich so heiße?«

Ich ignorierte ihre Worte. »Gut. Dann wollen mir mal die Experten konsultieren, obwohl ich dieses Mal alle Zaubersprüche, die wir aussprechen, noch einmal gegenchecke. Ich habe offensichtlich ein veraltetes Exemplar des *Liver* benutzt, und was dabei herausgekommen ist, wissen wir ja.«

Mein Telefon summte, während wir eine Liste der Dinge erstellten, die Naamah Edgar antun konnte, wenn er sich von den Drohungen nicht einschüchtern ließ.

Wo bist du?

Ich kannte die Nummer nicht, also ignorierte ich sie. Manchmal bekomme ich Texte für eine Person, die meine Telefonnummer hatte, bevor sie mir zugeordnet wurde.

Antworte mir sofort. Warum bist du nicht zu Hause? Miles sagte, du seiest verschwunden.

Archer?, schrieb ich zurück.

Warum bist du ohne Schutz weggegangen? Trajan sagt, ein Auto hat dich abgeholt. Bei wem bist du? Bei Hunter? Einem anderen Mann? Sag mir sofort, wo du bist!

»Boah. Da hat es aber jemand offensichtlich schwer gehabt mit den Fensterleuten«, murmelte ich und schrieb zurück: *Ich bin mit Bree im Laden. Der einzige Mann hier ist Jamie, und ihn kann man nur mit äußerster Großzügigkeit als Mann bezeichnen. Komm runter. Ich habe einiges mit dir zu besprechen, wenn ich mit Edgar fertig bin.*

Mein Handy klingelte. Seufzend ging ich dran.

Schweres Atmen drang mir ins Ohr, dann sagte Archer: »Du bist noch nicht lange meine Gefährtin. Ich habe versucht, das zu berücksichtigen.«

»Gut, denn ich bin seit …«, ich blickte auf die Uhr, »… zwölf Stunden deine Gefährtin. Beruhige dich, Archer. Wenn du weiter so atmest, platzt dir am Ende noch ein Aneurysma.«

»Ich atme nur so, weil du versuchst, mich umzubringen.« Die Wut in seiner Stimme ließ nach. »Warum hast du Miles angelogen?«

»Ich habe ihn eigentlich nicht angelogen, sondern nur in die Irre geführt.«

Er atmete mich laut an. Beinahe konnte ich hören, wie er mit den Zähnen knirschte.

»Okay, ein bisschen vielleicht, aber Archer, ich bin kein Kind und ich bin nicht dumm. Ich werde deinem Bruder keine Chance geben, mich noch einmal zu kidnappen.«

»Du weißt nicht, in welcher Gefahr du ohne meinen Schutz, den Schutz meines Stammes, bist«, sagte er wütend, aber darunter hörte ich auch etwas, das wie Schmerz klang.

»Archer, hör mir zu«, sagte ich und ging in den Flur, um ungestörter sprechen zu können. »Hörst du mir zu?«

»Bleib, wo du bist. Miles wird gleich da sein. Versperr die Türen. Hast du Waffen? Einen Taser? Hast du dein Pfefferspray dabei?«

»Nein, du hörst mir nicht zu. Archer, hör auf mit dem, was du machst.«

»Ich fahre gerade vom Flughafen weg.«

»Na gut, fahr weiter, aber hör auf zu reden und hör mir zu. Mir geht es gut. Bree ist bei mir, und ich bin nicht in Gefahr. Miles braucht nicht hierherzukommen. In ein paar Stunden ist Edgar hier, und ich habe einen Plan.«

»Was für einen Plan?« Er klang misstrauisch.

»Einen, der mich nicht in Gefahr bringt«, beruhigte ich ihn. Ich kam mir albern vor, weil ich auf seine übertriebene Sorge einging, doch gleichzeitig wärmte mich die Vorstellung, dass er mich vor der Welt beschützen wollte. »Um wie viel Uhr ist diese Drachensache?«

»Was für eine Drachensache?«

»Die Zeremonie, bei der ich all deinen Stammesmitgliedern vorgestellt werden soll.«

»Sie ist für sechs angesetzt.«

»Okay. Dann bin ich wieder zurück.«

Seine Stimme klang warm und schroff zugleich. Mir kam sie so wundervoll vor, dass ich wünschte, er wäre persönlich hier und sein Atem würde über all meine kitzligen Punkte fahren. »Es gefällt mir nicht, dass du mit deinem Ex-Chef alleine fertig werden willst.«

»Aber ich bin doch nicht alleine«, sagte ich beruhigend. »Bree ist bei mir, und wir haben ja immerhin auch schon gut zusammengearbeitet, als wir vor Hunter geflohen sind.«

Den Namen hätte ich lieber nicht erwähnen sollen.

»Du bist dort ungeschützt. Ich schicke Miles …«

»Warte mal.« Ich ging die Treppe hinauf, bis ich vor meiner Wohnungstür stand. »Bist du allein?«

»Nein, Ioan ist bei mir«, sagte er.

»Hast du den Lautsprecher an?«

Ich hörte ein leises Klicken. »Nicht mehr.«

Ich holte tief Luft. »Ich habe Bedenken wegen Miles, Archer. Ich weiß, er ist dein Cousin, und du vertraust ihm, aber er sendet alle möglichen besorgniserregenden Signale aus. Zum einen ist er super interessiert an dem Manuskript, und zum anderen … na ja, ich traue ihm nicht. Irgendetwas stimmt nicht. Ich glaube, er verbirgt etwas.«

Archer schwieg so lange, dass ich auf mein Handy schaute, um zu sehen, ob die Verbindung unterbrochen worden war.

»Du hast keinen Grund, ihm zu misstrauen«, sagte er schließlich. Seine Stimme klang seltsam neutral.

»Das weiß ich. Und ich will auch keine Probleme zwischen euch verursachen, aber ich habe einfach das Gefühl, dass er etwas zu verbergen hat.«

»Er war mir immer treu ergeben.«

»Gut. Ich … äh … ich habe einen kleinen Test gemacht. Einfach nur, um sicherzugehen. Ich habe eine falsche Kopie meiner Notizen gemacht und sie an einem Ort versteckt, wo sie nicht allzu schwer zu finden sind. Wenn jemand dort gesucht hat, dann wissen wir, dass er es war.«

Dieses Mal schwieg Archer fast eine Minute lang. »Ich brauche schon mehr Beweise, bevor ich etwas unternehmen kann.«

»Es gibt mehr.« Ich vergewisserte mich, dass sich niemand in der Nähe der Treppe aufhielt. »Miles hat mich gefragt, wie viel von dem Blatt ich schon dechiffriert habe.«

»Er hat mir erzählt, du hättest schon einige Buchstaben identifiziert, müsstest dir aber erst über die Sprache im Klaren sein, bevor du ganze Wörter erkennen kannst.«

»Ja, das habe ich ihm gesagt. Tatsächlich jedoch habe ich alles dechiffriert und die Übersetzung abgeschlossen. Ich habe sie gerade durchgesehen, als Miles mich störte, und ich … äh … ich habe ihn in dem Glauben gelassen, ich hätte noch nicht viel daran getan.«

»Und?« Seine Stimme klang gleichmütig, aber ich hörte doch die Neugier darin.

»Es liest sich wie ein Märchen, aber ich glaube, es ist keins. Ich lese dir die Transkription später vor, wenn wir allein sind und darüber sprechen können.«

»Kannst du mir jetzt eine Zusammenfassung geben?«

Ich überlegte, ob ich ihm alles sagen sollte, beschloss jedoch, dass ich Zeit brauchte, um meine Gedanken zu erklären. »Klar, aber es gibt noch viel mehr, über das wir sprechen müssen. Im Grunde spricht das Blatt von der Zeit, als die Sonnenmutter zerbrochen war – ich glaube, damit ist symbolisch deine Mutter gemeint und konkret das Medaillon, das wohl in der Form der Sonnen gemacht worden war – und ihre Einzelteile wurden in die Sterne geschleudert, wo sie neue Sternbilder bildeten.«

»Das ist … unerwartet.« Er klang enttäuscht. »Es gibt keine Drachenlegende über die Sterne. Hat in dem Text nichts darüber gestanden, wo die einzelnen Medaillonteile jetzt sind?«

»Nein. Es gibt eine Textstelle darüber, dass das Gleichgewicht in der Welt erst wiederhergestellt ist, wenn die Teile in himmlischer Harmonie zusammengefügt werden, aber keine Anweisungen, wie zum Beispiel ›Gehe fünf Schritte und schaue unter dem hohen Baum nach‹. Der Inhalt ist viel … interessanter.«

»Das Blatt ist wertlos, wie ich gedacht habe«, sagte Archer. »Miles wird enttäuscht sein, aber ich bin eigentlich gar nicht überrascht.«

»Oh, es ist nicht wertlos, aber darüber sprechen wir später. Ich sage dir Bescheid, wenn wir hier fertig sind, okay? Entweder wir nehmen uns ein Taxi zu deinem Haus …«

»Ich hole dich ab, sobald ich wieder in Kalifornien bin.«

Ich lächelte in mich hinein. Es mochte zwar eine Weile dauern, bis ich mich daran gewöhnt hatte, von ihm übermäßig beschützt zu werden, aber er würde auch Zeit brauchen, bis er begriff, dass er mich nicht wie eine komplette Idiotin behandeln konnte, die nicht auf sich selbst aufpassen konnte. »Halb sechs klingt gut. Tschüss.«

»Gefährtin.«

Ich zog die Augenbrauen hoch. Er redete westslawisch, eine der weniger üblichen Sprachen. Wahrscheinlich beherrschte Ioan diese Sprache nicht.

»Ja?«

»Tu nichts Unüberlegtes. Ich vertraue darauf, dass du die Situation mit deinem Ex-Chef im Griff hast, aber nicht in gleichem Maß darauf, dass du dich unabsichtlich in Gefahr bringst. Du bist für mich von Wert. Ich will dich nicht verlieren.«

Westslawisch verfügte nicht über viele Wörter, mit denen man Gefühle vermitteln konnte, deshalb nahm ich ihm die gestelzte, formelle Sprache nicht übel. »Wenn du weiter so nette Dinge zu mir sagst, könnte ich mich sehr leicht in dich verlieben«, sagte ich. Bei dem Gedanken daran erfüllte mich ein glückliches Leuchten.

»So sollte es auch sein«, sagte er in seiner arroganten Stimme, bei der ich ihm am liebsten immer einen Klaps auf den Kopf gegeben, ihn dann an den Ohren gepackt und ihm das Feuer aus dem Leib geküsst hätte.

»Wir werden später darüber reden, dass du natürlich auch wahnsinnig verliebt in mich bist, weißt du.«

»Ich glaube, die Verbindung wird schlecht«, sagte er laut auf Englisch, als könne er mich nicht verstehen.

»Oh, oh. Du kannst dich verstecken, Archer, aber ich finde dich.«

»Ja, jetzt ist sie definitiv weg. Ich höre nur noch Rauschen. Tu nichts Unbedachtes«, sagte er und legte auf.

Ich lächelte das Handy an. Ich würde ihm ein gründliches Thaisa-Liebesprogramm verpassen, und wenn ich ihn an den Haaren dahinschleifen müsste.

Zweiundvierzig Minuten später warteten Bree und ich vorne im Laden. Wir hatten einen Kreis auf dem Boden gezogen, beschrieben mit den sieben Symbolen des Dämons Naamah (ein Schritt, den ich versäumt hatte, als ich ihn ursprünglich gerufen hatte), gesalzen und besiegelt mit Blut. Ich hielt die *Demonitica* in einer Hand und den Kelch von Karl dem Großen (eine unzutreffende Bezeichnung, da er ungefähr dreihundert Jahre nach dem Tod von Karl dem Großen entstanden war) in der anderen. Bree sagte, er habe die Macht, jeden, der aus seinen silbernen Tiefen trank, zu schützen, deshalb nahmen wir beide einen Schluck Jack Daniels daraus, während wir warteten.

Wir mussten lange warten, und es kann sein, dass wir ein bisschen zu viel von dem Schutz zu uns nahmen, aber zu meiner Verteidigung muss ich sagen, dass ich nervös war, weil ich Edgar mit einem Dämon attackieren wollte, und deshalb hatte ich mir vielleicht ein bisschen zu viel Mut angetrunken.

Ein Auto fuhr vor, und der vertraute Umriss von Edgars Gestalt tauchte auf. Er ging mit einem Diplomatenkoffer in der Hand auf den Laden zu.

»Edgar Lee Wendell«, sagte ich förmlich, als er den Laden

betrat. Das kleine Windspiel über der Tür klimperte fröhlich. Bree hatte mir erklärt, dass Namen Macht besaßen, und wenn ich Edgar mit seinem vollen Namen anspräche, würde mir das Macht über ihn geben. Gleichzeitig zeigte ich mit der *Demonitica* auf ihn. »Bei der Macht, die mir der Staat von Kalifornien verliehen hat – nein, warte, das stimmt nicht. Bei der Macht, die mir durch den Dämon Naamah gewährt ist, befehle ich dir, auf der Stelle stehen zu bleiben.«

Bree, die neben dem Kreis in der Hocke saß, schwankte ein bisschen und fiel nach vorne.

»Ich befehle dir, auf der Stelle stehen zu bleiben«, sagte ich und zeigte auf eine Stelle vor dem Kreis.

Edgar hielt inne und ließ seinen Blick durch den Raum schweifen. Er betrachtete den Kreis und schaute auf Bree, die sich gerade wieder aufrappelte. »Was ist denn hier los? Du bist betrunken! Wo zum Teufel ist mein Manuskript? Bei Gott, du solltest es lieber bei dir haben, sonst wirst du den Tag deiner Geburt verfluchen!«

»Okay. Du willst es also auf die harte Tour?« Ich schüttelte die *Demonitica* gegen ihn, steckte dann vorsichtig den Kelch unter meinen Arm und schlug die entsprechende Seite auf. »Wir können es auch auf die harte Tour machen. Ich rufe meinen Dämonenfreund, und er macht Hackfleisch aus dir.«

Edgar stieß ein so schlimmes Schimpfwort aus, das ich mich lieber nicht daran erinnern möchte, dann sagte er über die Schulter: »Wenn du das Geld dabeihast, gehört sie dir.«

»Worte, die mir die allergrößte Freude bereiten«, sagte jemand mit einer schönen, samtweichen Stimme.

Meine Augen weiteten sich, als Edgar an mir vorbeitrat und den Blick freigab auf Hunter und vier Männer, die sich hinter ihm aufgebaut hatten.

»Na, Scheiße«, sagte ich und blätterte hastig in dem Buch, um festzustellen, ob es irgendeinen Zauberspruch gab, um mit einem ungebetenen Drachengast fertigzuwerden.

»Es ist mir ein Vergnügen, dich wiederzusehen, Thaisa«, sagte Hunter. Er trat auf mich zu und küsste mir die Hand. »Doch dieses Mal sorge ich lieber dafür, dass du nicht schon wieder auf wundersame Weise entkommst.«

»Wie willst du das denn …«

Schmerzen explodierten in meinem Hinterkopf, und meine Gedanken trieben in einen tintenschwarzen Abgrund.

12. KAPITEL

Der Anruf kam, als Archer und Ioan gerade von dem kleinen Flughafen nicht weit von seinem Haus zurückfuhren.

»Er hat sie entführt«, keuchte Miles atemlos, als Archer den Anruf annahm.

Sein Feuer erwachte brüllend zum Leben; Feuer, Wut und das verzweifelte Bedürfnis, denjenigen zu überwältigen, der es gewagt hatte, seine Blume zu berühren. Ouroboros-Drachen wandelten sich nicht oft in ihre Drachengestalt, weil ihre Gene sie in menschlicher Gestalt hielten, und obwohl Archer einer der wenigen war, die sich wandeln konnten, hatte er das Tier in sich noch nie so stark gespürt wie in diesem Moment. »Wer?«, knurrte er. Seine Finger umklammerten das Lenkrad so fest, dass Einbuchtungen zurückblieben, als er es losließ. »Wer hat sie geraubt? Wer wagt es, meine Gefährtin zu berühren?«

Doch noch während er die Frage aussprach, wusste er die Antwort bereits. Feuer schlug über ihm zusammen, setzte die Ledersitze in Brand. Als ihm der Benzintank einfiel, versuchte er, seine Wut im Zaum zu halten und sich zu konzentrieren.

»Nicht, was du denkst. Hunter hat sie.«

»Hunter?« Seine Wut ließ nach, allerdings nur geringfügig. Wenn sie verletzt worden war, wenn jemand ihr etwas getan hatte … Er verdrängte das Bedürfnis, sich in Wut und Sturm zu verwandeln, bis er sie wieder sicher bei sich hatte.

»Sie ist in ihre Wohnung gefahren. Gegen fünf haben Hunter und ihr Chef sie im Laden angetroffen.«

Ioan warf Archer einen misstrauischen Blick, als er aus dem Auto sprang und Ioan auf den Fahrersitz winkte. Archer hatte das Gefühl, als ob ihn ein Pferd in den Magen getreten hätte. Mehrere Pferde. Eine ganze Herde.

Seine Thaisa, die Blume, die ihm solche Freude bereitete, so viel Wärme ausstrahlte, war ganz zweifellos in Gefahr. Warum hatte er sie nicht von dem Laden abgeholt? Warum hatte er sich von ihr überreden lassen, dazubleiben und ihren Plan durchzuführen? Er war selbst daran schuld, wenn ihr etwas passierte. »Wo bist du?«, fragte er und setzte sich auf den Beifahrersitz. Ioan startete den Wagen und wartete auf seine Anweisungen.

»Auf der Küstenstraße. Du bist näher an Hunters Haus. Wir können uns dort treffen.«

Archer sagte etwas, an das er sich nicht erinnern konnte, aber später nahm er an, dass er zugestimmt hatte. Kurz fragte er sich, ob er eine Art Anfall hätte – sein Gehirn schien wie in Zuckerwatte gepackt, und er konnte kaum einen klaren Gedanken fassen.

Er konnte ihr Leben nicht aufs Spiel setzen. Noch nicht einmal um des Friedens willen, den er so verzweifelt ersehnte. Hunter würde sie nicht töten, aber es gab andere … Er schloss die Augen, um die Bilder der leblosen, zerbrochenen Körper zurückzudrängen, die vor seinem Grundstück gelegen hatten, Leichen von Sturmdrachen, die ihm nicht einmal annähernd so lieb gewesen waren wie Thaisa.

Seine Gefährtin.

Der Gedanke ließ ihn noch nicht einmal zusammenzucken; er akzeptierte ihn einfach, ohne seine Energie daran zu verschwenden, zu ergründen, wann oder wie sie den Weg in sein Herz gefunden hatte. Sie war für ihn so lebenswichtig geworden wie die Luft in seinen Lungen. Entschlossen verdrängte er das Bild der schändlichen Dinge, die an den Unschuldigen vorgenommen worden waren.

Wenn ihr tatsächlich ein Leid geschehen war … wenn das Undenkbare passiert war … Archer wappnete sich gegen den Schmerz, obwohl er seine Qual am liebsten in den Abendhimmel geschrien hätte.

Er würde sein Leben aufs Spiel setzen, um Thaisa zu beschützen.

»Wohin?«, fragte Ioan, während Archer sich bemühte, Schmerz, Wut und Hilflosigkeit zu bezwingen, die ihn mit eisernen Klauen umklammerten.

»Zu den Schattendrachen«, antwortete er. Er spuckte die Worte förmlich aus.

Ioan sagte klugerweise nichts. Er fuhr nach Westen, in den Küstenort, wo Hunter ein großes Anwesen besaß.

Archer schwieg während der Fahrt und konzentrierte sich darauf, einen Plan zu entwickeln. Wenn er sich erst einmal vergewissert hatte, dass es Thaisa gut ging, würde er sich um die Drohungen kümmern, denen sie ausgesetzt war. Er wusste zwar nicht wie, aber er würde es tun. Es stand einfach zu viel auf dem Spiel.

Von Miles gab es noch keine Spur, als Ioan in der Nähe der Einfahrt zu Hunters acht Hektar großem Anwesen in eine Lichtung einbog, die von der Straße aus nicht zu sehen war. »Sollen wir auf Miles warten?«, fragte Ioan. Er war noch neu im Stamm, und Archer wusste, dass er nervös war, weil er noch nie einen Kampf erlebt hatte. Es wäre ihm lieber gewesen, Ioan langsam an die Kunst der Verteidigung gegen tödliche Gegner heranzuführen, aber er hatte keine Wahl.

»Nein«, sagte Archer. Er öffnete den Kofferraum des Wagens und holte eine längliche Metallkiste heraus. Es wurde langsam dunkel, und das Abendrot breitete sich am Himmel aus, während die Sonne über dem graublauen Wasser versank. Blaue Finger griffen nach den Pfirsich- und Rosétönen am Himmel, die Archer an Thaisas Wangen erinnerten, wenn sie nach dem Orgasmus rosig schimmerten.

»Wie oft hast du schon trainiert?«, fragte Archer den jungen Mann. Er zog ein scharfes Schwert aus dem Kasten, das in schwarze Seide eingewickelt war. Blaue Edelsteine waren in den Griff eingelassen, aber eine Fassung im Heft war leer.

Es war das Schwert eines Drachenjägers, ein *élan vital*, vermutlich sein Geburtsrecht, aber Archer war kein Drachenjäger. Dem Schwert fehlte der Esprit in der Klinge, der einem Drachenjäger mehr Macht verlieh. Obwohl das Schwert geschwächt war, ergriff er es und testete seine Balance.

»Ich hatte sechs Wochen Training«, sagte Ioan und betrachtete das Schwert nervös. »Miles sagte, ich hätte viel versprechende Ansätze, aber ich könne die Schritte des anderen nicht voraussehen und mich deshalb nicht auf sie einstellen.«

Archer zog ein weiteres in Seide gewickeltes Bündel aus dem Kasten. Er würde kein weiteres Mitglied seines Stammes opfern. »Wenn du es dir nicht zutraust …«

»Doch«, sagte Ioan und schluckte. Er straffte die Schultern. »Ich bin flink und schnell mit dem Schwert. Ich werde dir den Rücken freihalten.«

Archer nickte und reichte ihm ein leichteres, in seiner Scheide steckendes Schwert. Während Ioan sich damit bewaffnete, schob Archer sich die Scheide seines eigenen Schwertes auf den Rücken und ließ das Schwert hineingleiten. Unter der Hose schnallte er sich Dolche an die Fußknöchel; dann holte er nach einer kurzen Überlegung noch einen Taser heraus, vergewisserte sich, dass er geladen war, und steckte ihn in die Tasche.

»Wie kommen wir in das Anwesen hinein?«, fragte Ioan leise, als Archer über die Straße auf das breite Einfahrtstor zusteuerte. Auf Hunters fünf Meter hohen Mauern befanden sich Glasscherben und Stacheldraht, wie Archer wusste.

»Wir gehen durch die Eingangstür«, knurrte Archer. Er begab sich vor das Tor und ließ seinem Zorn nun freien Lauf. Drachenfeuer durchfuhr ihn heiß und schnell, und Ioan wich ein paar Schritte zurück. Mit aufgerissenen Augen beobachtete er die Drachenschuppen auf Archers Armen, als sein Körper sich wandelte. Er wurde zu einer geschmeidigen tödlichen Gestalt, die nur wenig Ähnlichkeit mit den Drachen besaß, wie die Sterblichen sie bewunderten.

Einen Moment lang stand er still und nahm die Kraft, die seine Drachengestalt erfüllte, in sich auf. Die ursprüngliche Natur des wahren Drachenwesens in ihm gab ihm das Gefühl der Unbesiegbarkeit. Hinter diesem Tor wurde seine Gefährtin gefangen gehalten, war ihm geraubt worden. Die Luft um ihn herum wurde schwer, als er sich schwor, alle, die es wagten, ihr etwas anzutun, zu vernichten.

Er zog das Schwert aus der Scheide am Rücken, als er das Tor auftrat. Mit seinem Schwanz wischte er den Wachmann weg, der angerannt kam. Der Mann flog gegen eine mächtige Zeder. Zwei weitere Männer stürmten aus den Büschen an der Mauer, aber auch sie wurden zur Seite geschleudert. Es knackte, als ihre Knochen an den Mauersteinen brachen.

»Ich wusste nicht, dass du das kannst«, sagte Ioan ehrfürchtig. »Ich habe noch nie gesehen, wie sich jemand wandelt. Natürlich habe ich davon gehört, aber es zu erleben … ist wundervoll.«

Archer hielt einen Moment lang inne und schnupperte, um festzustellen, ob noch weitere Personen das Haupttor bewachten.

»Mein Bruder wird nachlässig. Er wähnt sich in Sicherheit in seiner Festung«, sagte er leise. Er wurde wieder zu seiner menschlichen Gestalt und rannte lautlos am Rand der Einfahrt entlang. Die Bäume zu beiden Seiten warfen lange Schatten, die immer dunkler wurden, nachdem die Sonne am Horizont verschwunden war.

Er wusste von früheren Verhandlungen auf Hunters Anwesen, dass das Haupthaus an einem steilen Abhang an einem felsigen Stück der Küste stand, flankiert von zahlreichen Nebengebäuden. Dann machte die Einfahrt eine Kurve, und er stand vor der langen, niedrigen Behausung, die Hunter sein Zuhause nannte. Drei Autos standen davor, und dahinter ein paar Männer, die offensichtlich rauchten. Man sah die Glut ihrer Zigaretten in der Dämmerung, und auch der Geruch nach Rauch hing in der Luft.

»Sterbliche?«, flüsterte Ioan. Drachen nahmen für gewöhnlich weder Alkohol noch Drogen zu sich.

Archer atmete tief ein. Es roch nach Öl und den Abgasen der Autos, nach Erde aus den Blumenbeeten an der Veranda und … nach Nervosität.

»Sterbliche«, sagte er und nickte. »Töte sie nur, wenn es sein muss.«

Er trat vor, das Schwert in der Scheide auf seinem Rücken, sein Feuer wieder unter Kontrolle, aber er schürte es mit seiner Wut, da er wusste, dass er es brauchen würde, um Kraft zu schöpfen für das, was ihn sicherlich noch erwartete.

Die beiden Sterblichen bemerkten die Bedrohung erst, als Archer schon dicht vor ihnen stand. Einer von ihnen schrie auf und stolperte, als er über die drei Stufen zurückwich, die auf die breite Veranda hinaufführten. Der andere zog sofort eine Pistole aus seiner Tasche und richtete sie mit zitternden Händen auf Archer.

»Was zu … Wer zum Teufel bist du?«

Archer nahm dem Mann die Pistole aus der Hand, zog die Munition heraus und warf die Waffe in die Büsche. Die Munition steckte er ein. »Wenn ihr die Nacht überleben wollt, dann haut ab«, sagte er zu den Männern. Er stieg die Stufen hinauf, ohne noch einen weiteren Blick an sie zu vergeuden.

Zwei Drachen kamen aus der Tür gestürmt, mit Schwertern in den Händen. Drachen zogen Schwerter moderneren Waffen vor. Den ersten hatte Archer schon niedergestreckt, bevor Ioan überhaupt sein Schwert aus der Scheide gezogen hatte. Der zweite Drache stürzte sich auf Ioan und zeichnete mit einer Hand einen Zauber in die Luft, dessen Symbole eine Sekunde lang schwarz vor ihnen standen, bevor sie verblassten, aber Archer zog ihm einfach den Knauf seines Schwertes über den Kopf, so dass er bewusstlos zu Boden sank.

Er stieg über ihn und blieb stehen, als er die Haupteingangshalle des Hauses erreicht hatte. Hunter hatte die Wände mit allen möglichen Waffen dekoriert, von Breitschwertern über Äxte, Morgensterne, Schwerter und sogar ein paar Bogen. Einer davon fiel ihm ins Auge, ein schöner Bogen mit einer ziselierten Silberarbeit Form von fantastischen Drachen. Er hatte schon lange keinen Bogen mehr in der Hand gehabt, und ohne nachzudenken, nahm er ihn von der Wand, testete die Sehne und hängte ihn sich mit einem Köcher voller Karbonpfeile über die Schulter.

Er marschierte in einen großen Aufenthaltsraum, in dem drei Drachen an einem Tisch saßen und Karten spielten.

Noch während sie auf ihn zustürzten, legte Archer einen Pfeil ein und traf den ersten Drachen damit im Oberschenkel. Der Drache taumelte und stürzte. Überrascht betrachtete er den Pfeil, der sein Bein sauber durchbohrt hatte. Es war keine tödliche Wunde, aber sie würde ihn von Angriffen abhalten.

Die anderen beiden Drachen zogen Messer und sprangen auf Archer zu. Einen traf Archer mitten im Sprung, der Pfeil bohrte sich in sein Knie. Der Drache schrie auf und holte mit dem Messer aus. Archer sprang auf den Tisch und schoss erneut, aber der Schuss traf nicht. Dann wurde er von einem Mann hinuntergestoßen, der hinter ihm aufgetaucht war.

Der Mann mit der Oberschenkelwunde zog sein Handy heraus, um einen Code einzutippen, der in einem entfernten Teil des Hauses Alarm auslöste.

Ioan schlug dem anderen Drachen das Messer aus der Hand und schleuderte ihn mit einem Tritt in die Bar, bevor er herumwirbelte, um Archer zu helfen.

Der Drache, der von hinten gekommen war, sprang Archer auf den Rücken und versuchte, dessen Schwert aus der Scheide zu ziehen. Aber Archer zog einen weiteren Pfeil aus dem Köcher und rammte ihn rückwärts dem Mann in die Schulter. Schreiend fiel er auf den Boden.

»Wo sind sie?«, knurrte Archer und zerrte den Mann mit dem Pfeil im Knie hoch, als dieser versuchte, hinter den Bartresen zu entkommen. »Wo ist dein Herr?«

»Ich bin ein Schattendrache«, knurrte der Mann mit schmerzverzerrtem Gesicht. »Ich antworte nicht …«

Daraufhin durchstach Archer ihm auch noch den anderen Oberschenkel mit einem Pfeil.

»Oben«, blubberte der Mann und versuchte, von ihm wegzukommen. »Im Konferenzraum.«

Archer ließ ihn los und marschierte aus dem Raum. Er nahm weitere Pfeile aus einem zweiten Köcher an der Wand, bevor er die Treppe hinaufrannte. Die Flügeltüren, in die das Bildnis eines schwarz-silbernen Drachen in Holzintarsien eingelassen war, waren geschlossen. Er wandelte sich wieder und trat die Tür mit einem einzigen Tritt ein, mit einer solchen Kraft, dass die Türflügel aus den Scharnieren flogen und vier Drachen mit Schwertern trafen.

Krachend gingen sie zu Boden.

Er legte einen weiteren Pfeil an und stürmte in den Raum, wobei er genau auf die Kehle des Mannes zielte, der mitten an einem langen Tisch aus schimmerndem Ebenholz saß.

Hunter schürzte die Lippen beim Anblick der zerborstenen Tür und der vier gefällten Männer. »Hättest du nicht einfach den Türgriff drehen können wie jede normale Person?«

»Wo ist sie?«, knurrte Archer und spannte die Sehne bis zu seinem Gesicht, wobei sein Zeigefinger seinen Mundwinkel berührte.

»Ein Bogen? Wirklich?« Hunter schüttelte den Kopf und erhob sich langsam. Ein weiterer Mann saß am Tisch, ein Mann mit dunklen Haaren, den Archer nicht kannte, aber da er ein Sterblicher war, war er nicht von Bedeutung. »Und noch nicht einmal den schönen Verbundbogen, dessen Schnickschnack äußerst wirkungsvoll sein soll, wie mein Lieutenant mir sagte.«

»Du hast meine Gefährtin geraubt«, grollte Archer und ließ die Sehne ein wenig zurückgleiten. Jetzt würde die kleinste Bewegung seiner Finger den Pfeil losschicken.

»Ja, das habe ich. Willst du nicht wissen, warum?«

»Das brauche ich nicht«, sagte Archer und ließ die Sehne los.

Hunter bewegte sich nicht, bis der Pfeil kurz vor seiner Kehle war, dann zeichnete er ein schwarz glühendes Symbol in die Luft.

Der Pfeil fiel herunter wie Blei.

»Bist du jetzt fertig mit dem dramatischen Teil?«, fragte Hunter.

»Noch nicht«, sagte Archer und zog das Schwert. Zuerst holte er sich Kraft aus seinem Drachenfeuer, dann aus dem

Sturm der Wut, die in ihm tobte. Elektrizität knisterte an dem Schwert entlang, die Runen auf dem Blatt blieben kalt und leblos, aber die Energie des Sturms brachte mit blau-weißen Blitzen das Metall zum Funkeln.

»Willst du das jetzt wirklich durchziehen?« Kopfschüttelnd wandelte Hunter sich in einen rauchgrauen Drachen und zog ebenfalls sein Schwert. Wie Archer hatte auch er das Schwert eines Drachenjägers, wobei seines mit grünen Edelsteinen besetzt war. Die Hauptfassung war jedoch genauso leer wie bei Archer, die Runen auf dem Blatt unsichtbar unter dem trüben schwarzen Schleier, der darüberzuliegen schien. »Ich hätte wissen müssen, dass du zur extremsten Schlussfolgerung kommen würdest …«

Archer wartete das Ende des Satzes nicht ab. Er zog hart an seinem Drachenfeuer, hielt sein Schwert mit beiden Händen vor sich, das Blatt gesenkt. Elektrische Ströme aus Luft und Erde und Lebensfunken aller Lebewesen um sie herum sammelten sich in ihm. Er hielt es einen Moment lang so, dachte an Thaisa, das träge Lächeln, das sie ihm schenkte, wenn er sie geliebt hatte, wie ihre Augen vor Verlangen feucht wurden, wenn sie seine Brust berührte, und die Tatsache, dass sie die einzige Person war, die je Tränen seinetwegen vergossen hatte. Er dachte an die Wärme, die ihn erfüllte, wenn sie bei ihm war, und nahm all diese Emotionen, allen Hass und alle Liebe, alle Ängste und Sorgen, die er auf seinem langen Lebensweg erlebt hatte, und rammte sie mit dem Schwert in den Eichenboden.

Hunter, der damit nicht gerechnet hatte, wurde in einer Explosion von Elektrizität rückwärts durch die Wand katapultiert. Der Krach war ohrenbetäubend und hallte schmerzhaft in Archers Kopf wider, als er das Schwert hochriss. Er spähte durch das Loch und sah Hunter im Raum dahinter ausgestreckt auf dem Boden liegen. Er drehte sich auf dem Absatz um und marschierte an Ioan, der mit offenem Mund dastand, vorbei.

»Thaisa!«, brüllte er, wobei er sich bei Verlassen des Raums wieder in seine menschliche Gestalt zurück begab.

»Archer?« Die Stimme klang erstickt, und er drehte sich um und rannte die Galerie über der Eingangshalle entlang. Er öffnete jede Tür, bis er an eine kam, die verschlossen war.

»Tritt zurück!«, schrie er und jagte einen Feuerball in die Tür. Sie zersprang und hing nur noch in den Angeln. Er drückte sie auf, und sein Herz schlug wieder, als er Thaisa und Bree gemeinsam auf einem Bett sitzen sah, die Hände hinter dem Rücken mit Kabelbindern gefesselt.

Sofort überkam ihn das Bedürfnis, sie in die Arme zu nehmen, ihren Duft einzuatmen, mit den Händen über ihren Körper zu streicheln und sich in ihrer Hitze zu vergraben. Er wollte die schrecklichen Erinnerungen an die Entführung vertreiben, und das würde er auch tun, sobald sie wieder allein waren. Er kannte sie jedoch. Sie würde wahrscheinlich vor Freude schreien, wenn sie sah, dass er zu ihrer Rettung gekommen war. Er blieb an der Tür stehen, damit sie Zeit hatte, um zu schreien und sich ihm an den Hals zu werfen, völlig übermannt von ihren Gefühlen.

»Was tust du hier?«, fragte Thaisa, kein bisschen wie eine Frau, die gerade aus einer tödlichen Gefahr gerettet worden war. Sie schrie auch nicht. Sie sprang noch nicht einmal weinend vor Dankbarkeit auf. »Ist das ein Bogen, den du da über der Schulter trägst?«

»Wir werden uns noch einmal über die richtige Art unterhalten müssen, mit der ich begrüßt werde, wenn ich dich vor dem sicheren Tod errette«, sagte er und trat zu ihr. Mit einem Dolch durchtrennte er ihre Fesseln, während Ioan Brees Arme befreite.

»Sicherer Tod? Was für ein sicherer Tod?«, fragte sie verwirrt.

»Wo ist dein Ausdruck der Dankbarkeit? Wo sind die Küsse, mit denen du mein Gesicht bedeckst und mir ohne Worte sagst, wie froh du bist, dass ich dich aus den Klauen meines Bruders gerettet habe. Du weinst ja noch nicht einmal, stimmt's?«, fragte er Thaisa. Er zog sie hoch und vergrub sein Gesicht an ihrer Halsbeuge. Sie roch himmlisch, wie Lavendel in der warmen Sonne. Der Duft schnitt wie ein Rasiermesser in sein Herz, aber er hieß den Schmerz willkommen. Er bedeutete, dass sie lebte, heil war und unversehrt und ihm immer noch gehörte. »Warum versuchst du nicht, mich dazu zu bringen, dich zu küssen und deine Brüste zu berühren, während du dich an mir reibst, um mir zu zeigen, wie dankbar du bist, mich wiederzusehen?«

Ein interessanter Ablauf von Emotionen huschte über ihr hübsches Gesicht – von Überraschung zu Erheiterung bis hin zu Irritation. Er fuhr mit dem Daumen über ihre leicht sommersprossige Wange, und Dankbarkeit erfüllte ihn, dass er rechtzeitig gekommen war. Seine Blume würde weiterblühen.

Aber nur für ihn.

»Ich weine nicht, weil es keinen Grund dafür gibt, obwohl ich froh bin, endlich den Kabelbinder los zu sein. Und ich versuche nicht, dich dazu zu bringen, mich zu küssen, weil ich dir ansehe, dass du das wahrscheinlich ganz von alleine tun wirst.« Ein Schleier der Leidenschaft legte sich über ihre Augen, als er mit seinem Daumen über ihre Unterlippe rieb. Ihre köstliche, reizend geschwungene Unterlippe. Er liebte die Lippe fast so sehr wie ihr widerspenstiges kleines Kinn.

»Ja, Rettungszeit«, sagte Bree. »Hi, Archer Drache. Hi, anderer Drache, dessen Name ich nicht kenne.«

»Ich bin Ioan«, sagte er und verbeugte sich.

Thaisa zuckte leicht zusammen, als sie ihre Handgelenke rieb. Dann warf sie Bree einen Blick zu, als ob sie sie noch nie gesehen hätte. »Du wusstest das alles, nicht wahr?«

Bree legte den Kopf schräg und blinzelte unschuldig. »Hm?«

Gedankenverloren verzog Thaisa das Gesicht. »Nein, du konntest es ja nicht wissen. Nur ich weiß das, und ich verstehe es noch nicht einmal.«

»Komm, Gefährtin«, sagte Archer und streckte die Hand aus. »Du bist durcheinander wegen der Entführung. Wir gehen jetzt nach Hause, und ich werde deine Brüste, deine Schenkel und deine weiblichen Teile küssen, bis du dich unter mir windest und nach meinem Feuer verlangst.«

»Das Problem ist die Mutter … wer ist die Mutter?«, murmelte sie. Als seine Worte ihre Gedanken durchdrangen, blickte sie auf. Ihre Wangen schimmerten rosig. »Archer! Ja, das können wir alles tun, vor allem wenn du das mit deinen Fingern noch einmal machst, aber jetzt ist wirklich weder der richtige Ort noch der richtige Zeitpunkt, um über solche Dinge zu sprechen.«

»Das stimmt«, sagte eine Stimme von der Tür her. Der Sterbliche, der bei Hunter gewesen war, betrat den Raum, als ob er ihm gehöre.

»Wer bist du?«, fragte Archer und stellte sich zwischen Thaisa und den Mann.

»Das ist Edgar, mein Chef«, sagte sie und trat dicht neben Archer. »Ein schrecklicher Mann, der offensichtlich Hunter nicht nur das Manuskript verkauft hat, sondern auch mich, damit ich es übersetze. Der Mistkerl.«

Archer versuchte, sie hinter sich zu schieben, aber sie biss ihn einfach in die Schulter und trat wieder neben ihn. Schließlich begnügte er sich damit, sie einfach nur fest an sich zu ziehen.

»Du bist der Drache, dem sie mein Manuskript gegeben hat?« Der Mann blieb vor ihm stehen und blickte ihn verärgert an. »Ich fasse es nicht, dass du so viel schlechten Geschmack besitzt, dieses Chaosweib zu vögeln, aber wahrscheinlich jedem das Seine.«

Archer warf Thaisa einen Blick zu. »Warum ist dieser schreckliche Mann hier?«

Thaisa bedachte den Mann mit einem finsteren Blick. »Ich habe es dir doch gesagt – er hat mich an Hunter verkauft, damit er mich als Druckmittel für das Manuskript benutzen kann. Er wollte unbedingt mitkommen, damit er auch erhält, was ihm zusteht. Er ist ein Arsch mit Ohren.«

»Viele Ärsche«, warf Bree ein und stellte sich ebenfalls neben Archer. Sie lächelte Ioan zu, der sie erst verwirrt, dann jedoch erfreut anblickte.

»Du solltest gar nicht herkommen, bis wir dir die Lösegeldforderung schicken«, fuhr Edgar Archer an. Er wirkte beleidigt.

Archer überkam das Verlangen, ihn mit seinem Schwert zu durchbohren, aber er war stolz auf die Tatsache, dass er in seinem langen Leben nur einen einzigen Sterblichen im Zorn getötet hatte, und das war ein Mann gewesen, der einen Hund brutal gequält hatte. Archer duldete keine Leute, die Kreaturen quälten, die sich nicht wehren konnten.

»Er will das Manuskript«, rief Thaisa ihm ins Gedächtnis.

»Er kann es aber nicht haben.«

»Das habe ich ihm auch gesagt, aber er scheint zu glauben, dass er eine gewisse Macht über uns besitzt.«

»Da irrt er sich.« Archer wandte sich von dem Sterblichen ab und schob Thaisa mit sanftem Druck zur Tür. »Wir gehen jetzt, Blume.«

»Das glaube ich nicht«, sagte Edgar und hob seine Stimme. »Naamah, ich rufe dich.«

»Du hättest mich wirklich nicht zu rufen brauchen«, sagte der Dämon gedehnt. »Ich habe direkt vor der Tür gestanden, wo ich ja warten sollte, wie du mir befohlen hast. Ich weiß zwar nicht, ob das jetzt deinen Vorstellungen von einem großen Auftritt entspricht, aber mehr geht nicht. Ich muss heute Abend auch noch anderen Leuten dienen.«

Edgar kniff die Augen zusammen und schaute den Dämon drohend an. Der sagte mit übertriebener Ehrerbietung: »Was wünschst du von mir, oh großer, mächtiger Dämonenmeister?«

»Siehst du diesen Drachen hier?«, sagte Edgar und zeigte auf Archer. »Töte ihn!«

»Was?«, kreischte Thaisa. Sie hätte sich auf den Sterblichen gestürzt, aber Archer schob sie hinter sich und bedeutete Ioan, er solle Bree beschützen.

»Oooh! Ein Kampf!«, sagte Bree. »Das wird toll!«

»Bist du wahnsinnig?«, gellte Thaisa.

Archer behielt den Dämon im Auge, der die Augen verdrehte und ein paar Schritte ins Zimmer hineinmachte.

»Wie kann das toll sein, wenn Archer gegen einen Dämon kämpfen muss?«, fuhr Thaisa fort. »Das ist einfach nur schrecklich. Warte, hat Edgar etwa meinen Dämon gerufen? Kann er das?«

»Archer ist ein Drachenjäger«, sagte Bree in beruhigendem Ton zu ihr. »Eigentlich sogar der Erste, glaube ich. Hey, Archer Drache, bist du der Älteste, oder ist Smokey zuerst aus Mom herausgekommen?«

»Bree!«, ächzte Thaisa. Archer betrachtete den Dämon, der sein Anzugjackett und die Krawatte abgelegt hatte und sich die Hemdsärmel hochkrempelte, mit zusammengekniffenen Augen.

Der sterbliche Edgar schlich sich an dem Dämon vorbei und marschierte durch die Tür. »Macht endlich weiter! Ich habe nicht die ganze Nacht Zeit, und ich muss nachsehen, was mit den Männern passiert ist, die Wache gehalten haben, falls der Drache, den du getötet hast, keine Befehle zu meiner Bezahlung hinterlassen hat.«

»Naamah«, sagte Thaisa aufgebracht zu dem Dämon. Dass sie so wenig Angst hatte, amüsierte Archer, erschreckte ihn aber auch. Er musste sie mehrmals mit Blicken zurechtweisen – Blicke, die sie allerdings ignorierte –, weil sie sich wiederholt neben ihn stellte, die Hände in die Hüften stemmte und den Dämon böse anfunkelte. »Ich befehle dir bei der Macht, die mir von der *Demonitica* verliehen wurde, Edgar zu ignorieren und stattdessen auf mich zu hören.«

»Tut mir leid, Süße«, sagte Naamah mit höhnischem Grinsen. »Du hast mich nicht richtig gerufen, der andere aber schon.«

»Sprich nicht mit dem Dämon«, befahl Archer ihr. »Er verwirrt dich nur mit seinen Lügen.«

»Das hat er bereits versucht«, erwiderte Thaisa und warf dem Dämon einen herausfordernden Blick zu. »Ich habe ihm aber nicht geglaubt.«

Der Dämon verzog das Gesicht. »Ach, aber du hast wenigstens ein paar schlimme Augenblicke gehabt, oder? Was willst du denn damit?« Er wies auf das Schwert, das Archer aus der Scheide gezogen hatte. »Der *élan vital* hat keinen Esprit. Deshalb hat er keine Macht über mich.«

»Das stimmt«, sagte Archer und schob das Schwert wieder in die Scheide zurück. Stattdessen griff er zu seinem Bogen und schoss einen Pfeil ab, als der Dämon, dessen Finger zu Klauen geworden waren, gerade zum Sprung ansetzte. Der Pfeil traf den Dämon in die Schulter, hielt ihn aber nicht auf. Er sprang Archer an, und schnappte mit seinen plötzlich nadelscharfen, spitzen Zähnen nach Archers Hals.

»Bring sie nach hinten!«, schrie Archer Ioan zu, der beide Frauen in den hinteren Teil des Raumes drängte.

Ein Blick auf Thaisas Gesicht zeigte Archer, dass sie angsterfüllt die Augen aufgerissen hatte. Ihr Anblick, die Angst seiner prachtvollen Gefährtin, brachte seine Wut zum Überkochen. Feuer peitschte durch ihn hindurch und erzeugte eine elektrische Spannung, die sich auf seine Hände übertrug. Er wirbelte herum, schlug dem Dämon den Bogenkörper gegen den Kopf, so dass er nach hinten flog. Noch bevor er an die Wand prallte, hatte Archer einen weiteren Pfeil abgeschossen. Ein zweiter und ein dritter Pfeil trafen den Dämon kurz hintereinander in die Brust.

»Gottes Gallensteine!«, keuchte Thaisa. Der Dämon versuchte sich zu erheben, aber Archer pumpte ihm drei weitere Pfeile in die Brust, die ihn an die Wand nagelten.

Der Dämon knurrte einen Fluch, dann wurde sein Körper schlaff.

»Siehst du? Toll!«, hörte er Bree sagen. »Obwohl, ich habe noch nie von einem Drachenjäger gehört, der mit Pfeil und Bogen kämpft.«

»Deshalb bin ich auch kein Drachenjäger.«

»Wirklich nicht? Du hast doch das Schwert«, sagte Bree. »Ich denke schon, dass du einer bist.«

Archer betrachtete die Frauen, um sich zu vergewissern, dass ihnen nichts passiert war. Thaisa blickte staunend zwischen dem Dämon und ihm hin und her, und die Bewunderung in ihren Augen gab ihm das Gefühl, ein Held zu sein.

»Was … was ist mit Naamah passiert?«

»Die Gestalt des Dämons ist zerstört. Er wurde wieder zu seinem Herrn geschickt.«

»Oh. Gut. Das war unglaublich, Archer«, sagte sie und trat zu ihm. Ihre Hände flatterten über seine Brust, als wolle sie sich vergewissern, dass er nicht verletzt war. »Du hast gekämpft wie in einem Film. Es war wirklich außergewöhnlich. Du bist ja mehr Superheld als alle Kinohelden zusammen.«

Er beugte sich vor zu ihr und sagte leise: »Wenn du mich weiter so anschaust, trage ich dich in das nächste Bett und vergrabe mich in dir, bis du voller Ekstase meinen Namen schreist. Drei Mal. Vielleicht auch vier, wenn mein armer Körper deine lustvollen Forderungen aushält.«

»Oh ja, bitte«, antwortete sie genauso leise.

Er wollte gerade noch etwas hinzufügen, als vor dem Eingang eine Stimme ertönte. Miles öffnete langsam die Tür. Er hielt ein paar Blätter liniertes Papier in der Hand. »Hunter? Im anderen Zimmer liegen ein paar bewusstlose Drachen. Bist du hier drin? Was ist los? Ich habe nicht geglaubt, dass ich es vor Archer schaffe, aber er muss wohl im Stau steckengeblieben sein. Warum hast du die Frau mitgenommen? Ich habe dir doch gesagt, ich finde ihre Transkription, und ich habe …«

Miles betrat das Zimmer, und die Worte erstarben ihm auf den Lippen.

13. KAPITEL

Ich traute meinen Augen nicht. Miles hatte Archer betrogen?

Schockiert schüttelte ich den Kopf. Oh, ich hatte Archer gesagt, dass ich seinem Cousin misstraute, aber den Beweis für mein Misstrauen zu sehen, dem Mann ins Gesicht zu schauen, dessen Verrat Archer zweifellos tief treffen würde … ich konnte es nicht ertragen.

»Du Scheißkerl!«, schrie ich und hätte mich auf ihn gestürzt, wenn Archer mich nicht um die Taille gepackt hätte.

Miles stand vor uns, seine Hände hingen schlaff zu beiden Seiten herab, sein Gesicht war wie erstarrt, nur sein Blick wanderte von mir zu Archer und dann zu Ioan.

Archer spannte seine Muskeln an, und ich wusste, dass er seinen Cousin angreifen würde.

»Nein, Archer, nein!«, sagte ich und stellte mich vor ihn, um ihn aufzuhalten. Sein Blick war voller Verwirrung. Ich nahm sein Gesicht in meine Hände und flehte ihn an: »Greif Miles nicht an. Ich weiß, dass du es tun willst. Ich weiß, dass er dich betrogen hat und dass ich gesagt habe, er benimmt sich komisch, aber das ist kein Grund, ihn zu töten! Es hat schon so viele Tote gegeben!«

Archer warf Ioan einen Blick zu. »Ja.« Er räusperte sich und fuhr mit drohender Stimme fort: »Lass mich los, Gefährtin. Er hat uns an unsere Feinde verraten.«

Seltsamerweise schien sein Feuer eher nachzulassen als aufzulodern. Ich erwartete halbwegs, dass es um uns herum in einem Inferno von Verletzung und Wut explodieren würde, aber Archer beherrschte sich eisern. Ich gab sein Gesicht frei und schenkte ihm ein Lächeln, um ihm zu zeigen, wie stolz ich war, dass er dem fast überstarken Drang, Miles auf der Stelle zu zermalmen, widerstand.

»Er hat mich, Fleisch von seinem Fleisch, betrogen«, fuhr Archer fort. Seine Stimme klang empört. »Er hat den Stamm betrogen. Er hat sich mit jenen verbündet, die uns zerstören wollen.«

Eiserne Beherrschung hin oder her, wenn er so weitermachte, würde er am Ende doch noch etwas tun, was er für den Rest seines Lebens bedauern würde.

»Liebster«, sagte ich leise und legte meine Hände auf seine Brust. Ich streichelte ihn langsam und vorsichtig, wie ein verletztes Tier, wobei ich sorgfältig darauf achtete, mich zwischen ihn und den immer noch erstarrt dastehenden Miles zu stellen. »Du bist gekränkt. Du willst ihn bestrafen für das, was er getan hat, aber das darfst du nicht.«

Archer stand unbeweglich da, die harten Linien in seinem Gesicht schrien nach meinen Liebkosungen, um seinen Schmerz zu lindern. Ich drückte meine Hände flach auf seine Brust und streichelte ihn sanft mit den Fingern.

»Aber warum?«, fragte er. Sein Atem kam in harten Stößen, seine Augen glitzerten wie Schnee auf einem blauen Edelstein. Die Worte fielen wie Glasscherben von seinen Lippen. »Warum sollte er für seinen Verrat nicht bezahlen?«

Bree kicherte.

Ich warf ihr einen aufgebrachten Blick zu und formte lautlos mit dem Mund: *Was soll das?* Sie kicherte noch einmal und flüsterte: »Es ist einfach so toll.«

Ich blickte sie böse an und flüsterte zurück: »Du hast überhaupt kein Gefühl für Anstand.«

»Nein, dann würde ich das hier ja verpassen! So eine gute Show habe ich seit ewigen Zeiten nicht gesehen!«

»Hör nicht auf sie«, sagte ich zu Archer. »Sie hat anscheinend Drogen genommen. Du kannst Miles nicht angreifen, weil er zu deiner Familie gehört.«

»Er ist nicht mehr meine Familie«, sagte Archer. Er spuckte die Worte förmlich aus.

»Archer …«, sagte Miles und trat einen Schritt vorwärts. Über sein verzerrtes Gesicht huschte ein Gefühl. Von Schuld? Schmerz? Ich konnte es nicht unterscheiden, aber in seinen Augen stand keine Wut, kein Gefühl des Triumphs. In mir stieg eine Ahnung auf, dass ich mich in ihm sehr, sehr geirrt hatte, und in diesem Moment wusste ich, dass ich Archer mit meinen hastigen Schlussfolgerungen auf die falsche Fährte geführt hatte. Mit einem Blick auf Ioan straffte Miles seine Schultern und sagte: »Ich … Das Ganze sieht übel aus, ich weiß, aber es gibt einen Grund, warum ich hier bin.«

»Ist es Gold?«, fragte Archer mit rauer Stimme. Ich streichelte seine Brust immer weiter, obwohl er ganz ruhig wirkte. »Macht? Was? Was hat er dir geboten, damit du dich gegen uns, gegen deinen eigenen Stamm wendest?«

»Nichts – er hat mir nichts geboten, weil ich mich nicht gegen dich gewendet habe. Weil ich mich nicht gegen die Sturmdrachen gewendet habe.«

Archer wandte sich ab, sein schönes Gesicht war angewidert verzogen. »Es spielt keine Rolle. Von diesem Moment an bist du kein Sturmdrache mehr.«

Miles taumelte einen Schritt zur Seite, als habe er einen Schlag erhalten. Ich war mir sicher, dass er ihn anflehen würde, versuchen würde zu erklären, warum er da war, bestimmt, um Hunter die vermeintlich richtige Transkription zu übergeben, aber er stand nur einen Moment lang da und sah Archer an. Sein Blick glitt zu mir, dann zu Ioan, dann verneigte er sich abrupt, drehte sich um und ging hinaus.

»Archer …«, sagte ich verwirrt. Warum hatte ich das Gefühl, dass nichts, was ich sah, real war? Warum hatte Archer nicht schon längst alles in Brand gesetzt?

»Nein. Dafür haben wir jetzt keine Zeit.« Er zog meine Hände von seiner Brust und sammelte die Pfeile ein, die liegen geblieben waren, nachdem sich der Dämon in Nichts aufgelöst hatte. Ich wollte ihn danach fragen. Offensichtlich war das bei Dämonen so, da niemand Überraschung bekundet hatte, aber jetzt war wohl nicht der richtige Zeitpunkt, um ihn mit meinen Fragen abzulenken.

»Wir müssen wirklich miteinander reden«, sagte ich zu ihm, als er mir bedeutete, ihm zu folgen.

»Nein, das müssen wir nicht.« Seine Kinnlinie war angespannt, aber er hatte sich bewundernswert unter Kontrolle. Nicht die leiseste Hitze ging von ihm aus.

Ich machte eine resignierte Geste angesichts seiner sturen Haltung. »Verdammt noch mal, du blöder Mann! Doch, wir müssen reden!«

»Nein, ganz bestimmt nicht hier und jetzt«, fuhr er mich an und trat so dicht vor mich, dass seine Zehen meine berührten. Die Hitze, die von seiner Brust ausstrahlte, badete mich in einer Wärme, die alle meine Knochen schmelzen ließ. »Jetzt nicht, Blume! Ich habe gerade meinen Bruder besiegt und vom Verrat der einzigen Person, der ich mehr als allen anderen vertraute, erfahren.«

»Oh Mann«, murmelte Bree zu Ioan, der neben ihr stand. »Er ist sehr gut darin, aber bei Zizis Quasten an den Nippeln, das hat er gerade nicht wirklich gesagt, oder?«

»Doch, aber er ist aufgebracht«, flüsterte Ioan. »Er ist gerade betrogen worden. Wir alle sind betrogen worden. Wir müssen Rache üben, so wie Archer sich am Herrn der Schattendrachen gerächt hat.«

»Hm.« Nachdenklich blickte sie Ioan an und rückte ein paar Schritte von ihm ab.

»Die einzige Person, der du vertraut hast, Archer?« Einen Moment lang hatte ich das Gefühl, ich sei von dem großen Schwert durchbohrt worden, das er auf den Rücken geschnallt trug. Wie hatte ich mich bloß an einen Mann binden können, der mir nicht von ganzem Herzen vertraute? Aber weil ich wusste, wie sehr ihn Miles' Verrat schmerzte, hielt ich die harten Worte, die mir auf der Zunge lagen, zurück. »Wirklich?«

Einen Moment lang wirkte er gequält und schloss kurz die Augen. »Und jetzt habe ich dich mit meinen unbedachten Worten vertrieben. Dieser Tag kann nicht mehr schlimmer werden.«

»Ich gebe ja zu, dass ich schon bessere Tage hatte, aber ich glaube nicht, dass dieser Tag komplett für die Tonne ist«, sagte ich zu ihm. Ich beugte mich vor, so dass meine Lippen über seine strichen, während ich sprach. »Wir sind ja erst seit ein paar Tagen zusammen, und es gibt Momente, in denen auch ich vergesse, dass ich nicht mehr allein auf der Welt bin. Ich verzeihe dir deine unbedachten Worte, mein köstlicher, sexy Drache. Aber nur, wenn du deine Aussage änderst in ›eine der Personen, denen ich vertraue‹. Sonst …«

Seine Augen wurden vor Wärme topasblau, und er packte mich fest an den Hüften, um mich an seinen harten Körper zu ziehen. »Ich habe dich nicht verdient, Gefährtin, aber ich will vor Dankbarkeit jeden Tag auf die Knie fallen, weil du in mein Leben getreten bist. Es gibt niemanden, dem ich mehr vertraue …«

»Ich weiß«, sagte ich und küsste ihn auf den Mundwinkel. »Ich liebe dich auch.«

Ein unbeschreiblicher Ausdruck huschte über sein Gesicht, und er hätte wahrscheinlich die Wahrheit zugegeben, aber in diesem Moment kehrte eine vertraute Plage zurück.

»Na, ist das nicht toll! Ich habe ihn nur um eine einzige Sache, eine ganz einfache Sache gebeten«, sagte Edgar und betrachtete uns finster von der Tür aus. Fluchend stapfte er zu den schmierigen schwarzen Flecken an der Wand und auf dem Fußboden. »Und noch nicht einmal das hat er geschafft. Was nützt es einem denn dann, Dämonen zu rufen, wenn sie noch nicht einmal einen Drachen töten können?«

»Arsch mit Ohren«, sagte Bree und musterte ihn stirnrunzelnd.

»Ja, eine ganze Schiffsladung voll«, stimmte ich ihr zu. Dann wandte ich mich zu Archer. »Können wir jetzt hier verschwinden? Es gibt etwas, was du wissen musst, und ich möchte es dir nicht hier sagen …«

»Und ich soll mich als schlechter Gastgeber beschimpfen lassen?« Hunter erschien in der Tür, dicht gefolgt von Miles. Es war jedoch Hunter, der meine Aufmerksamkeit erregte – seine Haare waren wirr und standen hoch, als ob er den Finger in die Steckdose gesteckt hätte. Um seine Augen, Ohren, Nasenflügel und den Mund lagen schwarze Brandringe. Er sah aus wie eine derangierte Mischung aus einem Stachelschwein und einem Waschbären.

Seltsam steif und ohne die Anmut, die ich an ihm bewundert hatte, als er mich entführte, trat er ins Zimmer. Er machte den Eindruck, als sei er rückwärts durch die Mangel gedreht worden.

»Ich dachte, du wärst tot«, sagte Edgar zu ihm.

Hunter warf ihm einen Blick voller Abneigung zu, und zu meiner Überraschung wich Edgar zurück. »Warum bist du immer noch hier, Sterblicher?«

»Ich will mein Geld.«

»Du bekommst es, wenn du mir das Blatt bringst.«

»Ich habe dir die Frau gegeben. Du schuldest mir was dafür«, widersprach Edgar.

»Wenn ich dich noch einmal in der Nähe meiner Gefährtin erwische, dann töte ich dich«, sagte Archer. »Dasselbe gilt für ihre Familie. Hast du mich verstanden?«

Edgar wollte höhnisch grinsen, aber Archer zog sein Schwert, und Edgar – der nicht dumm war, wenn es um Selbstschutz ging – knurrte Hunter an: »Ich schicke dir meine Rechnung!« Dann verschwand er.

Ich warf Archer einen Blick zu und fragte mich, was er wohl mit seinem Bruder gemacht hatte. Archer wirkte auf jeden Fall sehr zufrieden mit sich.

Hunter hob sein großes schwarzes Schwert und richtete es auf Archer. »Ich habe ein Hühnchen mit dir zu rupfen, Bruder. Wann hast du gelernt, dir Elektrizität zunutze zu machen?«

»Ich bin der Herr der Sturmdrachen«, sagte Archer trocken. »Was hast du erwartet?«

»Das jedenfalls nicht!«, stieß Hunter hervor. Er fuhr sich mit der Hand durch die Haare. Ein ganzes Büschel blieb ihm in den Fingern hängen. Er starrte es einen Moment an, dann richtete er seinen bösen Blick wieder auf Archer. »Ich dachte, du hättest den Namen nur gewählt, weil er dir gefiel. Niemand hat mir gesagt, dass du so etwas kannst.«

»Was hast du denn gemacht?«, fragte ich Archer.

Archer lächelte. »Ich habe mich um ihn gekümmert.«

»Nun, ich dulde das nicht! Nicht in meinem Haus«, sagte Hunter und schüttelte sein Schwert. Dann hob er die Hand und zeichnete ein Symbol in die Luft, das er auf Archer schleuderte. Es glühte einen Moment lang schwarz auf ihm.

Miles wollte auf ihn zulaufen, aber Hunter drehte sich um und bedachte ihn mit demselben Symbol.

Archer knurrte ein extrem schlimmes Schimpfwort auf Magyar und versuchte, sich auf ihn zu stürzen, aber was immer Hunter mit ihm angestellt hatte, es verankerte seine Füße in dem großen bunten Teppich, der den größten Teil des Bodens bedeckte. »Was hast du mit mir gemacht, du Bastard?«

Jetzt war es an Hunter zu lächeln. »Mich um dich gekümmert.«

»Keine Sorge, ich regele das«, sagte ich leise zu Archer und trat einen Schritt vor.

Er packte mich am Arm. »Das tust du nicht!«

Ich schmiegte mich an ihn. »Bree und ich haben den ganzen Nachmittag in Zauberbüchern gelesen. Ich bin randvoll mit allen möglichen Bannzaubern und Zerstörungszaubern. Außerdem kann ich Schamhaare wachsen lassen.« Beruhigend tätschelte ich ihm den Arm.

»Das ist mir gleich! Du wirst nicht einen Schritt weiter vortreten, Thaisa! Ich habe es dir doch gerade untersagt!« Archer versuchte erneut, mich festzuhalten, aber ich war schon außerhalb seiner Reichweite.

»So, damit das jetzt mal klar ist«, sagte ich zu Hunter. »Niemand legt sich mit meinem … meinem …« Ich hielt inne und blickte zu Archer. »Was sind wir? Du bist nicht mein Freund.«

»Ich bin dein Herr«, sagte er. Offensichtlich machte er sich keine Gedanken darüber, wie sich das anhörte.

»Also, das bist du auf keinen Fall«, sagte ich und warf ihm einen bösen Blick zu.

»Du bist meine Gefährtin«, gab er nach.

»Das bin ich, aber was bist du? Wie nenne ich dich, wenn ich mit Leuten rede.«

»Das sind keine Leute«, stieß Archer hervor. Er zeigte auf

Hunter und versuchte vergeblich, seine Füße zu heben, die immer noch am Teppich klebten. Es gelang ihm, einen loszureißen, und er versuchte, auch den anderen nach vorne zu ziehen, damit er mich packen konnte. »Das ist ein mordlustiger, gestörter Dämon.«

»Ha, das gefällt mir!«, sagte Hunter und hielt mitten in der Geste inne, mit der er ein weiteres Symbol in die Luft zeichnen wollte. »Der Mordlustige hier bin nicht ich, Bruder.«

»Du hast meine Gefährtin gekidnappt«, schrie Archer ihn an. »Du hast sie mir weggenommen.«

»Und du weißt ganz genau, warum ich das getan habe«, antwortete Hunter würdevoll. »Hör auf, so ein Theater zu machen. Ich habe sie mit ausgesuchter Freundlichkeit behandelt.«

»Ihr die Hände auf dem Rücken zu fesseln nennst du freundlich?«, fragte Archer empört.

Ich warf ihm einen dankbaren Blick zu, weil er so um mein Wohlergehen besorgt war. »Manchmal bringt deine beschützende Art dir einen goldenen Stern für den Tag ein, und heute ist so ein Tag. Wenn du mich nicht packen und sofort hinter deinen Rücken schieben würdest, würde ich dich jetzt küssen.«

»Sie war gefesselt, weil sie fast sofort wieder wach war, nachdem ich sie getasert hatte, und in den ersten fünf Minuten, nachdem sie aufgewacht war, hat sie zweimal versucht, mich mit Pfefferspray anzusprühen, und sie hat versucht, mir mit dem Aschenbecher, den der verdammte Luftgeist schon einmal benutzt hat, den Schädel einzuschlagen. Es ist ihr gelungen, mir so fest ins Handgelenk zu beißen, dass es geblutet hat, und sie hat mich so heftig in die Eier getreten, dass ich wahrscheinlich nie Kinder zeugen kann«, sagte Hunter. Er bedachte mich mit finsteren Blicken, und aus seiner Nase stiegen kleine Rauchwölkchen auf.

Ich setzte ein unschuldiges Gesicht auf. »Du hast mit dem Taser auf mich geschossen. Und außerdem müssen Entführer immer damit rechnen, dass sie bekämpft werden.«

»Gut gemacht, Blume«, sagte Archer und schenkte mir einen anerkennenden Blick.

Ich erwiderte sein Lächeln und musste gegen das Verlangen ankämpfen, ihn zu küssen. »Wir werden heiraten«, sagte ich zu ihm. »Das ist die Lösung, zu der ich dir rate.«

Er verzog verärgert das Gesicht. »Die Ehe ist eine sterbliche Konvention, die es bei den Drachen nicht gibt. Und wenn es so wäre, dann wäre jetzt bestimmt nicht der richtige Zeitpunkt, um mir einen Antrag zu machen.«

»Ich werde dich auf jeden Fall nicht mein Leben lang den Leuten als meinen Gefährten vorstellen«, sagte ich und wandte mich wieder Hunter zu. »Wie ich eben sagte, bevor Archer mich ablenkte …«

»Ich habe nichts getan.«

»Niemand legt sich mit meinem Verlobten an.«

»Er hat damit angefangen.« Hunter schleuderte Archer ein weiteres Symbol entgegen.

Archer warf seinem Bruder einen wütenden Blick zu. »Die Tatsache bleibt bestehen, dass du meine Gefährtin geraubt hast.«

»Ja, aber sie hat eingewilligt, ein Manuskript für mich zu übersetzen.«

»Mein Manuskript!«, brüllte Archer, und Feuer stieg in ihm auf.

Hunter winkte ab. »Es betrifft uns beide. Du solltest teilen.«

Wenn Archer Laserstrahlen aus den Augäpfeln hätte schießen können, wäre Hunter in diesem Moment wahrscheinlich nur noch ein rauchendes Häufchen Asche gewesen.

Ich dachte ein paar Sekunden über die Tatsache nach, dass

Archer so wütend auf Hunter war, Miles aber kaum eines Blickes würdigte. Eines der Teile des mentalen Puzzles, das mich verwirrt hatte, glitt mit einem fast zufriedenstellenden Klicken an seinen Platz.

»Wir sind vom Thema abgekommen, nämlich dass ich in der Lage bin, Zaubersprüche anzuwenden«, sagte ich. Es war zwecklos, die Auseinandersetzung über das Manuskript weiter fortzuführen. Ich wollte endlich hier raus, damit ich Archer die dritte Erleuchtung, die ich gehabt hatte, erläutern konnte.

Beide Männer blickten mich an, als sei ich verrückt.

»Und du kannst ruhig aufhören, ständig Zauber in die Luft zu malen, Hunter«, fügte ich hinzu. »Ich sehe dich nämlich, und ich lasse es einfach nicht zu.«

»Das ist kein Zauber«, sagte er. »Man muss Magister sein, um diese Symbole zeichnen zu können.«

»Ich weiß, wie das geht«, sagte ich und kniff die Augen zusammen. »Bree?«

»Schon dabei«, sagte sie und ergriff Ioans Hand. »Komm, Ioan. Wir brauchen Erde, Wasser und Himmel. Du kannst mir dabei helfen.«

Hunter blickte Bree mit zusammengekniffenen Augen an. Sie zog Ioan mit nach draußen, aber er fühlte sich wahrscheinlich von beiden nicht bedroht, denn er ließ sie einfach gehen und beschränkte sich auf ein verächtliches Schnauben in meine Richtung. »Ich bezweifle ernsthaft, dass du diese Fähigkeiten besitzt. Du hast gar nicht genügend Kenntnisse dafür. Zu deiner Information, das ist ein Bann, ein besonders starker Bindezauber, den ich verwende, um deinen gestörten Meister unter Kontrolle zu halten.«

»Ihr Typen brauchtet wirklich mal langsam bessere Namen für die Stammesführer. Wie nennen sich eigentlich diese anderen Drachen? Die mit den reinen Farben?«

»Wyvern«, antworteten beide gleichzeitig.

»Okay. Wir denken uns etwas anderes aus. Nun, wir haben keine Zeit zu verlieren. Lass uns mal zum Bann über deinen Bruder kommen, ja?« Ich rieb mir die Hände. »Hast du schon jemals von der *Demonitica* gehört, Hunter? Nein? Nun, darin gibt es einen sehr interessanten Abschnitt über Drachen.«

Hunter stieß einen theatralischen Seufzer aus, während Archer sich immer noch bemühte, den Fuß frei zu bekommen, den Hunter zum zweiten Mal mit dem Teppich verschmolzen hatte. Er schlenderte zu den Lichtschaltern. »Hast du schon jemals von einer Falltür gehört, Thaisa? Nein. Nun, ich habe eine.«

Und bevor wir auch nur blinzeln konnten, legte er einen Schalter um, und der Boden tat sich unter unseren Füßen auf. Archer und ich fielen in eine dunkle Grube.

14. KAPITEL

Während des Falls packte Archer Thaisa und drehte sich, damit er derjenige war, der auf dem Boden aufschlug. Schmerz schoss durch seinen Kopf, und er wurde bewusstlos.

Es war ihre Stimme, die durch den Schmerz trieb und ihn aus der Dunkelheit in den weichen Schimmer des Sonnenlichts, das seine Gefährtin war, zurückholte.

»… und ich schwöre bei Gott, wenn du ernsthaft verletzt bist, kastriere ich deinen Bruder. Langsam. Mit einem Tischmesser. Nein, das ist noch zu scharf. Mit einem Löffel. Ein Löffel. Ich kastriere ihn mit einem Löffel. Archer?«

Weiche Hände streichelten ihm über die Wangen, und noch weichere Lippen küssten sein Gesicht. Einen Moment lang lag er ganz still da. Immer wieder schlugen die Wellen der Bewusstlosigkeit über ihm zusammen, und er trieb angenehm auf ihnen dahin.

»Du stöhnst, mein Liebster, daher weiß ich, dass du am Leben bist. Bist du wach?«

Licht stach ihm in sein Bewusstsein. Er rollte mit den Augen und sah ihr Gesicht so dicht vor sich, dass sie fast schielte. »Blume«, sagte er.

»Genau, ich bin deine Blume.« Erleichtert lächelte sie. Sie ließ das Augenlid los, das sie hochgezogen hatte, und küsste seine Stirn, seine Wangen, seine Nasenspitze und schließlich seinen Mund. Es gelang ihm, seine Arme zu bewegen, und er zog sie auf sich. Rasch überprüfte er, ob er verletzt war. Lediglich sein Kopf pochte dumpf. »Zum Glück hat dieser Teppich den Sturz abgemildert. Du hättest dich ernsthaft verletzen können. Und du warst immerhin fünf Minuten bewusstlos. Wie fühlst du dich?«

Er küsste sie leidenschaftlich, dann küsste er sie ein zweites Mal, dieses Mal gemächlicher. Er genoss ihre Süße und erkundete mit seiner Zunge ihren Mund, um sich zu vergewissern, dass alles an Ort und Stelle war. Seine Blume, seine prachtvolle Gefährtin, die Frau, die ihm solche Ekstase und zugleich solche Ärgernisse bescherte. Er genoss jeden einzelnen Zentimeter von ihr.

Bis seine Erinnerung zurückkehrte.

»Was zum Teufel hattest du eigentlich vor?« Er richtete sich auf. Er wollte sie nicht loslassen, musste aber seinem Unmut Luft machen. Sanft schüttelte er sie. »Du hast meine Befehle ignoriert und hättest ernsthaft verletzt werden können.«

»Befehle?«, fragte sie und löste sich empört von ihm. »Du hast dir anscheinend den Kopf doch härter angeschlagen, als ich dachte, wenn du ernsthaft glaubst, du kannst mir Befehle erteilen!«

Obwohl er noch ganz benommen war, merkte er sofort, dass dies der falsche Weg war, um sich mit ihr auseinanderzusetzen. »Ich erzähle dir ständig von den Gefahren, die dort draußen auf dich lauern, aber du ignorierst alles, ignorierst meine Bitten, dich nicht in Gefahr zu bringen. Du kannst mir nicht verdenken, dass ich wütend werde, wenn ich sehe, wie du dich unnötig in Gefahr bringst.«

Sie holte tief Luft, schimpfte aber nicht weiter auf ihn ein, wie er eigentlich geglaubt hatte. Wieder einmal war er ein wenig irritiert, weil sie so unerwartet reagierte. Ob wohl jemals der Tag kommen würde, an dem er genau wusste, was sie sagen oder tun würde? »Ich gebe dir zusätzliche Goldsterne, weil ich weiß, dass sich hinter deiner dominanten Art ein Mann verbirgt, der das Bedürfnis hat, mich zu beschützen, aber ich muss dich inständig bitten, das Wort Befehl aus deinem Vokabular zu streichen, wenn du mit mir sprichst. Ich bin keiner deiner Stammesgenossen, Archer.«

»Drachen, nicht Genossen.«

»Keine Haarspalterei«, sagte sie und presste die Lippen zusammen. »Wenn das mit der Gefährtin funktionieren soll, dann müssen wir eine Partnerschaft eingehen. Ich will nicht wie eine zerbrechliche Porzellanpuppe behandelt werden – entweder sind wir vollwertige Partner oder … nun ja …«

»Oder du verlässt mich?« Bei diesem Gedanken blieb ihm fast das Herz stehen. Panik, wie er sie noch nie empfunden hatte, stieg in ihm auf, und mit ihr kam die Erinnerung an seine Kindheit. Niemand hatte sich um ihn gekümmert, er war nur einer der Mischlinge, die wild aufwuchsen und nirgendwo hingehörten. Instinktiv versuchte er, seine Emotionen von ihr zu trennen, so wie er es mit denen gemacht hatte, die ihm nie die Liebe gegeben hatten, die er so verzweifelt gesucht hatte.

Wärme durchflutete ihn, brachte Hitze und helles Feuer zu den dunklen Stellen seiner Seele, sein Feuer und ihre Hitze. Sie schlang die Arme um ihn, drückte ihre Lippen auf seinen Hals mit weich flatternden Küssen und biss sanft in die Stelle, die ihr so viel Lust bereitete. »Niemals, Archer. Ich habe die Entscheidung getroffen, mein Leben mit dir zu verbringen, und daran wird sich nichts ändern. Ich kann es nicht ändern, selbst wenn ich es wollte, weil ich dich so sehr liebe. Trotz deines schönen Gesichts und deiner Haare, die ich mir über die Brüste reiben möchte, und deiner Oberschenkel und deiner Brust, die mir die Freudentränen in die Augen treibt, bin ich dein. Du hast mich jetzt an der Backe, Drachenjunge.«

»Drachenmaster«, murmelte er, zog sie fest an sich und atmete tief ihren Duft ein. Sie roch wild, ungezähmt und warm zugleich. Sie roch wie seine Blume, die eine Frau, auf die er nach dem Willen des Schicksals jahrhundertelang hatte warten müssen. Er schloss die Augen und wusste, dass die Liebe endlich in sein Leben getreten war. »Du bist der Atem in meiner Lunge, Thaisa. Du bist der Schlag meines Herzens, die Hitze in meinem Drachenfeuer. Du bist das Leben, mein Leben, und ich will den Rest meiner Tage damit verbringen, dich glücklich zu machen.«

»Oh, Archer«, sagte sie und blinzelte, um die Tränen in ihren faszinierenden Augen zurückzudrängen. »Das war das Romantischste, was du jemals zu mir gesagt hast.«

Er kniff sie ins Hinterteil und löste sich von ihr. »Aber wenn du dich noch einmal so in Gefahr bringst, werde ich dir zeigen, dass es einen Grund gibt, warum ich Herr der Sturmdrachen bin.«

»Und schon gehst du hin und ruinierst den Moment, indem du mir erneut einen Befehl gibst«, sagte sie, aber ein Lächeln umspielte ihre süßen Lippen, und ihre Augen waren immer noch sanft und voller Liebe.

Archer stand auf und blickte sich um. Sie befanden sich anscheinend in einem Lagerraum des Kellers. Er war leer bis auf ein paar Holzkisten, ein langes, niedriges, blau-weiß gestreiftes Regency-Sofa, zwei roséfarbene Ohrensessel und die hüfthohe Ebenholzstatue eines Elefanten. Auf einer Seite des Raums hing eine Glühbirne von der Decke, die ein kränklich gelbes Licht verbreitete. »Hast du versucht, ob die Tür aufgeht?«

»Ja. Sie ist verschlossen. Oh, ich habe deine Sachen auf die Seite geräumt. Sie sind auch heruntergefallen, als die Falltür aufgegangen ist.« Er hob Bogen und Schwert auf. »Apropos, wer hat schon eine Falltür, wie in einem James-Bond-Film, die auch tatsächlich funktioniert!«

»Mein Bruder, der Schurke.« Archer rüttelte an der Tür, aber sie war aus schwerer Eiche mit Eisenbeschlägen. Er überlegte, ob er sie niederbrennen sollte, vermutete jedoch, dass sie bestimmt feuerfest war, wenn Hunter diesen Raum als eine Art Zelle benutzte. Es gab keine Fenster, keine weiteren Türen, nur ein paar verstaubte Möbel und seine Blume, die ihn mit einem nachdenklichen Ausdruck auf dem hübschen Gesicht betrachtete.

Sie zog die beiden Sessel näher an die Tür und setzte sich auf einen. »Was weißt du über Sternzeichen?«

»Den Nachthimmel? Ich kann nach den Sternen navigieren, wenn du das meinst.«

»Nein, das meinte ich nicht, aber es ist interessant zu wissen. Hast du das in einem Segelkurs gelernt?«

»So könnte man sagen«, erwiderte er. Er drückte seine Schulter an die Tür, um zu sehen, ob sie sich überhaupt bewegte, aber es tat sich nichts. Ich habe gelernt, einen Sextanten zu benutzen, als ich Mitte des achtzehnten Jahrhunderts um die Welt gesegelt bin. Dieser Mistkerl hat die Tür noch zusätzlich mit einem Bann belegt. Sie knarrt nicht einmal.«

Beinahe hätte er den Ausdruck auf Thaisas Gesicht verpasst, aber dann bemerkte er gerade noch rechtzeitig, dass sie ihn mit verzücktem Erstaunen ansah. Sie schluckte. »Du …« Sie räusperte sich. »Du bist um die Welt gesegelt. Im achtzehnten Jahrhundert. Auf einem Segelschiff.«

»Das war damals die einzige Art, über die Ozeane zu kommen.«

Sie holte tief Luft und schloss die Augen. Ein Zittern durchlief sie. Er schaute sie an. War sie wütend oder hatte sie eine Art Anfall?

»Du«, sagte sie langsam und atmete laut durch die Nase, »bist zur gleichen Zeit wie die Entdecker um die Welt gesegelt? Berühmte Entdecker? Wie James Cook?«

»Er war ein ziemlicher Arsch mit Ohren«, sagte Archer, erleichtert, dass sie keinen Anfall hatte. Er hauchte Feuer auf die Tür, falls sie doch nicht feuerfest sein sollte.

Das war sie aber.

Ein erstickter Laut drang aus Thaisas Kehle. »Du kanntest ihn?«

»Ja. Er war verbohrt. Es war nicht einfach, mit ihm umzugehen. Aber er kannte eine ganze Menge schlüpfriger Anekdoten.«

»Gottes Gonaden, der Mann ist mit Cook gesegelt und sagt dazu nur, dass er verbohrt war und schmutzige Witze liebte.« Thaisa sah so aus, als ob sie in Ohnmacht fallen wollte. »Was ist mit … äh … Leonardo da Vinci? Hast du ihn auch gekannt?«

»Nein.«

Sie sank erleichtert in sich zusammen. »Gott sei Dank. Wenn du ihn auch gekannt hättest, hätte ich einen Gehirnkrampf bekommen. Warte – was ist mit Galileo?«

Archer blinzelte aus den Augenwinkeln zur Tür. »Nein. Aber ich habe mit seiner Tochter geschlafen, bevor sie Nonne wurde. Sie hatte Maulwürfe, auf die sie sehr stolz war. Sieht diese Tür deiner Meinung nach verzaubert aus?«

»Maulwürfe?« Thaisas Gesichtsausdruck schwankte zwischen Entsetzen und Entzücken.

»Ja, die Nagetiere. Sie zog ihnen Kleidchen an und ließ sie tanzen. Sie hatte einen seltsamen Geschmack.« Er dachte einen Moment lang nach. »Aber für eine Frau, die ins Kloster gegangen ist, war sie sehr erfindungsreich im Bett. Ihr gefiel vor allem eine Stellung, bei der ich vor ihr stand, und sie machte Handstand, und ich hielt sie an den Fußknöcheln fest und …«

»Okay«, fuhr Thaisa ihn an. Ihre Augen schossen Blitze. Sie sprang auf. »Ich glaube, das waren jetzt genug historische Erinnerungen.«

»Noch nicht einmal du kannst im Ernst eifersüchtig sein auf eine Frau, die seit mehr als vierhundert Jahren tot ist«, sagte er, amüsiert über die zornigen und gleichzeitig verlangenden Blicke, die sie ihm zuwarf.

»Oh doch, ich kann. Es mag nicht leicht sein, und es ist auch völlig aberwitzig, aber ich kann. Handstand, Archer? Wirklich? Hat dir diese Stellung gefallen?« Sie reckte ihr Kinn.

Götter, er liebte dieses Kinn.

»Wenn ich Ja sage, legst du dann die Hände auf meine Brust und verlangst von mir, dass ich es dir zeige?«, fragte er.

»Ganz sicher nicht. Ich bin viel zu schwer für solche Turnübungen.« Sie überlegte. Ihr Blick glitt über seinen Brustkorb, seine Oberschenkel und seinen Schritt. Er reagierte wie immer. Er würde sich dringend Hosen schneidern lassen müssen, die Thaisa-erprobt waren. »Vielleicht. Na gut, aber nur wenn du es mir zuerst aufzeichnest, ich bekomme nämlich leicht Kopfschmerzen, wenn ich auf dem Kopf stehe. Deshalb konnte ich auch den Yogakurs nicht weiter besuchen, zu dem meine Freundin Laura mich mitgeschleppt hat.«

»Ich würde dir ja gerne den Gefallen tun, kleine Blume, aber das hier ist wohl kaum der geeignete Ort, um dich zu lieben.«

»Ich bitte dich ja auch nicht …«, setzte sie an, aber Archer hatte sich bereits im Raum umgeschaut, und sein Blick blieb an dem blauen Regency-Sofa hängen.

Sie betrachtete es ebenfalls und wandte sich dann wieder ihm zu. »War es eher wie eine Schere oder wie eine Schubkarre?«

»Schere«, sagte er und zog die Sessel vor die Tür, um sie zu verbarrikadieren. Er glaubte zwar nicht, dass in absehbarer Zeit jemand hier hereinkommen würde, aber es war immer besser, sich abzusichern.

»Wirklich«, sagte sie gedehnt und betrachtete erneut das Sofa.

Als sie sich wieder zu ihm umdrehte, hatte er sich bereits ausgezogen. Ihre Augen weiteten sich, als sie seine Erektion sah. Sie stand wie eine Marmorsäule. »Wir beginnen mit einer leichteren Stellung, bei der du weniger das Gleichgewicht halten musst, Blume, und arbeiten uns dann zu den komplizierteren vor.«

»Oh nein«, sagte sie und wich zurück, als er nach ihr griff.

Er erstarrte und war sich einen Moment lang unsicher, warum sie sich ihm nicht an den Hals warf. Sie liebte ihn doch nackt. Ihr stockte ja schon der Atem, wenn er nur sein Hemd auszog, aber wenn er sich aller Kleider entledigte, wurden ihre Augen ganz rund, und ihre Finger zuckten ein wenig, als ob sie ihn berühren wollte.

Er wollte, dass sie ihn berührte.

»Willst du mich jetzt nicht lieben?«, fragte er und sah ihr zu, wie sie seine Kleidungsstücke aufhob, sie ausschüttelte und auf dem Sofa ausbreitete.

»Nein. Das heißt doch, ich will es sogar sehr, aber du suchst auf keinen Fall die Stellung aus. Ich bin an der Reihe.«

»Machen wir das abwechselnd?«, fragte er. Er war sich nicht sicher, wie ihm diese seltsame neue Dominanz seiner kleinen Blume gefiel.

»Wir sind Partner, weißt du noch?«

»Nun gut«, sagte er und beschloss, großzügig zu sein. Es faszinierte ihn, wie sich ihre Blütenblätter entfalteten und die verschiedenen Facetten ihrer Persönlichkeit zeigten. Er wollte auf keinen Fall ihr neu gewonnenes Selbstvertrauen zerstören. »Aber ich warne dich, ich bin von Natur aus nicht unterwürfig. So wie du erklärst, nicht auf Befehle zu reagieren, mag ich es nicht, wenn ich dominiert werde.«

Lächelnd wies sie auf das Sofa. »Ich verspreche dir, dich nicht zu dominieren. Na ja, ein bisschen vielleicht, aber wenn es dir unbehaglich wird, höre ich sofort auf, okay?«

»Hm«, sagte er, aber er legte sich auf den Rücken und betrachtete sie zweifelnd. »Willst du Striptease für mich machen? Um meine Leidenschaft zu wecken, brauchst du solche Vorführungen nicht.« Er packte seinen Schaft und rüttelte ein wenig daran. »Ich bin so hart, ich könnte damit Eichen fällen.«

»Oooh!«, sagte sie. Sie war gerade dabei, ihr Kleid aufzuknöpfen, hielt jedoch einen Moment inne. »Ein Striptease! Ich habe noch nie einen gemacht, aber ich habe online Bauchtanzunterricht gehabt. Lass uns mal sehen, ob ich mich daran noch erinnere.«

Er beobachtete, wie sie sich aus ihrem Kleid wand. Ihre Hüften bewegten sich zu einer Melodie, die nur sie hören konnte. Bei ihrem Anblick hätte er sie am liebsten sofort gepackt, sich auf sie gelegt und ihr zu verstehen gegeben, wie stark das Band zwischen ihnen war, aber er hatte ihr die Erlaubnis gegeben, ihn zu quälen, und bei den Göttern, er würde liegen bleiben und sich quälen lassen, und wenn es ihn umbrachte.

Und das konnte durchaus geschehen, wenn sie weiter so mit ihrem Bauch rollte und ihren Körper in wellenförmigen Bewegungen hin und her wand. Er brannte förmlich vor sexueller Frustration.

»Gefällt dir das?«, fragte sie und schob ihr Kleid über die Hüften hinunter, dass es mit einem leisen Rascheln zu Boden fiel.

»Nein«, sagte er mit rauer Stimme.

Blinzelnd hielt sie inne, dann lächelte sie langsam und verschmitzt. Es schockierte ihn, dass sie so lächeln konnte. Sie streifte ihr Höschen und ihren BH ab und präsentierte sich ihm endlich unverhüllt. Seine Blicke glitten über ihren Körper, und beinahe hätte er sich die Lippen geleckt. Sie schob einen seiner Füße vom Sofa und schaffte sich so Platz, damit sie sich zwischen seine Beine knien konnte.

Wenn sie jetzt tat, was er vermutete, dann würde er vor reiner, ungetrübter Lust sterben.

»Archer?«, fragte sie und beugte sich über seine Oberschenkel. Ihre Haare glitten wie kleine Feuerpeitschen über seine Haut. Ihr Atem war sanft, ihr Mund warm, aber sie bot keinen Trost, als sie an den Innenseiten seiner Schenkel knabberte, während ihr Scheitel sich gegen seine Eier drückte. »Du sagst ja gar nichts.« Sie hob den Kopf und blickte ihn an. »Und du atmest auch nicht. Hol Luft, mein Liebster. Das geht alles viel besser, wenn du nicht wieder bewusstlos wirst.«

Er holte tief Luft, und seine Finger ballten sich zusammen. Am liebsten hätte er sie mit seinem Schaft aufgespießt, gespürt, wie ihre süße Hitze sich mit dem Inferno, das in ihm tobte, verband, aber in diesem Moment fehlten ihm die Worte, und er konnte sich nicht rühren. »Nrng«, sagte er.

»Ich weiß, wie du dich fühlst«, sagte sie, und ihre Stimme glitt samtweich über die zarte Haut an den Innenseiten seiner Schenkel. »Wenn du mich berührst, mache ich auch immer nur ›nrng‹.« Sie küsste einen heißen Pfad von seinen Oberschenkeln zu seinen Eiern, die sie mit einer Hand umfasst hielt und sanft hin und her rollte. »Ich liebe deine Eier. Ich weiß, das klingt seltsam, weil sie normalerweise nicht besonders attraktiv sind. Sie wirken auf mich immer wütend, dunkler als der Rest von dir, und einfach … na ja, ärgerlich auf das Leben. Vielleicht liegt es ja daran, dass sie so in die Hose gestopft werden.

Vielleicht auch, weil sie nicht so viel Aufmerksamkeit bekommen wie dein Penis. Auf jeden Fall gefallen sie mir.«

»Thaisa«, sagte eine Stimme. Erstaunt registrierte er, dass es seine war, da er eigentlich nicht geglaubt hatte, überhaupt ein Wort herauszubringen. »Wenn du nicht sofort aufhörst, mit meinen Steinen zu spielen, und dich in den nächsten zwei Sekunden auf mich setzt, dann sterbe ich! Und dann musst du alleine hier herausfinden. Das wirst du zwar zweifellos schaffen, aber du wirst dann niemanden mehr haben, der dich vor dem Bösen schützt, das draußen lauert. Und ich werde gezwungen sein, dich als Geist heimzusuchen. Hast du verstanden?«

Sie kicherte und drückte seine Bällchen erneut zusammen. »Und ich dachte, du bekämest keinen Ton mehr heraus? Na gut. Bist du bereit? Ich stecke ihn rein!«

Einen erschreckenden Moment lang dachte er, sie meinte das im wörtlichen Sinn. Gerade wollte er sie darüber informieren, dass zwar sein Cousin solche Spielchen mit seinen – männlichen wie weiblichen – Geliebten spielte, er aber nichts davon hielt, doch zu seiner ungeheuren Erleichterung – und Freude, Verzückung, Ekstase und diverser anderer Wörter, die ihm so schnell nicht einfielen – nahm sie ihn in den Mund.

»Boah«, sagte er und bog ihr seine Hüften entgegen, als sie ihre Zunge so über die Unterseite seines Penis wirbeln ließ, dass er Sterne sah.

Sie kicherte, während sie ihn mit ihrem Mund quälte, und das Gefühl ließ ihn beinahe die Beherrschung verlieren. »Du schmeckst … das ist schwer zu beschreiben … du schmeckst wie das Meer, wenn ein Gewitter auf die Küste zurollt. Du machst mich ganz wild, Archer. Ich fühle mich wild und ungezähmt, so als ob ich alles könnte. Gleichzeitig aber bin ich so eng mit dir verbunden, dass ich mich bestimmt nie wieder von dir trennen kann.«

»Das wirst du auch nicht.« Er musste sie aufhalten. Obwohl sie die Stirn runzelte, zog er sie hoch und schob ihre Hüften so nach vorne, dass sie sich auf ihn setzen konnte. »Du bist ein Teil von mir, so wie ich ein Teil von dir bin, und wenn du mich jetzt nicht sofort reitest wie ein Cowgirl, dann komme ich auf der Stelle, und du wirst nicht summen wie sonst, wenn du zum Höhepunkt gelangst.«

»Wie ein Cowgirl reiten?«, fragte sie und beugte sich vor, um ihm rasch einen Kuss auf die Lippen zu drücken. Er ergriff seinen Stab und tippte sie damit an. »Was weiß ein Mann wie du, der seit siebenhundert Jahren lebt, von Cowgirls?«

»Es gab auch damals schon Cowgirls. Wir haben es nur heiliger Georg genannt.« Er ließ alle Vorsicht fahren und versuchte, in sie einzudringen, aber sie beugte sich vor und nahm einen seiner Nippel in den Mund.

»Der heilige Georg reitet auf dem Drachen«, sagte sie, als er keuchte. Sein Penis zuckte verzweifelt, weil er sich endlich in ihrer Hitze vergraben wollte. »Archer?«

»Du bringst mich um«, stöhnte er und bäumte sich auf, um an sie heranzukommen.

»Ich weiß. Aber es wird ein richtig schöner Tod sein«, sagte sie. Sie griff zwischen ihn und sich und brachte ihn in die richtige Position. Dann sank sie ganz langsam auf ihn hinunter. »Ich liebe dich. Ich weiß nicht, wie das so schnell passieren konnte, aber du erfüllst mein Herz, und ich werde dich bis zu meinem letzten Atemzug lieben.«

Er erstarrte für einen Moment, der so exquisit und süß war, dass er am liebsten geweint hätte. Und dann gab er dem Bedürfnis nach, das er verspürt hatte, seit sie begonnen hatte, ihn zu quälen. Er drehte und wand sich, bis sie unter ihm lag und er wild in sie hineinstieß, sie berührte, schmeckte, alles tat, was er konnte, um auch sie zum Höhepunkt zu bringen.

Sie verkrampfte sich, schlang ihre Beine fest um seine Taille und warf den Kopf zurück, als ihr die sexuelle Röte ins Gesicht stieg. Ihre Augen waren weit aufgerissen, als der Orgasmus sie überrollte. Ihre inneren Muskeln legten sich eng um seinen Stab, und als er kam, wusste er ohne den leisesten Zweifel, dass sie ihn wahrhaft liebte.

Er musste nur dafür sorgen, dass es auch so blieb.

15. KAPITEL

Es dauerte lange, sehr, sehr lange, bis ich mich von dem Liebesakt in unserer Zelle erholt hatte.

Da das Sofa nicht breit genug für uns beide war, bestand Archer darauf, dass er auf dem Rücken lag und ich es mir auf ihm bequem machte. Da ich in diesem Moment sowieso nur dalag wie ein Wackelpudding, befriedigt bis fast an die Grenzen des Möglichen, hatte ich nichts dagegen einzuwenden und lag, bebend von den orgastischen Nachwehen, auf seinem festen Körper. Seine Brust war feucht.

»Du bist ganz verschwitzt«, sagte ich. Ich fuhr mit dem Finger um einen vorwitzigen kleinen Nippel, der aus einem Nest lockiger Brusthärchen hervorlugte. Seine Haare waren dunkel von Schweiß.

»Das ist ehrlicher Schweiß. Du hast mich hart geritten.«

Ich stützte mein Kinn auf die Hände und betrachtete sein Gesicht. Er hatte die Augen geschlossen, und seine dichten schwarzen Wimpern sahen wie dunkle Halbmonde aus. Er war so schön, dass es fast wehtat, und ich sah mit beinahe beängstigender Klarheit die langen Jahre unseres gemeinsamen Lebens vor uns, in dem Frauen sich zu ihm hingezogen fühlen würden. Manche würden ihn wahrscheinlich nur aus der Ferne bewundern, wie ich es ursprünglich getan hatte, aber andere würden nicht zögern, ihn mir wegnehmen zu wollen.

Das konnten sie gerne versuchen, dachte ich. Meine Blicke streichelten sein Gesicht. Archers Schönheit hatte mich wie all die anderen Frauen in die Irre geführt – wie ich hatten sie gedacht, er sei oberflächlich, rücksichtslos anderen gegenüber, weil er so selbstsicher war. Aber ich wusste es besser. Unter dieser attraktiven Oberfläche lebte ein warmherziger, liebevoller Mann, dem das Wohlergehen anderer wichtiger war als sein eigenes.

Nein, nicht Mann, Drache.

Und er gehörte mir.

Ich lächelte. Er war eine so interessante Mischung aus moderner Intelligenz und mittelalterlicher Moral. »Ich mag es, wenn du erregt bist. Dann redest du auf einmal so altertümlich. Ich glaube nicht, dass ein moderner Mann seine Eier Steine nennt und seinen Penis einen Stab.«

Er öffnete ein Auge, um mich anzusehen. »Nennst du mich etwa alt?«

»Nein, obwohl wir tatsächlich mal jedes einzelne Jahr deines Leben durchgehen müssen, damit du mir alles erzählen kannst, was du gesehen, gehört und erfahren hast. Dann schreibe ich alles auf, und wir werden die Welt mit unseren neuen Einblicken in die Geschichte verblüffen.«

Er schloss das Auge wieder. »Ich bin der Herr der Sturmdrachen. Für solche Trivialitäten habe ich keine Zeit.«

»Mm-hm.« Ich kniff ihn in die Seite. »Du wirst dir trotzdem Zeit dafür nehmen müssen, weil es mich glücklich macht.«

Seine Hände, die kleine Muster auf meinen Rücken gemalt hatten, glitten unter mich, und ich krümmte meinen Rücken ein wenig, damit er meine Brüste umfassen konnte. »Vielleicht.«

Ich stand auf und hob zögernd meine Kleider auf, wobei ich alles erst ausschüttelte, bevor ich es anzog. »Ich glaube, ich weiß, wo die Teile des Medaillons sind.«

Archer schaute mich schweigend an. Dann sagte er: »Stand das auf dem Blatt?«

»Nein. Ja. In gewisser Weise schon.« Ich zog mich an und setzte mich hin, während auch Archer sich anzog. Ich schaute ihn zwar an, hatte aber meinen Blick eher nach innen gerichtet, weil ich versuchte, die Puzzleteile, die sich vorhin zusammengesetzt hatten, zu ordnen. Irgendwie waren jetzt auf einmal mehr Teile da.

Ich blickte ihn an und beschloss, das anzusprechen, was mich als Letztes verwirrt hatte. »Du bist nicht böse auf Miles.«

Er zog sein Handy heraus und schüttelte es, als ob er überprüfen wollte, ob es durch den Sturz beschädigt worden war. Dann steckte er es wieder ein. »Du hast doch gehört, dass ich ihn als Verräter bezeichnet und ihn aus dem Stamm ausgeschlossen habe. Das tue ich nicht leichtfertig.«

»Nein, natürlich nicht. Aber …« Ich schüttelte den Kopf, weil eines der Puzzleteile einfach nicht passen wollte. »Aber dein Feuer hat dich nicht erfüllt. Mich auch nicht. Es war zwar da und glühte, aber du warst nicht wirklich wütend. Übrigens auch nicht auf deinen Bruder. Und ich frage mich, warum. Das frage ich mich wirklich, Archer.«

Er sah mich nicht an, sondern musterte erneut die Tür.

»Und dann das hier«, sagte ich und wies auf den Raum.

»Dass wir hier sind, habe ich mir nicht ausgesucht, falls du mir Vorwürfe deshalb machen willst.«

»Nein, ich glaube nicht, dass du dir das ausgesucht hast«, sagte ich langsam und betrachtete die Couch. »Aber du hast auch nicht verzweifelt gewütet und versucht, aus dem Griff deines Bruders zu entkommen. Ich kann mir keinen anderen Ort vorstellen, wo du mich geliebt hättest, wenn tatsächlich Gefahr gedroht hätte. Außer der Nummer im Wald …« Zwei Puzzleteile fielen an die richtige Stelle. »Aber auch da suchte dein Bruder nach mir. Und das bedeutet, dass du, aus einem

Grund, der mir noch nicht ganz klar ist, keine Angst vor deinem Bruder hast.«

»Ich habe vor niemandem Angst«, sagte er, sah mich aber immer noch nicht an.

Und das sagte mir eine ganze Menge.

»Ja klar, aber diese ganze Geschichte über die Schattendrachen, die die Sturmdrachen angreifen und umgekehrt ... eine Show, sagte Bree.« Mir dämmerte etwas. »Es ist alles nur Show! Aber warum?«

»Was hast du aus dem Blatt erfahren?«, fragte er, ohne meine Fragen zu beantworten.

Ich hatte meine eigene Vorstellung von dem, was mit Hunter vor sich ging, beschloss jedoch, später darauf zurückzukommen. Zuerst musste ich ihm erzählen, was ich in dem Manuskript gefunden hatte. »Der Code des Blattes war nicht so kompliziert. Er sah so aus wie eine Variante eines Marseiller Codes, den Alchimisten im fünfzehnten Jahrhundert benutzt haben, und das passt zu der lateinischen Notiz oben auf dem Blatt.«

Er schwieg und setzte sich neben mich. Offensichtlich wollte er mir genügend Zeit geben, damit ich ihm auf meine Art erzählen konnte, was ich herausgefunden hatte. Seine Hand lag warm auf meinem Rücken, sein Bein drückte sich gegen meines, als ich begann. »Im chiffrierten Teil des Blattes wird eine kurze Geschichte über die Geburt von Sternbildern erzählt. Kommt dir daran irgendetwas bekannt vor?«

Nachdenklich schüttelte er den Kopf. »Was ich weiß, wurde mündlich überliefert, und ein Nachthimmel oder Sterne wurden nie erwähnt.«

»Der chiffrierte Text besagt, die Mutter hat das Medaillon zerbrochen, und daraus entstanden zwei Sternbilder.«

»Das ergibt keinen Sinn«, sagte er stirnrunzelnd.

»Ich hätte erwartet, dass eines der Sternbilder Zwilling war, weil ihr Zwillinge seid, aber das war nicht so. Ich überprüfte es noch einmal. Erwähnt wurden Sagittarius und Orion. Weißt du etwas über die Geschichte dieser Sternbilder?«

»Nur dass sie ihren Ursprung in der griechischen Mythologie haben.«

»Sagittarius ist lateinisch.« Ich blickte ihn an. Seine Augen waren von einem wunderschönen Himmelblau, wie ein Frühlingshimmel nach dem Regen. »Es bedeutet Schütze.«

Er zog die Augenbrauen hoch. »Und Orion?«

»Orion bekämpfte den Skorpion, nach dem Scorpio benannt ist.« Ich warf ihm einen langen Blick zu und fragte mich, wie er die Neuigkeiten aufnehmen würde. »Er war ein Jäger, Archer.«

Archer dachte nach. »Ich gebe ja zu, dass dieses Zusammentreffen, wenn es sich denn so verhält, ungeheuerlich ist, aber ich kann dir versichern, dass ich keinen Teil des Raisa-Medaillons in meinem Besitz habe. Wenn ich als neugeborenes Baby, das in die Obhut eines Sterblichen gegeben wurde, dessen unfruchtbare Frau Säuglinge liebte, eines mitbekommen haben sollte, dann ist es längst verloren gegangen.«

»Zu deiner Pflegemutter werde ich später noch ein paar Worte sagen, aber in dem Blatt stand ziemlich deutlich, dass die Mutter geteilt wurde und aus ihr zwei Sternbilder geschaffen wurden. Ich bekam keinen Sinn hinein, bis mir auffiel, dass Bree dich immer Archer Drache nennt. Nicht Archer oder Archer, der Drache, sondern der Archer Drache. Sie wusste es, verdammt noch mal. Sie wusste es und hat mir nichts gesagt.«

»Wenn das Blatt korrekt ist, dann ist es wertlos. Die beiden Teile des Medaillons sind im Laufe der Zeit verloren gegangen.« Er verzog die Lippen zu einem schiefen Grinsen. »Es ist nur ein Märchen, das habe ich ja schon die ganze Zeit gesagt.«

»Du verstehst es einfach nicht«, sagte ich und ergriff seine Hand. »Ich glaube nicht, dass du einen Teil des Raisa-Medaillons hast.«

»Gut. Ich wüsste es ja auch, wenn ich so etwas besäße.«

Ich beugte mich vor, um ihn auf den Mundwinkel zu küssen. »Mein Liebster, ich glaube, du bist ein Teil des Medaillons.«

Er starrte mich an, bis er merkte, was er tat, und offensichtlich fand, dass Männer, die einen Stamm wilder Drachen führen, die Augen nicht so aufreißen sollten. »Ich würde ja sagen, du warst zu lange in der Sonne, aber das ist nicht der Fall, daher muss ich daraus schließen, dass dein Hirn immer noch von meinen Liebesfähigkeiten benebelt ist. Da dies für eine Gefährtin angemessen ist, mache ich dir keine Vorwürfe, dass du dich von deiner Fantasie hast mitreißen lassen. Ich bitte dich sehr, sie sinnvoller einzusetzen, wie zum Beispiel, um mich mit deinen Händen, deinem Mund, deinen Brüsten und deinen Hüften zu quälen. Und all deinen anderen Teilen.«

»Hör auf, mich mit deinen schmutzigen Gedanken abzulenken«, sagte ich, was mich aber nicht davon abhielt, ihm den Arm zu streicheln. Einen Moment lang war ich abgelenkt durch den Gedanken, ihn berühren zu können, wann immer ich wollte. Ich konnte zu ihm gehen und meine Hände auf ihn legen, und er würde es akzeptieren. Oder nicht? Eine Sorge durchfuhr mich. Er genoss meine Berührungen offensichtlich, wenn wir allein waren. Aber war das auch so, wenn andere Leute dabei waren? Ich konnte mich an keine Zuneigungsbekundung in Anwesenheit anderer Leute erinnern. Vielleicht wollte er mich nur beim Sex berühren. »Wenn du in dieser Bar stündest, in der ich dich mit Funkelbusen Catriona gesehen habe, in diesem Seidenhemd, das du heute Abend anhast, umgeben von all den schönen Leuten, die sich dort aufhalten, miteinander plaudern und großartig aussehen, und ich käme zu dir und würde meine Hand auf deine Brust legen, was würdest du tun?«

»Würdest du das tun?«, fragte er, und das Sorgenfünkchen in meinem Bauch wuchs.

»Ich … vielleicht«, sagte ich langsam und überlegte, ob ich vielleicht einen Fehler gemacht hatte. Hatte ich Archers Persönlichkeit so völlig falsch eingeschätzt? Er sagte Dinge zu mir, die sich für mich wie Liebe anhörten, und ich war mittlerweile so wahnsinnig in ihn verliebt, dass seine Nähe mich ganz durcheinanderbrachte. Doch hatte ich vielleicht unterschätzt, was sein gutes Aussehen über all diese Jahrhunderte bei seinem Ego angerichtet hatte?

»Dann würde ich dich wahrscheinlich um die Hüften fassen, die du absichtlich einsetzt, um mich zu quälen, und dich küssen, bis deine Fingerspitzen in Flammen stehen.«

Ich blickte ihm forschend in die hellblauen Augen.

»Blume«, sagte er, legte den Arm um mich und zog mich an sich. »Ich freue mich auf den Tag, an dem du dich endlich an mein Gesicht gewöhnt hast.«

»Oh, dieser Tag wird niemals kommen«, sagte ich zu ihm. Ich schmiegte mich an seine Brust, und die Sorge in meinem Bauch löste sich auf, als seine Hitze in meine Seele drang. »Ich habe mich gerade nur gefragt, ob du etwas dagegen hast, wenn ich dich in Anwesenheit anderer Leute berühre.«

»Ich muss etwas falsch machen, wenn du nicht weißt, dass ich dich ermuntere, mich zu berühren, wann immer du willst. Geh ans andere Ende des Raums.«

Er stand auf und wies in die gegenüberliegende Ecke.

Ich blickte ihn verwirrt an, überrascht von dem abrupten Themenwechsel. »Was? Warum?«

»Weil du noch kein Mitglied des Sturmstammes bist. Deine

Aufnahme in den Stamm sollte vor einer Stunde stattfinden, aber wir setzen einen neuen Termin fest, und dann bist du sicher. Bis dahin musst du dich leider in die Ecke stellen. Nimm den Teppich mit und benutze ihn als Decke.«

»Okay, siehst du, das ist so eine Befehlssituation, die ich gemeint habe.«

»Thaisa.« Der Blick, den er mir zuwarf, sagte mir, dass er dieses Mal keinen Widerspruch dulden würde. Da er vor der Tür stand, nahm ich an, dass er sie öffnen wollte und ich dumm wäre, wenn ich seine Warnung in den Wind schlug. Gehorsam schleppte ich den schweren Teppich in die entgegengesetzte Ecke und hielt ihn mir schützend vor den Körper.

»Willst du sie niederbrennen?«

»Nein.« Er schnallte sich die Schwertscheide auf den Rücken, schob das Schwert hinein und hängte sich nach kurzer Überlegung Köcher und Bogen über die Schulter. Dann streckte er die Hände aus, die Handflächen zeigten zur Tür. »Der einzige Grund, warum ich deine Folgerung, dass ich selbst ein Teil des Raisa-Medaillons bin, nicht rundheraus ablehne, ist das hier.«

»Was?«, wollte ich fragen, aber dann keuchte ich auf, weil ich plötzlich das Gefühl hatte, alle Luft im Raum würde auf einen Punkt zusammengezogen. Ich bekam Gänsehaut, und der ganze Raum war auf einmal statisch geladen. Archer stand mit gesenktem Kopf da, richtete immer noch seine Handflächen auf die Tür. Selbst in meiner Ecke konnte ich sein Feuer spüren, aber es war noch etwas anderes, ein prickelndes Gefühl, das nicht Feuer war. Zu meinem Erstaunen zerstörte Archer die Tür nicht mit einem Feuerball. Stattdessen bildete sich Elektrizität auf seinen Armen, rollte in zuckenden Stromfunken über seine Arme bis vor zu seinen Händen. Es war, als stünde er mitten in einem Van-de-Graaff-Generator. Die weißblauen Stromranken luden die Luft auf, bis ich am liebsten geschrien hätte.

»Halt dir die Ohren zu!«, schrie Archer und sammelte alle Elektrizität in seinen Händen. Kaum eine Sekunde, nachdem ich mir die Hände vor die Ohren geschlagen hatte, ließ er den Strom los, und die Wucht der Explosion, als die Tür aus den Angeln flog, schleuderte mich gegen die Wand. Ich sah Sterne, Lichtpunkte tanzten vor meinen Augen, während ich benommen an der Wand heruntersank, aber dann war auch schon Archer da, zog mich an seine Brust, küsste mich und murmelte Liebesworte auf Magyar.

»Was … Gottes Lende, Archer! Was zum Teufel war das?«

»Ich bin ein Drache«, sagte er, hob mich auf die Arme und trug mich aus dem Raum hinaus, als ob es nichts Besonderes wäre. Ich gab ihm die volle Punktzahl dafür, dass er mich hochheben konnte, ohne auch nur einen Laut der Anstrengung von sich zu geben, war jedoch so fassungslos, dass ich nur schwach protestierte, ich könne doch laufen.

»Ich mag ja nicht besonders viel über Drachen wissen, aber ich wette, das ist auch für euch nicht ganz normal, oder?«, sagte ich, und ein weiteres Puzzleteil fiel an den richtigen Ort. »Es passt jedoch auf jeden Fall zu jemandem, der Teil eines mythischen Relikts von unfassbarer Macht war. Archer, du weißt, was das bedeutet, nicht wahr?«

An seinem Kinn zuckte ein Muskel. »Du glaubst, dass mein Bruder den anderen Teil in sich trägt.«

»Er hat dunkle Mächte«, sagte ich und ließ meine Hand an seinem Schlüsselbein entlangfahren. Meine Fingernägel standen in Flammen, aber ich achtete nicht darauf. »Das ist ebenfalls nicht normal. Ihr beide seid offensichtlich eine Art Superdrache, und ich hielte es für eine gute Idee, euch zusammenzubringen, um zu sehen, was passiert.«

»Ich finde aber, dass Hunter eine Lektion erteilt werden muss, weil er uns eingesperrt hat«, antwortete Archer. Seine Stimme klang unversöhnlich.

»Ich habe mir schon gedacht, dass du das sagen würdest«, sagte ich. Ich küsste ihn auf das Kinn und bat ihn, mich hinunterzulassen, als wir an eine Treppe kamen, die nach oben führte. »Hat er es getan, um dich zu ärgern oder um uns zu beschützen?«

»Letzteres.«

»Wow. Okay, das passt dann auch ins Bild.«

Er warf mir einen undurchdringlichen Blick zu. »Sprich mit niemandem über deine Erkenntnisse über den Schattenstamm, Thaisa.«

»Aber …«

»Nein, es ist nicht sicher.«

Ich schluckte meine Einwände hinunter und vertraute darauf, dass er bestimmt einen Grund hatte, um die Show, die er offensichtlich schon seit langer Zeit abzog, aufrechtzuerhalten. »Na gut. Aber ich habe eine bessere Idee, als deinem Bruder die Hölle heißzumachen, weil er uns in den Keller gekippt hat. Obwohl, ich muss dich fragen – konntest du das mit der Elektrizität schon immer?«

»Ja«, sagte er und zog sein Schwert, als wir oben an der Treppe ankamen. »Bleib hinter mir, Blume. Dieser Knall war laut genug, um den ganzen Stamm meines Bruders in Aufruhr zu versetzen.«

»Sie wissen nicht Bescheid?«, fragte ich und sortierte das Puzzle in meinem Kopf, bis mir schwindlig wurde.

»Nein.«

»Nun, das ist gut, sie sind nämlich nicht hier.«

Er blieb stehen und schaute mich an. »Sie sind nicht hier?«

»Nein. Hunter hat sie weggeschickt, damit sie ihr Land bewachen, als er Bree und mich hereingeschleppt hat. Er sagte, du würdest sicher angreifen, deshalb sind alle zu sich nach Hause gegangen. Jetzt wird mir klar, dass er sie von den Füßen haben wollte.«

»Er hatte immer schon das Gefühl, er könnte alles alleine regeln«, murmelte Archer und marschierte weiter.

Ich versuchte, seine Hand zu ergreifen, aber er warf mir nur einen strengen Blick zu und ging stur vor mir her. Ich lächelte seinen Rücken an, dankbar dafür, dass er mich beschützen wollte. Meine innere Stimme kreischte vor Entzücken darüber, wie blendend er mit dem Schwert aussah. Es war, als wäre mein eigener Ritter aus dem Mittelalter auferstanden.

»Bist du jemals zum Ritter geschlagen worden?«, fragte ich. Mir lief das Wasser im Mund zusammen, wenn ich daran dachte, wie viel Wissen und Erfahrung in diesem schönen Kopf gespeichert waren.

»Mehrmals«, antwortete er. Er blieb stehen, als unser Gang in eine Halle mündete. Er lauschte einen Moment lang, dann wies er nach links.

»Wirklich? War das denn üblich? Ich dachte, du schwörst einem einzigen Lehnsherrn Treue, wenn du zum Ritter geschlagen wirst. Du kannst das doch nicht gleich mehrfach schwören, oder?«

»Nein, aber wenn du über mehrere Jahrhunderte hinweg lebst, schwörst du letztendlich mehr als einen Treueeid.«

»Ja, das stimmt«, sagte ich und hielt mich mit einer Hand an seinem Hemd fest. »Deine Lehnsherren sind ja irgendwann gestorben, und da wahrscheinlich niemand wissen sollte, dass du ein Drache bist, musstest du sicher an unterschiedliche Orte gehen und dir immer neue Lehnsherren suchen. Warst du immer Sir Archer oder hattest du auch andere Namen?«

»Was zum Teufel hast du dir bloß dabei gedacht?«

Die Worte wurden aus dem Flur rechts von uns gebrüllt. Archer fuhr herum, stieß mich hinter sich und hob das Schwert auf eine Weise, die meine innere Thaisa erneut zum Quietschen brachte.

»Hast du etwa schon wieder eine Wand eingerissen? Zum Teufel, Bruder! Weißt du eigentlich, wie viel es kostet, diese von Hand gemauerten Wände wieder hochzuziehen?« Hunter tauchte im Flur auf und stapfte mit wütendem Gesichtsausdruck auf uns zu. Seine Hände bewegten sich in der Luft, als er anfing, Symbole zu zeichnen.

»Das hört jetzt auf!«, knurrte Archer. Sein Körper war angespannt, und sein Drachenfeuer erwachte in ihm brüllend zum Leben. Ich fühlte ein Prickeln auf meinen Armen, was bedeutete, dass er auch Elektrizität aufbaute. »Du hörst sofort auf, das ohne mich zu tun!«

»Ich bin der Herr der dunklen Macht, nicht du!«, erwiderte Hunter mit finsterem Gesichtsausdruck. »Das ist meine Aufgabe.«

»Wir tun das zusammen. Es gibt keinen anderen Weg.« Archers Stimme klang wütend und ziemlich bedrohlich.

Ich blickte Hunter mit zusammengekniffenen Augen an. Plötzlich ertönte hinter mir Brees Stimme.

»Hey, wir haben eine schwere Explosion gehört. Hat Archer die Geduld verloren, oder hattet ihr zwei so guten Sex?«

Ich drehte mich um. Hinter uns kamen Bree und Ioan angelaufen. Ioan hatte sein Schwert gezogen.

Ich hatte ihnen einiges zu sagen, aber dafür war jetzt keine Zeit. Ich musste Archer und Hunter dazu bringen, sich nicht mehr zu streiten.

»Okay. Zeit für den Unempfindlichkeitszauber«, sagte ich und rief aus meinem Gedächtnis die Sigillen ab, die zu den Zaubersprüchen gehörten, die ich in der *Demonitica* gefunden hatte. Ich hatte nichts zum Zeichnen dabei, aber wenn Hunter es mit den Händen konnte, dann würde ich das bestimmt auch schaffen. Ich zeichnete die Symbole in die Luft.

Nichts passierte.

»Thaisa, ich will, dass du jetzt gehst. Sofort.« Archer warf mir einen finsteren Blick zu. Ioan stellte sich leicht keuchend neben ihn.

»Oh, wir werden uns ausführlich darüber unterhalten müssen, was Partner bedeutet«, sagte ich zu Archer, während ich für mich versuchte herauszufinden, was ich bei den Zaubersprüchen, die Bree und ich heute Nachmittag herausgesucht hatten, falsch gemacht hatte. Alles schien richtig zu sein. Vielleicht lag es an der Sigille?

»Gefährtin!«, sagte er mit warnender Stimme, aber der Blick, den er mir zuwarf, war voller Angst und Entsetzen. Es gab mir einen Stich ins Herz, als ich merkte, dass er Angst um mich hatte, nicht um sich. Er tat nicht nur so, er hatte wirklich Angst, dass mir etwas passieren würde.

Wenn ich ihn nicht schon von ganzem Herzen geliebt hätte, dann wäre es in diesem Moment so weit gewesen. Die Tatsache, dass niemand ihn geliebt hatte, den großartigsten aller Männer, den beschützendsten, warmherzigsten und fürsorglichsten Mann, der je gelebt hatte, trieb mir die Tränen in die Augen, so ungerecht war das alles. Am liebsten hätte ich die Leute, die für ihn hätten da sein sollen, es aber nicht gewesen waren, beschimpft und ihm klargemacht, wie wichtig er für mein Leben war.

Ich schmiegte mich an ihn und sagte so leise, dass nur er es hören konnte: »Ich gehe nirgendwohin, Archer. Wir stehen das gemeinsam durch, und niemand wird uns trennen. Niemals. Aber ich stimme dir zu, dass das jetzt ein Ende haben muss … nur nicht, indem du Hunter verprügelst.«

»Du kannst nicht leugnen, dass er es verdient hat.«

»Wirklich?« Ich küsste ihn auf sein hinreißendes Kinn. »Ich glaube, er ist nur aus dem Gleichgewicht geraten, genau wie du.«

Er warf mir einen aufgebrachten Blick zu.

»Aber das können wir in Ordnung bringen«, fuhr ich fort. »Wir können Hunter in Ordnung bringen. Wir können beenden, was zwischen euch beiden vorgeht, und euch das Gleichgewicht bringen, dass eure Eltern wollten.«

Ich spürte, dass er mir widersprechen wollte, aber Hunter kam immer näher und zeichnete schwarze Symbole, die er zu irgendeinem Zauber verbinden wollte. Archer wandte seine Aufmerksamkeit wieder seinem Bruder zu.

»Ich versuche diesen Unempfindlichkeitszauber noch einmal.« Ich biss mir auf die Lippe, als ich die Symbole in die Luft zeichnete.

»Ich bin es leid«, sagte Hunter. Er blieb etwa zehn Schritte vor uns stehen, seine Hände bewegten sich immer noch. Seine Augen waren dunkelgrün geworden, und einen Moment lang hatte ich das seltsame Gefühl, diese fremden Augen in Archers Gesicht zu sehen. Selbst seine Stimme war rau geworden, so dass sie fast genauso klang wie Archers. »Du willst uns einfach nicht in Ruhe lassen, stimmt's? Wir wollen nur in Frieden leben, aber du gibst nicht auf, bis wir alle vernichtet sind. Und mich nennen sie den Dämon. Du, Bruder, bist mehr wie unser Vater, als ich es jemals sein könnte.«

Ich blickte von ihm zu Archer und verstand nichts. Archer hatte doch zugegeben, dass der Krieg zwischen ihm und seinem Bruder nur Show war. Er hatte keine Angst vor seinem Bruder, wollte nicht wirklich seinen Tod, und doch redete Hunter jetzt so, als seien sie die erbittertsten Feinde? Vielleicht war er verrückt geworden.

»Versuche nicht, uns mit Lügen abzulenken«, sagte Archer. Seine Stimme war leise und drohend, aber wieder spürte ich sein Drachenfeuer nicht. Es war eine Show. Es musste eine Show sein. Aber warum? Für wen? Hier waren doch nur die beiden Brüder, Bree und ich … Mein Blick glitt zu Ioan.

»Du lässt doch die Sturmdrachen nicht in Frieden leben. Du verbreitest bei jedem Schritt Tod und Zerstörung, und ich werde deine Anwesenheit auf der Erde nicht länger dulden. Erst dann wird mein Stamm endlich sicher sein.«

»Bree«, flüsterte ich.

»Hm? Wow, zeichnet Hunter da wirklich den Zauber, den ich vermute? Der wird ein ganz schönes Loch in Archer reißen, wenn er ihn tatsächlich abschickt. Ich bin mir nicht sicher, ob Archer sich davon erholen kann.«

»Was soll dieser Wahnsinn?« Hunter warf seinem Bruder einen zornigen Blick zu. »Warum leugnest du, was du wirklich bist? Hast du Angst, dass deine Frau die wahren Tiefen deiner Dunkelheit erkennt?«

»Zwei Dinge. Erstens: Warum funktioniert mein Zauber nicht? Zweitens: Wie bereite ich dem hier ein Ende?«, fragte ich Bree leise.

»Meine Gefährtin weiß, was in meinem Herzen ist«, sagte Archer ruhig, und ich wusste, ich hatte höchstens noch zehn Sekunden Zeit, bevor die Dinge eskalierten.

Bree blickte auf mein Handgelenk. »Die Antwort auf beides ist, du bist nicht Saule.«

»Saul? Wer …« Es dauerte einen Moment, bis mir klar wurde, dass sie *saule* meinte, das proto-baltische Wort für die Sonne. Ich schüttelte den Kopf. War sie schon wieder high? »Natürlich bin ich nicht die Sonne.«

Miles kam um die Ecke gestürzt und blieb hinter Hunter stehen, als er uns sah.

»Ich kann dir nicht noch mehr helfen«, sagte Bree. Sie schüttelte den Kopf und wich zurück. »Ich habe sowieso schon die Regeln gebrochen.«

»Was für Regeln? Was für eine Hilfe?«, fragte ich. Archer knurrte etwas, als er Miles sah, und Ioan hob sein Schwert, als ob er sich auf einen Angriff vorbereitete.

Meine Gedanken überschlugen sich. Ich hatte das Gefühl, irgendetwas entzog sich meinem Verständnis, irgendein Hinweis baumelte direkt vor meiner Nase, ohne dass ich ihn greifen konnte.

Archer war Sagittarius, Hunter war Orion. Das Blatt sagte, die beiden müssten zusammengebracht werden, um die Welt wieder ins Gleichgewicht zu bringen, aber hier standen sie beide, zehn Schritte voneinander entfernt, und das Einzige, was passierte, ließ Ioan denken, sie wollten sich gegenseitig umbringen.

Die Sonne … Ich versuchte, mir eine Sternenkarte vor mein inneres Auge zu holen, und da dämmerte mir, dass Orion und Sagittarius auf entgegengesetzten Seiten der Karte standen, mit der Sonne in der Mitte.

»Saule!«, schrie ich und kramte so wild in der Tasche, die ich mir umgeschnallt hatte, dass die einzelnen Gegenstände auf den Boden fielen. »Archer, wag es nicht, deinen Bruder zu töten! Ich glaube, ich habe es herausgefunden … Verdammt, ich habe aber auch einen Müll in der Tasche … Wartet mal, ihr zwei, macht nichts mehr. Miles, lass Hunter diese Sigille nicht zu Ende zeichnen, ja? Oh, wirklich! Die Drops habe ich mir doch schon im Winter vor zwei Jahren gekauft. Ich muss wirklich meine Tasche öfter aufräumen … Aha!« Neben anderen Sachen zog ich ein gewebtes Freundschaftsarmband aus der Tasche, das mit der dünnen Scheibe, auf der die Sonne eingeritzt war. »Saule!«

»Thaisa, bleib, wo du bist!«, knurrte Archer. »Du kannst uns nicht zusammenbringen, ganz gleich, was in dem Blatt steht.«

»Doch, ich kann. Das ist es. Hört mir zu. Beide!« Ich warf Hunter einen Blick zu und streifte mir das Armband über das Handgelenk. Er ignorierte mich und zeichnete ein anderes Symbol.

»Oh, du solltest das doch lassen. Haarige Warzenfinger!«, schrie ich und zeichnete eines der drei Symbole, die Bree mir beigebracht hatte.

Hunter schrie auf und schüttelte seine Hand, als sei er gestochen worden. Er starrte auf seine Finger, dann warf er mir einen bösen Blick zu. »Hör auf damit! Das tut weh!«

Ich wäre gerne zwischen die beiden getreten, doch da Archer dann bestimmt einen Wutanfall bekommen hätte, trat ich nur vor ihn, den Körper zur Seite gewandt, so dass ich die anderen zwar sah, aber trotzdem meine Hände auf seine Brust legen konnte. Archer versuchte grollend, mich wegzuschieben, aber ich packte sein Hemd und wich nicht von der Stelle. »Ich kann das zerbrochene Medaillon reparieren.«

»Hast du gesehen, was sie gemacht hat?« Hunter zeigte Miles seine Hand. »Das war auch noch meine Zauberhand. Siehst das nicht aus wie eine Warze? Was zum Teufel soll ich denn jetzt machen?«

Miles verzog das Gesicht. »Vielleicht solltest du aufhören, sie wütend zu machen.«

»Gefährtin …« Archer versuchte erneut, mich zur Seite zu ziehen.

»Ioan sollte vielleicht Bree hinausbringen«, sagte Miles und warf Archer einen vielsagenden Blick zu.

Archer presste die Lippen zusammen. »Ich glaube, dazu ist es jetzt schon zu spät.«

Miles warf einen besorgten Blick auf Hunter, sagte aber nichts mehr.

Ich sah Hunter an. »Es ist Zeit.«

Er runzelte die Stirn. »Dafür nicht.«

»Bitte, lass mich das tun«, sagte ich. Ich umfing sein Gesicht mit beiden Händen und blickte ihm in die Augen, als ich an seinen Lippen sagte: »Lass mich das tun, was ich am besten kann.«

»Ich sehe mir das nicht länger an«, sagte Hunter mit wehleidiger Stimme. »Dann zeichne ich meine Symbole einfach mit der linken Hand. Warte mal … zuerst so … nein, das muss ich ja umgedreht machen, weil so ist es ja gegen den Uhrzeigersinn … und eine Drehung hier … Verdammt, das stimmt nicht. Ich fange noch mal an.«

Archer blickte mir tief in die Augen, sein Blick war durchdringend und voller Zweifel, aber ich zeigte ihm, dass ich ihm und auch meinen Fähigkeiten vertraute. »Ich liebe dich, Archer. Ich liebe dich so sehr, dass ich das nicht länger zulassen werde. Zu viele von deinen Drachen mussten schon sterben, weil du und dein Bruder so seid. Ich möchte für immer mit dir in Frieden leben, und das geht nur, wenn wir das Medaillon wiederherstellen, den Wunsch deiner Eltern für euch erfüllen und das Gleichgewicht zurückbringen.«

Ein Muskel an seinem Kinn zuckte. Ich wusste, er würde meine Worte zurückweisen und auf dem Weg weitergehen, den er für unvermeidlich hielt, weil er seit seiner Geburt in Stein gemeißelt war. Und das würde zu noch mehr Tod führen. Aber mein Drache, der die Macht eines Gewittersturms in der Hand halten konnte, überraschte mich. »Bist du dir so sicher?«

»Ja. Ich glaube, wir können es schaffen.«

Er blickte mich an, blickte mich einfach nur an, und dann tat er etwas, was ich nie für möglich gehalten hätte. Er trat einen Schritt zurück und wies auf Hunter. »Dann tu es.«

Ich blickte Miles und Hunter an. Hunter murmelte immer noch vor sich hin und versuchte, mit der linken Hand Symbole zu zeichnen, aber sie blieben nicht in der Luft hängen. Miles stand neben ihm und blickte Archer an. Ich kannte den Ausdruck in seinen Augen.

»Du liebst Archer, nicht wahr?«, fragte ich Miles.

Er verzog das Gesicht zu einer Grimasse. »Er ist mit mir verwandt. Das familiäre Band zwischen Drachen ist immer stark.«

»Ihr seid keine Cousins ersten Grades, oder?«, fragte ich, kurz von Hunter abgelenkt, der finster auf seine Hand blickte, als ein Symbol, das er gerade gezeichnet hatte, sich verknotete und sich in schwarze Asche auflöste, die zu Boden fiel.

»Nein.« Es war Archer, der antwortete, und ich sah zu meiner Erleichterung, dass seine Augen amüsiert aufblitzten. »Unsere Urgroßmütter waren Schwestern. Zwillingsschwestern.«

»Dann seid ihr Cousins zweiten Grades. Das ist besser.« Ich hatte das Gefühl, ein Schatten habe sich gehoben.

»Na ja, sie wollen ja schließlich keine Kinder miteinander zeugen«, flüsterte Bree mir ins Ohr.

»Ganz genau! Wenn Archer mit jemandem Kinder haben wird, dann nur mit mir«, antwortete ich.

Sie warf mir einen Blick zu und nickte in Hunters Richtung.

»Nicht im Ernst«, sagte ich verblüfft. »Du meinst, Miles ist in … äh …« Ich schaute Miles an.

Bree grinste.

Miles verzog verlegen das Gesicht. »Können wir nicht lieber wieder darüber sprechen, wie ich Archer verraten habe, bitte?«

»Du hast ihm die falsche Transkription gegeben, aber du hast ihn nicht verraten. Es tut mir leid, dass ich mich in dir geirrt habe. Ich dachte, dass du irgendetwas verbirgst, ich wusste nur nicht, dass es …« Ich schwieg, weil ich mir nicht sicher war, ob ich weiterreden sollte.

Miles warf mir einen kriegerischen Blick zu. »Wie du sagtest, ich habe ihn nicht verraten. Ich habe Hunter die falsche Kopie deiner Notizen gegeben.«

Ich riss die Augen auf. »Woher wusstest du, dass ich eine Kopie gemacht hatte?«

Er verdrehte die Augen. »Ich bin kein Idiot, ganz gleich, was du über mich denkst.«

»Oh. Entschuldigung.«

Hunter richtete seinen finsteren Blick von seiner Hand auf seinen Cousin. »Was hast du gemacht?«

Miles zuckte mit den Schultern. »Es schien mir das Beste zu sein. Ich wusste ja, dass du alleine losgehen würdest, wenn du die korrekte Transkription hattest. Deshalb habe ich dir die falsche gegeben.«

»Dann weißt du also gar nicht, was in dem Blatt steht? Nicht richtig, jedenfalls?«, fragte ich Miles.

Er schüttelte den Kopf. »Nach dem, was du versteckt hast, habe ich gar nicht erst gesucht.«

Archer stand da mit verschränkten Armen, das Schwert wieder in der Scheide. Sein Gesicht wirkte emotionslos, aber seine Augen … oh, seine Augen waren voller Liebe.

»Im Manuskript steht nicht die Geschichte des Raisa-Medaillons, sondern die der Sonnengöttin Saule, die zerschmettert wurde, als ihre beiden Söhne, zwei Sternbilder, unvollkommen zur Welt kamen, zusammen ein Ganzes, aber getrennt … unvollendet. Sie gab ihr Leben hin, damit ihre Söhne Sagittarius und Orion ihr Gleichgewicht finden konnten.«

»Archer, der Schütze, und Hunter, der Jäger«, sagte Archer. Seine Stimme war wie ein leises Grollen, das ich tief in meinen Knochen spürte.

»Aber die Sternbilder wurden durch eine breite Kluft getrennt – Sagittarius steigt, glaube ich, im Dezember auf, während Orion im Juli zu sehen ist – an einem Ende die Fragmente der Mutter, die Sonne, und am anderen der Vater, der Mond. Jeden Morgen ging die Mutter Sonne auf, um ihren Söhnen von neuem das Leben zu schenken.«

Jetzt hörte mir auch Hunter aufmerksam zu. Er hatte die Hände in die Hüften gestemmt und blickte an mir vorbei zu seinem Zwillingsbruder. »Du bist Teil des Raisa-Medaillons«, sagte ich zu Hunter. »Genauso wie Archer. Das Medaillon besteht aus euch beiden. Getrennt ergibt es kein Gleichgewicht. Ihr habt beide große Macht, aber keiner von euch hat Frieden.«

»Wie meinst du das? Sollen wir uns küssen und Händchen halten?«, fragte Hunter und blickte mich entsetzt an. »Nein. Ich bin zu vielem bereit, aber ich kann nicht mit ihm zusammenleben. Er ist unmöglich.«

»Mir gefällt die Vorstellung, an dich gebunden zu sein, ebenso wenig wie dir«, knurrte Archer und machte ein paar Schritte vorwärts.

Hunter machte ebenfalls einen Schritt vorwärts, bis die beiden Männer nur noch wenige Meter voneinander entfernt standen.

»Okay. Wir wollen hoffen, dass das funktioniert, denn sonst wird Archer mir das noch lange vorhalten.« Ich holte tief Luft und legte meine linke Hand auf Hunters Brust, die rechte auf Archers. Nichts geschah. Die Erde drehte sich weiter. Archers Brustkorb hob und senkte sich unter meiner Hand, und ich spürte die Wärme des Drachenfeuers, das ruhig in ihm glühte. Hunter trat von einem Fuß auf den anderen, offensichtlich ungeduldig und genauso skeptisch wie sein Bruder.

Ich blickte zu Bree. »Was mache ich falsch?«

»Saule«, sagte sie nur.

Ich überlegte. Auf dem Blatt stand, dass die Sonne zwei Sternbilder geboren hatte, aber es war eine Allegorie für Raisa, die Mutter der Zwillingssöhne, die sie so sehr liebte, dass sie ihr Leben für sie hingab, um sie ins Gleichgewicht zu bringen.

Liebe. Sie liebte ihre Söhne. Die Verbindung, das Band zwischen den dreien, war Liebe. Ich ließ meine Hand auf Hunters Brust liegen, während ich mich Archer zuwandte, ihm die Hand aufs Herz legte und ihm einen Kuss auf die Lippen drückte, der mehr als alle Worte sagte, wie sehr ich ihn liebte. Seine Mundwinkel verzogen sich zu einem Lächeln, und gerade als er die Hände nach mir ausstreckte, verschob sich die Welt, alles wurde unscharf, dann wieder scharf und mit einer donnernden Explosion, die uns alle hochhob, stürzte das Haus über uns zusammen.

16. KAPITEL

»Gefährtin, wenn du noch einmal versuchst aufzustehen, werde ich dich festbinden.« Archer warf Thaisa einen Blick zu, der sie eigentlich so ängstigen sollte, dass es sie mindestens fünf Jahre ihres Lebens kostete, aber sie wäre nicht die nervtötende, verrückte, wundervolle Frau, die sie war, wenn sie nicht auch die vernünftigsten seiner Befehle ignorieren würde.

»Ich weiß nicht, wie oft ich dir noch sagen muss, dass es mir gut geht, du schrecklich anbetungswürdiger Mann.« Sie taumelte, als sie sich vom Sofa erhob, das bei der Explosion des Hauses hochgeschleudert worden war, trat über Schuttbrocken, zertrümmerte Möbel, Glas, Bäume, Sträucher und eingestürzte Holzwände. Daunen und Stoffteile der zerstörten Polstermöbel schwebten träge durch die Nachtluft. »Bree, kommt er zu sich?«

»Noch nicht, aber er stöhnt, also lebt er noch«, antwortete Bree, die auf einem großen, flachen Mauerstück saß, das jetzt in Hunters Garten lag. Neben ihr lag Miles auf dem Rücken.

Archer wuchtete grunzend vor Anstrengung schwere Mauerstücke von der Stelle, wo Hunter gestanden hatte. »Siehst du was?«, fragte er Ioan leise. Er wollte nicht, dass Thaisa sich aufregte, falls sein Bruder durch ihren Versuch, sie zusammenzubringen, vernichtet worden war.

»Nein.« Ioan räumte einen soliden Eichenstuhlrahmen beiseite und grub mit bloßen Händen, die von den herumfliegenden Glassplittern voller Blut waren, im Schutt. Archer stellte fest, dass die meisten von Ioans Wunden bereits heilten, so wie seine. Sein Blick wanderte zu seiner Blume. Die Vorderseite ihres Kleids war blutbespritzt, aber da er sie an sich gerissen hatte, als das Haus über ihnen zusammenbrach, hatte er sie mit seinem Körper schützen können.

»Archer, ich bestehe darauf, dass du dich kurz hinlegst. Dein Rücken sieht schrecklich aus. Schon wieder!«

Vor ihnen gruben die Schattendrachen, die bei der Explosion herbeigeeilt waren, in den Trümmern, in der Hoffnung, ihren Herrn zu finden. Sie warfen Archer giftige Blicke zu, aber er ignorierte sie und übernahm ganz selbstverständlich das Kommando über die Drachen, als sei es sein Stamm. Er gab Befehle, ließ sie in Zweierteams zusammenarbeiten, um die Bereiche um die Stelle herum frei zuräumen, wo er sich und Thaisa aus dem Schutt befreit hatte. Die Schattendrachen wollten seine Anweisungen zuerst nicht befolgen, gaben aber dann mit mürrischer Miene und misstrauischen Blicken nach.

Er musste Hunter finden. Er konnte das, was getan werden musste, nicht alleine tun.

»Hunter hat direkt vor uns gestanden«, sagte Thaisa. Sie hatte die Hände in die Hüften gestemmt und blickte auf die Trümmer des Hauses. »Vielleicht ist er in diese Richtung geschleudert worden?« Sie zeigte auf eine Stelle, und in diesem Moment stieß einer der Schattendrachen einen Schrei aus.

Archer sprang über heruntergestürzte Betonträger und kletterte in eine dunkle Grube. Sein Körper protestierte, als er sich in das Loch schwang.

Auf dem Boden kniete eine Schattendrachin über einer dunklen Gestalt.

»Lebt er?«, fragte Archer die Drachin. Zur gleichen Zeit rief Thaisa die Frage von oben herunter.

»Ja«, antwortete die Drachin und blickte unentschlossen auf die leblose Gestalt. »Ich weiß nur nicht, ob wir ihn bewegen sollen oder nicht. Er hat vielleicht innere Verletzungen.«

»Er wird wieder gesund«, sagte Archer, aber seine Hände waren sanft, als er seinen Bruder umdrehte.

»Archer?«

»Er lebt!«, schrie er zu Thaisa hinauf. Ioan stand dicht neben ihr, offensichtlich um sie zu schützen, falls einer der Schattendrachen auf die Idee kommen sollte, seine Gefährtin anzugreifen. Archer machte sich im Geiste eine Notiz, den Mann zu seiner persönlichen Wache zu befördern, dann wandte er seine volle Aufmerksamkeit seinem Bruder zu.

Viel Blut klebte an Hunters Kopf und seinem Hals, das von einem gezackten Schnitt herrührte, aber mittlerweile war das Blut schon fast eingetrocknet, während sein Körper bereits heilte. Sein rechter Arm stand in einem seltsamen Winkel ab und war wahrscheinlich gebrochen, ebenso wie ein Fuß, der nach hinten gedreht war. »Öffnet die Tür. Haben wir eine Trage?«, fragte er den Schattendrachen.

»Ich schaue nach«, sagte sie und kletterte über die Möbel und Wände, die in den Kellerraum gestürzt waren. Archer richtete sich mit seinem Bruder auf den Armen auf und ging ganz langsam vorwärts, um nicht über die spitzen Holz- und Metallteile zu stolpern. Als er an der Steintreppe angekommen war, die wie durch ein Wunder stehen geblieben war, hatten die Schattendrachen eine behelfsmäßige Trage aus einem Betttuch angefertigt.

»Wo ist die Heilerin?«, fragte Archer und sah zu, wie sein Bruder auf die Steinplatte gelegt wurde, auf der Miles sich mittlerweile aufgesetzt hatte. Er hielt sich mit beiden Händen den Kopf.

»Sie ist auf dem Weg«, antwortete der Schattendrache, der

neben ihm stand. Sein Blick wanderte zwischen Archer und Thaisa hin und her. »Warum seid ihr hiergeblieben, nachdem ihr die Bombe gelegt habt?«

»Es war keine Bombe«, sagte Archer.

»Es war Magie«, sagte Thaisa gleichzeitig. »Sehr alte Magie. Und es freut mich zwar, dass ich recht hatte, aber es tut mir auch sehr leid, dass das passiert ist. Ich hatte keine Ahnung, dass der Ausgleich solch eine Reaktion verursachen würde.«

»Es ist nicht deine Schuld, Gefährtin.« Archer richtete sich auf. Die Muskeln, Sehnen und Knochen in seinem Rücken schmerzten unerträglich. Die ganze Wand war über ihm und Thaisa zusammengebrochen, und obwohl alles bei ihm so schnell heilte wie bei den anderen Drachen, vermutete er, dass es mehr als ein paar Stunden dauern würde, bis der Schaden an seiner Wirbelsäule behoben war.

Wärme durchflutete ihn, floss über seinen Rücken, und sein Feuer reagierte sofort darauf. Thaisa schmiegte sich an ihn und rieb ihm über den Rücken. »Komm, mein Superheld. Wir setzen uns ein bisschen zu Miles und Hunter, damit wir miteinander reden können.«

»Ich brauche mich nicht hinzusetzen«, erwiderte er, lehnte sich aber trotzdem an sie. Tief atmete er ihren Duft ein und hielt ihn in seinem Inneren fest, wo er in dem Wissen glühte, dass sie ihn liebte.

»Nun, ich aber. Und ich habe Hunderte von Fragen, die Hunter mir beantworten soll.« Sie warf ihm einen Blick zu. »Und du auch.«

Er zog die Augenbrauen hoch und fragte sich, womit sich ihr analytischer Verstand denn jetzt schon wieder beschäftigte. Ihr Verstand faszinierte ihn, und er empfand einen gewissen Stolz darüber, dass von allen Leuten, die seit sechs Jahrhunderten versucht hatten, das Raisa-Medaillon zu finden, gerade seine Thaisa alles richtig zusammengesetzt hatte.

»Warum hast du so getan, als seiest du wütend, weil Miles dich betrogen hat?«, fragte sie ihn.

Er seufzte. Er hatte das Gefühl, dass sie ihn durchschaut hatte. Dicht an ihrem Ohr sagte er leise: »Ioan war da.«

»Aber er gehört doch zu deinem Stamm«, flüsterte sie zurück.

»Ja, aber erst seit Kurzem. Obwohl ich keinen Grund habe anzunehmen, dass er jemand anderer ist, als er vorgibt zu sein, trauen Hunter, Miles und ich niemandem. Noch nicht einmal Stammesangehörigen.«

»Das kann ich verstehen, aber es scheint mir sehr mühsam zu sein.«

Die Schattendrachen räumten halbherzig weiter die Trümmer weg und hielten Ausschau nach allem, was sie retten konnten. Zwei Drachen vom Stamm seines Bruders saßen neben Hunter. Die Blicke, die sie Archer zuwarfen, waren immer noch misstrauisch, aber nicht mehr so mordlustig wie am Anfang.

»Ende gut, alles gut, findest du nicht auch?« Bree hüpfte auf einen heruntergestürzten Holzbalken und spähte in die Dunkelheit. Archer versuchte Thaisa dazu zu bewegen, sich auf eine steinerne Gartenbank zu setzen, die die Explosion unzerstört überstanden hatte. Aber durch einen unerwarteten Schubs saß er selbst plötzlich da, und sie zwang ihn, dort sitzen zu bleiben, indem sie sich auf seinen Schoß setzte.

Er schlang die Arme um sie. Ihre runden, warmen Brüste waren genau auf der Höhe seines Mundes. Er betrachtete sie und fragte sich, wie lange es wohl dauern würde, bis sein Rücken geheilt war und er diesen Brüsten endlich wieder die Aufmerksamkeit schenken konnte, die ihnen gebührte.

»Ich hätte nie gedacht, dass ich mich für dieses Klischee hergebe, aber ich denke, solange Hunter nicht ernsthaft verletzt ist, ist es okay«, sagte Thaisa. Sie schnalzte mit der Zunge. »Was machst du da, Bree?«

»Ich halte Ausschau nach meiner Schwester.«

»Du hast eine Schwester?« Thaisa klang überrascht.

»Sogar zwei. Sasha ist die älteste, und Clover ist die jüngste. Ich habe Clover gesagt, sie müsse heute Abend hierherkommen, weil sie Arbeit sucht, aber ich sehe sie nicht.«

Thaisa erweckte den Eindruck, als ob sie dem Luftgeist noch mehr Fragen stellen wollte, aber Archer, der Thaisa nach Hause und in sein Bett bringen wollte, versuchte sie wieder zu ihren Fragen zurückzuführen. »Was für Fragen hast du denn sonst noch, Blume?«

»Hm? Oh, na ja …« Sie schwieg und blickte Miles an, der sich erhoben hatte, sich aber an einem Baumstamm festhalten musste, um sich aufrecht halten zu können. »Habe ich recht mit meiner Vermutung, dass du – in Ermangelung eines besseren Wortes – Leidenschaft für Hunter empfindest?«

Miles sah sie verwirrt an, dann wurde seine Miene kampflustig. »Ich habe dir doch eben schon gesagt, dass Familie für Drachen sehr wichtig ist.«

»Sogar ein Familienmitglied, von dem du geglaubt hast, dass es alle deine anderen Angehörigen tötet?«, fragte Thaisa.

Miles schwieg.

Archer beobachtete seinen jüngeren Cousin. Er wusste beinahe schon so lange, wie er ihn kannte, dass dieser romantische Gefühle für ihn hegte, aber da Miles wusste, dass er sie nicht erwiderte, gingen sie locker miteinander um. Er hatte keine Ahnung gehabt, dass Miles seine Zuneigung Hunter zugewandt hatte.

Thaisa blickte Archer an. Offensichtlich wollte sie wissen, ob sie frei vor den anderen sprechen durfte. Er nickte. »Ich glaube, die Zeit der Täuschungen ist vorbei.«

»Gut. Das macht viele Dinge weniger verwirrend.« Thaisa küsste Archer auf das Ohr.

»Ja, Transparenz wäre jetzt wirklich begrüßenswert. Aber eine Morphiumspritze auch«, sagte Miles.

»Du bist Teil des Ganzen, deshalb hast du nicht das Recht, so zu tun, als wolltest du niemandem etwas vormachen«, sagte Thaisa. »Das hat mich verwirrt. Du und Archer, ihr habt steif und fest behauptet, dass die Schattendrachen die Sturmdrachen töten, und doch sehe ich jetzt, dass ihr gar nichts dagegen getan habt. Ihr habt sie nicht angegriffen. Ihr habt sie nicht ausgelöscht. Ich weiß, was Archer für seinen Stamm empfindet, und dass er Himmel und Erde in Bewegung setzen würde, um sie zu beschützen, und doch …« Sie blickte Archer an, dann bedachte sie Hunters bewegungslos daliegende Gestalt mit einem langen Blick. »Und doch ist es immer weitergegangen, obwohl ein Krieg eigentlich überfällig war.«

Archer rutschte in eine bequemere Position und legte seine Hand auf Thaisas Oberschenkel. Sie war wesentlich weitsichtiger, als er geglaubt hatte.

»Und dann war da Hunter. Er sagte fast dasselbe wie Archer – dass die Schattendrachen vom Stamm seines Bruders verfolgt würden, dass sie nur in Frieden leben wollten, aber gleichzeitig unternahmen sie nichts, um den Krieg zu beenden. Sie löschten Archers Stamm nicht aus, und sie taten mir nichts, was sicher von großer Wirkung gewesen wäre.«

Archer drückte ihr Bein und biss sie in die Schulter. »Es hätte mich vernichtet.«

»Ich liebe dich auch, mein Liebling«, sagte sie und küsste ihn auf die Nasenspitze.

Hunter stöhnte und versuchte sich aufzusetzen. Er rieb sich den Kopf und dann den Nacken. Archer fiel auf, dass die gezackte Wunde nur noch eine etwa sechs Zentimeter lange, rot geschwollene Narbe war. »Bin ich tot? Ist das hier die Unterwelt? Wer bist du?«

»Mein Name ist Sasha«, sagte eine Frau, die aus dem Wald auf ihn zugekommen war. Sie sah Bree sehr ähnlich, trug wie sie ein rosa Tutu, weiß und schwarz geringelte schenkelhohe Strümpfe und eine bestickte Männerweste. Ihre Haare passten in der Farbe zum Tutu. Sie hatte es zu einer Art Knoten auf dem Kopf gewunden, und einzelne Strähnen standen wirr daraus ab.

»Hey, Sash«, sagte Bree und warf ihrer Schwester einen seltsamen Blick zu. »Ich dachte, Clover wollte kommen?«

»Sie kommt auch noch. Ich dachte, du wolltest alles hochoffiziell und so, deshalb bin ich ebenfalls vorbeigekommen.« Sie betrachtete die Ruine des Hauses. »Käse und Krähen, das war ja wohl ein höllischer Fluch, der hier aufgehoben wurde.«

»Ein Fluch?« Thaisa runzelte die Stirn. »Es war ein Fluch? Ich dachte, ich hätte nur die beiden Brüder zusammengebracht. Wusstest du, dass es ein Fluch war?«

Er zog sie dichter an sich und sog tief ihren Duft ein. »Kein Fluch im traditionellen Sinn, aber ich habe schon vermutet, dass irgendetwas dieser Art das Medaillon, wenn es denn wirklich existierte, so viele Jahrhunderte lang verborgen gehalten hat.«

»Natürlich war es ein Fluch«, sagte Hunter, der sich immer noch die Stirn rieb. »Warum sitzt ihr alle hier? Warum versucht ihr nicht, mein wunderschönes Haus wieder aufzubauen? Was? Oh, danke.« Er nahm die Flasche Wasser entgegen, die ihm einer der Schattendrachen reichte.

Die anderen Drachen waren zusammengeströmt, als die Stimme ihres Herrn erklungen war. Sie saßen jetzt in einem Halbkreis hinter ihm. Archer zählte zweiundzwanzig Drachen. Er fragte sich, ob es wohl genug waren. Aber es musste reichen. Er konnte Thaisas Wohlergehen nicht aufs Spiel setzen.

»Wir spielen zwanzig Fragen«, erklärte Miles und nahm ebenfalls eine Flasche Wasser entgegen. »Thaisa ist die Produzentin, aber ich wäre ihr dankbar, wenn sie sich beeilen könnte, denn ich habe das Gefühl, mein Kopf explodiert.«

»Entschuldigung, ich versuche, so schnell wie möglich zu sein. Archer muss ins Bett.«

»Gefährtin«, sagte er mit leidender Stimme, »du darfst solche Dinge nicht vor anderen Drachen sagen.«

Sie kicherte, küsste ihn auf die Stirn, dann schmiegte sie sich wieder an ihn, und ihre Brüste pressten sich auf eine Weise an ihn, dass er gleich wieder Schwierigkeiten beim Laufen bekommen würde. »Zurück zu Miles.«

»Ach. Warum ich?«, fragte er.

»Weil du der Schlüssel zu dem Ganzen warst. Ich kam einfach nicht über die Tatsache hinweg, dass keiner von euch versucht hat, Hunter zu eliminieren. Wie konnte es sein, dass ihr eurem größten Feind nicht den Tod gewünscht habt? Ergo war er nicht euer Feind. Und wenn er es nicht war, dann konnte er auch nicht für die Angriffe auf die Sturmdrachen verantwortlich sein. Da ich weiß, dass Archer nur angreift, wenn er sich oder die, die er liebt, verteidigen muss, bedeutete das, dass die ganze Geschichte Blödsinn war.«

Hunter verzog das Gesicht und warf Archer einen Blick zu. »Sie ist klug.«

»Ja. Und sie gehört mir, also hör auf, sie mir stehlen zu wollen.«

Thaisa erstarrte empört, aber Hunter grinste sie nur an. Ihm fehlten zwei Zähne. »Ich habe mir schon gedacht, dass du dich an mir rächen willst, als ich im T und G gesehen habe, wie du sie für dich beansprucht hast.«

Statt einer Antwort grunzte Archer nur.

»Also begann ich mich zu fragen, warum ihr diese große Show der Todfeinde abzieht«, fuhr Thaisa fort.

»Und?«, fragte Archer, als sie innehielt.

Sie warf ihm einen seltsamen Blick zu. »Ich kam nicht darauf, warum ihr es tatet, bis ich das Blatt dechiffrierte.«

»Das Blatt«, sagte er und nickte. »Ich hätte wissen müssen, dass dir nichts darauf entgeht.«

»Das ist mein Job«, sagte sie mit sanftem Tadel.

»Ich verstehe nicht«, sagte Ioan und blickte von Archer zu Thaisa. »War da etwas in dem Manuskript, das du nicht erwähnt hast?«

»Nein«, sagte sie, und er spürte die Traurigkeit in ihr. »Es ist alles da. Die Sonne, die Zwillingssternbilder, die aus dem Gleichgewicht waren und zusammengebracht werden mussten … und der Mond.«

Bree lächelte und klatschte in die Hände. »Du hast es am Ende geschafft! Ich freue mich so. Sie hat ein paar Hinweise gebraucht«, sagte sie zu ihrer Schwester, die neben ihr saß.

»Das darfst du nicht«, sagte Sasha.

»Ich weiß, aber manchmal muss man die Regeln einfach brechen.«

»Das ist wohl war«, sagte Sasha.

»Getrennt waren Hunter und du aus dem Gleichgewicht. Schon gefährlich, aber keine wirkliche Kraft, mit der man rechnen musste. Aber vereint – der Jäger, der Schütze, beide verbunden durch die Sonne – wurdet ihr, was ihr allein nicht sein konntet: die ersten Drachenjäger, die in der Lage wären, die dämonischen Bedrohungen aus der Welt zu schaffen.«

»Das ist das Ergebnis des Raisa-Medaillons? Es hat sie zu Drachenjägern gemacht? Mehr nicht?«, fragte Ioan.

»Es hat sie wesentlich mächtiger gemacht, ja«, antwortete Thaisa.

Sasha legte den Kopf schief und schaute Archer an. »Hast du ihr vom Mond erzählt?«

Er war überrascht, dass sie davon wusste. »Wer bist du eigentlich?«, fragte er, statt ihre Frage zu beantworten.

Sie grinste. »Kennst du den Hof des Göttlichen Blutes?«

Er nickte.

»Ich leite ihn.«

Das erklärt vieles, dachte Archer.

»Ich weiß nicht, wovon sie redet«, flüsterte Thaisa ihm ins Ohr.

Er antwortete genauso leise. »Sie leitet, was Sterbliche den Himmel nennen.«

Thaisas Augen weiteten sich, aber sie sagte nichts. Sie bedachte Sasha und Bree jedoch mit verblüfften Blicken.

»Was gibt es denn über den Mond zu sagen?«, fragte Ioan verwirrt. »Er hat doch gar nichts mit dem Medaillon zu tun.«

»Doch, das hat er.« Thaisa schenkte Archer ein Lächeln, das bis in die tiefsten Tiefen seiner Seele drang. »Die Sonne ist die Mutter, ihre Mutter, Raisa. Der Mond ist der Vater.«

»Der blaue Drache, der ein Ouroboros-Drache wurde und verflucht wurde? Der, der das Raisa-Medaillon erschaffen hat?«, fragte einer von Hunters Stamm überrascht.

»Erst als ich das Blatt dechiffriert hatte, fiel mir auf, dass nach der Erschaffung des Raisa-Medaillons der Vater gar nicht mehr erwähnt wurde. Das kam mir merkwürdig vor, und noch merkwürdiger war die Tatsache, dass ich keine Erwähnung seines Namens fand. Ich weiß immer noch nicht, wie er heißt«, sagte Thaisa zu Archer.

»Er heißt Xavier.«

Archer erstarrte, als die Stimme hinter ihm ertönte, aber nur einen Herzschlag lang. Dann sprang er auf, stellte sich vor Thaisa und richtete sein Schwert auf den Schatten, der sich aus der schwarzen Nacht gelöst hatte und näher kam.

»Na toll. Das musste ja jetzt sein. Er hätte ja auch warten können, bis wir uns wieder erholt haben«, grummelte Hunter, aber er stand auf und sah sich nach einer Waffe um.

»Ich nehme an, das ist Daddy?«, fragte Thaisa und spähte um Archers Arm herum.

»Ja. Bleib hinter mir.«

Ioan glitt zur Seite und blickte sich suchend nach einer Waffe um, musste aber mit einem Ast vorliebnehmen.

»Ihr habt es also geschafft«, sagte der Mann und blickte von Archer zu Hunter. Er hatte die gleichen hohen Wangenknochen, die gleichen glänzenden schwarze Haare, das gleiche Kinn, aber seine Augen waren kalt, unpersönlich, völlig schwarz und ohne jede Farbe. Es waren die Augen einer Schlange, die über ihr Abendessen nachdenkt. »Ihr Narren. Glaubt ihr wirklich, ihr könnt mich besiegen? Ich bin der ursprüngliche Drachenjäger.«

»Showtime in der Welpenschule, glaube ich«, sagte Bree. Sie stand auf und klopfte sich den Staub von ihrem Minirock. Ihre übergroße Handtasche reichte sie ihrer Schwester.

»Komm zu meinem Geburtstag zurück«, sagte Sasha und erhob sich ebenfalls. »Es gibt einen Schokoladenbrunnen mit sexy Männern, die Erdbeeren hineinhalten. Wir lecken ihnen die Schokolade von den Fingern.«

»Oooh, ich komme auf jeden Fall«, sagte Bree. Dann ging sie zu Archer und stellte sich neben ihn.

»Okay, ich habe keine Ahnung, was hier vor sich geht«, sagte Thaisa zu ihm.

»Was macht Bree da?«

»Ich habe noch nicht einmal ein Schwert«, beklagte sich Hunter und machte taumelnd einen Schritt vorwärts. »Wie soll ich denn ohne *élan vital* heroisch sein?«

»Nun, ich habe eines in der Einfahrt gefunden«, sagte Sasha und zog das schwarze Schwert aus Brees Tasche, als ob sie Mary Poppins wäre.

»Das ist unmöglich«, sagte Thaisa und schmiegte sich an Archer. »Kann mir mal jemand sagen, wie sie das gemacht hat?«

Sasha zuckte mit den Schultern. »Rauch und Spiegel?«

»Bist du bereit?«, fragte Bree Archer. Er blickte sie an. Endlich verstand er, warum sie Thaisa geholfen hatte.

»Bist du sicher?«, fragte er höflich.

»Ja.« Sie schenkte ihm eins ihrer strahlenden Lächeln und tätschelte ihm die Wange. »Mach mich stolz, Archer Drache.«

Er verbeugte sich. Ihre Gestalt flimmerte und leuchtete, als sei Sonnenlicht in ihr; dann wurde sie zu einem kleinen Ball aus goldenem Licht, der an seinem Schwert entlangfuhr und sich schließlich in die leere Fassung schmiegte. Thaisa keuchte, als die Runen auf dem Schwertblatt aufleuchteten und anmutig wie Sonne und Mond glühten.

»Entschuldigung, komme ich zu spät?« Ein Mädchen, das Bree bemerkenswert ähnlich sah, platzte in ihre Versammlung. Keuchend blickte sie sich um. »Sasha, bist du hier, um allem deinen Segen zu geben?«

»Das ist mein Job«, sagte ihre Schwester. »Clover, darf ich dir Hunter vorstellen? Er ist dein Drache für den Abend.«

»Und viele weitere Abende, hoffe ich«, sagte Hunter und verneigte sich vor dem Mädchen.

»Was ist hier eigentlich los?«, flüsterte Thaisa. »Warum hat sich Bree in eine Lichtkugel verwandelt und sich auf dein Schwert gesetzt?«

»So gute Manieren«, kicherte Clover. Dann, mit einem Blick auf ihn und auf Xavier, der gelangweilt zuschaute, wurde auch sie zu einer Kugel glühenden Lichts, die sich auf Hunters Schwert setzte.

»Na, das sage ich doch die ganze Zeit«, sagte Hunter. Er humpelte zu Archer und stellte sich neben ihn.

Ihr Vater applaudierte höflich. »Ist die kleine Show vorüber? Ich hatte mehr von euch beiden erwartet.«

»Blume«, sagte Archer warnend.

»Ja«, sagte sie und gesellte sich zu Sasha und Ioan. »Kümmere du dich um den großen, bösen Mann.«

»Drachenjäger«, korrigierte Xavier sie. Mit einem abschätzigen Blick auf Hunter und Archer sagte er: »Ihr wollt mich herausfordern? Damit seid ihr in der Vergangenheit bereits gescheitert. Wollt ihr unbedingt schon wieder den Preis für euer Scheitern bezahlen?«

»Kein Drache wird mehr sterben, weil du uns von der Erde auslöschen willst«, sagte Archer und packte sein Schwert fester. Er betete, dass Thaisa recht gehabt hatte und Hunter und er durch das wiederhergestellte Gleichgewicht in der Lage sein würden zu tun, was ihnen vorher nie gelungen war.

»Das Medaillon ist wiederhergestellt«, fügte Hunter hinzu. »Die Sonne hat uns unser Gleichgewicht zurückgegeben.«

Xaviers Blick glitt zu Thaisa. »Das sehe ich. Doch es spielt keine Rolle.« Er hob sein Schwert. »Ich bin nicht der Narr, für den ihr mich haltet. Ioan?«

Zu Archers Entsetzen, ein Entsetzen, das ihn noch jahrhundertelang begleiten sollte, packte Ioan Thaisa und warf sie sich über die Schulter. Er drängte die Schattendrachen, die neben ihm standen, beiseite und rannte zu Xavier.

Archer brüllte seine Wut in die Nachtluft hinaus, sein Körper wurde lang und wandelte sich, als er hinter seinem Stammesmitglied herrannte. Sein Körper sprühte elektrische Funken, die sich in seinen Händen sammelten. Er hätte sie am liebsten auf Ioan geschleudert, aber Thaisa war noch nicht ganz ein Sturmdrache. Er wollte nicht riskieren, dass sie verletzt wurde.

Thaisa hämmerte schreiend auf Ioans Rücken ein. Sie strampelte ein paar Sekunden lang, bevor sie sich plötzlich aufrichtete, mit beiden Händen in Ioans Haare griff und sich zur Seite warf, von seiner Schulter hinunter, wodurch er das Gleichgewicht verlor.

Hunter und sein Stamm griffen Xavier an, während Archer sich auf Ioan stürzte. Er schleuderte die Macht des Sturms auf ihn, der sich aufbäumte, als der Strom durch seinen Körper schoss. Er schrie und zuckte, sein Körper verzerrte sich schrecklich, weil er die Menge Elektrizität, die sich in ihn ergoss, nicht aufnehmen konnte. Erst als er tot war, nahm Archer seinen elektrischen Sturm wieder zurück.

Er zog Thaisa hoch, und die Wärme ihres Körpers an seinem sagte ihm, dass sie ihm nicht genommen worden war. »Gefährtin, bist du verletzt? Hat er dir etwas angetan?«

»Nein«, sagte sie und überraschte ihn wieder einmal, als sie ihn drängte, zu Hunter und den anderen Drachen zu gehen, die Xavier angegriffen hatten. »Hilf deinem Bruder! Mir geht es gut!«

Archer warf sich auf seinen Vater, schwang sein Schwert in der Nachtluft, und der leuchtende Esprit ließ die Runen hell erstrahlen.

»Es ist noch nicht vorbei«, knurrte Xavier. Er wich zurück und zeichnete Symbole in die Luft. »Was ihr hier getan habt, wird ungeschehen gemacht. Ich werde dafür sorgen, dass ihr beide das Falsche von heute Nacht wieder in das Richtige verwandelt. Ich habe die Rasse der Drachenjäger nicht als Retter erschaffen, als die ihr euch seht – ihr werdet in meinem Bilde neu erschaffen werden, oder ihr werdet vernichtet werden wie all eure Stämme.«

Hunters und Archers Schwerter sangen zu beiden Seiten ihres Vaters, aber das Lied war nur von kurzer Dauer. Im Nu war er verschwunden, hatte sich in die Schattenwelt zurückgezogen.

»Gleichgewicht«, sagte Thaisa und trat zu Archer. Ihre Augen leuchteten vor Liebe und Stolz. Er hätte am liebsten vor Freude geschrien und alle hier umarmt, bis zum letzten Schattendrachen. Er wollte mit seiner Blume Liebe machen und nicht aufhören, bis die letzte Kraft aus ihnen gewichen war. »Du und Hunter, ihr seid jetzt im Gleichgewicht. Es macht euch beide wesentlich mächtiger. Ihr habt eurem Vater Angst eingejagt.«

Archer schwieg einen Moment und überlegte. »Nein. Er fürchtet uns nicht … aber er hasst uns für das, was aus uns geworden ist. Er hasst die Tatsache, dass unser Drachen-Ich die Dunkelheit besiegt, statt zu einer Kraft des Bösen zu werden.«

Thaisa schmiegte sich an ihn, ihre Berührung war so warm wie die Sonne, die sie verkörperte. »Ich hoffe, deine Mutter weiß, was heute Nacht geschehen ist.«

»Sie weiß es«, sagte Archer zu ihr und küsste sie, bis sie keine Fragen mehr stellen konnte.

17. KAPITEL

»Sturmdrachen.«

Archers Stimme war tief und warm mit ihren rauen Untertönen, die ich so liebte. Aber dieses Mal hörte ich auch Befriedigung darin, als er neben mir auf dem Rasen seines Hauses stand. Die leichte Brise vom Meer zauste sein seidiges Haar. Allein der Anblick dieser Haare weckte in mir den Wunsch, alles Mögliche mit ihm zu tun, vor allem, meine Körperteile mit seinen zu verbinden.

»Vor euch steht Thaisa, die ich als Gefährtin benenne.«

Links von uns befand sich ein Tisch mit einem Laptop. Weil ich beim Aufbau dabei gewesen war, wusste ich, dass Archer die Bindezeremonie für die Sturmdrachen streamte, die nicht hier wohnten. In einem Halbkreis vor uns hatten sich schweigend die etwas über vierzig Mitglieder versammelt, denen es möglich gewesen war, noch rechtzeitig zur Zeremonie anzureisen – Männer, Frauen und sogar ein paar Kinder.

Ich war mir Archers Nähe sehr bewusst. Sein Drachenfeuer summte in meinem Blut, und ich fühlte mich ruhelos und unruhig, als sei meine Kleidung ein paar Nummern zu klein.

»Von diesem Tag an ist sie Blut meines Blutes, ein Drache des Sturmstammes.«

Ich strich mir glättend über das Kleid, das ich für die Zeremonie gewählt hatte, ein kleines Schwarzes wie aus den 1950er Jahren, das mit kleinen Kristallperlen bestickt war, die wie Sterne am Nachthimmel glitzerten. Ich wünschte mir, statt des

Stoffes würde Archer mich berühren, und fragte mich, wie lange die Zeremonie wohl noch dauern würde. Wenn ich ihn ins Schlafzimmer zerren könnte, könnte ich ihm die marineblaue Tunika aus schwerer Seide vom Leib reißen, die alle Männer trugen. Ich wollte unbedingt Archer so bald wie möglich nackt sehen, und er sollte mir von der Scherenstellung erzählen, die ihm offensichtlich so viel Spaß gemacht hatte.

»Wir geloben, sie zu schützen, sie zu ehren und zu respektieren.«

Man hörte nur ein Rascheln, als alle anwesenden Drachen – mit Ausnahme von Archer – niederknieten und die Köpfe senkten.

Tränen traten mir in die Augen, als ich ihn anblickte. Seine Augen funkelten in einem strahlenden topasblauen Licht, aber ich musste gar nicht erst seine Augenfarbe sehen, um zu wissen, dass auch er an die Feierlichkeiten nach der Zeremonie dachte. Als wir aus Hunters zerstörtem Haus heimgekommen waren, war er zu beschäftigt gewesen und anschließend in einen erschöpften Schlaf gefallen. Da ich wusste, dass sein Körper ungeheure Energie aufwenden musste, um seine Wunden zu heilen, war ich damit zufrieden gewesen, neben ihm zu liegen, ihm über den Kopf zu streichen und seinem Atem zu lauschen, während er schlief.

»Gefährtin.«

Ich trat vor und erhob meine Stimme, um die Formel zu sprechen, mit der ich mein neues Leben annahm. »Sturmdrachen, ich nenne euch Familie und ehre und respektiere euch!«

Die Drachen erhoben sich und beobachteten uns schweigend.

Ich wandte mich Archer zu und fragte leise: »Habe ich einen Teil meines Textes vergessen? Sie gucken so, als würden sie auf etwas warten.«

»Das tun sie auch.« Seine Hände lagen warm auf meinen Hüften, als er mich in eine Umarmung zog, und seine Augen schimmerten heiß und leidenschaftlich, als er mich küsste. Ich legte meine Hände auf seine Brust und wanderte damit hinauf bis zu seinen Schultern, meine Finger zogen Feuerspuren über die dicken Muskeln. Seine Hände legten sich auf mein Hinterteil, er hob mich hoch, bis ich über dem Boden schwebte, und ich erwiderte seinen Kuss mit all meiner Liebe.

Hinter uns brach Jubel los, gefolgt von Gelächter und einigen leicht anzüglichen Kommentaren. Jemand schaltete die Stereoanlage ein, und Musik wehte über die Terrasse, den Pool und den Rasen.

»Das war fast schon eine öffentliche Inbesitznahme«, sagte ich und zog meine Zunge aus Archers Mund. Er ließ mich an seinem Körper hinunter, bis ich wieder auf festem Boden stand, aber ich zappelte dabei so einladend, dass er es nicht missverstehen konnte. »Du weißt, dass ich es nicht leiden kann, wenn du dich so dominant aufführst.«

»Ich werde sehr dominant zu dir sein«, grollte er mir ins Ohr. Dann legte er den Arm um mich, und wir drehten uns um, um jedes einzelne Mitglied der Sturmdrachen zu begrüßen, die zu uns kamen, um mir förmlich vorgestellt zu werden.

Es dauerte fast eine Stunde, bis wir nach oben entkommen konnten, und eine halbe Stunde später gelang Archer und mir die Galileo-Scheren-Position, nachdem wir sie vorher auf Papier aufgezeichnet hatten.

»Gut, Zeit für einige Erklärungen«, sagte ich. Ich lag auf seinem nackten Körper, und unsere Herzschläge waren so verlangsamt, dass ich das Gefühl hatte, wir lebten nur gerade noch so.

Archers Hände lagen auf meinem Hintern, und er drückte meine Hinterbacken, als er sagte: »Ich bin müde. Du hast mich mit deinen lustvollen Forderungen nach mehreren Scherenpositionen ausgelaugt. Ich will jetzt schlafen.«

»Na, das gefällt mir. Du bist doch derjenige, der die Schere auch rückwärts ausprobieren wollte.« Einen Moment lang dachte ich daran, wie erfüllend diese Stellung gewesen war, und kleine Nachbeben der Ekstase gaben mir das Gefühl, mitten in Archers Sturm zu stehen. »Du musst mir noch ein paar Fragen beantworten, die mich den ganzen Tag über verrückt gemacht haben. Warum habt ihr eigentlich diese Täuschung so lange aufrechterhalten, dass die Schattendrachen für die Tode verantwortlich waren, Hunter, Miles und du?«

Archer öffnete einen Moment lang die Augen, und das klare Eisblau ließ mich erzittern vor Glück. »Wir lagen wirklich viele Jahrhunderte lang miteinander im Krieg. Hunters Stamm griff meinen an. Wir griffen ihn an. Das war unser Leben.«

»Und was ist passiert, das euch dazu gebracht hat, damit aufzuhören, und nur noch so zu tun?«

Er schloss die Augen wieder, sein Gesicht entspannte sich, jetzt jedoch ohne die schmerzlichen Linien, die die Verletzungen hervorgerufen hatten, die er sich in Hunters Haus zugezogen hatte. »Nach ein paar Jahrhunderten, als mein Bruder seine dunkle Macht unter Kontrolle hatte, dachten wir, jetzt würde das Morden aufhören. Aber das war nicht der Fall. Da wussten wir, dass jemand anders uns angriff und versuchte, unsere Stämme zu vernichten.«

»Xavier.« Ich dachte darüber nach, wie ein Mann so grausam zu seinen eigenen Kindern sein konnte. »Er hat dich und Hunter verlassen, nachdem eure Mutter gestorben war, nicht wahr?«

»Ja. Er war verflucht, und der Dämon in ihm war zu stark. Deshalb zeugte er Drachenjäger – er wollte, dass die Drachenseite dem Dämon Macht gab. Aber das Ergebnis war das

Gegenteil: Der Drache kontrollierte den Dämon, eine Tatsache, die ihn offenbar immer noch wütend macht«

»Und jetzt kommen Edgar und das Manuskript ins Spiel. Apropos Edgar, bist du sicher, dass er uns keine Probleme mehr machen wird?«

»Ja. Ich habe deinem Ex-Chef klargemacht, dass ich ihm den Hals umdrehe, wenn er auch nur im Traum daran denkt, sich an dir oder deiner Großmutter zu vergreifen.«

»Das Pflegeheim hat angerufen, um zu fragen, ob ich zwei Männer beauftragt habe, die sie dabei erwischt haben, wie sie draußen herumschlichen. Ich nehme an, es sind deine Drachen?«

»Ja. Edgar weiß zwar, dass er sterben wird, wenn er versucht, deiner Großmutter etwas anzutun, aber ich hielt es doch für besser, sie rund um die Uhr bewachen zu lassen. Es sei denn, du willst, dass wir sie zu uns nehmen?«

Ich zögerte, aber dann schüttelte ich den Kopf. »Sie ist wirklich glücklich dort. Ich werde sie hierherholen, wenn die Krankheit so weit fortgeschritten ist, dass sie die Leute um sie herum nicht mehr wahrnimmt, aber bis jetzt hat sie so viel Freude an allen dort und an den tollen Programmen, die es für die Bewohner gibt, dass es mir lieber ist, wenn sie dort bleibt, wo sie am glücklichsten ist. Ich bin dir aber sehr dankbar, dass du die Wachen abgestellt hast. Das bringt dir ernsthafte Pluspunkte ein, wenn du mir mal wieder deinen Willen aufzwingen willst.«

»Sie gehört jetzt zur Familie«, sagte er sachlich, aber das Gefühl, das dahinterstand, ließ mich dahinschmelzen. »Ihr Wohlergehen liegt mir genauso am Herzen wie dir. Die Wachen werden bleiben, bis du wünschst, sie hierherzuholen.«

»Wenn ich von deinem fabelhaften Ich nicht so erschöpft wäre, würde ich zur Belohnung für deine Fürsorge jeden Zentimeter von dir ablecken. Doch ich habe noch eine andere Frage. Warum hat Ioan so getan, als sei er ein vertrauenswürdiges Stammesmitglied? Wollte er dich ausspionieren?«

»Ich vermute, dass er Xavier über mich berichtet hat. Hunter sagte mir, dass auch einer seiner Drachen fehle. Wahrscheinlich hat Xavier Spione in unsere Stämme eingeschleust, um über uns auf dem Laufenden zu sein.«

»Dieser Bastard. Er bringt mich wirklich auf die Palme. Zurück zu dem Manuskriptblatt …«

Seine Mundwinkel verzogen sich. Ich legte den Kopf schief und knabberte an seinem Kinn. »Ich dachte, die Geschichten vom Raisa-Medaillon seien nichts weiter als eben das – Geschichten. Stell dir meine Überraschung vor, als ich es auf einmal vor mir sah und du es dechiffriertest.«

»Werden wir Bree wieder sehen oder wird sie immer ein Schwertgeist bleiben? Und kann ich sagen, wie hinterhältig sie war?«

»Wobei?«, fragte er. Seine Stimme grollte tief in seiner Brust.

»Du sagtest, sie sei nur dageblieben, um zu sehen, ob ich ihre Hilfe verdiente. Das ist hinterhältig. Obwohl ich zugeben muss, dass sie schon sehr hilfreich war. Warum musste denn eigentlich ihre Schwester Sasha dabei sein, als sie sich in dein Schwert hineinverfügt hat?«

»Ich denke, es gehört zu ihrem Job, Esprits zu kontrollieren, die sich an Drachenjäger und ihre *élan vitals* binden.«

»Ha. Okay, nächste Frage: Jetzt, da du ein Drachenjäger bist, hast du auch einen Anteil eines Dämons in dir, oder? Wie fühlt sich das denn an? Tut es weh? Oder ist es eigentlich kein Problem, weil du ein Superheld-Drache bist, der Blitze hervorrufen kann? Also wenn ich ein Dämon wäre, würde ich mich vor dir in Acht nehmen.«

»Hunter und ich sind im Gleichgewicht, ja. Dadurch, dass wir zusammengekommen sind, habe ich ein bisschen von meinem Drachen-Ich verloren, aber etwas von seiner Dunkelheit gewonnen.«

»Ein Dämon?«, fragte ich entsetzt und fasziniert zugleich.

»Eigentlich nicht, nein.« Einen Moment lang wirkte er nachdenklich. »Nur eine Form von dunkler Macht. Ich fühle sie, aber sie beherrscht mich nicht. Sie ist einfach … da.«

»Na, da bin ich aber froh, dass ich mir keinen Weihwasservorrat zulegen muss«, sagte ich erleichtert. »Obwohl ich hätte schwören können, dass Miles sagte, Drachenjäger seien halb Dämonen.«

»Das sind sie auch. Aber sie sind nicht Kinder Xaviers, wie Hunter und ich.«

»Oh, verstehe. Ihr beide seid die Superhelden-Version. Das begreife ich. Und was wollt ihr wegen eures Vaters unternehmen? Was hat er gemeint, als er sagte, er würde ungeschehen machen, was geschehen ist?«

Archer seufzte und rollte uns herum, so dass ich unter ihm lag. Sofort nahmen seine Hände meine Brüste in Besitz. »Ich habe unzählige Fragen beantwortet, Blume, und will jetzt nur noch eine beantworten.«

»Wirklich? Welche?«, fragte ich. Er bedachte mich mit einem leidenschaftlichen Blick.

Er knabberte an der Stelle hinter meinem Ohr, die meine Beine in gekochte Nudeln verwandelte. »Willst du oben liegen oder soll ich?«

»Oooh«, sagte ich, und seine Hitze schoss durch mich hindurch, als ich mich provokativ an ihm rieb. »Bist du schon wieder bereit? Wirklich, Archer, ich werde morgen nicht mehr laufen können, wenn du so weitermachst … Warte, ich glaube, dieses Mal bin ich an der Reihe mit oben. Bereite dich darauf vor, so viel Lust zu empfangen wie noch nie in deinem Leben. Allerdings glaube ich nicht, dass ich meine Fragen vergessen habe, wenn wir fertig sind, weil ich noch viel mehr wissen möchte.«

Er ließ sich von mir auf den Rücken drehen, und sein Lachen dröhnte durch das Zimmer und erfüllte mich mit Freude. Ich war zuversichtlich, dass Archer seine Sache in der Welt gut machen würde.

Bei mir war ihm das schon gelungen.